古典文敎研究輯刊

二九編

第20冊

茗花齋雜稿（上）

王星琦 著

國家圖書館出版品預行編目資料

茗花齋雜稿（上）／王星琦 著 -- 初版 -- 新北市：花木蘭文化事業有限公司，2024〔民 113〕

序 6+ 目 2+244 面；19×26 公分

（古典文學研究輯刊 二九編；第 20 冊）

ISBN 978-626-344-570-3（精裝）

1.CST：中國文學 2.CST：文學評論 3.CST：文集

820.8　　　　　　　　　　　　　　　　112022465

ISBN-978-626-344-570-3

9 786263 445703

古典文學研究輯刊

二九編　第二十冊　　　　　　ISBN：978-626-344-570-3

茗花齋雜稿（上）

作　　者　王星琦
總 編 輯　杜潔祥
副總編輯　楊嘉樂
編輯主任　許郁翎
編　　輯　潘玟靜、蔡正宣　美術編輯　陳逸婷
出　　版　花木蘭文化事業有限公司
發 行 人　高小娟
聯絡地址　235 新北市中和區中安街七二號十三樓
　　　　　電話：02-2923-1455／傳真：02-2923-1452
網　　址　http://www.huamulan.tw 信箱 service@huamulans.com
印　　刷　普羅文化出版廣告事業
初　　版　2024 年 3 月
定　　價　二九編 21 冊（精裝）新台幣 56,000 元　　　版權所有・請勿翻印

作者簡介

王星琦，遼寧蓋州人，生於 1945 年 10 月。青年時代曾在內蒙古作過宣傳幹事，並從事詩歌與散文創作。1978 年考入廣州中山大學中文系讀研究生，師從著名文學史家、古代戲曲研究家王季思先生攻讀古代文學，專業方向為中國古代戲曲史。1981 年分配到南京師範學院中文系任教，後為南京師範大學文學院教授，博士研究生導師。長期從事古代文學教學與研究工作，出版專著《元曲藝術風格研究》、《元明散曲史論》等 8 種，整理校注古典名著及編寫教材多種，發表學術論文 80 餘篇。此外，有散文隨筆集《書林驛語》、《茗花齋雜俎》等。

提　　要

　　本書是作者自選的一本古代文學論文集。包括三方面內容。曲論編，是有關中國古代戲曲及散曲的論述文章，其中《論元雜劇中的科諢藝術》、《元人套數中的「獨幕劇」》、《元雜劇〈老生兒〉新論——兼談元雜劇中的宗族意識與人倫思想》以及《散曲文學的文體意義》等在學術界較有影響，作者將雜劇與散曲對比研究，頗多個人獨到見解。稗說編，主要是古代通俗小說研究文字，如《宋元平話的文化意義》、《〈癡婆子傳〉發覆》、《恣情縱筆任橫行——〈西遊補〉讀劄》等篇，均不乏別開生面、抉微探幽之筆。稗說編中還有部分《聊齋誌異》和志怪小說的單篇讀劄，也很有意趣。治戲曲小說的學者們多謂戲曲小說不分家，本書作者頗以為是，用力主要在俗文學，然有時也兼及詩文的涉獵與探索，編外輯即是有關詩文的探討文字，《「誠齋體」與「活法」詩論》、《劉因〈明妃曲〉發微》及《歐、蘇「禁體物語」及近古詠雪詩》等，即屬此等。

　　本書中的文字，悉數發表於學術期刊及《光明日報》等相關專欄上。作者數十年致力於古代文學的教學與研究，為文力求精練，觀點鮮明，注重從文本實際出發，廣泛搜集相關材料，務求見解新異，彰顯一家之言。收在本書中的文章，雖經反覆篩選，怕是仍有不當之處，由於作者學力所限，疏漏與謬誤之處恐難免，尚乞讀者方家與同行時彥不吝郢政，有以教我，予企而望之。

主要是與時代的迅速發展變化、科學技術的突飛猛進息息相關的。如今信息靈便，獲得學術諮訊和相關材料的途徑多了，互相交流也較過去便捷得多。然而，這種無節制的對於數字化知識和信息化諮訊的遊戲化依賴，必從根本上削弱直至泯滅人的主觀洞察能力及思維創造能力，從而使真正意義上的創造力趨於休眠、退化乃至失憶狀態。這便是信息泛濫與工具理性所帶來的負面效應。不能不說這是當下學術研究所面臨的一種前所未有的挑戰。首先，要矯枉這種局面，繼承與發揚前輩們的優良學術傳統，顯然不僅是必要的，也是必須的。從方法論角度來看，多元化已成大趨勢，學者們可以呼吸和汲取、融合世界上最新的、富於啟發性的、來自多渠道的學術營養，這是前輩學者們意料不到的。但是，與前賢們相較，今天年輕學者捉襟見肘的短處也是很明顯的。如就知識結構而言，顯然不如前輩們底子鋪得那樣厚實，學術營養也不如前輩那樣均衡，即積累不夠，底氣不足。這是毋庸諱言的、明擺著的事。倘若對此沒有清醒的頭腦，卻又無視傳統，空疏澆漓與所謂低水平重複，便是不可避免的。其二，是認真提出問題。而要認真提出問題，須是在廣博學問的基礎上，經歷一個「博學、審問、慎思、明辨」的過程，進而解決問題。聯繫到時下學術泡沫化現狀，之所以人們在重複問題甚或在偽命題上打轉轉。癥結正在於從發現問題到解決問題的過程（必由地），被大大縮減了，企圖走捷徑、討便宜，而學問之道又恰恰是無捷徑可走，無便宜好討的。不博學，便底氣不足，懵懵懂懂，研究途徑逼仄，只能孤立地去面對現象，看不清本質。季思先生招博碩士生，先是中國古代各體文學，然後才是專業方向中國戲曲史，這是特別耐人尋味的。至於「審問、慎思」，就更是解決問題的必由之路，它既是態度又是方法，將這個過程縮減了，就什麼都沒有了。最後的「明辨」，乃是在艱苦而又反覆的「審問、慎思」過程之後的一個結果，即豁然開朗，抽思出創造性的思想觀點來。有時我們提不出問題來，根子即在這裡，亦即以這樣那樣的理由輕易而無知地縮減甚至割裂了必須的研究過程。第三，是反對脫離實際的死念書本。這與反覆思考，求真務實乃至不輕信書本是一問題的兩面。這裡有個極好的例子。1992 年初，季思先生在為康保成《蘇州劇派研究》所作的《序》中說：「一些學者認為，由於李玉與蘇州戲曲家結侶嘯歌，因號『蘇門嘯侶』。我在主編《中國十大古典悲劇》時，沿用了這個說法。但保成卻發現『蘇門嘯侶』是用晉孫登隱居蘇門山長嘯的典故。我鼓勵他寫成文章，在《光明日報》發表。後來他寫作畢業論文時，又進一步引證有關材料，說明李玉別號『蘇門嘯侶』，

其深意在於標榜封建氣節，這樣，文章就從個別概念的核實，轉而成為具有普遍意義的理論概括。」這裡，季思先生不僅對保成的發現予以充分肯定，而且坦誠揭示了自己沿用一個成說之非。事實上，知非正是求是的出發點與基礎，不知非焉能求是？學術研究正是在是與非的探討中不斷前進的，用季思先生的話說，就是「達到明辨是非的目的」。不知為什麼我每每讀到季思先生上面兩段話時，總是心潮澎湃，激動不已。就中所透出的，正是季思先生高尚脫俗的偉大人格精神，以及老一輩學者真正意義上的大家風采。我們總是把治學態度、治學方法等字眼掛在嘴邊，其實季思先生把這一切都告訴我們了。典籍浩瀚，人生有涯；有字書本，無字篇章。我們不懂的東西太多了。季思先生將他一部分治學心得體會結集命名為《求索小集》，是大有深意的。

　　還可以再舉一個有趣的小例子。筆者在為一本教材注釋《牡丹亭·驚夢》時，於名曲〔步步嬌〕中的兩句卡殼了。這就是大家都熟悉的「嫋晴絲吹來閑庭院，搖漾春如線」。這裡的「嫋晴絲」似乎容易懂，諸家注釋無大歧異。如徐朔方先生注云：

　　　　晴絲──游絲、飛絲，也即後文所說的煙絲，蟲類所吐的絲縷，
　　常在空中飄遊。在春天晴朗的日子最易看見。

　　顯而易見，這裡是以「晴絲」諧「情思」，這在古代詩詞中屢見不鮮。事實上，「晴絲」不必就是「蟲類所吐的絲縷」。不錯，冬眠類動物如蟾蜍、蛇等，驚蟄前後復甦，口中會吐出游絲，但曲中分明寫的是柳絮，兩句連起來扣的是柳夢梅之「柳」字。相對說來，「搖漾春如線」一句，索解要難一些。什麼東西在「搖漾」？「線」又所指何物？較起真來，還真的不易說得明白。故名家在這裡均不下注。其實，「蕩漾」著的正是那些柳絲，「線」之所指，恰是春來變柔的柳條。亦即賀知章筆下的「萬條垂下綠絲絛」（《詠柳》）。以下諸用例可為注腳：

　　　　如線如絲正牽恨，王孫歸路一何遙。──唐·李商隱《柳》
　　　　一籠金線拂彎橋，幾被兒童損細腰。──唐·韓偓《詠柳》

　　這樣的用例在唐詩中還有許多。最為典型的例子還是元人徐有孚《柳巷》中的二句：

　　　　線亂柔條嫋，氈鋪落絮平。

　　此詩意象使〔步步嬌〕中的「嫋晴絲」與「春如線」均有了著落。不過，注為「蟲類所吐絲縷」，似也不無根據，後文尚有句「蟲兒般蠢動把風情搧」

與之相呼應。但釋為柳絮大概更為順暢、合理些罷了。這是否可以視為「審問、慎思」的一個小例呢？又，注釋馬致遠套數〔雙調・夜行船〕《秋思》時，於〔風入松〕中「不爭鏡裏添白雪，上床與鞋履相別」二句，又生疑竇。前一句好理解，二句整體上也不難疏通，無非是說人生短暫，倏爾白頭。但後一句顯然有出處，各家注釋卻都未曾拈出。筆者留意於此有年，後來讀唐圭璋先生《全金元詞》，於「道詞」中偶然見到馬鈺詞中有類似「上床與鞋履相別」的用例。原來，它是全真道士們的一句口頭禪。馬丹陽〔滿庭芳〕《贈王知玄》下闋云：「尋思上床鞋履，到來朝、事節如何？遮性命，奈一宵難保，爭個什麼？」這能否看作是「明辨」之一得呢？季思先生若在，自可去問問他老人家。行文至此，心中不由掠過一陣深切懷念。至於不死念書本，書本不可盡信的例子，更是歷來不乏。人非聖賢，便是聖賢，怕是也難保始終不出差錯。嘗讀耶律楚材《湛然居士文集》中《西域河中十詠》，其中有句云：「漱旱河為雨，無衣壟種羊。」什麼叫「壟種羊」？就書本去索解，往往不得要領。古書上常提及西域的「壟種羊」（也叫「地生羊」），如《史記・大宛列傳》中就有唐人張守節的「正義」：「有羊羔自然生於土中，……其臍與地連，割絕則死。」〔註1〕張氏的說法乃是承襲宋膺《異物志》而來，純粹是從書本到書本，結果搞錯了。其實所謂壟種羊，並非羊的一個品種，它壓根就不是動物，而是指棉花（古時又稱木棉）。事實上湛然居士在《贈高善長一百韻》中已為「壟種羊」不經意間作了注腳：「西方好風土，大率無桑蠶。家家植木棉，是為壟種羊。」這顯然是因棉絮很像羊毛，故有此喻稱。湛然居士到了西域，一看就明白了。可見從書本到書本的東西，並不那麼可靠。前年在新疆師大，與王星漢、朱玉麒諸好聊起此事，以為頗有意味。後來又在石河子一帶看到新疆特產之長絨棉，覺得更像羊毛。或許「壟種羊」是專用來指這種特殊品種的棉花吧。

季思先生曾說過，對前人的研究成果，我們要吸收，但同時「也要看到他們還沒有解決的問題，力求突破它，解決它，這才能使我們的研究工作有新的內容，有超過前人的地方。他們的結論我們要核實，即覆查一遍，看是否符合實際」〔註2〕。先生曾對我說過，《錄鬼簿》很重要，案頭必備，但不能全信，要考鏡核實。因為鍾嗣成對有的作家熟悉，對有的作家就不那麼熟悉，還有的

〔註1〕（漢）司馬遷：《史記・大宛列傳》，第3840頁，中華書局2014年版。
〔註2〕王季思：《王季思學術論著自選集》第335頁，北京師範學院出版社1991年版。

用的是間接得來的材料，一定要覆查考索。他還說：「孫楷第的書我經常翻，通過核實之後，就發現他的有些結論並不可靠。比如說石君寶就是石盞君寶，而這個石盞君寶元代文獻有記載，是以軍功起家，官做得很大，死得也較早，是前至元十四年死的。這和元雜劇作家石君寶很難聯繫起來。」（同上）季思先生在肯定孫先生從元人文集鉤稽材料，貢獻多多的同時，也存疑知非。如此嚴謹、審慎的治學精神，是值得我們認真思考和繼承發揚的。說來慚愧，上世紀八十年代初，我為本科生上課時，曾篤信孫楷第先生石盞君寶即是石君寶的結論，因石盞君寶是今遼寧蓋州人，與筆者是真正意義上的同鄉。於是在上課時引以為自矜。後先生來南京，我曾就這個問題問過他老人家。先生說，你以後上課再不要這樣講了，一定要講石君寶是你的老鄉，得加上一句有此一說。時間過去二十多年了，先生教誨常在耳邊響起。

更為慚愧的一件事發生在 1990 年春，每每想起來都令我臉紅耳熱。當時南京師範大學的《文教資料》要刊發一期王季思先生研究資料專號，主編李靈年先生約我寫一篇在季思先生身邊學習的回憶性文字，我按要求趕寫出一篇七千字的文章。當時的《文教資料》是很有特色的一本刊物，在海內外影響頗大。文章刊出後，反映還不錯，在上海工作的一位小師弟看了以後，還給我寫了一封熱情洋溢的信來，稱他很激動，也要動手寫寫類似的文章云云。未久，季思先生看到了刊物，寫信來指出其中有錯誤，令我為之汗顏。季思先生的信是這樣寫的：

星琦同學弟：

你在《文教資料》中發表的稿子寫得很有感情，也見出你在康樂園學習的認真。但有三點需要改正：

一、我七九年為本科生開的課是「詩詞鑒賞」，不是「宋詞鑒賞」。

二、我初進東南大學時陳中凡先生是教授，不是助教。

三、「不愛六經愛五劇，西廂浪子是前身。」是浙大龍泉分校一位不知名作者嘲諷我的詩，不是吳瞿安先生在我《西廂五劇注》扉頁上題的。

這可能是由於我晚年說話鄉音太重帶來的問題。下期《文教資料》付印前望能更正一下。

我與海燕近況都還好。只是我白內障漸深，看書、寫稿多不便，

今夏南大紀念小石師等三先生的會不能去參加了。

　　此問

雙好！

季思

（1990）5.29.

　　我收到信後，立即與李靈年先生聯繫。《文教資料》編輯部加了個按語，將季思先生的信刊發於 1990 年第 3、4 期合刊上。我既為自己的疏漏懊悔，又讚歎先生的精細與較真，心情相當複雜。特別是先生溫文爾雅的聲吻，他老人家批評別人時總是那樣委婉、溫和，甚至留有地步。細檢三點舛誤，與「鄉音太重」並無關係。說到底是由於我缺乏審慎與嚴謹的精神造成的。倘若稿子發排前請先生看一遍，就不會出現這樣的問題了。此後，我接受了這次教訓，總是盡可能細些再細些，哪怕是寫一篇千字文，也慎之又慎，絕不趕趁急就。敬畏文字，不隨便為文，是一種境界。季思先生為文，無論長短，總是那樣「稱心而言，意足而止」，言之有物，文字清暢，境界極高。這自然與先生的博學淹通、厚積薄發有關，然他老人家的「審問、慎思、明辨」工夫，似乎更值得我們學習。先生愛說的一句話是「聰明人要下笨工夫」，這是積數十年體會自然流露出的感歎，令我們反覆玩味。近讀先生收在《玉輪軒曲論新編》中的一篇文章，更加深切地體會到先生在元劇研究中何以左右逢源、得心應手的原因。這是一篇與香港學者劉靖之先生商榷的文章，題目作《怎樣校訂、評價〈單刀會〉和〈雙赴夢〉》。季思先生就《單刀會》的校勘、訂正所提出的四條商榷意見，以及對《雙赴夢》所提出的十四條看法，均建立在對宋元俗文學語詞的精熟掌握基礎之上，當然也在於對各種版本及第一手材料的細緻考察、仔細比勘的工夫。聯繫上世紀七十年代末，季思先生為我們開設《如何打通戲曲語言這一關》的專題課，我深刻認識到知非與求是要靠工夫與積累，否則你既不知非在哪裏，更難求得是之所在。上面提到季思先生的一篇商榷文章，歸根到底是一個知非與求是的問題。這樣的文章反覆讀過，是可以受益終生的。

　　季思先生的治學精神與治學方法，還有許多值得我們總結學習的東西，這裡只是從知非與求是的角度，略作引發，成此短文。

　　　　此文為 2006 年「中山大學紀念王季思、董每勘百年誕辰暨中國傳統戲曲國際學術研討會」與會論文，權當本書之序

目
次

曲論編

《紅梅記》傳奇芻論

　　《紅梅記》傳奇，晚明周朝俊撰，凡三十四出。寫的是南宋末年賈似道專權時太學生裴舜卿與李慧娘、盧昭容的愛情故事。作品同時揭露了賈似道集團的兇狠殘暴和荒淫誤國，著意表現了太學生們對南宋腐敗朝政的抨擊，展現了南宋末年民族矛盾與階級矛盾的激化，從而揭示出南宋王朝瀕於滅亡的歷史趨勢。

　　關於本書作者的生平，我們所能知道的實在太少，甚至連生卒年也不詳。只知道他字夷玉（一作儀玉或秭玉），浙江鄞縣（今浙江寧波）人。《曲海總目提要》上說：「又《萬錦清音選》此劇慧娘《鬼辯》一折題周公美撰，公美或亦其別字。」據說他寫有傳奇十餘種，「所作《紅梅記》外尚有《畫舫記》一種。」然今僅存《紅梅記》一種，「係明隆萬前舊本。」《古本戲曲叢刊》影印的《紅梅記》卷前有王穉登為這本傳奇寫的序，其中提到他曾在西湖見過周氏。又據這本傳奇曾經袁中郎（宏道）刪潤，可推知《紅梅記》當寫成於萬曆年間，因王、袁二人都是萬曆年間的名士，明史均有傳。那麼，周朝俊的主要創作活動應在隆慶、萬曆年間。又玉茗堂批評本第十三出「幽會」後有一條總評：「余作《還魂》傳奇，此折最似之。」如果這個玉茗堂批評本不是偽託，那麼，根據《牡丹亭》脫稿於萬曆二十六年（1598），可推出《紅梅記》當寫成於萬曆二十六年以後。

　　《紅梅記》的故事有兩條線索，一是寫裴舜卿與賈似道姬妾李慧娘的生死愛情，一是寫裴舜卿與盧總兵小姐盧昭容的悲歡離合。向來人們對這本傳奇是毀譽參半的：一方面認為它結構欠佳，頭緒蕪雜，兩條線索之間沒有必然的聯繫，似可各自獨立成篇；另一方面對描寫李慧娘故事的戲卻是公認可與徐渭、

湯顯祖的某些作品相媲美，不失為想像馳騁、淒婉絕麗的好戲。因此《泛湖》
至《鬼辯》等出長期以來一直活躍在紅氍毹上。京劇和許多地方戲都有這個劇
目的演出。演法也有兩種：有的保留了盧昭容故事，叫《紅梅記》或《紅梅閣》
（如川劇、滇劇等）；有的只演李慧娘故事，叫《遊西湖》或《放裴》（如秦腔
等）。京劇本身就有兩種演法，或叫《紅梅閣》，或叫《遊湖陰配》。六十年代
初，孟超根據《紅梅記》傳奇中的部分情節改編成崑劇《李慧娘》，著重描寫
了太學生裴舜卿和李慧娘與奸相賈似道之間的鬥爭，在寫裴李愛情的過程中
突出了二人強烈的愛國意識以及他們與權奸作面對面鬥爭的正義感，人物形
象壯美，劇情凝煉集中。這個改編本在前人作品的基礎上有所突破，大膽創新，
深受觀眾的喜愛和好評。李慧娘形象無疑是很有意義的。她生為佳人，死為厲
鬼，給人的印象是勇於鬥爭，一往情深。她對裴禹一見鍾情而生死不渝，對賈
似道則是嫉惡如仇而雖死不忘。她的鬼魂形象有著一股子愛憎分明的執著精
神，她完全靠著自己的力量去愛、去恨、去報仇，既不乞憐於清官，也不依賴
於命運驅撥。這樣的女鬼形象不僅不是令人感到可怖，相反，令人可欽可愛。
可見鬼魂戲的確有好壞之分，應該作具體分析，要區別對待，這主要是要看客
觀效果。問題並不在於這個形象是鬼、是神還是人，而在於這個形象的魅力背
後所包含的思想。李慧娘的遭遇令人同情，她的無所畏懼令人欽歎，而她的復
仇也著實有大快人心之感。毫無疑義，我們不相信鬼魂，「但這不相信鬼魂，
一點都不能也不可以妨礙劇作家來利用鬼魂。」〔註1〕作家有運用浪漫主義手
法的權利和自由。萊辛說：「我們在日常生活中儘管願意相信什麼就相信什
麼，而在劇院裏必然是劇作家願意叫我們相信什麼就得相信什麼。」〔註2〕李
慧娘故事久演不衰，說明它受到了廣泛的喜愛和歡迎，它不失為一齣「好的鬼
戲」。只是到了六十年代初，鬼魂戲才被一些人搞得複雜而又複雜。有人將好
的鬼魂戲歸入神話劇範疇，而將壞的鬼魂戲納入宗教劇之中，這個觀點是可取
的。〔註3〕莎士比亞、湯顯祖都寫過鬼魂，魯迅非常喜愛舞臺上的活無常，可
見鬼魂本身無可非議，只是要看具體的鬼魂形象屬於哪個範疇，以便區別是
「好鬼戲」還是「壞鬼戲」。這原本和寫「人戲」一樣，事實上「人戲」也是

〔註 1〕（德）萊辛：《漢堡劇評》第十一篇第 61 頁，張黎譯本，上海譯文出版社 1981
　　　　年版。
〔註 2〕（德）萊辛：《漢堡劇評》第十一篇第 61 頁，張黎譯本，上海譯文出版社 1981
　　　　年版。
〔註 3〕見曲六乙《鬼魂戲管窺》，1978 年第一期《文藝研究》。

有好壞之分的。

《紅梅記》故事所本，其中盧昭容故事是作者的創造。李慧娘故事，我們可真以從唐人小說《飛煙傳》中依稀看到一點影子。宋代的羅燁在他的《醉翁談錄》中曾推薦過一本記錄話本故事的書《綠窗新話》，其中有一篇《金彥遊春遇會娘》，注明出《剗玉小說》，其實只是《醉翁談錄》中亡佚了的《錦莊遊春》話本的一個故事梗概，全文不長，照錄於下：

> 金彥與何俞出城西遊春，見一庭院華麗，乃王太尉錦莊。貰酒坐閣子上，彥取二弦輒之，俞取簫管合奏。忽見亭上有一女子出曰：「妾亦好此樂。」命僕子取蜜煎勸酒。俞問姓氏，答曰：「姓李，名會娘。」二人次日復往，其女又出，二人請同坐飲酒，笑語諧謔。女屬意於彥，情終正濃，忽報「太翁至。」女驚忙而去，自此兩情無緣會合。次年，清明又到，彥思錦莊之事，再尋舊約，信步出城，行入小路，忽聽粉牆間有人呼聲，熟視之，乃會娘也。彥引入花陰間，少敘衷情。會娘請隨彥歸去，彥遂借一空宅居之，朝夕同歡。月餘，俞拉訪錦莊，忽遇老嫗哭云：「會娘因二客同飲，得疾而死久矣。」彥歸，詰會娘。答曰：「妾實非人，為郎君當時一顧之厚，遂有今日。郎君不以生死為問，妾之願也。」

《綠窗新話》所輯傳奇故事都是宋代以前的作品，既然是《醉翁談錄》中推薦過《綠窗新話》，一般說來後者編刻應該是在前者之先，即這個「金彥遊春遇會娘」的故事在宋代就已經流傳了。此外，今存話本《木綿庵鄭虎臣報冤》（見《古今小說》），其中部分情節與《紅梅記》相同，恐怕是馮夢龍根據元代流傳的說書藝人底本整理而成。再就是徐渭《南詞敘錄‧宋元舊篇》中著錄有《賈似道木綿庵記》一本，可惜有目而無戲文，只留下一支殘曲。有人據此懷疑這本戲裏就包含有現在為人們所熟悉的李慧娘故事。然而《紅梅記》的直接依本明顯是來源於翟佑《剪燈新話》中的《綠衣人傳》。《剪燈新話》寫成於明洪成十一年（1378）六月，即明代開國以後的第十一個年頭，這再次證明李慧娘故事至少是從元代流傳下來的。《綠衣人傳》中說：延祐間，天水趙源遊學杭州，寓西湖葛嶺，其側就是賈秋壑（賈似道別號）舊宅。每當傍晚，趙源總是看到一個綠衣雙環的女子從東而來，兩人互相愛慕，那女子便留宿趙源寓所。她告訴趙源，自己非今世之人，而是鬼魂，他們之間原本是舊相識，夙願未盡，特來相會。女子還說自己曾為賈似道侍女，因愛上賈家一個年少而美貌

的僕人，被賈賜死於西湖斷橋之下。那個僕人再世後就是趙源，而他們成就的是再世姻緣。綠衣女子還常向趙源說起賈家舊事，其中講到賈似道有一天依樓而坐，群姬賠侍，有兩個年輕男子烏巾素服，泛舟湖上，一姬脫口說：美哉二少年！賈便不動聲色地殺了她。爾後，令人捧出一個盒子，叫眾姬妾打開，原來盒子中裝的正是那個姬妾的頭，嚇得眾姬戰慄而退。這些情節和《紅梅記》中李慧娘故事基本上是一致的。而且，將兩個作品進行比較，其中有些地方文字上甚至也完全一樣。《綠衣人傳》中，也寫到了太學生們憤恨賈似道販鹽和行公田剝削人民，作詩進行揭露和譏諷的情節，所引兩首詩也完全一樣。（見《紅梅記》第二十四齣《恣宴》）還有賈似道賀壽齋僧，一個道人將有藏頭詩的缽子放在賈府壽堂的情節，也幾乎是完全一樣的。（亦見本書二十四齣）

周朝俊雖然較多地採用了《綠衣人傳》中的情節來寫他的傳奇，但並不是一般地照搬過來，而是對原小說進行了集中和提煉，特別是將賈似道片言殺妾以及裴李的生死之戀與太學生揭露賈似道殘酷剝削人民，不出兵抵禦外族侵略，還有賈似道最後遭到應有的懲罰這樣一些帶有明顯的政治傾向的情節穿插、溶匯在一個戲中，又以裴盧的愛情為貫穿線索，使全劇情節曲折，跌宕有致，很值得稱道。儘管結構上有缺欠，但畢竟可以看出作家是要通過愛情描寫來抒發對現實政治的憤懣和藝術構織之苦心。細讀作品，不難看出《紅梅記》既不是單純寫裴李愛情（作家只是通過這個生動的插曲來揭露賈似道的荒淫兇殘），也不是單純寫裴盧愛情（只是作為一條貫穿的線索），而是要通過愛情描寫來表現明顯的政治內容。值得注意的是明中葉以後，單純寫才子佳人的傳奇雖然還有許多，但畢竟出現了一些描寫士子關心政治並直接參與政治鬥爭的作品，這是一種新的苗頭。從這個意義上來看，《紅梅記》確是開了「借兒女之情，寫興亡之感」的風氣之先，這個風氣和傳統發展到《桃花扇》是一個極至，它反映了在中國封建社會內部出現了資本主義萌芽時期知識分子的民主思想和激進傾向。

處於隆萬時期的周朝俊，根據《綠衣人傳》和南宋末年有關賈似道的傳說寫成這本傳奇，決不是無感而發的。明代自嘉靖以後，特別是到了萬曆之初，社會經濟趨向繁榮，張居正為相，採取了一些改良主義的措施，政治較為清明。從萬曆十年（1582）張居正死後，情況發生了變化，大官僚、大地主頑固派推翻了張居正的改革措施，朝中黨爭劇烈，吏治敗壞，貪污腐化成風。神宗本人更是一個荒淫無度的暴君，為了擴充內府，不顧人民死活，橫徵暴掠，到

處搜刮。根據《明史》記載，神宗還派出大批宦官出任礦監稅史，廣州採珠，大理運石，激起了人民的憤怒和反抗。當時四川、寧夏等地「民變」和「暴亂」蜂起，各地市民也展開了反對礦監、稅監的鬥爭，社會階級矛盾日益尖銳化。在國防上，明代幾乎自始至終存在著邊患，東南沿海有倭寇侵擾，北方則有俺答的威脅。這種形勢和南宋末年有某些相似之處，因此，我們不難看出周氏寫作的用意。《紅梅記》儘管插入了一些浪漫主義的描寫，但總體看來還是現實主義的，尤其是對賈似道集團的揭露和批判，是真實而有力的。此外，對於南宋軍民抵抗異族侵略，反對腐敗朝政的鬥爭，對於主戰派和投降派的鬥爭，作品中也有所反映，而且也是相當生動、真實的。根據歷史記載，我們知道，宋理宗、賈似道大講道學，竭力推行尊孔崇儒，程朱道學門徒充斥各級軍政機構，官僚機構空前龐大腐敗。1265 年文天祥在他中狀元的考卷中曾對此作過深刻的揭露。1263 年，賈似道採納浙西轉運史吳勢卿等的建議，行公田法，致使浙中大擾，「六郡之民，破家者多。」〔註 4〕所謂公田法，就是朝廷強迫買進中小地主的田地，並將價格壓得極低，甚至只給一些空頭的官誥和度牒來折價。這就使中小地主大量破產，而有權勢的官宦之家則可以拒不「投買」。歸根結底，直截受害的還是農民。導致的結果只能是民不聊生，餓殍遍地。度宗繼位，更加昏庸荒淫，沉溺酒色，賈似道便獨攬朝政，一味粉飾太平。在「民饑欲死」、邊情危急的情況下，賈叔道宣令不准言邊報和災情。高斯德上奏章說了點民不聊生的真情，劉應龍作詩說臨安米貴，便慘遭迫害，貶官去朝。度宗從某宮女處聽說邊事危急，賈似道便將宮女處死。南宋王朝危在旦夕，賈似道卻在西湖邊的葛嶺建造供他享樂的豪華殿堂——「半閒堂」，大小朝政就中辦理。本來是屈辱求和，卻冒功說是解了襄陽之圍，並使門客撰《華福編》以紀鄂功。當時為之語曰：「朝中無宰相，湖上有平章。」〔註 5〕賈似道乞和蒙古，事在景定元年（1260），下距元丞相伯顏大舉侵宋（1274）以及賈似道為鄭虎臣所殺（1275），前後不過十四、五年，南宋王朝便齎於賈似道之手。以上這些歷史事實，在《紅梅記》中都被藝術地反映出來。我們將南宋末年的歷史與晚明歷史對照，聯繫起來，不難發觀，周朝俊分明是借古人之酒杯，在澆自己心中之「塊壘」。

〔註 4〕（元）脫脫等：《宋史·賈似道傳》，見《二十五史》第八冊第 1560 頁，上海古籍出版社 1986 年版。

〔註 5〕（明）田汝成：《西湖遊覽志餘》第 77 頁，浙江人民出版社 1980 年版。

　　從藝術上看，《紅梅記》也是不乏特色的。其主要特色是人物形象鮮明生動，心理描寫細緻真實，正反面人物塑造得都很成功。如李慧娘在愛情上的執著和反抗精神，賈似道令人髮指的殘忍和荒淫，廖瑩中的為虎作倀等，都寫得十分精到。同樣是太學生，裴舜卿、郭穉恭和李子春的性格特徵是那樣的不同，郭穉恭又與李子春成鮮明對照，在二十一齣《怨聚》中作者用對比手法表現了他們不同的政治態度。在第二十三齣《城破》中，作者還以嘲諷辛辣的筆觸畫出襄陽守官屈辱投降的卑劣嘴臉。有些藝術手法頗有些新鮮的特色。如第七齣《瞥見》和第二十四齣《恣宴》都是正面描寫賈似道的荒淫無道，手法卻不是重複的。特別是《恣宴》一齣，巧妙地安排了三個從襄陽前線來急報軍情的「報子」。第一個被逐出，第二個被捆打一百，第三個還是不顧一切地闖了進來，並且怒斥賈似道：

> 〔北四門子〕殺氣沖，戰鼓如雷動。請、請、請爺爺你且停著盅，把華誕暫賜於饑軍用，留這笙歌奏凱功。襄陽已空，荊湖盡改，密匝匝兵如鐵桶。百姓們一個奔西，一個走東。你為軍國的全然不懂！

　　賈似道一怒之下殺了「報子」，繼續尋歡作樂。這就淋漓盡致地刻畫出賈似道昏聵荒淫、禍國殃民的姦佞面目，更顯出「報子」的忠勇和正義。像劇中「報子」這樣著墨不多，卻又鮮明突出的形象，在其他傳奇作品中還不多見。對於賈似道的罪有應得的下場，本劇處理得也有其獨到之處，它不是像《鳴鳳記》那樣正面描寫嚴嵩的失勢和狼狽像，而是採取虛寫的辦法，既省筆墨，又為觀眾（讀者）留下想像的餘地。還有些場次處理手法奇特，富於戲劇性。如《夜晤》一齣，正如湯顯祖所評的那樣：「細膩有情，雖不脫套又不落套」。有些過場戲和科諢也不一般化。二十七齣《應試》就是一例。傳奇中常常出現考試場面，大多一個面目，有的索性以「照常」二字示意演出時按老套子辦事。本劇《應試》一齣則全以科諢，寫得妙趣橫生，玉茗堂（湯顯祖）評曰：「考試每屬此等，然此折頗新快」。作者塑造人物很注意內心活動的刻畫，既真實細微，又合情入理。如《泛湖》一齣中寫李慧娘對裴禹顧盼再三，脫口讚歎：「美哉一少年！」作為自身如在囹圄的一個侍妾，她表現了性格中不甘受奴役、愛自由的頑強精神。一聲讚歎，這是對賈似道淫威的不屈反抗，首先這是一種勇敢的行動，其次才是對於美的由衷歡羨，對於美好愛情的嚮往和追求，也包含有對裴禹竟敢於不迴避賈似道的做法不無崇敬以及惜才憐人等等。這

裏作者並不是寫李慧娘膽大無邊，無所顧忌，相反寫了她流連顧盼的複雜內心活動，後面還寫到她對自己脫口讚歎甚至有些後悔，「火候」掌握得很好，沒有脫離其身份、地位以及其勇敢的最大可能性，因此就顯得真實、感人。《夜晤》一齣也一樣，寫一對情人久別重逢，各自複雜的心理活動，盧昭容喜中有憂，忡忡怛怛，緊張得簡直手足無措，裴禹則是因喜而忘憂，不顧一切，也是非常真實的。

關於《紅梅記》的版本，鄭振鐸先生認為有兩種，一是玉茗堂評刻本，一是袁中郎評改本。王季烈在《螾廬曲談》中說：「此記全本三十折，有玉茗堂評本。今人所知者唯《脫穽》、《鬼辯》、《算命》三折耳。」按：玉茗堂評本實為三十四齣，王氏所言或是概數，或可能是他並未見這個本子。近人吳梅說：「此記為玉茗堂批本，久已散逸。余從冷攤得之，心殊得意。」〔註6〕吳瞿安先生偶得於冷攤中的正是隆萬舊刊玉茗堂評刻本。阿英說《紅梅記》傳奇「全題『玉茗堂批評紅梅記』，二卷三十四齣，萬曆刊本。……所見者，尚有題『新刻袁中郎先生批評紅梅記』一種，崇禎三元堂刊，名為『刪潤』，實與舊本無異。」〔註7〕可見實際上流傳的只有一種本子。按：《綴白裘》載「算命」一齣，《集成曲譜》載其《脫穽》《鬼辯》二齣，曲白與玉茗堂評刻本頗異，明顯是經過後人改竄的。

玉茗堂評刻本並錄兩個十七齣，即《鬼辯》一齣，是袁晉（幔亭）、即袁于令改寫的，稱「『劍嘯閣』新改」，兩相對照，確實改得較好，這恐怕也是這齣戲得以長期留傳的原因之一吧。

原載中山大學《研究生月刊》1983 年第 3 期，
後收於《紅梅記》校注作為「前言」，上海古籍出版社 1985 年版。

〔註6〕吳梅：《霜厓曲跋》卷二，見《新曲苑》第三十四種第 609 頁，鳳凰出版社 2014 年版。

〔註7〕阿英：《雷峰塔傳奇敘錄》第 104 頁，中華書局上海編輯所 1960 年版。

論元雜劇中的科諢藝術

　　元雜劇中的插科打諢，很有藝術特色，有許多十分精彩的用例。或巧密深細，妙語翩翩，或箴諷美刺，令人絕倒。它常常給人一種特殊的美感，讀來叫人撫玩不盡。作為古典戲曲創作中一種有效的藝術手段，它頗值得我們探討、研究。

　　科諢藝術具有悠久的歷史傳統，它與我國戲曲的起源、醞釀、形成和發展，結下了不解之緣。追溯到中國戲曲的源頭，許多優語就已經含有濃厚的科諢意味了。根據《史記・滑稽列傳》的記載，春秋時談笑諷諫的「賤人貴馬」、「優孟衣冠」故事以及秦代「養鹿」、「漆城」的傳說，就已經很富於科諢色彩和喜劇風味了。因此，焦循說：「優之為技也，善肖人之形容，動人之歡笑，與今無異耳。」〔註1〕司馬遷稱讚優孟、優旃等古優酷肖的摹仿和詭譎的辯才說：「天道恢恢，豈不大哉！談言微中，亦可以解紛。」〔註2〕既肯定了優人了不起的表演才能，又讚揚了他們的表演所起到的積極效果。這正是我們這個民族酷愛諧謔機趣、善於運用諷刺藝術的民族性格的表現。此後，滑稽表演作為一個傳統，笑的種子在古典戲曲中孳勃不輟。隋唐時期，出現了「參軍戲」，宋有「雜劇」，金元時期有「院本」，均是滑稽調弄性質的小型古劇。王國維在他的《宋元戲曲史》中，索性就稱宋雜劇為「宋滑稽戲」。至元雜劇中的科諢，可以說是古典戲曲中科諢藝術發展的一個極至，發達而成熟。比較而言，明清傳奇中的科諢，雖說在元雜劇科諢的基礎上有所承繼和發展，亦不乏有精彩奇

〔註 1〕（清）焦循：《劇說》，見《中國古典戲曲論著集成》第八冊第 81～82 頁，中國戲劇出版社 1982 年版。

〔註 2〕（漢）司馬遷：《史記・滑稽列傳》第 3885 頁，中華書局 2014 年版。

絕處，然就總體來看，無論就內容方面的戰鬥精神、生活氣息，還是就形式風格方面的淳樸獷悍、通俗曉暢，都稍遜元人一籌。當然，從藝術上看，從科諢與劇情緊密結合的角度來看，科諢藝術總是不斷發展的，然元雜劇科諢的那種恣縱不拘、鋒芒畢露的古樸韻味在明清傳奇中卻相對的淡薄了，而元人科諢的長處恰恰在此。

一、元雜劇科諢中多種技巧方法的運用

在已往的古典戲曲研究中，向來有兩種偏向：一是重曲而輕白；二是受傳統的「文以載道」觀念的束縛、影響，往往注重作品思想傾向的分析，輕視對作品藝術技巧的研究，本文則專談科白（科諢屬於科白範疇），又側重於藝術技巧的探討，因此，我們首先來談元雜劇中科諢藝術多種技巧方法的運用。儘管元人並沒有關於科諢運用技巧方法的理論流傳下來，我們從元雜劇中科諢運用的實例不難看出，元雜劇作家已經注意到了這個問題。科諢要引人發笑，在笑中蘊藏著「會義適時，頗益諷誡」（《文心雕龍》）的思想，這不僅僅是內容方面的問題，也是個形式的問題，在笑的藝術中，技巧永遠是必要的。元雜劇科諢中多種技巧方法和修辭格的運用，例子是很多的，諸如常見的諧音、諧意、雙關、歇後語、俏皮話等等，有的我們在談別的問題時要涉及到，有的一看自明，就不一一羅列、縷陳了。這裏僅就用例最多、最富特色的幾種主要的技巧方法大略地作些分析。

（一）重複

重複手法不是始於元雜劇，亦不是為戲劇藝術所專用的，唯在元雜劇科諢中它被反覆運用，是非常突出的，其對後世戲曲的影響也很明顯，不能不引起我們的重視。科諢藝術本來就已經很可笑了，如再加以強調，巧妙地重複出現多次，就更能激起陣陣笑浪。

在王實甫的《破窯記》中，呂蒙正的朋友寇準對劉員外的嫌貧愛富非常氣憤，他怒衝衝地向員外叫道：「誰是叫化的？我是你新招的女婿呂蒙正之兄長寇平仲是也。我是你親家伯伯哩！」他出門又返，三番五次重複著「我是你親家伯伯哩」一句諢語，叫人忍俊不禁。在李直夫的《虎頭牌》中，老千戶銀柱馬在接受金牌時說：「若帶了牌子，做了千戶呵，我一滴酒也不吃了。」以後又多次重複：「我再也不吃了。」「我一滴酒也不吃了。」結果是到了哥哥金柱馬家就又吃上酒了。他一邊飲酒一邊說：「我若到夾山口子去，整搠軍馬，隄

備賊兵,我一點酒也不吃了。」這種可笑的重複為銀柱馬到底因貪杯失職而被敵偷襲作了預示和伏設,藝術效果十分強烈。

上舉二例,前者屬狹義的科諢,後者屬廣義的科諢,韻味不同,異曲同工。類似例子在元雜劇中是很多的,雖說「諢不過三」〔註3〕,然有的妙語有時重複多達四五次,甚至七八次。像《東堂老》中揚州奴對於李茂卿說他將來要成為叫化子很不服氣,以「相手」自我解嘲地說:「且相左手,你孩兒也還不到的哩。」這句科諢就在不同場合重複了四次。《生金閣》中包拯與龐衙內「一家一計」地比寶,這「一家一計」一句諢語由三個人物(加上張千)重複了八次之多。待到包拯吆喝一聲要把龐衙內戴枷打入牢中時,龐衙內說:「老兒,這個須不是一家一計?」這句科諢實在包含了偌多的潛臺詞。

僅上述幾例,我們看到,元雜劇作家是深得重複能引起笑的藝術三昧的,用得是何等自然巧妙呵!時隔了五個多世紀,法國著名批判現實主義作家司湯達研究了重複為什麼會使人發笑的問題,他說:「請注意,講故事的人往往將故事解決糾葛的那些句子重複五六次。如果講故事的人是行家,深知引人入勝的藝術三昧,說得既不太顯,也不太隱,那麼笑的收穫量在第二次重複時比第一次要來得多。」〔註4〕柏格森又說:「在言語的滑稽的重複中一般有兩樣東西,一個是被壓制的情感,它要像彈簧那樣彈跳起來;另一個是一個思想,它把感情重新壓制下去以自慰。」〔註5〕在前我們所舉的例子中,寇準之例屬於柏格森所說的前者,而銀柱馬之例則屬於後者。

(二)對比

「言語的滑稽的重複」,用我國古典戲曲的術語來說,就是科諢的重複,往往又同場面的對比相聯繫,甚且密不可分。如《西廂記》中張生拿到了鶯鶯的簡帖,如醉如癡,高興得不得了,他自鳴得意地三次重複著「俺是箇猜詩謎的社家,風流隋何,浪子陸賈,我那裏有差的勾當」。後來鶯鶯「賴簡」,搞得張生好生狼狽,紅娘則在旁挖苦張生說:「羞也,羞也,卻不『風流隋何,浪子陸賈?』」這既是重複,又是一種情境的、情緒的對比。張生得簡時愈是得

〔註3〕《白兔記》第二齣〔十棒鼓〕曲後科白。

〔註4〕(法)司湯達:《拉辛與莎士比亞》(1823年),見《笑》第二章第20頁,王道乾譯本,上海譯文出版社1979年版。

〔註5〕(法)昂利・柏格森:《笑——論滑稽的意義》第45頁,徐繼曾譯本,中國戲劇出版社1980年版。

意，鶯鶯變卦時他則愈加沮喪，而重複恰在這種強烈的對比中才愈顯得可笑。在《王粲登樓》中，窮秀才王粲去拜見父親的朋友蔡邕丞相：「叔父請坐，多年不見，受你孩兒兩拜。(蔡相云)住者，左右，將過那錦心拜褥來。(王粲云)叔父，要他(它)何用？(蔡相云)拜下去只怕污了你那錦繡衣服。」接著蔡相又在飲酒時戲弄王粲。第四折，王粲作了天下兵馬大元帥，蔡相擔酒牽羊來到王粲轅門拜見，王粲照樣重複了當年自己在蔡府拜見時蔡邕的那番話，「將過拜褥來」、「只怕污了你那錦繡衣服」云云。飲酒時又照樣搬出蔡相當年在酒桌上戲弄自己的一套，幾乎是一字不差的，這既是重複，又是對比。在《凍蘇秦》和《誶范叔》中，也有類似的重複和對比的場面。利用科諢來作對比，往往是既增強了戲劇氣氛，又細膩入微地刻畫了人物。如前舉《東堂老》中揚州奴以「相手」表示不服氣的科諢，就是將東堂老的苦心規勸和揚州奴的執迷不悟作了鮮明的對比，而且揚州奴每以「相手」表示不服，在情境上都表現了他的越陷越深，既揭示了人物的心理活動，又推動了故事情節的發展。

（三）誇張

誇張是諷刺藝術最主要的手段之一，科諢中運用誇張手法便是很自然的。生活中真實的、原型的東西往往並不具備諷刺的意義。個別的特點被突出了，被藝術家集中、概括了，這與形象的現實主義內容並不矛盾，相反，形象的特殊性、虛擬性以至極端性，不僅不排斥形象的典型性，而且還能更富於表現力地揭示這種典型性。因此，諷刺藝術必須是誇張的。魯迅先生說：「有意地偏要提出這等事，而且加以精練，甚至於誇張，這確是『譏刺』的本領。」〔註6〕又由於中國戲曲是重在神似、抒情寫意的，這就決定了它與話劇相較，具有更明顯的誇張性。我國古代文論中向有「譽人不增其美，則聞者不快其意；毀人不溢其惡，則聽者不愜於心」〔註7〕的說法，於戲曲，同樣是適用的。

元雜劇中的科諢多用誇張，最突出例子，莫過於《看錢奴》第三折中賈仁臨死前對他兒子關於自己病因以及死後準備棺材的大段科諢。這段科諢誇張得近乎荒誕，然卻寫盡吝嗇鬼的醜態，它承襲了古優語竭盡誇張之能事的傳

〔註6〕魯迅：《什麼是「諷刺」？》，見《且介亭雜文二集》第90頁，人民文學出版社1973年版。

〔註7〕（東漢）王充：《論衡‧藝增篇》第49頁，高蘇垣集注本，商務印書館1947年版。

統，想像奇特，怪誕又不失其真實和美感。人物的心理是變態的，卻又具有本質上的真實性和典型性。在《冤家債主》中，也有相類的科諢段子。

我們說諷刺和誇張也不能脫離真實性，非指一般意義上的生活真實性，而是藝術真實性，在藝術創造中，這個藝術真實性更為重要。當然，藝術真實也必須是基於生活真實基礎之上的。我們還可舉出《飛刀對箭》中的「針兒線」一段科諢，作者以「使的一把好針線」為噱頭，揭露了在抵禦外族侵略的戰爭中無能邊將的醜態。這段科諢同樣是採取了極度誇張的手法。如果正面寫邊將的無能，上了戰場就吃敗仗，就會顯得很一般化；而採取科諢手段，說邊將上戰場帶了針和線，被打傷了就用針線縫補傷口，這就不僅是滑稽有趣，而且更形象、更生動，同時包含著辛辣的諷刺和無情的嘲弄。即使是這樣極度誇張的科諢，也不是全無根據的。我們知道，在古代漢族與少數民族的戰爭中，由於北方少數民族長期過著落後的游牧生活和技藝人員的缺乏，決定了少數民族在戰場上俘虜了漢族工匠藝人往往不殺頭，以發揮那些技藝人的特長，使之為自己服務。宋初詩人蘇舜欽曾寫過一篇《慶州敗》，抨擊了在對西夏作戰中邊塞將帥的喪師辱國和卑怯無能，其中涉及到少數民族在戰場上不殺漢族俘虜中技藝人的事〔註8〕。其實，不惟宋代如此，金元時也有與此相彷彿的情況。如《元史紀事本末》中就有「工匠皆入班資」的記載〔註9〕，《秋澗集》中亦有「工匠月支口糧」的記載〔註10〕。這說明少數民族對工匠藝人是非常重視的。根據這些，我們再回過頭來看「針兒線」這段科諢，便有著更深刻的意義——對背叛本民族的敗類的無情揭露。上了戰場帶上針和線，被俘時出示給對方看，證明自己是有技藝的裁縫，以便投降免死。如此看來，這類科諢不僅具有一定的生活真實依據，而且在當時看來，諷刺矛頭所向也是很明顯的。

（四）調弄

調弄是參軍戲的流風遺韻，唐崔令欽在《教坊記》中曾有「調弄又加典庫」的話，意思是在兩個角色調笑戲弄中又加進一個角色。調弄在元雜劇科諢中的運用主要表現為嘲笑和戲弄，兩者有相同處，也有不同。具體說，嘲笑表現為

〔註8〕（宋）蘇舜欽《慶州敗》中寫道：「……我軍免胄乞死所，承制面縛交涕洟。逡巡下令藝者全，爭獻小技歌且吹；其餘劓馘放之去，東走矢液皆淋漓……」見《蘇學士文集》卷八，四部叢刊初編縮本，上海商務印書館縮印白華書屋本。

〔註9〕（明）陳邦瞻：《元史紀事本末》卷八第 63 頁，中華書局 1979 年版。

〔註10〕（元）王惲：《中堂紀事》，見《秋澗集》卷八十第 170 頁，上海古籍出版社 1987 年版。

除了可以在甲乙雙方進行之外，還可以由劇作家通過人物的行動和言語進行自嘲，自嘲主要用於反面人物，如《魔合羅》中贓官上場時念道：「我做官人單愛鈔，不問原被都只要。若是上司來刷卷，廳上打的雞兒叫。」這是自我剝露性質的科諢，實是劇作家借角色之口對贓官進行譏刺。這樣的例子在元雜劇中俯拾即是。戲弄則不同，它總是要有戲弄的對象，至少要在甲乙兩個人物之間展開。正面人物戲弄反面人物，或是反面人物之間互相戲弄。前者如趙盼兒戲弄周舍，包拯戲弄龐衙內均是，後者的例子更多，如《望江亭》中楊衙內與張千、李稍之間的相互戲弄，《瀟湘雨》中試官與崔甸士之間的戲弄都是，《鴛鴦被》第二折中劉員外和道姑間的戲弄也應屬於此類。

在元雜劇的科諢中，嘲笑和戲弄的主動權大都掌握在下層人、卑賤者手中，這是因為生活的艱難困苦使他們經受了磨練，使他們機敏慧黠，富於勇敢精神。下等人戲弄上等人是足快人意的，紅娘之嘲笑、戲弄鄭恒就是明顯的例子。嘲笑、戲弄有時又並不含有敵對意味，它是善意的諷刺，諧謔的批評。紅娘對張生有時也持嘲弄態度，張千同包拯之間亦互相揶揄、打趣，但都是近於輕鬆愉快的幽默，同時用以展現人物性格的某些特徵。

還有一種以調笑、戲弄用來對付惡人，幫助弱者的科諢用例，穿插在對話之中，也別有機趣。如《殊砂擔》第一折中，店小二看出惡漢對王文用存心不良，便在他們對話時插科打諢。一方面通過糾纏、笑罵來暗示王文用警惕對方，另一方面也表現出店小二滑稽、機智的性格和善良、美好的心地。

元雜劇科諢多種技巧方法和修辭的運用往往是綜合的、交錯的，一般都不是一種技巧方法的孤立使用。比如重複、對比中含有調笑、戲弄的意味，自我嘲弄又是採取誇張的方法等等，在具體運用中並不就是科諢藝術中所運用的所有技巧方法。

二、元雜劇中科諢藝術特點種種

我們分析一個時代的文學藝術現象和它的特點，不能離開其所由產生的歷史條件和社會生活環境。魯迅說得好：「各種文學，都是應環境而產生的。」〔註11〕

元雜劇中科諢藝術最突出的特點，是表現出極其鮮明的時代特征和十分

〔註11〕魯迅：《現今的新文學的概觀》，見《三閒集》第124頁，人民文學書版社1980年版。

強烈的戰鬥精神，特別是對官場黑暗、吏治腐敗的揭露和抨擊更為痛快淋漓。

我們知道，以施行嚴酷的種族歧視和殘忍的專制統治為主要特徵的元王朝是中國歷史上非常黑暗的歷史時期，儘管歷史上的民族之爭在今天我們應該進行階級分析，然而我們在分析任何一個社會問題時，採取應該也必須的出發點，就是要把問題置於一定的歷史範疇之內。作為一代之文學的元雜劇，它必然要反映當時由民族壓迫而造成的黑暗的社會政治和人民生活的苦難，必然迸發出不可遏止的反抗精神。因此，我們說元雜劇中的悲劇更其悲，即使在喜劇中也蘊藏著一股抑鬱的悲劇意味和潛在的反抗意識。表現在科諢藝術的具體運用中，劇作家們決不放棄「笑」這個有力的武器，他們或將科諢作為煙幕，機智地進行笑罵，或索性將科諢當作直接的武器，一瀉胸中憤懣。

且看昏官出場，念上場詩道：「官人清似水，外郎白似面；水面打一合，胡塗成一片。」（《魔合羅》、《勘頭巾》等）這是一種自我剝露的漫畫式手法，看去似乎淺近平白，信手拈來，實則包含著對黑暗時弊辛辣的諷刺和無情的嘲弄。

再看贓官出場：「我做官人勝別人，告狀來的要金銀。若是上司當刷卷，在家推病不出門。」（《竇娥冤》）就是這個見錢眼開的醜惡官吏桃杌，見了告狀人就跪下，口稱衣食父母。這是關漢卿絕妙的科諢安排，它不僅使人發噱仰合，而且恰與竇娥喊出的「官吏們無心正法，使百姓們有口難言」以及「我竇娥死的委實冤枉」的血淚控訴正反映襯，深刻地揭露了官府貪贓枉法、草菅人命的罪惡。如此科諢，絕非閒筆。

在《碌砂擔》第二折中，淨扮的地曹判官見王文用父親的亡魂來告狀，也向告狀人跪下了。地曹判官將告狀的當成了自己的上司官。更有趣的是地曹也怕強盜：「不爭著我去拿他（指強盜白正），我怕他連我也殺了。（孛老云）我不曾見你這等神道。」這分明是明寫地府，實指陽間，同樣是對黑暗現實社會的嘲弄和譏刺。

對於現代話劇藝術來說，是忌諱這種所謂臉譜化的手法的，而在戲曲，這種直接表達作者和觀眾愛憎的手法不僅是允許的，而且是藝術的、是美的。由參軍戲的「參鶻對立」發展而來的淨與丑這兩個以誇張為事的戲曲行當，在戲曲中是絕不可少的，他們一向是中國戲曲舞臺上最活躍、最有生命力的藝術形象，舞臺上因有他們才變得異常熱鬧，而劇作家又常借他們之口吐盡快言，抒發滿腔如火的憤慨。這正如狄德羅所說的那樣：「什麼時代產生詩人？那是在

經歷了大災難和大憂患以後,當困乏的人民開始喘息的時候。那時想像力被傷心慘目的景象所激動,就會描繪出那些後世未曾親身經歷的人所不認識的事物。……」「而在那樣的時候,情感在胸中堆積、醞釀,凡是具有喉舌的人都感到說話的需要,吐之而後快。」〔註12〕元雜劇作家正是這樣的詩人,他們將科諢藝術手段與其他戲劇藝術手段結合起來,或笑罵,或怒號,或表面上嬉笑,實際上怒罵。總之,不是直攄胸臆,便是曲喻隱語。還是狄德羅說的:「於是戲劇作家就和朝廷中插科打諢的小丑一樣,人們以蔑視的目光看待他們,而他們正是利用這個蔑視才能暢所欲言。」〔註13〕狄德羅這裏所說的「人們」,是指統治階級上層和貴族,因為廣大人民群眾是不會蔑視小丑的,正是通過小丑的「反言顯正」、「寓莊於諧」,往往道出了人們的心聲。莎士比亞在《皆大歡喜》五幕四場中借公爵之口,稱讚長於辭令、詼諧機靈的丑角試金石的智慧和才能說:「他把他的傻氣當作了藏身的煙幕,在它的蔭蔽之下放出他的機智來。」〔註14〕可見插科打諢不惟中國有,外國也有,只是韻味和風格不同罷了。正是由於如上的原因,我們對元雜劇中看去不過是簡單的調笑,或有些重複出現的科諢,應多作些具體分析,不能以雷同和蹈襲就將它們輕易地否定了。

　　還是在《灰闌記》中,那個鄭州太守蘇順在第二折結尾處有這樣一段科諢:「這一椿雖則問成了,我想起來,我是官人,倒不由我斷,要打要放都憑趙令史做起,我是個傻廝那。(詩云)今後斷事我不嗔,也不管他原告事虛真,笞杖徒流憑你問,只要得的錢財做兩份分。」這個「傻廝」從一上場念上場詩,到自報家門,以至審案、念下場詩,出語便渾,他「雖則居官、律令不曉」,問案時,聽了搽旦扮的馬員外妻子的一番誣告之後,竟「一些兒也不懂」,急著叫人「快去請外郎出來」。在王仲文的《救孝子》第二折中,淨扮的官是:「小官姓鞏,諸般不懂。雖則做官,吸利打哄。」他凡事都聽令史的,口口聲聲「我則依著你」在《陳州糶米》第四折中,陳州州官蓼花與外郎之間也有類似的科諢:「(外郎云)你與我這文卷,叫我打點停當,我又不識字,我那裏曉的?(州官云)好,打這廝!你不識字可怎麼做外郎那?(外郎云)我是雇將

〔註12〕狄德羅:《論戲劇藝術・關於風尚》,見《西方文論選》上冊第 372 頁,上海譯文出版社 1979 年版。

〔註13〕狄德羅:《論戲劇藝術・關於風尚》,見《西方文論選》上冊第 370 頁。

〔註14〕《莎士比亞全集》第三集第 196 頁,人民文學出版社 1980 年版。

來的頂缸外郎。」作者順勢一筆，即活畫出一對昏官庸吏的腐朽無能。《陳州糶米》全劇正是要通過官場的黑暗來展現人民的痛苦生活，同時，寫一般官吏的昏聵無能，又正好用以襯托、突出包拯的清廉和剛正。《神奴兒》第三折中也有縣官斷不了案，跪在外郎面前乞求的科諢。類似科諢還可以舉出一些，能否簡單地以蹈襲、雷同就能一筆抹殺這類科諢的作用呢？

我們還是要借助於歷史事實，將這類科諢與元代特定的歷史環境聯繫起來看，才能從更深刻的意義上來認識和理解它們的真正底蘊。

《元史》載：「諸王公主，寵以投下，俾之保任。遠夷外徼，授以長官，俾之世襲。凡若此類，殆所謂吏道雜而多端者歟。矧夫儒有歲貢之名，吏有補用之法。曰掾史、令史，曰書寫、銓寫，曰書吏、典吏，所設之名未易枚舉。」〔註15〕又《元史紀事本末》載：「桑哥當國四年，中外百官鮮（有）不以賄而得者，昆弟、故舊、親族皆授要官美地，惟以欺蔽九重，朘削百姓為事。」〔註16〕其實，吏制的腐敗連「九重」也欺蔽不了，元世祖也不得不承認「濫官污吏，贪緣侵漁；科斂則務求羨餘，輸納則暗加折耗，以致濫刑虐政，暴斂急徵，……」〔註17〕揭自己的瘡痂總不免羞羞答答，實際情況恐怕還要壞得多。足見雜劇作品對貪官污吏恒以譏刺，並非簡單的蹈襲、雷同，而是黑暗現實激怒了作家和民眾的緣故。《輟耕錄》中有云：「今蒙古色目人為官者，多不能執筆花押，例以象牙或木刻而印之。宰輔及近侍官至一品者，得旨，則用玉圖書押字。」〔註18〕

這樣，我們便可以基本上搞清楚「一些兒也不懂」、「律令不曉」、「諸般不懂」以及不識字而充作「頂缸外郎」的真正用意。它的諷刺矛頭直接指向了元蒙王公貴族以及他們那些雞犬昇天的遠親近戚，這是元劇作家智慧的反抗，巧妙的挖苦！聯繫宮天挺在《范張雞黍》中的牢騷怨恨，那更是借角色之口對元廷高官大吏破口大罵：「都是些裝肥羊法酒人皮囤，一個個智無四兩，肉重千斤。」表現了對民族壓迫強烈的憤怒和不滿。在《延安府》第二折中，達達官人（蒙古官）在數落龐衙內時說：「我是個達達人，不省得你這中原的勾當。

〔註15〕見《元史》卷八十一《選舉志》。

〔註16〕（明）陳邦瞻：《阿合馬、桑、盧之奸》，見《元史紀事本末》卷七第53頁，中華書局1979年版。

〔註17〕轉引自呂振羽《簡明中國通史》下冊，第647頁，人民出版社，1961年版。

〔註18〕（元）陶宗儀：《南村輟耕錄》第26頁，李夢生校點本，上海古籍出版社2017年版。

我雖是個達達人，落在中原地面，我坐著國家琴堂，請著俸祿，一應的文案，我敢差了些兒麼？你休說我是個達達人，我也曾讀漢兒文書。」從全劇故事情節的上下聯繫來分析，「達達官人」的這一番話，不過是冠冕堂皇的表白而已，因為龐衙內此時已成落水之狗，眾矢之的，這個達達官人只是乘勢敲敲邊鼓罷了。不寧唯是，仔細推究，這番表白不無自我剖露的意味，實際上除了「不省得你這中原勾當」一句之外，餘皆反語，等於說「一應的文案」他均「葫蘆提」，而「漢兒文書」，他也是讀不懂的。如果這樣，我們也可以將其視為科諢，這段科諢又正好為我們進一步理解元雜劇中常見的胡塗昏席、貪贓枉法的官吏形象來作注腳。

總之，「立意在反抗，指歸在動作」〔註19〕的元雜劇藝術，以科諢作為有力的武器之一，表現出強烈的思想傾向和奇特的藝術魅力，誠如李漁所說，「於嘻笑詼諧之處，包含絕大文章。」(《閒情偶寄》)「嘻笑詼諧」惟何？娛人是也。這也是元雜劇中科諢藝術的特點之一，即娛樂性。這在我們今天看來是既不可過分強調，又不能完全忽視的東西。科諢藝術中的娛樂性，是客觀存在，不必怕談娛樂性，況且純粹的娛樂幾乎是沒有的，高明的藝術家總是在看似娛樂的匠心安排中，揉進自己的思想傾向和審美趣味的。元雜劇的科諢用例中，的確有些很無聊甚至莫明其妙的地方，這一類科諢游離於主題之外，沒有很明確的意義，一味追求笑料。對這部分科諢應該如何評價、如何對待呢？這首先要找出其所以產生並得以流傳下來的原因。

唐宋時期，隨著都市的出現和商品經濟的發展，市民階層逐漸壯大。所謂市民階層，主要是指從事手工業的工人、小商販、駐守都市的禁軍兵士以及大商人、作坊主乃至其他城市貧民等等。為了滿足這些人的文化娛樂要求，在都市出現了「勾欄瓦舍」。到了宋元時期，「勾欄瓦舍」已經相當發達。藝人們在「勾欄」中無非是賣藝，而觀眾來這裏則是出錢買娛樂。如果從戲劇由宮廷裏解放出來，為更多的人服務這個意義上看，這無疑是一種進步。然而，我們必須看到，戲曲和其他技藝的思想內容、藝術風格、欣賞趣味等等，必然要投迎廣大市民觀眾的愛好和要求。元雜劇正式形成以後，戲曲的演出基本上仍然還屬於市民藝術，它還未完全脫掉戲曲草創時期簡單化的窠臼。宋人莊季裕在《雞肋篇》中曾說到，宋雜劇在演出時，人們以演員的表演能否博得觀眾的笑

〔註19〕魯迅：《摩羅詩力說》，見《魯迅全集》第一卷第66頁，人民文學出版社1982年版。

聲為高下〔註20〕，可見當時的市民階層對滑稽表演是何等狂熱。一直到清代的李漁，還借角色之口宣稱：「何事將錢買哭聲，反令變喜為悲咽。唯我填詞不賣愁，一夫不笑是吾憂。」（《風箏誤》終場詩）朱東潤先生認為，李漁的這種主張「不啻為笠翁宣言」〔註21〕。這個主張的得失我們這裏姑置不論，然戲劇演出要「娛人」，這卻似乎是個歷史傳統，即使在今天也不能一概否定。問題是如何將思想內容的表達與「娛人」結合、溶匯起來，盡可能做到寓教育於娛樂之中。明乎此，我們再回頭來看元雜劇中那部分娛樂性的科諢，便容易理解了。就是對這類科諢，我們也還是要做一點具體分析，因為純娛樂的科諢與表達一定思想意義的科諢並非就能一刀切開（當然有的是很明顯的），有時情況也還挺複雜。我們還是來看實例。

關漢卿在《蝴蝶夢》中的一處科諢運用，頗費猜詳。那就是第三折末尾處王三被判死刑時，他問獄卒張千究竟怎麼個死法，「（張千云）把你盆弔死，三十板高牆扔過去。（王三云）哥哥，你丟我時放仔細些，我肚子上有個癤子哩。」這似乎完全脫離了劇情。更有趣的是王三接著還唱了起來，剛唱〔端正好〕第一句，張千便以觀眾兼劇劇中人的雙重身份驚問：「你怎麼唱起來？」王三則以作者兼角色的身份答道：「是曲尾。」接著竟唱完了〔端正好〕〔滾繡球〕兩支小曲，曲中還雜以打諢語意。這個關目初看頗令人費解，好似敗筆，起碼也是閒筆。王三在這個節骨眼上插科打諢顯得很突兀，又不符合人物性格在規定情境中的邏輯發展，兩個人物的科諢又完全破壞了舞臺幻覺，倒真的成了「間離效果」了。

肯定地說，這段科諢確有娛樂性作用，前面的戲有些沉悶，需要一點熱鬧氣氛來調節一下。不僅如此，我們再再而思，悟到關漢卿這樣處理並非完全沒有道理，它正是要為第四折的喜劇性關目處理作出某種暗示，為結局的出乎意料作必要的鋪設，以使全劇通體諧調起來。俄國戲劇理論家庫卡爾金曾說過：「那些似乎是『純屬可笑』的噱頭和手法，當它們和其他喜劇手法結合在一起的時候，也就是說在總的情節的上下聯繫中，也常常有一定的意義和傾向性，巧妙地嵌入的瑣事也補充描繪著整幅的圖畫，相應地引起觀眾的情緒，引起他

〔註20〕 （宋）莊季裕在《雞肋篇》中有這樣的記載：「自旦至暮，唯雜劇一色。坐於闊武場，環庭皆宅看棚，棚外始作高凳，庶民男左女右，立於其上如山。每諢，一笑須筵中哄堂，眾庶皆噱者，始以青紅小旗各插於墊上為記。至晚，較旗多為勝。若上下不同笑者，不以為數也。」

〔註21〕 朱東潤：《中國文學批評論集》第126頁，開明書店1947年版。

們必要的感想和推論。」〔註22〕王三和張千的一段科諢，正是為了要「相應地引起觀眾的情緒，引起他們必要的感想和推論」。現實生活的本身，是複雜而又充滿了各種可笑事物的。幽默、滑稽的東西的出現，有時並不是打斷劇情的發展，而是構成活生生的事件中間的一個必要的環節，是出人意料地轉入更深生活層次的一種有效的方法。查較早的《古名家雜劇》本，王三還是末扮〔註23〕，及至臧本《元曲選》王三才改作丑扮。王三是喜劇性格的人物，但他不是主要人物，戲雖不多，出語則諢。可見臧晉叔深得劇中之趣，改作丑扮還是恰當的。

在《飛刀對箭》楔子中，張士貴與高麗將摩利支對陣，也有一段幾乎純然是娛樂性的科諢，如果說多少還有一點意義的話，那就是對屈辱怯懦的邊將的醜化和嘲弄。《伍員吹簫》第一折中淨扮的費德雄與卒子的科諢，利用「靴後跟」（掌子）與「長子」的諧音來逗哏，亦屬此等。這類用例在元雜劇中也是為數不少的。

我們除了從觀眾的角度來找原因之外，還應該考慮到當時被稱為「書會才人」的劇作家們，他們大多數身份卑微，亦屬市民階層。元滅金後八十年間廢止科舉，使他們能夠置身下層，熟悉市民的生活和語言，自然也熟悉觀眾對戲曲的欣賞習慣和趣味。有些科諢完全著眼於劇場效果，投群眾所好，也有些則反映了作家個人的趣味和格調。鄭振鐸先生說：「書會才人」們是「為了時事黑暗，無可進取，故淪落為職業的賣藝者（廣義的）的。」〔註24〕既是賣藝，他們便不能不揣摩觀眾的興趣、愛好。如此分析，我們對元雜劇中那部分趣味不高而又沒有明確意義的科諢便容易理解了。

總之，由於歷史傳統和民族欣賞習慣等等原因，決定了中國戲曲藝術特殊地重視欣賞過程中的愉悅性，元雜劇自然也不例外。如果說看話劇是偏重於受感動，而看戲曲則重在品味——人們得到的藝術享受是獨特的。這就是為什麼人們即使知道了戲曲的故事和內容，反覆再看仍然還會感到有興味的原因之

〔註22〕（俄）庫卡爾金：《卓別林傳》，芮鶴九譯，見《電影藝術譯叢》1979 年第三期。

〔註23〕元雜劇中除正末、正旦兩個主唱角色之外，往往以劇中人物身份來命角色名，如孛老是扮老人的，卜兒是扮老夫人的，孤就是官，酸便是秀才，徠兒則是孩童等等。因此有的學者認為淨與丑是明人改的，如鄭振鐸先生就認為「《元曲選》上所有的『淨』與『丑』都是明人所增注出來的，不可靠。」（《中國文學研究》中冊第 563 頁）

〔註24〕鄭振鐸：《插圖本中國文學史》第 766 頁，中華書局 2016 年版。

一。就是說，當對情節的好奇心已經消失之後，人們的欣賞趣味仍然存在，甚且興致不減。興趣所在，無非「唱念做舞」，而科諢當是屬於「念」和「舞」範疇的。於是，人們欣賞科諢，品味科諢，求得精神上的快意和滿足，逐漸成了一種習慣；以科諢來愉悅觀眾也就成了劇作家創作中不可缺少的一個環節。元雜劇中科諢藝術的特點之三，是它在運用過程中的靈活性。

由於古優和參軍戲都是以活口為貴的即興式表演，就決定了最初將其溶匯到戲曲中去時仍然明顯的具有即興表演性質的自由天地，它不僅為演員的創造留有充分餘地，而且也成為劇作家調節劇情冷熱、推動故事情節發展變化的一種十分靈活的方法。

首先，科諢運用的靈活性，表現在它幾乎在任何情況下都可以使用，喜劇中能用，悲劇中也能用。我們看到，在元雜劇的悲劇中，也是不乏精彩絕妙的科諢用例的。正是由於這樣的原因，形成了我國古典戲曲中往往出現「或悲或喜」、「苦樂相錯」的特殊韻味，喜劇中有時透露出悲劇的情調，悲劇中又含著樂觀、詼諧的風味，這與科諢的穿插、點染不無關係。例如在諷刺喜劇《看錢奴》第二折中，尖酸刻薄的財主賈仁乘人之危，要買落難秀才周榮祖的幼子。賣兒鬻女，無疑是悲劇性的場面，然作者卻採取了另外一種筆調來寫這場戲，是典型的「寓哭於笑」的手法。慳吝的賈仁不但不給秀才錢，反以對方反悔為名，放刁耍賴。這裏賈仁的科諢在引人騰笑的同時，夾雜著一抹使人悲涼的況味。由於好心的門館先生陳德甫從中斡旋，那自謂「指甲裏彈出來的，也著你吃不了」的土財主賈仁總算答應給秀才錢，於是作者安排了這樣一段科諢：「（賈仁云）陳德甫，看你的面皮，待我與他些。下次小的每開庫！（陳德甫云）好了，員外開庫哩！周秀才，你這一場富貴不小也。（賈仁云）拿來，你兜著，你兜著。（陳德甫云）我兜著。與他多少？（賈仁云）與他一貫鈔。（陳德甫云）他這等一個孩兒，怎麼與他一貫鈔？忒少？（賈仁云）一貫鈔上面有許多的寶字，你休看的輕了。你便不打緊，我便似挑我一條筋哩！」本來是悲劇性場面，卻偏用喜劇筆調來寫，具體說，財主賈仁的一系列科諢，既使劇情變化有致、色彩豐富，又不失真實感人的藝術魅力，這位七百年前的喜劇作家，以其高妙的科諢藝術手段，「收穫」了觀眾和讀者「含淚的笑」、「思考的笑」。正是所謂悲劇喜唱，哀淚笑灑。

王朝聞同志曾說過：「笑料，也可以說相當於繪畫中構成冷調子的熱色。正如中國傳統戲曲、外國戲，例如莎士比亞的作品，也可講究冷色調子中的熱

色,悲劇中結合了喜劇成份的。」〔註25〕科諢,可謂一種很好的熱調顏色,它不僅可以構成冷調子中的熱色,也可以加強熱色調的場子,也就是說,在喜劇場面中它能夠起到更增喜劇氣氛的作用。

在《瀟湘雨》第二折中,試官要招崔甸士為婿,兩個人之間有大段科諢,本來已經夠熱鬧的了。可是,作者卻在熱調子中又著熱色,以使喜劇氣氛更濃厚、場面更熱鬧。試官喚出自己的女兒來說:「喚你來別無他事,我與你招了個女婿。(搽旦云)招了幾個?(試官云)只招了一個。你看一看,好女婿麼?(崔甸士云)好媳婦。(試官云)好丈人麼?(崔甸士云)好丈人。(試官覷張千科云)好丈母麼?(張千云)不敢。」接著試官又唱〔醉太平〕小曲為崔甸士送行,科諢意味甚至深入到了曲中。這段科諢由通場角色參與,煞是熱鬧。一則表現了劇作家對反面人物的憎惡和批判,二則襯托了翠鸞的不幸遭遇,此處場面越是熱鬧,就越是與後面翠鸞的悲苦形成強烈的對比,三則起到了調節舞臺氣氛和全劇色調的作用,可謂一箭雙雕,一石三鳥。

其次,科諢在活潑愉快的場子能用,在至為嚴肅的氣氛中也能用。前者顯然,不必舉例,我們來看嚴肅的場子中的科諢。在石君寶的《秋胡戲妻》第二折中,李大戶恃仗自己有錢,要強娶去作勾軍的秋胡妻子羅梅英,結果受到正直、潑辣的梅英嚴厲的拒絕甚至「拳捶」。這本是面對面的鬥爭,是矛盾衝突異常尖銳的一場戲,劇作家卻安排了李大戶多次的插科打諢。在將花紅財禮硬給了梅英父親之後,李大戶樂不可支,三番兩次重複這樣兩句科諢:「洞房花燭夜,金榜掛擂錘。」他還腆著臉皮幾次向梅英說:「我這模樣,可也不醜。」這種自我嘲弄的科諢,勢必激起觀眾陣陣笑浪。當李大戶吃了梅英一打一跌之後,又隨口冒出兩句科諢:「(詩云)只為洞房花燭惹心焦,險被金榜擂錘打斷腰。」所有這一系列科諢,不僅沒有沖淡、削弱戲劇的矛盾衝突,反而更增強了戲劇衝突的藝術真實性和感染力。李大戶「做嘴臉」、「做發科」,發噱語等等,都是作者以反面人物的齷齪、猥瑣,來反襯羅梅英之性格美的,在強烈的對比之中,突出她不可欺侮的潑辣性格和嫉惡如仇的反抗精神。這裏,科諢的運用,並不是打斷嚴肅的劇情,而是將劇情和人物性格引入更深的生活層次。尤其巧妙的是,科諢是隨著雙方面對面鬥爭的展開、激化、十分靈活地穿插其間的。

再次,科諢不僅用於科白中,有時在個別的小曲中,亦頗富科諢意趣。如

〔註25〕王朝聞:《一以當十》第57頁,作家出版社1959年版。

《望江亭》第三折末尾，楊衙內與他的兩個從人發現勢劍金牌被賺，叫苦不迭，三人一替一句唱了一支《馬鞍兒》小曲，就屬這種情況。這類小曲一般由花面來唱，以一、二支為限，在唱念之間，就是說又像曲、又像白，多是通俗戲謔而又平白淺近的，我們不妨稱為「曲中科諢」，算作科諢運用具有靈活性的一種特殊表現形式〔註26〕。這種引人發笑的小曲，往往安排在折前和折末，放在第三折末尾的尤其多，在《元曲選》中都低一格排印，以示與正末或正旦唱的套曲相區別。它又往往與念白科諢連在一起，起著調劑和渲染的作用。它既可用於反面人物的自嘲、自剝，又可用於喜劇性格的正面人物，以抒發內心的憤懣和怨氣。前者如《小尉遲》中淨扮的李道宗，先念道：「氣殺我也，不要我做元帥，又不要我做副帥，兩個老頭兒，則是趕我，難道我就這等罷了？且唱個曲兒，出這一肚子不平之氣。」於是便唱〔清江引〕小曲：「房玄齡、徐茂（懋）公真老傻，動不動將人罵，不知道我哄他，把我當實話，去買一瓶打剌酥（酒）吃著耍。」後者如我們前面曾提到過的《蝴蝶夢》中王三所唱兩支小曲，表現了他對吏治腐敗，儒書誤人等黑暗現實的一腔積怨和滿腹牢騷，近於破口大罵，看似荒誕不經，卻包含著嚴肅的思想內容。

需要說明的是，科諢畢竟不是曲詞，不能將二者混為一談，我們之所以說這一類小曲具有科諢意味，也只是就其藝術作用和效果而言，即在某種意義上來說很相似，因而我們實可將這類小曲視為科諢靈活多變的一個特例。

最後，科諢雖多用於花面人物、反面人物，也可用於正面人物。這一點很明顯，我們後面還要專題論述，這裏就不舉例分析了。

元雜劇中科諢藝術特點之四，是語言的生動活潑、通俗曉暢。

無論是古優諷諫還是參軍戲，都是語言、對話再加以表演的藝術。至元雜劇科諢，由於劇作家更加重視現實題材的開掘和現實生活中人物形象的構成，

〔註26〕這種穿插性的，帶有科諢意味的小曲有獨唱、對唱，還有合唱。獨唱的如《瀟湘雨》中試官唱的〔醉太平〕；對唱的如《破窰記》第一折中大淨、二淨唱的〔金字經〕；合唱的就是《望江亭》第三折楊衙內與從人張千、李稍三人合唱〔馬鞍兒〕。還有插在套曲之間的，起著活躍、變幻的作用。《降桑椹》第一折中先由正末扮蔡順唱〔仙呂點絳唇〕套前五支曲子，白廝賴插入一支〔清江引〕小曲，接著又由蔡順唱完套曲的後五支曲子，此外，當花面唱完小曲，有時還插進「外」來加以評價，即是所謂「呈答」或「呈打」，以增強喜劇氣氛，引人發笑。《獨角牛》中拆拆驢唱完〔曲尾〕，「（外呈答云）諸弟子孩兒，不甚好，得也麼！」像是拍著節奏伴和，這可看作參軍戲的流風餘韻，如用得恰到好處，卻也別有異趣。

便不能不更加重視劇中人物的口語對話，甚至在劇中出現大段的賓白和科諢，有時幾乎到了放棄歌唱的地步。與此同時，舞臺動作也逐漸傾向於重視細節刻畫，以增強戲劇故事情節的真實性和感染力。又由於元雜劇在勾欄瓦舍中演出，觀眾多為市民階層，賓白、科諢便自然趨向於口語化，通俗淺近，生動有趣，以激發觀眾笑聲。如在《東堂老》、《老生兒》、《秋胡戲妻》、《看錢奴》等劇中，賓白、科諢篇幅都比較多，且又都寫得極精彩。

元雜劇作家的創作實踐證明：凡是精彩的科諢，都是語言自然本色，一看就懂的。所以如此，是因為喜劇語言必須十分清楚地傳達給觀眾，如聽不懂或聽不清，或一下子悟不出其中妙味，都會沖淡藝術效果。劇中科諢同宋人所說的詩中諢語有所不同，詩中諢語往往很含蓄，講求所謂「端如嘗橄欖，苦過味方永」〔註27〕。劇中科諢則要求深入淺出，或者說要求使人聽罷立即就悟到妙處，即爆發笑聲。李漁稱讚元人「以其深而出之以淺，非借淺以文其不深也」（《閒情偶寄‧詞曲部‧貴淺顯》），是頗有見地的評價。那麼，我們一般所說的喜劇語言與科諢之間究竟有些什麼差異呢？這問題恰同詩中諢語與劇中科諢的差異相彷彿。毫無疑問，科諢是戲曲中的喜劇語言，但戲曲中的喜劇語言不惟指科諢。我們一般所說的喜劇語言，既包括那些含蓄蘊藉的，同時也包括那些開口即叫人抑制不住笑聲的謔語。簡言之，科諢無疑是喜劇語言，而喜劇語言不必都是科諢。科諢當是具體指那種使人「頓悟」的滑稽謔語。「作為滑稽感的笑經常是拍案叫絕，驚喜交錯，『頓悟式』的特點更為突出，所以娛樂性也更為鮮明。」〔註28〕如若使人「頓悟」，就必須是通俗淺近的，使得「雅俗同歡，智愚共賞」，否則觀眾似懂非懂，笑從何來？在這個問題上，最有說服力的例證莫過於《瀟湘雨》中試官與崔甸士打諢聯詩了。本來寫的是知識分子，又是在考場上，按常規總免不了端出些「詩云子曰」來，可是這裏的科諢安排卻淺顯平白，頗為別致：「（試官云）河裏一隻船，岸上八個拽。你聯起來。（崔甸士云）若還斷了彈，八個都吃跌。（試官云）好，好。待我再試一首。一個大青碗，盛的飯又滿。（崔甸士云）相公吃一頓，清晨跑到晚。（試官云）好秀才！好秀才！看了他這等文章，還做我的師父哩。」劇作家完全考慮到了觀眾，將科諢寫得是那樣平白之中見機趣。這段科諢的藝術作用無非是調節舞

〔註27〕（宋）黃山谷：《次韻子由績溪病起被召寄王定國》，見《黃山谷詩》第211頁，商務印書館1934年版。
〔註28〕李澤厚：《美學論集》223頁，上海文藝出版社1980版。

臺氣氛，為下面的戲作設伏和比襯。如果寫得文謅謅、掉書袋，效果將會大減。這可以說是利用科諢來「寫意」，古樸中透出大巧，是劇作家深諳科諢手段藝術三昧的表現。已故文學家、劇作家老舍曾深有體會地說過，「喜劇語言是要一碰就響的。」他又說：「它必須深刻，同時又要輕鬆明快，使大家容易明白，又不忍忘掉，聽的時候發笑，日後還咂著滋味發笑。」〔註29〕他還打比方說：「喜劇語言必須餡兒多而皮薄，一咬即破，而味道無窮。」〔註30〕這番話以及這個形象的比喻不僅適用今天的喜劇創作，對於我們研究古典戲曲中的科諢藝術，同樣具有啟發作用。老舍這裏所說的，正是指喜劇語言中那部分比較通俗、平易、活潑、明快的，與古劇中的科諢很相近。不消說，喜劇語言中也還包括那些含蓄的，不是「一碰就響」、一聽即笑，而需要慢慢品味的。兩者之間有區別，卻又無明顯的分界線，要具體情況具體分析，對複雜的文學藝術現象採取定義式的一概而論，往往是行不通的，我們只能找出大體上的差異。說到科諢語言的輕鬆明快，《漁樵記》中朱買臣妻子對丈夫一大串連珠炮似的搶白，便是很好的例子，稱得上「諢廣笑聲多」的妙語：「（旦兒云）朱買臣，巧言不如直道，買馬也索糴料；耳簷兒（冬天裏在耳朵上的一種防寒皮毛小套）當不的胡帽，牆底下不是那避雨處，你也養活不過我來，你與我一紙休書，我揀那高門樓，大糞堆，不索賣卦有飯吃，一年出一個叫化的，我別嫁人去也。」這位「玉天仙」這一大套令人捧腹的諢語，既活脫出她性格中的那股子潑勁，語中又暗含對豪門貴族的不屑。一席快人快語，形象、生動，既引人發笑，又頗富個性，且全用俗語，如「耳簷兒」，現在北方俗語中仍在用。

他如《陳州糶米》第三折中張千與包待制之間的打趣，還有王粉蓮與包待制之間的遭遇，既是情趣盎然的好的喜劇關目，又有令人噴笑的精彩科諢，語言之通俗、幽默自不待言。如「龍頭口兒」、「丟撅子」等，均是婦孺皆知的俗語。

過去一說到古典戲曲的「本色」、「當行」，人們的注意力往往只盯在曲詞上，科諢中何嘗沒有這個問題？我們說元雜劇科諢具有明顯的通俗性，一般說來沒有搜求怪僻、引經據典之弊，往往以淺言深，平中見巧。用臧晉叔的話說，就是「不工而工」，「雜以方言」（《元曲選》序）。因此，臧氏不同意元劇「其

〔註29〕老舍：《喜劇的語言》，見《電影喜劇討論集》第 282 頁，中國電影出版社 1963 年版。

〔註30〕老舍：《戲劇語言》，見《劇本》雜誌 1962 年第四期。

賓白則演劇時伶人自為之，故多鄙俚蹈襲之語」的說法，明確表示「此皆予所不辯」（同上）。言外之意，對這一說法不屑一辯〔註31〕。應該說，伶人即興發揮，而且發揮得比較好，刻書時保留下來，即所謂「歌者分作者之權」〔註32〕的情況是有的，但不可能全由歌者代勞。元雜劇作家根植下層，熟悉民情方言，酌挹俗言俚語而為賓白、科諢，完全是正常的，是可以使人信服的。有些作品曲白相間，科諢與曲詞水乳交融，如我們前面曾列舉的羅梅英的唱段和李大戶的科諢穿插等例子，很難想像非出自一人之手。比較切合實際的說法是：元雜劇劇中的科諢通俗曉暢、生動活潑，以簡、淺、顯見長，這正是劇作家和演員共同創造的結果。那種由劇作家填詞，又另由伶人填補賓白、科諢，各行其事的說法是不切實際的，站不住腳的。

〔註31〕關於元雜劇中曲和科白（當然包括科諢）究竟出於劇作家一人之手，還是曲白分家，由曲家填詞、伶人增設科白的問題，是一個夙有爭論而又饒有興味的問題。王國維在《宋元戲曲史・元劇之文章》中說：「至謂賓白為伶人自為，其說頗難通，元劇之詞，大抵曲白相生，苟不閒作白，則曲亦無從作，此最易明之理也。」這無疑是正確的觀點。但是王國維將「賓白為伶人自為」的錯誤說法歸罪於臧晉叔，這完全是一種誤解。細讀臧氏《元曲選・序》，聯繫上下文，意思非常明確，一開始即說明「世稱」、「或謂」、「或又謂」，明明是援引別人的觀點，羅列成說，而他自己又不屑去辯。很清楚，臧氏並不同意「伶人自為」的說法，至少也是不明確表示自己的態度，無論如何看不出臧氏同意「伶人自為」的意思。查明人王驥德、清人李漁倒都有「伶人自為」之類的說法，王伯良說：「元人諸劇，為曲皆佳，而白則猥鄙俚褻，不似文人口吻，蓋由當時皆教坊樂工先撰成間架說白，卻命辭臣作曲，謂之『填詞』。」（《曲律》）李笠翁說：元劇「其介白之文，未必不是後來添設。」（《閒情偶寄・賓白第四》）在《閒情偶寄・詞別繁簡》中，李笠翁還有「填詞」與增設賓白各自為政的說法。周亮工說得更不成道理：「猶有元人體裁，其曲分視則小令，合視則大套，插入賓白則成劇，離賓白亦成匹曲，不似今人全賴賓白敷行也。」（《中國古典戲曲論著集成》第十冊第 233 頁）這就將戲曲與散曲混為一談，簡直毫無區別了，這些說法都說明古人重曲而輕白，未必不是士大夫之偏見，這些揣度、推測之辭，也並無實據，殊不可信。

〔註32〕語見董氏誦芬堂刻《遙集堂新編馬郎俠牟尼合記》，是明末香垞草禪民（即文震亨）在為阮大鋮的《牟尼合》所作的序中說的。原文是：「蓋近來詞家，徒騁才情，未諳聲律，說情說夢，傳鬼傳神，以為筆筆靈通，重重慧現，几案盡具奇觀，而一落喉吻間，按拍尋腔，了無是處，移換推敲，每煩顧誤。遂使歌者分作者之權。」這裏指的是曲，其實「歌者分作者之權」不僅在曲，演員的創造是多方面的，所以這個「歌者分作者之權」說得好，好就好在這話反映了我國古典戲曲創作的實際情況，戲劇創作是劇作家和演員等人的集體勞動，但這不等於說賓白、科諢全為伶人所加，「分」作者之權，不就是完全替代作者之權。

三、科諢與人物性格刻畫

元雜劇中的科諢運用，就絕大多數而言，是精巧有趣同時又具有積極內容的，它與喜劇性關目聯繫在一起，相得益彰，交互成趣。它常常既是喜劇關目安排的必然產物，又反轉來成為喜劇關目的自然點染，同時又都為造成濃厚的喜劇效果、刻畫人物性格（特別是喜劇性格的人物）服務。

科諢要引起笑，但笑並不是最終的目的。笑的力量之深刻，笑要引起人們的思考，這不僅取決於手法、情境和噱頭，更重要的是取決於它們為之服務的目的，取決於它們是否幫助刻畫了人物性格，一句話，取決於它們反映現實生活的深度和廣度。我們研究元雜劇藝術，重要的是研究元雜劇作品中的「人」，因為現實主義的作家總是通過人物的塑造，去反映他們所處的那個時代的現實生活的。科諢所以引人發笑，原因恰在於喜劇人物性格的展示和暴露。我們笑的是人，而不是景物和其他別的什麼。而在戲劇中，情節結構（在我國古典戲曲術語中稱作關目安排）又正是人物性格發展的歷史。因此，喜劇性的人物性格，必須在喜劇性關目中才能得以展現。李漁看出了此中奧秘，認為「為淨、丑之科諢易，為生、旦、外、末之科諢難」（《閒情偶寄·重關係》）。用我們今天的話說，是正面人物或比較嚴肅的反面人物的科諢安排比較難，難就難在你必須設計出好的喜劇關目，人物在喜劇關目的規定情境中才能自然地流露出符合人物身份的、性格化的科諢。而性格化的科諢，才真正是科諢藝術之佳境和上乘。

元人雖然沒有留下從理論上正面論述科諢的文字，但劇作家們卻已經在雜劇創作的藝術實踐中注意到了科諢與關目處理、刻畫人物性格之間的必然聯繫，有些地方處理得非常精到。明顯的科諢（或稱狹義的科諢），一般是由淨、丑、搽旦所扮演的角色專司，這類例子我們已經論列了不少。現在我們來分析其他行當所扮演的角色（多是正面人物）的科諢（或稱廣義的科諢）。

《李逵負荊》第三折，就是李逵拉著宋江和魯智深下山對質的關目，頗能說明科諢與喜劇關目以及人物性格刻畫之間的關係，是性格化科諢的好例證。這時的李逵對宋江，魯智深誤會正深，他吹鬍子瞪眼雜以冷嘲熱諷，一路上只嫌宋、魯二人走得慢。他對魯智深說：「花和尚，你也小腳兒，這般走不動，多則是作賊的心虛，不敢走哩！」他又對宋江說：「宋公明，你也行動些，你只是拐了人家女孩兒，害羞也，不敢走哩。」他一反平時哥哥長哥哥短的常態，直呼花和尚、宋公明，又千方百計挖苦對方，活生生表現出了他嫉惡如仇、睜

皆必報的性格特徵。

一次偶然的過錯，由誤會而生；又因性格的魯莽滅裂，錯上加錯，誤會加深；及待誤會解除，過錯揭穿，喜劇矛盾也解決。這其中，主要的是情節，沒有誤會性的情節發展，人物性格將無以表現，科諢也將不會自然流出。

在同劇第四折中，當李逵認識到了由於自己的莽撞和粗疏而錯怪了宋、魯二位弟兄時，想起自己曾與宋江賭過「六陽會首」，便肉袒負荊，到聚義堂請罪。「（宋江云）我不打你，則要你那顆頭。（正末云）哥哥，你真個不肯打？打一下是一下疼，那殺的只是一刀，倒不疼哩。（宋江云）我不打你。（正末云）不打？謝了哥哥也！（做走科）（宋江云）你走哪裏去？（正末云）哥哥道是不打我……」這段科諢又寫出了李逵性格中樸實而又幽默的另一側面。你看他像個孩子似的，簡直是近於天真爛漫，憨直中極饒嫵媚，粗獷中又蘊藏著詼諧。在生死關頭（至少他自己是這樣認為），在痛悔莫及之中，他仍和宋江打趣。更有趣的是，李逵將自己與宋江以頭相賭這件事看得十分認真，當他接過太阿寶劍時，這莽漢子也禁不住大動感情，他回憶起往昔患難兄弟之間的深厚情誼。一直到李逵將功折罪之後，心裏仍然老大的過意不去，他向宋江和魯智深賠罪道歉時唱道：「智深哥哥，我也則要洗清你這強打掙的執柯人，公明哥哥，出脫你這乾風情的畫眉客。」即使是賠禮道歉的話，在他也說得那麼風趣、詼諧，頗近於打諢。這折戲，由於喜劇關目安排得細緻而有層次，這些性格化的科諢就顯得真實、自然、生動，從而揭示出李逵性格的豐富性，遂使人物活躍起來。難怪明人孟稱舜在《李逵負荊》的眉批上寫道：「曲詞句句當行，手筆絕老。至其摹像，李山兒半粗半細，似呆如慧，形景如見。世無此巧丹青也。」〔註33〕孟稱舜此評語切中肯綮，言之甚賅。不過他主要還是著眼於曲詞。試想，如果沒有那些性格化的賓白和科諢，李逵形象如何能得這樣鮮明生動？

在《西廂記》中，張生與紅娘之間也有許多科諢，不僅為全劇平添了偌多的喜劇色彩，引起了崔、張、紅之間微妙而又令人啼笑皆非的喜劇性衝突，更主要的是豐富了人物性格，使人物栩栩如生，呼之欲出。如在「借廂」一折中，張生見了紅娘，急著上前將雙手一拱，搭訕道：小生姓張，名珙，字君瑞，本貫西洛人也，年方二十三歲，正月十七日子時建生，並不曾娶妻。」這一大串自我介紹，正像紅娘說的「酸溜溜螫得人牙痛」。結果是癡情才子張生吃了潑辣丫頭紅娘一頓爆豆似的搶白。這段科諢關鍵是「並不曾娶妻」一句，它會使

〔註33〕（明）孟稱舜：《古今名劇合選・酹江集》卷十二《李負荊》眉批。

人哄堂。這裏的喜劇色影並非是外加上去的，而是從人物性格本身生發出來的。及至「聯吟」時，紅娘告訴鶯鶯：「這聲音便是那二十三歲不曾娶妻的那傻角。」紅娘這話，顯然是「弄言」，是「諢語」。酸溜溜的自我介紹也好，調皮的戲謔也好，都是展示人物性格的頰上添毫之筆，毋庸置疑，都是科諢。同樣的科諢，兩人聲口，用意不同，各有妙味。一方面為人物出場設計了「一敲就響」的喜劇語言，活脫出張生的癡情和書呆子氣，紅娘的潑辣、調皮和真率，同時也增加了「借廂」、「聯吟」兩場戲的喜劇氣氛。

　　還是在「聯吟」一折中，當鶯鶯和紅娘聽到張生隔牆在吟詩時，（旦云）「好清新之詩，我依韻做一首。（紅云）你兩個是好做一首。」「做一首」，這裏是做伉儷之意。戴不凡認為，這裏「鶯鶯說要和詩是她的內心獨白；紅娘的俏皮話是她一面暗中用手指鶯鶯，並呶著嘴兒，轉著眼兒，向觀眾示意……」〔註34〕此說極是。「俏皮話」維何？「弄言」、「諢語」是也；「呶著嘴兒，轉著眼兒」，豈不是「做嘴臉科」嗎？只不過習慣上「做嘴臉科」多用於反面人物或丑角，而紅娘是具有喜劇性格的正面人物罷了。不管怎麼說，紅娘的這句調侃，無疑是科諢。它是紅娘為崔張通殷勤的最初端緒，儘管紅娘這時尚不是自覺的行動，畢竟透露出她心地善良、成人之美且活潑、詼諧的性格，同時這句科諢又為整個劇情的發展作出必要的預示。

　　性格化的科諢，往往又與喜劇性的細節相聯繫，看去無非一個小小關目，片言隻語，卻能更深入地揭示人物個性和細微的內心活動。我們來看《救風塵》第三折中趙盼兒與張小閒之間的一段科諢：「（正旦上云）小閒，我這等打扮，可衝動得那廝（指周合）麼？（小閒做倒科）（正旦云）你做什麼哩？（小閒云）休道衝動那廝，這一會兒連小閒也酥倒了。」粗粗看去，這段科諢無非活躍舞臺氣氛，充其量不過說明趙盼兒打扮得俊俏迷人。通觀全劇，詳察細究，這段高度誇張的科諢卻並不那麼簡單。它的深義還在於：趙盼兒為了對付周舍這個惡棍，是做好了思想上、物質上的各種準備的。首先是抓住了對方好色的弱點，投其所好，精心布下了「迷魂陣」。這是她聰明、機智、有心計的表現；其次是為了營救自己的患難姐妹，不惜犧牲自己的色相，她自己說是「慣曾為旅偏憐客」，「自己貪杯惜醉人」，是「強打入迷魂陣」，顯然，她是不得已為之；最後才是趙盼兒知己知彼，暗設圈套，誠如她自己說的：「到那裏呵，也索費些精神」。為後面智賺休書，戰勝色屬內荏的周舍作鋪陳和張本。這看上去似

〔註34〕戴不凡：《論崔鶯鶯·自序》第 6 頁，上海文藝出版社 1963 年版。

乎無關緊要的科諢，實在是為寫出人物性格的豐富性所不可缺少的一筆。真乃大匠筆下無閒筆，關漢卿不愧是運用科諢藝術的斲輪老手。

科諢表現人物性格又往往採取將滑稽戲謔與崇高優美結合起來的手法，以角色之口，一針見血地觸及到矛盾的焦點，將觀眾和讀者引入到生活的堂奧之中，既寫出了角色性格之可愛，又揭示了生活中的矛盾和差異。著名崑丑演員華傳浩曾說：「小花臉扮演人物，多數是爽直誠樸的，不管別人瘡疤痛，往往把那些壞的不可告人的弊病，無情地揭發出來。」〔註35〕就是「丑多好人，副多壞人」。這是中國古典戲曲美學中獨特的東西，即將滑稽醜怪和崇高優美巧妙和諧、令人信服地溶匯在一個人物身上，使這個人物更富有個性，更能寄寓作家和人們的理想，同時又更富於真實性。十九世紀法國浪漫主義運動的領導者維克多·雨果曾在他的《〈克倫威爾〉序言》中，系統地提出了滑稽醜怪與崇高優美相結合的理論，認為倘若美與醜相比照、襯托，美將更具鮮明的特性。他說：「在舞臺的視野上，一切形象都應該表現得特色鮮明，富有個性，精確恰當。」〔註36〕在我國古典戲曲中，雖然沒有這樣一套系統的理論，在創作中卻早就出現了這樣的典型形象。比如元雜劇中就有這樣一個人物，他敢捅馬蜂窩，有包待制的膽識和魄力，同時又有嬉笑怒罵的小丑的詼諧和幽默，而扮相併無鼻樑上有一塊白粉的。這就是《村樂堂》第三折中出現的一個令史張本。

這個張本，是由正末扮的，實則是一個可欽可愛的丑角。他「筆尖上斟量一個輕重」，又「待惜黎民戶減了差徭」；他「愛莊農一犁兩耙」，審案時剛正不阿，「親身臨牢下，自審個虛實，辨個真假」。就是這樣一個官吏的形象，在劇中不是聽不清就是「打岔」，與牢子之間有大段的科諢。他表面上胡裏胡塗，腦子裏卻清清楚楚；他平易近人，不擺官架子，不僅進牢審案自家帶飯，而且平日還教育自己的兒子不受私賄，真是勞動人民理想中的官吏形象。當揉旦扮的姦婦向他扭捏作態時，他十分厭惡：「打官司處使不著你粉鼻凹，覷不的鋪眉苫眼喬勢殺。（揉旦作扭捏科）（正末云）我哪裏受的他。（唱）百忙裏便弔腰撒跨。（云）三劃王（牢子）將大棒子來！（牢子云）理會的，有。（正末唱）半合兒勘你個攬蛆趴。（〔麼篇〕）」當同知悄悄將一塊黃金放在他的飯盒裏要賄

〔註35〕華傳浩演述：《我演崑丑》第 12 頁，上海文藝出版社 1961 年版。

〔註36〕（法）維克多·雨果；《〈克倫威爾〉序言》，見《西方文論選》下冊第 192 頁，伍蠡甫主編，上海譯文出版社 1979 年版。

賂他時，他十分氣憤，並大致悟出了案子的真情。於是他將金子封記在官，扯著同知發起了脾氣。這個張本簡直就是個鼻樑上塗了白粉的包待制，煞是可愛。可以說，他正是後世唐知縣、喬太守乃至徐九經一類醜扮的正面官吏形象的雛形。這個張本形象頻值得我們注意。

我們看到，這位無名氏作家很注意突出張本的個性化描寫，將巧妙的科諢運用和喜劇性關目處理安排有機結合起來，取得了明顯的藝術效果。張本與牢子的科諢，說明他平易而幽默；他對搽旦和同知既聲色俱厲，又無情嘲弄；他的唱詞中也不乏幽默的科諢意味。所有這一切，構成了滑稽諧謔與崇高優美和諧的統一，張本形象在這種對立統一中樹立起來了。柏格森說：「語言的滑稽緊隨情景的滑稽而來，而將與之一起化入性格的滑稽中去。」〔註37〕性格的滑稽指的就是喜劇性格，情景的滑稽自然就是喜劇性情節或細節了。以中國戲曲來說，就是：科諢往往伴隨喜劇關目而來，又一起化入喜劇人物性格的塑造之中。這一點，無論是對於喜劇性格的正面人物，還是喜劇的性格的反面人物、轉變人物，道理通同。正、反面人物的例子，我們都列舉過了，再讓我們來看一個轉變人物的例子。

在《東堂老》的楔子中，趙國器叫兒子揚州奴到隔壁去請東堂老李茂卿來議事，揚州奴高叫：「下次小的每，隔壁請東堂老叔叔來。」趙國器說：「我著你去」，「你怎生又使別人去？」揚州奴便又無可奈何地高喊：「下次小的們，鞁馬。」趙國器問：「只隔的個壁兒，怎要騎馬去？」揚州奴答道：「也著你做我的爹哩，你偏不知我的性兒，上茅廁去也騎馬哩。」當趙國器叫揚州奴抬一張桌子時，揚州奴又是一聲吆喝：「下次小的每，掇一張桌兒過來著。」及至非要他抬時，卻又是：「（做掇桌兒科，云）哎喲！我長了三十歲，幾曾掇桌兒，偏生的偌大沉重。（做放桌科）」，「上茅廁去也騎馬」，「長了三十歲，幾曾掇桌兒」，這些自我剖白式的科諢，活現出一個游手好閒的紈袴子弟的懶散性格。這無疑是性格化的科諢，它不僅展現了揚州奴的好逸惡勞，同時也揭示出他後來窮困潦倒的必然性。為了突出喜劇人物性格中可笑的一面，就必須為喜劇性格的人物創造出一種特定的情境，使人物在這個特定的情境中充分揭露自己，以表現其個性。首先是喜劇性關目安排，其次是自我剝露式的科諢，喜劇性格便自然從中流露出來，這正是柏格森所說的一個接一個而來，又一起化入另一

〔註37〕（法）柏格森：《笑——論滑稽的意義》第 79 頁，徐繼曾譯本，中國戲劇出版社 1980 年版。

個之中。而喜劇性格，正是喜劇藝術的核心。

性格化的科諢，或者說與喜劇關目密切聯繫的科諢用例，在元雜劇中還可以列出許多，這充分說明元雜劇作家已經注意到了利用科諢手段來塑造人物，這是非常可貴的。

科諢藝術，是笑的藝術之一。「笑的藝術──這是最難掌握、最變化莫測的藝術之一。它有自己的規律，應當重視這些規律。」〔註38〕元雜劇科諢，從思想內容到藝術技巧，都為我們提供了良好的範例，一些規律性的東西都已經出現，為後世戲曲中的科諢藝術發展打下了良好基礎。

李漁說：「丰姿維何？科諢與細微說白是已。」（《閒情偶寄·演習部·變舊為新》）此言善哉！科諢之道，為者須費精神，觀者當以巨眼！

願古老的科諢藝術，綻出新芽，開出新花！

原載中山大學學報編輯部編《古代戲曲論叢》第 1 輯 1983 年 7 月

〔註38〕（德）尼古拉耶夫：《噱頭、情節和人物》，李溪橋譯本，載《電影藝術譯叢》1979 年第三期。

元人喜劇的藝術風格

　　元雜劇中的喜劇作品，作為文學藝術發展「一定繁盛時期」的產物，從內容到形式都是獨特的，帶有它濃厚的歷史和民族烙印。因此，探討、研究元人喜劇的藝術風格及其特殊的美感、韻味，無疑是有意義的。王國維在《宋元戲曲考》中說：《竇娥冤》、《趙氏孤兒》「即列之於世界大悲劇中，亦毫無愧色也」。這評價是恰當的。王又說：「明以後，傳奇無非喜劇，而元則有悲劇在其中。」明以後之傳奇不必都是喜劇，而元雜劇中亦不必都是悲劇，其中喜劇的數量是相當可觀的。我們說，以關漢卿、王實甫等為代表的元代劇壇上的泰斗們，他們精心結撰的《救風塵》、《拜月亭》、《西廂記》以及戴善夫的《風光好》、鄭廷玉的《看錢奴》等喜劇傑作，列之於世界經典性的著名喜劇行列，同樣是當之無愧的。中國傳統喜劇真正描寫人生，反映活生生的現實生活，刻畫鮮明生動的人物形象，應該說是從雜劇文學開始的。儘管雜劇文學中的喜劇作品還帶有戲曲形成初期的某些局限，然而它是那樣渾樸、獷悍、恣縱、奔放，古拙中透出濃鬱的生活氣息，具有強烈的時代感和極為獨特的藝術魅力。一句話，它是標新立異的「一代之文學」。明清傳奇中的喜劇，雖說在元雜劇基礎上有所承繼和發展，亦不乏有差足繼武、精彩奇絕者，但從總體來看，無論就內容方面的戰鬥精神、生活氣息，還是就形式風格方面的淳樸自然、通俗曉暢，都稍遜元人一籌。而元人喜劇的長處恰恰在此。十七世紀西班牙著名戲劇家洛貝‧臺‧維加曾說：「你們看喜劇怎樣反映人生，怎樣逼真地模仿了老老少少的人，怎樣把微妙的機智和精粹的修辭壓縮在短短一段時間內而加以提煉。此外還可以看到嚴肅的思慮中摻合了嬉笑，

有趣的笑談裏帶著正經；……」〔註1〕維加這段話正與李漁在《閒情偶寄》中說的「於嘻笑詼諧之處，包含絕大文章」暗合，用以狀元雜劇中的某些喜劇作品，也是非常貼切的。

所謂風格，是形之於外而發之於內的「一種逐漸形成習慣的對題材內在要求的適應。」用馬克思的話說，是「精神個體性的形式」，是「用事物本身的語言」來「表達事物本質的特徵」〔註2〕因此，我們研究元人喜劇的獨特藝術風格，不能不將其放到特殊的歷史環境中去考察。我們知道，以施行嚴酷的種族歧視和殘忍的專制統治為主要特徵的元王朝，是中國歷史上非常黑暗的歷史時期，元雜劇作為現實主義藝術創作，它必然要直接或曲折地反映當時由種族壓迫所造成的黑暗社會現實和人民苦難的生活，必然迸發出不可遏止的反抗精神。儘管歷史上的民族之爭在今天應該進行階級分析，然而我們在分析任何一個社會問題時，採取應該也必須的出發點，就是要把問題置於一定的歷史範疇之內。對於文學藝術作品的分析，黑格爾在《美學》中說得更為具體：「每種藝術作品都屬於它的時代和它的民族，各有特殊環境，依存於特殊的歷史和其他的觀念和目的。」〔註3〕如此看來，我們完全有理由將元雜劇作為認識當時社會生活的一面鏡子，而且，它比歷史所提供給我們的認識更生動、更形象，從某種意義上說，也更富於真實性和典型性。

悲劇的時代產生悲劇的作品，王國維正是從這個意義上才說「元則有悲劇在其中」的。從總體上看，我們說元雜劇中的悲劇更其悲，即使是喜劇作品，往往也蘊藏著一股抑鬱的悲劇況味和潛在的反抗意識。或是於悲歌壯號之中洋溢著戰鬥的樂觀精神，或是以喜劇性的形式來表現悲劇性的社會生活。元人喜劇的獨特藝術風格，首先在於它飽含深刻的思想內涵。「禾黍之悲，河山之感，抑鬱不得志之苦心，欲死不得死，欲生不得生的渴望」〔註4〕等等，都在作品中頑強表現出來，從而引起人們的笑是「思考的笑」，「含淚的笑」。如關漢卿的《救風塵》，無疑是喜劇。當趙盼兒打扮得花枝招展，要到鄭州去營救

〔註1〕（西班牙）洛貝・臺・維加：《編寫喜劇的新藝術》，見《古典文藝理論譯叢》第十一輯第174頁，人民文學出版社1966年版。

〔註2〕（德）馬克思：《評普魯士最近的書報檢查令》，見《馬克思恩格斯全集》第一卷第8頁，人民出版社1972年版。

〔註3〕（德）黑格爾：《美學》第19頁，朱光潛譯本，商務印書館1979年版。

〔註4〕郭沫若：《〈西廂記〉藝術上之批判與其作者之性格》，見《郭沫若古典文學論文集》第668頁，上海古籍出版社1985年版。

宋引章時，她與張小閒之間有這樣一段對話：

> （正旦上云）小閒，我這等打扮，可衝動得那廝（指周舍）麼？
> （小閒做倒科）（正旦云）你做甚麼哩？（小閒云）休道衝動那廝，
> 這一會兒連小閒也酥倒了。

接下去便是正旦（趙盼兒）連唱的〔端正好〕和〔滾繡球〕兩支曲子。粗粗看去，這無非是為了活躍舞臺氣氛，充其量不過是說明趙盼兒打扮得俊俏動人，為後面計賺周舍做個小鋪墊。通觀全劇，詳察細究，卻並非那麼簡單，這個類似過場戲的關目安排的深義還在於：首先是趙盼兒對周舍這類惡棍十分瞭解，抓住了對方好色的弱點，投其所好，精心布下了「迷魂陣」——這是她聰明、有心計的表現；其次，趙盼兒為了營救自己的患難姐妹，不惜犧牲自己的色相，她自己說是「慣曾為旅偏憐客」，「自己貪杯惜醉人」，是強打入「迷魂陣」，一個風塵女子，去解救別人，除了靠自己以色相為誘餌，是別無辦法的——她是不得已而為之，這就流露出無限悲涼的意味；最後才是趙盼兒知己知彼，做好了思想上、物質上充分的準備，誠如她所說的：「到那裏呵，也索費些精神」——正為後面智賺休書，戰勝色屬內荏的周舍作鋪陳和張本。這看上去似乎無關緊要的一個過場，絕非閒筆，實在是為寫出人物性格的豐富性不可缺少的頰上添毫之筆。

在元代劇壇上，特別是所謂雜劇創作的高峰時期、飽和點的元貞、大德時期，產生了大量的公案戲和水滸戲，這是因為「覆盆不照太陽輝」的現實生活激怒了劇作家，他們便以「開封府南衙」和「梁山泊東路」來宣洩人民的憤怒，寄託人民的理想。其中包公戲和李逵戲尤為突出，具有鮮明的人民性。這類戲的藝術風格極饒民間文學色彩，本來主題至為嚴肅，甚至是悲劇性的，但往往採取喜劇性的表現手法，格調明快，自然淳樸，悲涼而不使人絕望，無情的揭露和辛辣的諷刺之中夾帶著幽默、詼諧。以無名氏的《陳州糶米》為例，李健吾先生認為它是喜劇，特別指出第三折中的「兩場絕戲，可以比美任何一齣喜劇」。喜劇性是根據性格發展而出現的雋永境界，意想不到和不倫不類讓我們好笑。」結論是：「這樣看來《陳州糶米》該是喜劇了吧？是的，可以這樣說。」〔註5〕理由是充足的，結論自然也是正確的。即便我們以西方戲劇理論的戒律來衡量，也是符合的：一是劇情從逆境轉為順境，結尾人心大快；二是包拯的微服查訪，一身老農打扮，從外表到心地簡直就是個和藹可親的莊家老漢，他

〔註 5〕李健吾：《戲劇新天》第 191 頁，上海文藝出版社 1980 年版。

風趣諧謔而又不失機智慧詰，與張千的打諢，與王粉蓮的遭遇，都從人物性格生發出偌多的逸趣生機，妙語絕戲。因此說這本雜劇是喜劇是沒有問題的。劇中可愛而又可敬的、喜劇性格的包拯形象，帶有濃厚的人民生活的情趣，可以說是屬於人民的。值得我們注意的是，當我們看罷戲或掩卷沉思，總不免覺得被一種隱隱約約的壓抑情緒所籠罩。那象徵著特權的血腥的紫金錘，儘管最後也用它擊殺了小衙內，但那畢竟帶著濃厚的理想色彩。張撇古臨終前那威武不屈的倔強神態，那義憤填膺，睚眥必報的大段曲白，無疑是悲劇性的、動人心魄的場面。小衙內的「任意不任法」，他輕俏地說：「把你那性命則當根草，打什麼不緊！是我打你來，隨你哪裏告我去。」這時，我們不是感到憤憤不平而又覺得無限酸楚嘛！笑亦笑了，悲的陰影無論如何無法抹掉。其他公案戲中的喜劇作品亦復如是。

關漢卿的《調風月》、《金線池》、鄭廷玉的《看錢奴》、戴善夫的《風光好》以及石君寶的《秋胡戲妻》等，不屬於公案戲、水滸戲之列，卻也不同程度地給我們以「悲劇喜唱」，「哀淚笑灑」的感覺。如《看錢奴》，是典型的古典諷刺喜劇，慳吝的財主賈仁的形象，足以與莫里哀筆下的阿爾巴貢相媲美。在第二折中，尖酸刻薄的賈仁乘人之危，要買落難秀才周榮祖的幼子。賣兒女，肯定是沉痛、悲傷的場面，然作者完全採取了另外一種筆調來寫這場戲，可謂典型的「寓哭於笑」手法。大段的科諢，諧謔的調侃，似乎筆調很輕鬆。賈仁的吝嗇、耍賴放刁，好心的門館先生陳德甫的敦厚善良，周榮祖的無限傷情和百般無奈，都活生生地呈現在舞臺上。尤其是作者對賈仁辛辣嘲諷的那些喜劇性描寫，在引人騰笑的同時，又夾雜著一抹使人悲愴酸鼻的況味。這折戲劇情變化有致，人物性格鮮明生動，乍讀好似輕鬆，在作者卻成於苦心。這位七百年前的喜劇作家，以其深刻的思想和高超的藝術手段，「收穫了」觀眾或讀者「含淚的笑」，「思考的笑」。

王朝聞同志曾說過：「笑料，也可以說相當於繪畫中構成冷調子的熱色。正如中國傳統戲曲、外國戲，例如莎士比亞的作品，也講究冷色調子中的熱色，悲劇中結合了喜劇成份的。」〔註6〕我們不能說元雜劇作家已經深諳此種藝術辯證法，至少可以說他們在創作實踐中的具體運用是十分靈活、非常巧妙的。在元人喜劇作品中「悲喜相生」，「苦樂交錯」，喜劇中透出悲劇時代的氣息，幾乎是一個普遍的規律，用例之多，是不勝枚舉的。在外國作品中，只有莎士

〔註6〕王朝聞：《一以當十》第57頁，作家出版社1959年版。

比亞和莫里哀的某些喜劇有此韻味。

元人喜劇獨特的藝術風格，還在於其巧妙的關目處理，奇思妙構，自有別趣，富於理想色彩。

前文已談及，在某種意義上，元雜劇中的公案戲、水滸戲，其中那部分好的作品基本上是屬於人民性的創作，它包含了當時人民，特別是災難深重的漢族人民要求改變現實社會的強烈願望。這類戲的意旨多半倒並不在於頌揚清官廉吏，而只是借助於清官斷案的形式（或稱外殼）來反映當時人民的苦難生活，暴露統治階級和貪官污吏的罪惡，寄託作家和人民美好的理想。這正是元雜劇中現實性最突出，時代色彩最鮮明，反抗精神最強烈的部分。這類作品並不都是喜劇，往往卻都有喜劇性關目，特別是結尾部分，常是異峰突起，豁然開朗，或是包拯一類清官平了冤獄，懲了惡人；或有水滸英雄、俠義之士伸張正義，誅惡鋤奸。於是使人痛快淋漓地透出一口氣來，明顯地流露出劇作家的幻想、巧思和聰明才智。關漢卿的《魯齋郎》，最後解決矛盾是包拯將「魯齋郎」三字寫成了「魚齊即」瞞過了皇帝老兒，判斬時又添加筆劃改成「魯齋郎」。嚴格地說這在現實生活中簡直是不可能的事，似乎近於文字遊戲。然而，戲畢竟是戲。事實上類似的喜劇關目已經得到了欣賞者的認可，六、七個世紀過去了，似乎並沒有人去追問它的真實性或可能性與否。恰如威廉‧阿契爾所說的：「劇作者並不輕視、棄絕真實，而是在原則上使真實從屬於有趣。」這類劇本的「迷人之處在於那種精巧的、滲透於全劇之中的不可信性，在於其中注入一種如此巧妙的幻想，任何地方人們也不可能說『這是不可能的』。」〔註7〕關漢卿的另一個劇本《緋衣夢》中亦有借文字的巧思來解決矛盾的關目。戴善夫的《風光好》是一本獨特的諷刺喜劇，假道學的偽君子陶穀齷齪的靈魂是通過藏頭詩露了馬腳的。這樣的喜劇性關目對後世戲曲小說影響很大，甚至被變幻、摹仿，不斷翻出新花樣來，成了傳統戲中一類作品解決矛盾糾葛有意味的關竅。如蒲仙戲《春草闖堂》中春草和小姐李半月偷改宰相給知府的信，將「不」易為「本」，「付」改作「府」；香港影片《審妻》中將「王日臣」改作「金昌宦」，都可視為此類關目的流變和發展。《春草闖堂》的編劇陳仁鑒說他正是受了元雜劇和《隋唐演義》的影響。〔註8〕總之，不外乎在方塊漢字上作文章，

〔註7〕（英）威廉‧阿契爾：《劇做法》第 230 頁，吳鈞燮、聶文杞譯本，中國戲劇出版社 1964 年版。

〔註8〕見《戲劇藝術》一九七九年三、四期合刊。按：《隋唐演義》中有這樣的情節：李世民為程咬金所擒，縛見李密，李密給徐懋公的手中有「不放南牢李世民」

在「偷改」上發掘喜劇性。

元雜劇中靠語言和文字的錯訛，諧音、諧意等修辭手法來創造笑料的例子是很多的。關漢卿的《拜月亭》，是一本傑出的愛情喜劇。全劇結構嚴謹，文心縝密，陰差陽錯，始正末奇，被李卓吾稱為「化工」之作。其中的誤會、巧合正是建立在「瑞蘭」、「瑞蓮」的諧音之上。至於插科打諢中利用諧音等多種修辭手法的例子就更多了。《單刀會》中魯肅求見司馬徽，看門道童用「子敬」的諧音「紫荊」來嘲弄這個失敗的將軍。趙景深先生更援引柏格森的話來說明此等巧思的妙味：「有許多滑稽不能把它從甲國的語言翻譯成乙國的語言，因為它們是由特殊社會的風俗和思想而來的」。〔註 9〕所謂特殊的社會風俗，是指民族的生活風氣、習俗，包括語言、文字運用的習慣等等；而特殊的思想，正是指特定歷史時期的社會環境、世態人情以及那個時代特殊的社會心理狀態，不去追究這些東西，則無法理解那個時代的藝術，也就無從具體把握那種藝術美的獨特風格。

我們再來看李行道《灰闌記》的結尾——「灰闌斷子」的關目。《聖經》中有所羅門斷子的故事，希臘、印度以及我國西藏都有相類的傳說。大約是五方殊俗，異域同歸的不約而同吧。包待制公堂斷案，竟然是用石灰畫圓圈，將孩子放到中間站定，由兩個婦人去拉拽，誰將孩子拉出圈子，孩子就歸誰。這豈不是有些荒唐嗎？然而，且慢，讓我們來看包待制在解釋這個灰闌時說的：「你看這一個灰闌，倒也包藏著十分厲害。那婦人本意要圖占馬均卿的家私，所以要強奪這孩兒，豈知其中真假早已不辨自明了也。」原來「灰闌斷子」不過是個形式，不過是包待制想就此驗證一下自己判斷得是否正確罷了。它畢竟帶著一點浪漫色彩，屬於理想化的東西，包待制的機智和聰明正是人民智慧的體現。這個喜劇關目實在是巧得足快人意，它使我們為正義得到伸張而感到暢快，替張海棠這個柔弱多難的婦女感到莫大的寬慰。因此，我們說這是一個富有濃厚喜劇意味的結局，作者是那樣輕鬆愉快地解決了矛盾，如遊刃斷絲，利刀割麻，我們不能不佩服元人寫戲的高明手段。德國馬克思主義戲劇家布萊希特曾受此劇影響，於一九四四年至一九四五年間寫成了《高加索灰闌記》，並借歌手之口說，這是「一個非常古老的傳說。它叫《灰闌記》，從中國來的。

的字句，秦叔寶夥同徐懋公將「不」字改作「本」字，放走李世民。元劇中有鄭德輝《老君堂》一劇，手諭為「南牢二子，不放還鄉。」亦有將「不」易「本」的關目。

〔註 9〕趙景深：《戲曲筆談》第 57 頁，中華書局上海編輯所 1962 年版。

我們的演出在形式方面做了更動」。又說：「酒不同，羼起來不一定對頭，新舊智慧倒是調和的。」〔註10〕足見中國古典戲曲對布萊希特的影響和借鑒作用。

元雜劇中其他的公案戲，如《魔合羅》、《蝴蝶夢》、《盆兒鬼》、《朱砂擔》等，都有類似的喜劇性關目，都有一個巧妙的結尾，即所謂「首似散漫，終致奇絕。」〔註11〕這些關目，都有很大的偶然性，同時又都帶著濃重的理想（或者說幻想）色彩。仔細咀嚼，偶然性中又包含著水深火熱中的元代人民「為自己開闢道路的內在必然性和規律性」。〔註12〕即奇而不謬，含情入理。黑格爾有一句名言：「理想就是從一大堆個別偶然的東西之中所揀回來的現實。」〔註13〕恰是從這些偶然性的東西中，我們看清了元代社會，所謂「觀其舞而知其德」，也正是從元人喜劇的這些關目中，我們可以看出當時作家和人民的理想和願望，這就是理想化的喜劇關目值得我們重視的理由。看來，對大團圓的結局，不能持一般的否定態度。正如同李漁所說的，要看有否「團圓之趣」。就這一點來說，元人喜劇中的大團圓，是後世一般才子佳人式的大團圓所不能比擬的。

從人物性格出發安排和組織情節，是喜劇中造成「熱調子」的關鍵。由於元人注意到了精心刻畫人物，遴選真實而生動的細節以塑造主要人物，因此，元人喜劇中一些喜劇性很強烈的關目又多是性格化的。這正是「活文學」與「死文學」的分水嶺。《拜月亭》、《西廂記》、《牆頭馬上》等喜劇傑作之所以不同於一般才子佳人戲，主要是因為關漢卿、王實甫和白樸等戲劇家重視細節描繪，寫活了人物，於是便有奇絕的關目，便有瑰奇的妙語。精微的細節描寫，個性化的人物刻畫，是元人喜劇藝術風格的又一特色。

《拜月亭》中的「幽閨拜月」一折，寫盡了小兒女細微的心理情態。《西廂記》更不必說，崔、張、紅之間的喜劇性衝突，都是人物性格在情節發展中的凸現。有名的「鬧簡」、「賴簡」，便是通過極細微的心理描寫和幾近瑣屑的普通生活細節，將三個主人公刻畫得形神畢肖的。我們來看《牆頭馬上》第二折中白樸是如何描寫李千金的心理活動的。裴、李二人相見於「牆頭馬上」互相屬意，「相約黃昏後」。千金使梅香去迎接少俊，她再三叮囑，心情急切：

〔註10〕《布萊希特戲劇選》下冊第 257 頁，人民文學出版社 1980 年版。

〔註11〕見李卓吾批本《拜月亭記》眉批。

〔註12〕（德）恩格斯：《家庭私有制和國家的起源》，見《馬克思恩格斯選集》第四卷第 171 頁，人民出版社 1972 年版。

〔註13〕（德）黑格爾：《美學》第一卷第 201 頁，商務印書館 1996 年版。

〔罵玉郎〕相逢正是花溪側，也須穿短巷過長街。（梅香云）到
那裏便喚你來。（正旦唱）又不比秦樓夜讌金釵客，這的擔著屬害，
把你那小性格，且寧耐。

千金自己盼得心都提到了嗓子眼兒，且告訴自己的丫環「且寧耐」，恰恰
道出了自己無法寧耐的心情，這細微的一筆，「意、趣、神、色」俱到。接下
去一支曲子更妙：

〔感皇恩〕咱這大院深宅，幽砌閒階，不比操琴堂、沽酒舍、
看書齋。（梅香云）遲又不是，疾又不是，怎生可是？（正旦唱）教
你輕分翠竹，款步蒼苔。休驚起庭鴉喧，鄰犬吠，怕院公來。

作者在這裏將李千金那種急急切切、忧忧怛怛的微妙而又複雜的內心活
動寫得自然真切，細膩有致。她唯恐梅香匆促中驚動院公、嬤嬤，甚至庭鴉夜
犬，同時又巴不得即刻見到少俊，這便構成了心理上的矛盾，以至使得梅香「遲
又不是，疾又不是」，不知「怎生可是？」至此，不能不使人忍俊不禁，頓足
噴笑。

白樸選擇了一個極為普通的細節賦予他的主人公以生命力，這個選擇是
很高明的，它的妙處在於「其體貼人情，委曲必盡；描寫物態，彷彿如生；問
答之際，了無捏造；所以佳耳。」〔註14〕不消說，類似的例子，在元人喜劇中
還可以找出許多。

元人喜劇獨特的藝術風格，還有一點是很突出的，那就是科諢穿插的妙味
奇趣。

元人喜劇中的插科打諢，很有藝術特色，有許多十分精彩的用例，或巧密
深細，妙語翩翩；或箴諷美刺，令人絕倒。它常常給人一種特殊的美感，讀來
叫人撫玩無厭。元劇作家們將科諢藝術與其他戲劇藝術手段結合起來，運用自
如，收到了很好的藝術效果。翻開元人喜劇作品，我們不難看出，愈是大家，
愈是喜用科諢，關漢卿、王實甫等都是擅此手段的斫輪老手，尤其是關漢卿，
幾乎無劇不用科諢，有時科諢意味甚至被融進曲詞之中。如《蝴蝶夢》第三折
中王三與張千的大段科諢連同兩支小曲，看似荒誕不經，卻包含著嚴肅的思想
內容，表現了王三對吏治腐敗、儒書誤人等黑暗現實的一腔積怨和滿腹牢騷，
同時也為第四折喜劇性結局作出某種暗示，使全劇通體諧調起來。《望江亭》

〔註14〕（明）王世貞：《曲藻》，見《中國古典戲曲論著集成》第四冊第 33 頁，中國
戲劇版社 1982 年版。

中也有揚衙內同兩個從人張千、李稍的大段科諢，第三折楊衙內要譚記兒對對子、填詞唱和，處處暗寓調戲的意思，又處處結合外景的描寫，最終又都為寫出人物的內心活動服務，俱見匠心巧裁，手眼別具。

元人喜劇中運用科諢最多處，是對吏治腐敗和官場黑暗的猛烈抨擊，嬉笑怒罵，皆成文章。有些科諢還帶有明顯的民族意識。正是所謂「提醒人多因指驢說馬，方信道詼諧曼倩不是耍。」〔註15〕這類科諢用例在元人喜劇中幾乎俯抬即是，這裏便不再列舉了。

值得引為注意的是，元人喜劇中的科諢運用十分靈活，不唯喜劇，有時悲劇中亦有穿插使用的；不僅花面，其他各類角色都有使用的。特別是寫正面人物，也不乏有巧妙的科諢安排。《李逵負荊》中的李逵，《陳州糶米》中的包拯，都那樣詼諧、幽默，時有打諢妙語，這就為整個劇本增添了許多別趣。此外，元人科諢語言簡鮮明快，一碰就響，餘味無窮。且看《漁樵記》中號稱「玉天仙」的朱買臣妻子對丈夫的一番搶白：

> （旦兒云）朱買臣，巧言不如直道，買馬也索鞴料；耳簷兒
> （——冬天裏在耳朵上的一種防寒皮毛小套）當不的胡帽（——皮
> 帽），牆底下不是那避雨處，你也養活不過我來，你與我一紙休書，
> 我揀那高門樓大糞堆，不索買卦有飯吃，一年出一個叫化的，我別
> 嫁人去也。

這連珠炮似的一大串令人捧腹的諢語，既活脫出她性格中的那股子潑勁兒，又暗含對豪門貴族的鄙夷不屑。一席快人快語，一方面引人發笑，同時又頗富於個性，無疑是性格化的科諢。真可謂以滑稽當鑄鼎，絕非漫作也。

總之，作為特殊時代的產物，反抗母親的胎兒，元人喜劇才能具其獨特的風格特色。基於此，再聯繫戲曲藝術自身發展的脈絡，作家群共同的思想意識和藝術修養，加之以民族的欣賞習慣、審美趣味等等的綜合研究，我們是能夠把握元人喜劇的美的特征和藝術價值的。本文所做的一點初步的探索是膚淺的，謹此就教於同好乃至專家學者。

原載《南京師範大學學報》社會科學版 1984 年第 1 期

〔註15〕（明）徐渭：《狂鼓史》結尾曲，見《盛明雜劇》初集，中國戲劇出版社 1958
年版。

讀曲小識

　　曲海蠡測，嘗有所得，亦嘗有所惑。惟術語迭出，似懂非懂，不甚了了，殊為困迷。大雅君子「好讀書不求甚解」，求會意得神韻而自樂，而後生初學，不敢怠墮。竊謂：既探寶藏，不可迷津；登堂入室，曷可懵懵懂懂？縱觀明清以來曲家所用術語，其意並不固定，很是靈活，常常要靠揣摩體會，才得把握。茲列三例，所言未必盡是，但求製粗陋之筌網，而無意於立等得魚。

說「關目」

　　「關目」這個古典戲曲術語，一般被解釋成大略相當於西方戲劇理論中的「情節」，如仔細推敲，卻並非那麼簡單，至少不能一劃等號就了事，頗有深入辨究一番的必要。

　　其實，「關目」比「情節」用途更廣，意義也更為複雜、微妙些，或者說使用起來更為靈活些。在古典戲曲評論中，人們常用它，但要給它下個確切的定義並不那麼容易。如果我們僅僅將其理解為是指「情節」，那顯然是不確的，因為我國古代並非沒有「情節」這個說法。明人徐復祚在他的《曲論》中說：「《琵琶》、《拜月》而下，《荊釵》以情節、關目勝。」這裏「情節」與「關目」是並列的，顯而易見，此處「關目」是指結構而言。是的，王驥德、李漁均用過結構的說法，然各人所用不同，「關目」有時確有結構之意。此外，有時「關目」的含義又相當於貫穿線索，李漁就將傳奇寫作分為曲、白和「穿插聯絡之關目」三項要點，常見批點中出現「關目不清」或「關目糊塗」的提法，便是指貫穿線索不清或故事悖理。至於元刊雜劇中標題前注明「新編關目」、「新刊關目」等，細味之，似又含故事、情節、細節總括起來之意。更特殊的還有專

指一折（或出）戲的例子。如馮夢龍在《永團圓》的總評中說：「《拯婚》、《看錄》及《書齋偶語》三折，俱是本傳大緊關目。」湯顯祖在《異夢記》第十二出《擲環》總評中批道：「此折乃好關目也。」這是就一折（出）戲在全劇中的位置而言。《李笠翁曲話》的論結構部分中有一條「減頭緒」，謂「多一人可增一人之事，事多則關目亦多。」這分明是指頭緒、線索。在「密針線」條中，李漁則以「大關節目」來指情節，而將細節稱之為「小節」。單是一個李漁，在同一篇文章中，所用「關目」一詞也略有不同，他的將「關目」指頭緒、線索，倒與《曲海總目提要》中的用法相同。《曲海總目提要》卷一《誶范叔》條下云：「此劇添出鄒衍，以作關目。」不消說，這裏的「關目」明明是指頭緒、線索。

更多的情況是「關目」的意義含混不定。如「關目恰好」、「關目可觀」等等，大約是指情節安排處理的高妙，所以「關目」又被用來專一指精彩的情節和細節處理，這就是我們從評點中常見的「關目好」、「關目妙」、「關目奇絕」等等。這種情況，用例最為普遍。

話本小說中也常常出現「關目」這個字眼兒。陸澹安先生在其《小說詞語匯釋》中將「關目」釋為情節。〔註1〕其實，小說中所用關目二字的含義與戲曲有所不同，它有時與「關竅」的意義相近。如《古今小說》卷一《蔣橋市韓五賣春情》中有這樣的描寫：「那老夫人和胖婦人看見關目，推個事故起身去了。」〔註2〕此處關目二字有眉目、節骨眼之義。因此將小說中的「關目」也說成是指情節，似不確切。元高安道《淡行院》散曲之〔二煞〕中有一句「把關子的拷門上似告油」，我以為這裏的「關子」與「關目」有聯繫。「關子」與說唱藝人習用語「賣關子」含義有相近處，即指精彩處的著意描述渲染，有時也指技巧的大肆發揮。而「賣關子」轉意為「賣弄」，那已經從專門術語衍而為普通用語了。元刊《公孫汗衫記》中〔越調〕套曲後有：「等外末一行上，淨打外末下水了，等淨提得徠兒了，等外末扮相國寺長老，開關子下了……」這個「關子」本指情節，「開關子」有展開劇情之義，而「把關子的」是指出場說明和提示情節的人，與傳奇中「副末開場」的副末司職大體相似。這說明從「把關子」到「賣關子」以至「關目」之間的聯繫很密切。

〔註1〕陸澹安：《小說詞語匯釋》第834頁，上海古籍出版社1978年版。
〔註2〕（明）馮夢龍：《古今小說》上冊第65頁，許政揚注釋本，人民文學出版社1958年版。

　　在比列了以上一些材料的基礎上，我們再來看現代一些專家學者是如何解釋「關目」這個戲曲術語的。王季思先生說：「傳統戲曲稱舞臺上人物的情節叫關目，關是關鍵，目即眼目。它是戲劇發展的關鍵，又要表現人物的精神面貌，像人的眼睛一樣。」〔註3〕關鍵一說很確切，這說明「關目」非指一般情節，而多指情節的至關緊要處；眼睛是所謂「傳神阿堵」，又是人體細部，它正好用來比作閃光的細節，所謂「點睛之筆」、「畫眼睛」，都是說要揭示人物的精神面貌和性格特徵。聯繫李漁所說的「大關節目」、「小節」，是否可以這樣推想，「關目」一詞本指人體大的結構關節到小的眼目等細微處。於是「關目」既指人體的全部，又指局部，如此引申開來，含義就很靈活，所指便因情況而異了。郭紹虞、王文生主編的《中國歷代文論選》中是這樣解釋「關目」的：「關目──配置於劇中各處之重要事蹟。」〔註4〕這裏用了個「配置於」，又用了個「重要」，兩點都很關鍵。首先，「配置於」三字說明了「關目」包含了作家主觀創造作用。所以要強調這一點，是因為「關目」一詞的確含有由人來編的意思，元刊劇本標題前冠以「新編」字樣，正是這個道理。俄國的德·尼古拉耶夫在談到戲劇中如何區別「故事」和「情節」這兩個術語時說：「故事──這是基本事件和劇情因素的自然聯繫和順序。」而「情節──這是對一定事件的處理，這種處理可以根據作者意圖和人物性格而各異。」〔註5〕由此可見，我們的古典戲曲術語和來自西方並為我們現代所用的情節確有共同之處，然也有不同的地方，那就是「關目」有時也指故事，這就是我們所說的靈活性。其次，事蹟前加「重要」二字，就是我們上文所談到的「關鍵」和所謂「至關緊要處」。鑒於此，竊以為郭、王說比較切近。然亦有疏漏，那就是未涉「結構」的含義。陳多先生大約不滿意於此，解釋道：「關目，古代戲曲術語，略近於現代所說的情節、結構。」〔註6〕這比單純關目即情節的解釋是進了一步，但仍嫌不夠。且看《中國大百科全書》戲曲曲藝卷中的解釋：關目，「戲曲術語。泛指情節的安排和構思。」〔註7〕這裏又將「關目」引進了構思

〔註3〕王季思：《玉輪軒曲論》第185頁，中華書局1980年版。

〔註4〕郭紹虞、王文生主編：《中國歷代文論選》第三冊第169頁，上海古籍出版社1979年版。

〔註5〕（俄）德·尼古拉耶夫：《噱頭、情節和人物》，見《電影藝術譯叢》1979年第三期第112頁，中國電影出版社1979年版。

〔註6〕（清）李漁：《李笠翁曲話》第28頁，陳多注釋本，湖南人民出版社1980年版。

〔註7〕《中國大百科全書》戲曲曲藝卷第100頁，中國大百科全書出版社1983年版。

領域，並舉朱有燉《香囊怨》雜劇中周恭稱讚書會先生新編傳奇「十分好關目」為例，稱這讚歎「即指該劇的情節精彩和構思巧妙」。究竟「關目」包含不包含藝術構思的意思呢？應該說並不強烈，一個好的情節、細節的安排、處理，結構的嚴謹、緊湊當然和作家的藝術構思有關係，而將關目和藝術構思拉到一起，總嫌牽強。這是值得商榷的。

最後還應補充一點，那就是「關目」這一術語的應用之廣，除了上文論列的之外，還滲透進排場和演出領城。如《紅梅記》「拷伎」一折玉茗堂批道：「賈似道一面拷妾，李慧娘一面唱曲，關目懈。使扮者手足無措矣！」更明顯的是李漁在《閒情偶寄·演習部·脫套第五》中說的：「且戲場關目，全在出奇變相，令人不能懸擬。」這類批評和闡述又分明是指演出時的舞臺氣氛，儘管仍與情節有關，然已超出編劇的範圍，側重演出而言，倒與我們今天所說的「效果」相近。

綜合以上分析比列，我們基本上搞清楚了「關目」的含義。關目，古典戲曲術語。本指人體大的關節以至細微末稍，即所謂「大關節目」。它是古代戲曲理論中指義相當靈活的一個術語，涉及到劇作家藝術構思、編劇技巧，甚至滲透到導演和演出領域，要視具體情況來確定其具體含義。一般說來，它大體上相當於我們今天所說的情節、結構或是細節，尤其是多指關鍵性的、精彩處的情節和細節處理。

釋「務頭」

與「關目」比較而言，「務頭」就更難索解。歷代曲論家都試圖詮釋它，但解釋起來各各不同，莫衷一是。李漁甚至認為「務頭二字千古難明」。在他以前的所有解釋往往是「嚅嚅其詞，吞多吐少，何所取義而稱為『務頭』，絕無一字之詮釋」，因此也只好以「不解解之」。就是說連李漁這樣案頭場上都堪稱行家裏手的戲曲理論家也一籌莫展，無「立言之善策」了。因此他筆勢一轉，以求「別解」。李漁在他的曲話《別解務頭》一則中寫道：「曲中有務頭，猶棋中有眼，有此則活，無此則死。進不可戰，退不可守者，無眼之棋，死棋也。看不動情，唱不發調者，無務頭之曲，死曲也。一曲有一曲之務頭，一句有一句之務頭；字不聱牙，音不泛調。一曲中得此一句，即使全曲皆靈，一句中得此一二字，即使全句皆健者。務頭也。」李漁的解釋雖稱「別解」，卻不乏真知灼見，特別是緊接上文的一段發揮，殊為精彩：「由此推之，則不特曲有務

頭，詩詞歌賦以及舉子業，無一不有務頭矣。」李漁不是僵化地去索確解，而是以靈活變化的目光去解釋極富個性的古代戲曲術語，這就道出了這個術語豐富的內涵和它使用上的靈活性。猶同古代繪畫術語的引入文學創作領域，我國古代專門術語是那樣靈活和富於象徵、隱喻色彩。這正是李漁所謂「別解」的妙處。如果說稍嫌欠缺的話，那就是李漁沒談清楚「務頭」這字眼的本意。

「務頭」這個術語是元人周德清在其《中原音韻·作詞十法》中提出的：「要知某調、某句、某字是務頭，可施俊語於其上，後注於定格各調內。」周德清對務頭沒有加以正面解釋，所謂「後注於定格各調內」，是說在後面列舉了四十首散曲，就每首一一指出其務頭之所在。

周德清全書在談音韻，因此他解釋「務頭」也是著眼於音韻腔調的。「務頭」在尾，或在過接處，都是唱時要加以強調和發揮的「點」，也就是閃光之處。用周德清的話說是：「如眾星中顯一月之孤明也。」比如周德清極賞所謂「六字三韻語」，《西廂記》第一本第三折「隔牆酬韻」中張生唱的一句「忽聽、一聲、猛驚」即是。周氏認為此種語「皆於務頭上使」。「六字三韻語」「堪稱俊語」，俊語施於曲中抑揚頓挫之緊要處，就是「務頭」。但是，俊語並非華麗之語，乃指傳神動人之筆。否則雖是「二字一韻」，「六字三韻」，徒有其形，而感情蒼白做作，也是「不分務頭，亦不能唱采」，失卻淳厚的韻味了。弄得不好，「則句句急口令矣——所謂畫虎不成反類犬也」。

周德清或議論，或舉例，基本上說清楚了「務頭」的含義，明清曲論家沿此探索開去，「務頭」含義後來發生了一些衍變。

明人王驥德在他的《曲律·論務頭第九》中指出：「務頭」當是「調中最緊要字句」，「凡曲遇揭起其音而宛轉其調，如俗之所謂『做腔』處，每調或一句，成二、三句，每句或一字，或二、三字，即是務頭。」由此，王驥德推想道：「古人凡遇務頭，輒施俊語或古人成語一句其上，否則祇為不分務頭，非曲所貴，周氏所謂『如眾星顯一月之孤明也』。」王世貞（弇州）在其《曲藻》中似亦同意周、王二家之言，說楊升庵將「務頭」與「部頭」混為一談，實屬可笑。〔註8〕王驥德還談到到了明代「已絕此法」，「今大略令善歌者，取人間合律腔好曲反覆歌唱，諦其曲折，以詳定其句字，此取務頭一法也。」言外之

〔註8〕「部頭」為教坊中角色名，實與「務頭」無涉。王世貞這段話原文是：「楊用修乃謂務頭是『部頭』，可發一笑。」見《中國古典戲曲論著集成》第四集第28頁，中國戲劇出版社1959年版。

意是反覆琢磨才得定「務頭」之所在。是時「務頭」與「古人」所言「務頭」意義有所不同，古人「務頭」是寫曲時就有固定位置的，凡遇「務頭」，一定要著意為之，施俊語於其上；而王驥德時的「務頭」似乎由「歌者」來釐定，與寫曲之人無直接關係。

近人吳梅氏既不同意周德清的說法，也不同意李漁的「別解」，認為「務頭」是有規矩可循的。因此，事實上也否定了王驥德的解釋：「蓋填詞家宜知某調某句是務頭也。換言之，謂當先自定以某句某字為務頭，而為之定去上、析陰陽也。」

吳梅在他的《顧曲麈談‧論北曲做法》中指出：「既云某調某句是務頭，可施俊語，然則凡不是務頭處，皆可放筆填詞，潦草塞責乎？此必不然也（這是對周德清說法的責難）。李笠翁別解務頭曰：『凡一曲中最易動聽之處，是為務頭。』此論尤難辨別，試問以笛管度曲，高低抑揚，焉有不動人聽者乎？況北詞閃賺抗墜，更較南詞易於入耳，則所謂最易動聽四字，亦殊無據。」（這是對李漁「別解」的否定）吳梅的結論是：「務頭者，曲中平上去三音聯串之處也。如七字句，則第三、第四、第五之三字，不可用同一之音。大抵陽去與陰上相連，陰上與陽平相連，或陰去與陽上相連，陽上與陰平相連亦可。每一曲中，必須有三音相連之一二語，或二音（或去上，或去平，或上平，看牌名以定之）相連之一二語，此即為務頭處。」這個結論說得比較具體，也照顧到了作者和歌者，以此衡量周德清以例指出的「務頭」處，也大體相吻合。問題是只從聲律上著眼，而未考慮到文學上、音樂上是否有規律可循。「務頭」似要作者、歌者、奏者都須加以強調和注意的。從這一點來說，楊蔭瀏在《中國古代音樂史稿》中關於「務頭」的解釋應當引起我們的注意和重視：「務頭就是結合著對內容情節的表達，歌詞上可以著重描寫、音樂上可以著重發揮的部分。用今天的話來說，這就是藝術高潮，是文學上和音樂上雙重高潮的會合。」〔註9〕此處雖未提及「歌者」，然「雙重高潮」處歌者當自識無疑。應該說，對「務頭」一語一般含意的解釋，楊氏的說法言簡意賅，概括得很精彩，是較為可取的。

那麼，「務頭」二字的本意是什麼呢？關於這一點，王驥德曾談到過：「《墨娥小錄》載『務頭』調侃曰『喝采』。」《墨娥小錄》，明無名氏撰，在其中「行

〔註9〕楊蔭瀏：《雜劇的音樂》，見《中國古代音樂史稿》第599頁，人民音樂出版社1981年版。

院聲嗽」的伎藝類裏，記載了當時諸種表演伎藝的行話：

「喝采——務頭；無人喝采——寧了；……」

由此我們明瞭了「務頭」的本意乃為「喝采」一語的行話，它的含義應是逐漸豐富、複雜起來的，乃至發生了一些衍變。而這一切繁複的衍變事實上從「務頭」二字的字面上已經透露出消息，如同楊蔭瀏先生概括的那樣：「『務頭』二字本身已暗示了重點注意（務）最緊要關節（頭）的意思。」〔註10〕

《中國大百科全書》戲曲曲藝卷中「務頭」條下解釋是：「務頭乃是曲文著重描寫、曲調充分發揮與歌唱精雕細刻之處，它是戲劇情節的關鍵要地，也是博得觀眾喝采的『戲眼』所在，和目前通常所說戲劇高潮及句中重字要義的涵義大體相同。」〔註11〕這個概括注意到了曲文、曲調和歌唱三個方面，又講出了喝采的原意，不失為既精練又全面，遺憾的是把「務頭」與戲劇高潮並稱，說它們大體相同，就嫌不那麼確切了。一般說來，一個戲只有一個戲劇高潮，「務頭」卻可以有許多許多，每一個起伏迭宕，都有「務頭」，甚至每曲、每句都有務頭所在，若比附於話劇，每句臺詞都有高低緩急，抑揚頓挫，都有相當於「務頭」的所在，大概正因為如此吧，楊蔭瀏先生不說「戲劇高潮」，而稱「藝術高潮」。雖然出發點不同：楊從音樂角度出發，大百科從戲曲角度出發，但「務頭」的涵意既廣又靈活的特點不能不注意到，偏執於一端，是難以詮釋它的。有趣的是錢鍾書先生在《讀拉奧孔》中也談到了「務頭」：「萊辛講『富於包孕的片刻』，雖然是專為造型藝術說法，但無意中也為文字藝術提供了一個有用的概念。『務頭』、『急處』、『關子』往往正是萊辛、席勒、黑格爾所理解的『富於包孕的片刻』。」〔註12〕錢先生還援引蔣士銓的話來說明什麼是「務頭」，即：「語入妙時卻停止，事當急處偏迴翔；眾心未饜錢亂散，殘局請終勢更張。」也就是所謂「引而不發躍如也」，「盤馬彎弓惜不發」。錢先生的這個論斷有兩點值得我們注意：其一是將「務頭」從曲的範圍引擴到說唱藝術、小說藝術甚至其他藝術領域；其二是與西方文論家的說法進行了比較，這「富於包孕的片刻」對我們理解和詮釋「務頭」提供了若多的啟迪。因此，竊以為，「務頭」這個概念今天仍是有用的。要解釋清楚它，既要索其本意，究

〔註10〕楊蔭瀏：《雜劇的音樂》，見《中國古代音樂史稿》第 599 頁。

〔註11〕中國大百科全書出版社編輯部、中國大百科全書總編輯委員會《戲曲曲藝》編輯委員會編：《中國大百科全書》戲曲曲藝卷第 421 頁，中國大百科全書出版社 1983 年版。

〔註12〕錢鍾書：《舊文四篇》第 48 頁，上海古籍出版社 1979 年版。

其涵義，更要釋其引申、變衍之所指，同時應注意到它在使用時極大的靈活性，它同關目（關子）之間也還有著某種血緣關係哩。

「伶人自為」辨

關於元雜劇中曲詞和科白究竟是出於劇作家一人之手，還是曲白分家，由曲家填詞，而以伶人增設科白的問題，明清以來的曲家意見頗不一致，說來這是一個夙有爭論而又饒有興味的問題。

王國維在《宋元戲曲考·元劇之結構》中說：「至謂賓白為伶人自為，其說頗難通。元劇之詞，大抵曲白相生；苟不間作白，則曲亦無從作，此最易明之理也。」又說：「今就其存者言之，則元曲選中百種，無不有白，此猶可諉為明人之作也。」王國維還以白中所用宋人語、遼金人語以及明初周憲王時去元不遠，且曲白俱全等方面雄辯地論證了「伶人自為」說法之荒謬。這無疑是正確的觀點。遺憾的是王國維將「賓白為伶人自為」的錯誤說法歸罪於功德無量的臧晉叔，說什麼「愈以知臧說之不足信矣」。看來，這完全是一種誤解。

我們來看臧晉叔《元曲選·序》原文：

「世稱宋詞元曲。夫詞，在唐李白、陳後主皆以優為之，何必稱宋。惟曲自元始有，南北各十七宮調。而北「西廂」諸雜劇亡慮數百種，南則「幽閨」、「琵琶」二記已而。或謂元取士有填詞科，若今帖括然。取給風簷寸晷之下，故一時名士雖馬致遠、喬孟符輩至第四折往往強弩之末矣。或又謂主司所定題目外，止曲名及韻耳，其賓白則演劇時伶人自為之，故多鄙俚蹈襲之語。或又謂「西廂」亦五雜劇，皆出詞人手裁，不可增減一字，故為諸曲之冠。此皆予所不辯。」

細讀這段文字，聯繫上下文，意思非常明確：一開始即說明「世稱」，爾後連用「或謂」、「或又謂」，明明是援引別人的觀點，羅列幾種流行的說法（「或謂」，「或又謂」翻成語體文就是「有人說」，「又有人說」），而臧氏的觀點盡在「此皆予所不辯」一句。換言之，是我不屑去辯論。細味起來，臧氏並不同意「伶人自為」的說法，退一步說，至少也是不明確表示自己的態度，無論如何看不出臧氏有同意「伶人自為」說法的意味。毋庸諱言，這是王國維的疏忽，割裂了臧晉叔的話，未能顧及到全文。更遺憾的是王國維一錯，許多人跟著錯下來，幾乎異口同聲詰責臧晉叔，似乎誰也沒有去深究細查《元曲選·序》這段文義，遂成「鐵案」。遠的不說，以上海戲劇學院陳多、葉長海的《王驥德

曲律》為例，便是因錯而錯的一個證明。〔註13〕看起來，頗有為臧晉叔一辯的必要。

其實，王國維多次讚歎臧晉叔保存、整理元人百種曲的功績，以為賴以才得見元劇之面貌。在《元曲選‧跋》中，王國維曾由衷贊許道：「嗚乎，晉叔之功大矣！」然在這個具體問題上，王國維倒真的是錯怪了臧晉叔。以臧氏的眼力才識，以其對戲曲文學的極大熱情，很難想像他會在此問題上不識個中消息的。細讀臧晉叔《元曲選》兩篇序言，對「以曲取士」他似乎是相信的，對「伶人自為」一說卻並非苟同。

對「伶人自為」當作信說，甚至加以發揮的論者，明清以來倒是大有人在。如王驥德、李漁等。王曰：「元人諸劇，為曲皆佳，而白則猥鄙俚褻，不似文人口吻，蓋由當時教坊樂工撰成間架說白，卻命辭臣作曲，謂之『填詞』。」〔註14〕李說：元劇「其介白之文。未必不是後來添設。」〔註15〕李笠翁還有所謂「填詞」與「增設賓白」各自為政的說法。周亮工說得就更不成道理了：「猶有元人體裁，其曲分視則小令，合視則大套，插入賓白則成劇，離賓白亦成正曲，不似今人全賴賓白敷衍也。」〔註16〕這就將戲曲文學和作為詩歌的散曲混為一談，簡直是抹煞了二者之間的區別了。類似說法說明古人重曲輕白，「伶人自為」說未必不是文人士大夫之偏見，實為揣度、推測之辭，並無確據，殊不可信。但是，演員即興發揮，而且發揮得好，刻書時保留下來，所謂「歌者分作者之權」的情況恐怕還是有的，但這不等於說賓白科介全都是伶人所加，「分」作者之權，並不等於說完全代替了作者之權。不要說在古代，即使今天，「歌者分作者之勞」的情況恐怕也還是存在的。

原載《南京師範大學學報》社會科學版 1985 年第 4 期

〔註13〕陳多、葉長海注釋：《王驥德曲律》第 102 頁，湖南人民出版社 1983 年版。

〔註14〕（明）王驥德：《曲律》，見《中國古典戲曲論著集成》第四冊第 148 頁，中國戲劇出版社 1982 年版。

〔註15〕（清）李漁：《閒情偶寄‧詞曲部‧賓白第四》，見《中國古典戲曲論著集成》第七冊第 51 頁，中國戲劇出版社 1982 年版。

〔註16〕（清）姚燮：《今樂考證》，見《中國古典戲曲論著集成》第十集第 233 頁，中國戲劇出版社 1982 年版。

也談元代社會與雜劇繁盛的關係

　　讀了隗芾先生《試談元代社會與雜劇繁盛的關係》（載《光明日報‧文學遺產》第677期），頗受啟發。文章抉微探幽，觀點新人耳目。特別是談到蒙古貴族統治者對雜劇藝術的流佈和發展，客觀上是比較放任的，或者說主觀上是較為疏忽的，這對雜劇藝術的繁盛事實上起到了一定的推動作用，這是很有見地的。但是，得要補充強調兩點：其一，所謂的「放任」和「疏忽」，並非是統治者的初衷和本意，相反卻是純然不自覺的。同時，也不是說就完全無拘無束了，好像雜劇作家在創作上就有了充分的自由，不是的，這樣說也只是就整個中國漫長的封建社會中比較而言，尤其是與明清兩代比較而言。其二，從時間上看，這種所謂「放任」、「疏忽」也只限於從元初到元代中期，即十三世紀末到十四世紀初，所謂雜劇創作的高峰期和飽和點的元貞、大德時期。鄭振鐸先生曾指出：「元代的文學是勃興的、勇健的，具有青年期的活潑與精力充沛的現象」。〔註1〕這個論斷是正確的，然亦應限於元前期文學，後期情況就大不相同了。

　　所以會出現客觀上相對自由發展的局面，情況相當複雜，概括起來，主要不外乎三個方面：第一，元朝統治者的注意力還集中在軍事上和政治上（入主中原之初，反抗還此起彼伏），對文學藝術的流佈尚無暇顧及；第二，由於語言、文化、習俗等方面的阻隔，統治者對中原漢族文化還不甚瞭解，欲干涉而不能；其三，北方少數民族文化較落後，以「馬上得天下」的蒙古貴族統治者一時還沒有認識到文學藝術對政治生活的影響，不屑於去干預。

〔註1〕鄭振鐸：《中國文學研究》第509頁，作家出版社1957年版。

有一條並不生僻的材料很能說明問題，這就是明人姚旅在他的《露書》中的一則記載：

> 元大內雜劇，許譏誚為謔。嘗演《呂蒙正》，長者買瓜，賣瓜者曰：「一兩！」長者曰：「安得十倍其值？」賣瓜者曰：「稅錢重，十里一稅，寧能不如是！」及蒙正來，賣瓜者語如前。蒙正曰：「吾窮人，買不起。」指旁南瓜曰：「買黃的罷。」賣瓜者怒曰：「黃的也要錢。」時上覺其規己，落其兩齒。

「黃的」是「皇帝」的諧音，宮廷演戲，竟將諷刺矛頭直接指向了皇帝本人，而且皇帝就坐在下面看戲，真可謂斗膽訕上，大逆不道了。既觸怒了人間至尊的皇帝老子，罰罪便是不可避免的，於是優人被打落了兩顆牙齒。沒有被拉去殺頭，該算是夠寬容的了。過去曾有人引用這則材料來說明元代文網之密，禁語之多，對演員的殘酷迫害等等，其實這則材料恰恰說明了與之相反的一面。這裏至少有兩點值得我們注意：一是「許譏誚為謔」，宮廷大內演出尚允許譏誚，那麼民間演出，「路歧」作場，恐伯禁令會更少些；二是演員譏誚到皇帝名下，不過是「落其兩齒」，況且這譏誚得著實太辛辣了，倘若不是觸怒了人間至尊的皇帝，或許連落兩齒的事情也不會發生。任半塘先生《優語集》將此條放在《參政不敢望元鼎》一條之後，注明「時次未詳」。而在「參」條下注「元世祖至元二十三年後」，任半塘先生的排列是有道理的，即是說《露書》中所載的元大內雜劇的材料時次當在至元年間。至元共三十一年，接下去便是元貞、大德時期了。這是元前期雜劇創作、演出較為開放、寬鬆的一個絕好注腳。到了後期，統治者開始注重思想統治，對漢族文化也逐漸開始熟悉，因而對雜劇創作，演出的禁令也就越來越嚴苛了。

不錯，元代的確有所謂「妄撰詞曲，誣人以犯上惡言者，處死」（《元史·刑法志》）的法令，但那是元朝統治秩序逐步穩定以後的律條。據《元史紀事本末》載，「元初未有法守」，乃「循用金律」，一直到至元二十八年（1291）夏，才頒行了一個叫《至元新格》的法律草案，真正建立起條陳細密的法律，那是英宗至治三年（1323）以後的事。元前期統治者循用金之舊律，儘管橫暴兇殘，但對文學藝術的流傳發展卻是不甚干涉的。比如《元典章》中有禁「詞話」的禁令，而沒有禁雜劇的禁令，倒是在《刑法志》中有禁雜劇的律條：「諸民間子弟，不務生業，輒於城市坊鎮，演唱詞話，教習雜戲，聚眾淫謔，並禁治之。」（《元史》卷一〇五）這裏說得很清楚，是禁止優伶以外的所謂良家子

弟搬演雜劇，並非禁絕一切人。而且，要害是防止聚眾，主要是怕聚眾而生出
暴力性事端，並非感到雜劇藝術對其統治有什麼威脅，在同一條禁令中還同時
禁止弄禽蛇、傀儡、藏懘撇鈸、倒花錢、擊魚鼓以及角抵等一切技藝和民間娛
樂，這是再清楚不過了。

實際上最有說服力的還是元前期雜劇作品本身。從作品表達思想的放縱
恣肆，具有明顯而又強烈的諷刺意義，以及鮮明的時代烙印、頑強的戰鬥精神
來看，一方面表現了元雜劇作家們「真正藝術家的勇敢」，同時也恰從反面說
明了統治者主觀上的疏忽，而在客觀上的確出現了較為放任的情況。我們不妨
作一點比較，從明代「國初榜文」中開列的編撰、搬演雜劇則「割舌」、「斷手」、
「卸腳」、「充軍」等刑律來看，明代統治者對作家和藝人該是何等殘酷！明太
祖朱元璋直接干預戲曲創作，以《琵琶記》為楷模，大加肯定其教化作用，就
充分說明了漢族地主階級登上皇帝寶座，是一開始就對文學藝術抓住不放的。
兩相比較，元明兩代開國之初，統治者對戲曲藝術的態度是明顯不同的，「落
兩齒」與「割舌」、「斷手」也是無法相提並論的。至於宋代，對伶人演戲也很
殘酷，臺上搬演「二聖環」，〔註2〕譏刺了皇上，竟觸怒了秦檜，「檜怒，明日
下伶於獄，有死者。」（見《優語集》）可見不管與前代相比，還是與後世相較，
元代的情況很是特殊，我們應注意研究其特殊性。

陶芃先生在文中所談及的元雜劇繁盛的其他原因，均屬已往成說，只是改
換了一下角度，所言都是不錯的。惟否定了元代黑暗現實政治為雜劇繁盛提供
了豐富素材一條，似嫌武斷。

原載《光明日報·文學遺產》第 691 期 1985 年 10 月 8 日

〔註 2〕公元 1127 年（北宋靖康二年）金軍入汴，俘虜徽、欽二帝而去。二聖環，諧
音二聖還。伶人搬演，頭飾作雙環狀，影射二帝被虜事。二聖，指二帝。

「風流淒婉，晏歐先聲」
——讀毛熙震詞

　　在五代西蜀詞人中，毛熙震是一位值得注意探討的詞人。他的詞時而精豔簡古，纏綿流轉，時而率真樸拙，直中藏曲，很有獨特之處。舊題尤袤所輯的《全唐詩話》有云：「熙震有〔清平樂〕詞云：『含愁獨倚閨幃，玉爐煙斷香微。正是銷魂時節，東風滿院花飛。』為人所傳誦。」既是廣為流傳，說明當時人對毛詞是看重和讚賞的。然越是到後來，人們似乎越不重視熙震詞了。事實上熙震在花間詞人中既有個性，又有代表性，應引起足夠重視。

　　毛熙震，蜀人，生卒年未詳。《花間集》稱他為毛秘書，蓋因其孟蜀時曾官秘書監。《栩莊漫記》稱其詞「濃麗處，似學飛卿，然亦有清淡者，要當在毛文錫上，歐陽炯、牛松卿間耳」。《花間集》收其詞十三調二十九首，顯然這還不是他的全部作品，但我們可就中窺其風致大略。

　　總起來看，毛熙震詞情懇意切，古豔婉麗。濃處繁纖縟繡，花團錦簇；淡處清奇俊爽，露晶雪瑩。往往錯彩中含深味，平易中見章法，誠為一代作手。清人陳廷焯評箋過毛熙震的一首臨江仙，謂其「風流淒婉，晏歐先聲」（《詞則》）。這頗能概括毛熙震詞風，絕非溢美之詞。我們就先來看這首〔臨江仙〕：

　　　　幽閨欲曙聞鶯囀。紅窗月影微明。好風頻謝落花聲。隔尾殘燭，
　　猶照綺屏箏。繡被錦茵眠玉暖，炷香斜嫋輕煙。淡蛾羞斂不勝情，
　　暗思閒夢，何處逐雲行！

　　上片情境相生，意態互發，語淡而淒，意微而渺，稱得上情至文生，美不勝收。換頭看似轉，實乃順筆，一個「特寫」，直寫美人姿容睡態。「炷香」句

忽拓開去，按下寫人，抽筆又寫境。實際上人、情、境在這裏是交融的。最是「淡蛾」以下三句，筆勢一轉，一波三折，含不盡之意，直逼出結句悵然。

如果我們將最後三句與湯顯祖的戲曲傑作《牡丹亭》中的《驚夢》、《尋夢》等出對讀，是不難發現用意相通之處的。在湯顯祖筆下，深閨女子羞斂不禁、怔怔怛怛，那種複雜而又微妙的心理和情態被揭示得淋漓盡致，其神思妙筆，令人歎為觀止！毛詞雖只寥寥幾句，卻十分概括，也不乏精細入微之妙：閨中女蛾眉淡掃，顧影自憐，為幽情所注，於是思緒飄搖，去追思尋夢。「逐雲行」，是承上片「眠玉」而言，夢醒追思，行云何處？意悠遠而不盡，情綿綿而不絕。夢是幻物，豈能追回？無獨有偶，《牡丹亭》中也有《尋夢》一齣戲，或許湯顯祖是受了毛詞的影響吧。

案：湯顯祖非常喜愛和推崇《花間集》，他曾指出：「詞至西蜀，南唐，作者日盛，往往情至文生，纏綿流露，不獨為蘇、黃、秦、柳之開山，即宣和、紹興之盛，皆兆於此矣。」（《玉茗堂集》）湯顯祖還評箋過《花間集》，稱「余於《牡丹亭》、「二夢」之暇，結習不忘，試取而點次之，評騭之，期世之有志風雅者與詩餘互賞，……」（《玉茗堂評花間集序》）湯顯祖還將《花間》與樂府、騷賦，三百篇齊觀，可謂見識卓遠。從藝術構思角度來看，湯曲與毛詞確有相通之處，說湯或受啟發該不是無稽之言。惟因一在於詞，一在於曲，各具其美，韻味又有所不同。陳繼儒在其《批點〈牡丹亭〉題詞》中看出了此中消息，說「獨湯臨川最稱當行本色，以《花間》蘭畹之餘彩，創為《牡丹亭》，則翻空轉換極矣！」看來湯顯祖於《花間》中多有獲益，還是有跡象可求的。再看毛熙震的一首〔河滿子〕：

> 寂寞芳菲暗度，歲華如箭堪驚。緬想舊歡多少事，轉添春思難
> 平。曲檻絲垂金柳，小窗弦斷銀箏。深院空聞燕語，滿園閒落花輕。
> 一片相思休不得，忍教長日愁生。誰見夕陽孤夢，覺來無限傷情。

結尾處當引起我們的特別注意。「一片相思」二句，似直實曲，雖明點了相思之愁，卻是百般按捺不住，所謂「知之而不能厄之」者也。「忍教」句更妙，李易安「這次第，怎一個愁字了得」句，差足近之。結二句尤其耐人玩味：「誰見夕陽孤夢，覺來無限傷情！」分明是醒時，怎說是夢？因懷舊歡，苦對新愁，春思之極，幾近恍惚。因此，眼前景物，舊時良宵，攪在一起，分不清楚了。似乎近時已往，皆在夢中。又，夕陽之時，非夢之時，未入夜而入夢，故云「誰見」。這分明是「晝眠」了。這不能不使我們想到杜麗娘的「晝眠」

和「驚夢」，是相見略同的巧合嗎？未必。

有趣的是，和湯顯祖一樣，毛熙震也喜歡寫夢，除上述二例之外，如「蕙蘭心，魂夢役」（〔酒泉子〕）、「憶君和夢稀」（〔菩薩蠻〕）、「相思醉夢間」（〔菩薩蠻〕之三）等，都寫得幽渺悲涼，清麗奇警。將湯曲與毛詞對讀，多有所悟，對我們不無啟發。

周密《齊東野語》有云：「熙震集二十餘調，中多奇警，而不為儇薄。」王國維同意此說，並言「余尤愛其《後庭花》，不獨意勝，即以調論，亦有雋上清越之致，視文錫蔑如也」（《人間詞話》附錄）。足見清麗淒婉，意趣雋永，乃是毛熙震詞的基本風格。據清人沈雄《柳塘詞話》：「毛秘監詞『像梳欹鬢月生云』，『玉纖時急繡裙腰』，『曉花微斂輕呵展，嫋釵金燕軟』，不止以濃豔見長也。卒章情致，尤為可愛。其〔後庭花〕云：『傷心一片如珪月，閒鎖宮闕。』〔清平樂〕云：『正是消魂時候，東風滿院花飛。』〔南歌子〕云：『嬌羞愛問曲中名，楊柳杏花時節，幾多情。』試問今人弄筆，能出一頭地否？」二十餘首詞中，佳句如此之多，談何容易！說到結尾情致味長可愛，亦是毛熙震詞特色之一。

毛熙震詞不僅對晏，歐有直接影響，就是對北宋後期乃至宣，紹間詞人的影響，也很明顯。如周美成的「寶釵落枕夢春遠」（〔秋蕊香〕），就是明例。上文談到湯顯祖頗多獲益於毛詞，說明毛熙震在詞史上影響相當深遠。詞學研究，目光只盯住兩宋，未免偏頗，而一涉《花間》，彷彿只是溫、韋，這不能不說也是一種偏見。毛熙震詞的獨特韻致，不是給了我們許多的啟發嗎！

原載《光明日報·文學遺產》第 704 期 1986 年 4 月 8 日

白樸劇作的不同追求

　　長期以來，人們對白樸雜劇《梧桐雨》和《牆頭馬上》不同的格調頗為迷惑。何以前者主題模糊，看不出明顯的思想傾向，而後者主題突出，具有濃厚的民主意識？就曲詞風格而論，二者之間亦存在著明顯差異：前者典雅清麗，嫵媚中含無限哀傷，似更近於詩詞化；而後者卻奔放豪辣，雋爽中有不盡快意，倒更近於散曲化。這固然是由於題材情節的差異所致，但其中分明也流露出劇作家兩種完全不同的藝術追求。

　　最近出版的、由王起教授主編的高校文科教材本《中國戲曲選》（人民文學出版社出版），在介紹白樸時說：「白樸能寫悲劇，也擅長寫喜劇。他既注重作品的戲劇性，戲劇衝突編排得尖銳緊湊；又注重劇本的抒情性，讓曲文具有詩的意境。」這個觀點，頗有識見。就白劇總體來看，概括得是正確的。但是，《梧桐雨》在戲劇性和戲劇衝突方面不能算出色，反之，《牆頭馬上》在這方面倒是無懈可擊的。至於說到詩化，後者似乎就不如前者了。即是說，白樸有兩副筆墨甚至多副筆墨，在不同的劇作中他的追求並不完全一致，以往人們論到白樸曲詞風格，總是強調一個方面，未免籠統和含混。如《太和正音譜》中說白樸曲詞「如鵬搏九霄」，有人就據此說白曲風格是豪放的。日本學者青木正兒就說：「白仁甫的曲詞，於典麗之中，寓豪放磊落之氣」（《元人雜劇概說》）。也有的文學史家說白曲「清俊抒情，精密巧細」，甚至還「本色通俗，真實生動」（劉大杰《中國文學發展史》）。究竟誰是誰非？為了避免以偏概全和籠統含糊，我們有必要作一點具體的分析。我們知道，白樸一生憂鬱重重，始終處於出世和人世的極端矛盾和痛苦之中。這從王博文、孫大雅為白樸《天籟集》所作序文中可以看得很清楚。白樸的這種情緒在他的詞作和散曲中也多有流

露。如他忽而大倡「勸飲」，忽而又主張「嗜睡」，無非是麻醉自己，要忘卻天下興亡，淡漠功名利祿，所謂「屈己降志」、「放浪形骸」，所有這些，又都是為了排遣鬱悶，以擺脫內心深不可解的矛盾和痛苦。然而，越是排遣，就越是痛苦，「山川滿目之歎」，高蹈遠引與爵祿其身的矛盾就越是要襲上心頭。在白樸劇作中，這種情緒亦時有流露，《梧桐雨》則尤為明顯。

　　細味深究《梧桐雨》的間架結構和曲詞賓白，給我們突出印象的並不是人物行動和戲劇衝突，而是對失去了的東西深深的懷念之情，是山河之感、禾黍之悲的哀傷意緒。不難看出，白樸對《梧桐雨》的故事情節和結構排場，並沒有花大氣力慘淡經營、著意布置。不必諱言，《梧桐雨》戲劇性並不強，衝突也不那麼尖銳。對女主人公楊妃也談不上精心去塑造，以至對於她來於壽王邸、與安祿山有私情等穢跡一概闌入，讓人物不打自招地自供不諱。劇中人物賓白多率意為之，甚至留有信手抄襲史書的痕跡。對於含有濃厚戲劇性的事件以及李、楊故事本身可供鋪排發揮的東西，白樸似乎也並不看重。清人梁廷枏曾說：「《梧桐雨》中間用一李林甫得報、轉奏，始而議戰，戰既不能而後幸蜀，層次井然不紊」（《曲話》）。其實，這恰恰是漏洞所在，是不得已的隨手捏合。因為這個情節有悖於歷史事實，時序完全不對。說到結構緊湊，那也是故事粉本和元雜劇體制所決定的，並不像梁廷枏、青木正兒所說的那樣能經得起推敲。《梧桐雨》的高潮在第四折，與元雜劇一般高潮多在第三折的慣例有所不同。但是，這個高潮既不是人物行動帶來的，也不是戲劇衝突造成的，而是由一種情緒，一種無限感傷的主觀意緒和悽楚境況促成的。可以說是最為典型的「奪他人酒杯，澆自己心中壘塊」。白樸借唐明皇自蜀還京，凝望楊妃影像的孤獨和悲涼景況，襯以秋夜苦雨滴打梧桐的環境，盡情抒發了內心的失落感和幻滅感。故國之思的切膚之痛，壯志難酬的抑鬱之情，前路茫茫的無法逆料，匯聚攏來，形成一股不可按捺的情緒流，它噴湧而出，簡直無法遏止。一套〔正宮·端正好〕，連續二十三支曲子，一氣呵成，淋漓盡致。只有馬致遠《漢宮秋》第三折〔雙調·新水令〕套曲和孔尚任《桃花扇·餘韻》中的〔哀江南〕套曲，方能與之媲美。因此，我們說，《梧桐雨》在某種意義上可以看作是一種完全獨特的情緒劇或抒情詩劇，而不是通常意義上的情節劇或衝突型戲劇。或者可以說，這部作品是具有更多詩人之質的抒情性作品，而不是通過故事情節和戲劇衝突去表現一個明顯的思想，也沒有多麼具體意義上的所謂寄託，這正是白樸的一種藝術追求，若以通常的尺子去衡量它，可謂是枘鑿不入的。

　　吳瞿安先生看出了個中消息。他在《中國戲曲概論》中說：「《秋雨梧桐》，實駕碧雲黃花之上，蓋親炙遺山謦欬，斯咳唾不同流俗也。」在《瞿安讀曲記》中，他說得更為明確：「仁甫之編聲譜，亦用以自晦也。」一指出了作品的詩化傾向，二道出了白樸在劇作中的主觀情緒抒發。不過瞿安先生語焉不詳，且又乏具體分析，不易引起人們注意。梁廷也說過《梧桐雨》「數曲力重千鈞」之類的話，然閃閃爍爍，未能加以強調。其實這正是《梧桐雨》的獨到處。

　　與《梧桐雨》完全不同，《牆頭馬上》則充滿了戲劇性，有著尖銳無比的矛盾衝突。

　　《牆頭馬上》結構嚴密緊湊，排場布置細微生動，情節亦大起大落，迭宕有致，十分抓人。更主要的是人物形象，個個生動，又極富個性。李千金的執著和潑辣，裴少俊的鍾情和軟弱，裴行儉的專橫和勢利，無不神情畢肖，呼之欲出。作家把不同人物之間性格和思想的尖銳對立置於特殊情境之中，自然而然地生發出一系列戲劇性場面。與《梧桐雨》相較，劇作家的主觀情緒在這裏被淡化了，人們看到的是劇中人物思想感情的撞擊和個性特徵的對立，情勢突轉的推動力是性格矛盾和思想交鋒。因此，劇情本身是震撼人心的，是足以使人感染和激動的。全劇前後呼應，處處映襯，連細微處都充滿了「戲味兒」。第一折寫少女閨情，語似質直，細味之，亦在常理之中，因是心理活動，到底比講出來的話樸野些，況又與千金潑辣性格相印，原是無可非議的。孟稱舜就認為「首折是閨情常語，然自喁喁堪聽」（《古今名劇合選・柳枝集》）。可見梁廷柟「如許淺露」、「更屬無狀」一類指責，未免迂腐味和頭巾氣，實不可取。說來這正是白樸別一種追求，佳處自在的。

　　說到曲詞風格，《牆頭馬上》亦與《梧桐雨》迥然不同。白樸從題材內容和人物性格出發，一變典麗含蓄而為清俊爽直，不避俚語卻又未陷淺俗淵藪，別是一番韻味。可謂美文美聲美情，沁人心脾！

　　對於《牆頭馬上》，前輩和時賢多有肯定，分歧不大，此不詳析。惟認為《梧桐雨》並非白樸成功之作的說法並不在少數，務須辨究。事實上我們不必強為軒輊，揚彼而抑此。這是因為無論就一個作家群或一個作家，風格並非一成不變。如果說「風格就是人」，那麼，人是可變的；如果說風格是「某人為達到某一特定目的去形成、處理、并記錄思想的方法」，〔註1〕那麼，一個人的

─────────────

〔註1〕（德）威克納格：《詩學・修辭學・風格論》，見《王元化集・文藝評論》第315頁，湖北教育出版社2007年版。

思想認識也在變。所以，風格既是相對穩定的，又此一時，彼一時地發生著變化，即使在十分純熟的偉大作家亦不能免，只不過有的作家變化幅度大，有的作家變化幅度小罷了。白仁甫應屬前後變化較大的作家之列。儘管我們至今還難以確定他的劇作完成的時序。

　　附帶說到《東牆記》，它是否白樸的作品，目前尚存在不同看法。如果《東牆記》確係白樸所作，我們只能將它看成是雜劇作家「爭棚」、「鬥勝」之作，因為這在當時是一種風氣。而且，《東牆記》明顯經後人刪改過，已不是本來的面目了。

原載《光明日報‧文學遺產》第 716 期 1986 年 10 月 7 日

論元雜劇的渾樸自然之美

　　元雜劇作品，作為戲曲史上第一個黃金時代的收穫物，對後世戲曲創作影響至為深遠。對於其總體藝術風格的把握，探索其標新立異的意蘊和優美獨特的韻致，即加強對其美的個性的研究，無論是對我們今天戲曲史學科研究的深入，還是對今後的戲曲改編創作，都是十分必要的。淘得精英，識得妙處，掌握規律和技巧方法，或闡明前輩語焉未詳之處，從而獲得有益的啟發借鑒，在今天似乎顯得特殊的重要。

一

　　明清曲論家憑感覺和體味，把元人作劇手段看成是一個簡直不可企及的至高點。當他們盛讚一部作品或一個場面時，總以元人為高標，說什麼「直逼元人」、「去元人不遠」或「不讓元人」等等。遍及曲論評點，類似說法俯拾即是。何以明清曲論家如此推崇元劇？元人高標是否有明跡可循？該不是「羚羊掛角，無跡可求」吧？

　　近人王國維在其戲曲史科學的開山之作《宋元戲曲史》中說：「元曲之佳處何在？一言以蔽之，曰：自然而已矣。古今之大文學，無不以自然勝，而莫著於元曲。……彼但摹寫其胸中之感想，與時代之情狀，而真摯之理，與秀傑之氣，時流露於其間。故謂元曲為中國最自然之文學，無不可也，若其文字之自然，則又為其必然之結果，抑其次也。」王國維又說：「可知元人之於曲，天實縱之，非後世所能望其項背也」。〔註1〕

〔註1〕見《王國維戲曲論文集》第85頁、89頁，中國戲劇出版社1984年版。

前者講得頗中肯綮，而後面就又說得抽象甚至玄虛而不可捉摸了。自然之說，極是。所以自然之理，王氏已剖其大端，可見元曲自然之美並非不可控揣。

吳梅說：「余常謂天下文字，惟曲最真，以無利祿之見，存於胸臆也。」「而作者稱心發言，不復有冠帶之拘束。論隱逸則巖棲谷汲，儼然巢許之風。言神仙則霞佩雲裾，如驂鸞鶴之架。其他萬事萬物，一一可上氍毹。」這其實還是在說元曲之妙在乎自然。「稱心發言」，就是不造作，不矯飾，不扭捏，不吞吞吐吐。也就是真，亦即是自然。瞿安先生又說：「余常謂元詞之不可及，正在俚俗處。自明人以冶麗之詞作北曲，而蒜酪遺風渺不可得，余竊有志焉而未逮也。」因何不逮？瞿安先生未詳論，倒是在他的《中國戲曲概論·明總論》中無意間說明了此中道理：「一代之文，每與一代之樂相表裏，其制度雖定於瞽宗，而風尚實成於社會。天然之文，反勝於樂官之造作，……蓋與社會之風尚性情絕不相入，不合於天然之樂，即不能為樂府之代表也。」所謂「觀其舞而知其德」，「樂音與政通」，離開了特殊的社會生活環境，有志直追，恐亦不逮。因此，元曲這一「最自然之文學」，首先是賴附於其特殊的社會政治經濟結構和社會思想文化狀況。至於吳瞿安先生談到元曲文字的自然，所論與王國維意見一致。「至就文字論，大抵元詞以拙樸勝，明則妍麗矣。元劇排場至劣，明則有次第矣。然而蒼莽雄宕之氣，則明人遠不及元，此亦文學上之趨向也。」〔註2〕文字自然，得之於作者思想感情的自然，而作者思想感情的自然，又得之與客觀現實生活的感染和觸激，所謂「噫而風飛，怒而河奔。世能厄之於彼，不能不縱之於此」是也，同樣是一種自然之勢。湯顯祖說得何等形象！好的作品必自然，自然之作品必可觀，豈惟元劇如此！不過元劇之自然在浩瀚的中國古代文學中，更為明顯而已。湯顯祖在為鄒彥吉的《調象庵集》作序時闡明此理，說得更為絕妙，可發一省：「萬物當氣材猛之時，奇迫怪窘，不獲急於時會，則必潰而有所出，遯而有所之。常務以快其憤結。過當而後止，久而徐以平。其勢然也。是故衝孔動楗而有颷風，破隘蹈決而有潼河。已而其音泠泠，其流紆紆。氣往而旋，才距而安。亦人情之大致也」「當其興屬而起，頃洞合沓，勃聿琗粲，可使霆發電晱，魚跳鳥瀾，猝不可得而當也。……」〔註3〕這裏說的是詩文，道理卻是通同的。邇來人們為求研究方法的更新。認為社會政

〔註2〕《吳梅戲曲論文集》第145頁，王衛民編，中國戲劇出版社1983年版。

〔註3〕（明）湯顯祖《調象庵集序》，見《湯顯祖詩文集》下卷徐朔方箋校本，第1038頁，上海古籍出版社1982年版。

治經濟，階級鬥爭和民族鬥爭等等，不能與文學藝術的複雜情況簡單比附，後者亦不當成為前者的簡單圖解。這固然是新見識，無疑是正確的。然而，完全割裂了兩者之間的關係，說它們之間毫不相干，因而推導出前輩學者研究方法是簡單的，顯然也是荒謬的。我們應該在前輩已取得的成就之上擴大成果，怕不是要另起爐灶。從胡紫山到王國維、吳瞿安，乃至現當代學者們，都不約而同地指出元劇作家們的困頓鬱勃之境，磊落不平之氣，這其實就是產生「最自然之文學」不容忽視之一端。

前輩曲論家認為元劇長處在獷悍，在恣肆，在樸野，在帶蒜酪氣。這是對王國維、吳瞿安「自然說」和「拙樸說」的一個發揮，旨在探索元劇的獨特藝術風格，會味元劇個性美的韻致，為我們把握元劇總體美學特徵提供了一個思索頭緒和出發點。

要把握元劇的總體美學特徵，首先要認識作家，瞭解作家所處的環境氛圍和一時期的風氣，爾後才能進入作品，去揣摩其特殊的美味。別林斯基指出：「有兩個條件造成偉大的詩人——天性和歷史。」〔註4〕天性有其變與不變的兩面，而歷史卻是不能改變的。錢鍾書先生曾引用聖佩韋的話說：「儘管一個人要推開自己所處的時代，仍然免不了和它接觸，而且接觸得很著實（On touche encore ason te mps, et tres fort, meme quand on Le fepousse）。」錢先生又說：「風氣是創作裏的潛勢力，是作品的背景，而從作品本身不一定看得清楚。我們閱讀當時人所信奉的理論，看他們對具體作品的褒貶好惡，樹立什麼標準，提出什麼要求，就容易瞭解作者周遭的風氣究竟是怎麼一回事，好比從飛沙，麥浪，波紋裏看出了風的姿態。」〔註5〕錢鍾書先生是機智地妙用比喻的大師，他講得何等好呵！舉個例子來說吧，在《錄鬼簿》及《青樓集》乃至記載戲曲史料的元代筆記中，關於劇作家和演員「滑稽」、「善謔」的說法特別多，可見這在當時是一種風氣，是特定社會環境中特有的東西，它透露出在滑稽戲謔之中蘊藏著憤懣、牢騷、不平和反抗，正是「以滑稽而為鑄鼎」，別有消息在就裏。這是以波紋察風姿的一例。〔註6〕由此推之，心中有積鬱，借滑稽戲

〔註4〕（俄）別林斯基：《波列查耶夫的詩》1842，見《別林斯基論文學》第 79 頁，梁真譯本，新文藝出版社 1958 年版。

〔註5〕錢鍾書：《中國詩與中國畫》，見《舊文四篇》第 2 頁，上海古籍出版社 1979 年版。

〔註6〕參閱拙文《論元雜劇的科諢藝術》，載中山大學《古代戲曲論叢》第一輯，1983 年版。

謔來宣洩，便有奇趣妙味，來得自然，遂成自然之美。元劇獨具的美學特徵，於此又見一斑。

錢鍾書先生所說的「從作品本身不一定看得清楚」，不是說可以不看作品，而是說不應當只看作品。不去體察風沙、麥浪和波紋，風將安在？無視環境氛圍和時尚習俗，不曉得一時期的風氣為何物，豈能把握「一代之文學」的美學特徵？我理解錢鍾書先生似在說，單純看作品不行，只就一部作品探究也不行，而是要比較分析，綜合抽象。當然作品本身無疑也是重要的、第一手的材料。

至此，我們對元劇的渾樸自然之美有了一個大致的瞭解，但並不具體。體察風姿風貌，還有一個比較直截的方法，那就是站到風裏，切實讓風吹一吹。西班牙著名古典主義劇作家洛貝·臺·維加說得非常有趣：「大家留心看戲吧，別爭論藝術了，因為喜劇能把藝術體現出來；只要看了喜劇，就會明白裏面所有的藝術。」〔註7〕維加憑著他豐富的編劇經驗，談的是切實的實踐體會，他自認為這些體會比書本上的「藝術的訓令」更適於觀劇欣賞和劇本創作。就讓我們結合元劇作品，盡可能立起來欣賞和探討案頭的文學劇本，以便揣摩元劇渾樸自然之美的姿容吧。

二

元劇總體格調的渾樸自然，首先在於其構思的樸素和單純。

王國維和吳瞿安都指出了元劇關目表面上之乖戾和疏漏，也就是構思上的揮斥由之，不假外巧，即「被以意興之所至為之」，這其實是藝術構思上的樸素和單純，而樸素和單純中卻蘊藏著無限的深刻。誠如李漁總結的那樣，元人乃是「以其深出之以淺，非借淺以文其不深也」。〔註8〕我們來看元劇的選材，或來源於歷史，或來源於故事傳說，乃至詩文逸事，傳奇話本，不拘定例，幾乎全是現成的故事外殼，絕少有找不到本事出處的。憑藉這現成的外殼，填充進具有頑強個性和強烈時代特點的思想，即是所謂「奪他人之酒杯，澆自己心頭之塊壘」。例如關漢卿的《竇娥冤》，本事可直追《漢書》卷七十一之《于定國傳》和《搜神記》卷十一之東海孝婦故事。然而關漢卿畢竟是一位化腐朽

〔註7〕（西班牙）洛貝·臺·維加：《編寫喜劇的新藝術》，見《古典文藝理論譯叢》第十一輯第 174 頁，人民文學出版社 1966 年版。

〔註8〕（清）李漁：《閒情偶記·詞曲部·貴顯淺》，見《中國古典論著集成》第七冊第 22～23 頁，中國戲劇出版社 1982 年版。

為神奇的劇作家，在《竇娥冤》中，竇娥形象不再是一個簡單的孝婦了，而是一個特定歷史時期被黑暗的社會現實吞噬了的悲劇形象，她從一個哭哭啼啼的小媳婦一步步被逼迫而走上了反抗的道路。不必拔高竇娥形象，她的反抗的確是萬般無奈，硬是被逼出來的。關漢卿有意讓這樣一個沒有宿怨，沒有具體對頭的弱女子，一個善良的無辜者來面對無邊的黑暗，痛快淋漓地抒發了帶有社會意識的鬱悶、憤怒和反抗。思想被表現得是何等有力！人物被塑造得何等鮮明！

可是，這難道僅僅是一個樸樸素素的簡單的洗冤復仇故事嗎？

人們何必要考索、論爭《竇娥冤》是否是當時的現代戲？背景是元代，人物、故事是漢代，又有什麼可非議的呢？我看他既不是現代戲也不是歷史劇，而是一部借歷史傳說故事外殼來批判社會現實的大悲劇。肅政廉訪使的官銜漢時的確不曾有，但這一點都不妨礙關漢卿的藝術構思，不要忘記了我國傳統藝術的寫意性，布萊希特的《高加索灰闌記》不也是彷彿看不清背景嗎？這其實不應該被視為疏漏，相反或許是劇作家有意為之。從這個意義上來看王國維和吳瞿安的說法，恐怕有些看似成論的東西也大可商榷了。王國維認為元劇「關目之拙劣，所不問也；思想之卑陋，所不諱也；人物之矛盾，所不顧也」；吳瞿安先生認為「元劇排場至劣，明則有次第矣」。類似說法明清曲論家也曾有人道及，今天看來要畫一個同號了。

別林斯基曾說過：「在現實的詩中，構思的樸素是真實的詩和真正成熟的天才最可靠的一個表徵。」〔註9〕元雜劇作品，特別是其中優秀的作品，是真實的現實的詩；而元代劇壇上的泰斗們，關漢卿、王實甫、白甫等也稱得上是真正成熟的天才，優秀的元劇作品也的確是構思樸素的。為了進一步說明問題，我們再來看戴善夫的《風光好》。這是現存元雜劇中一本不可多得的諷刺喜劇。它的故事所本見於宋鄭文寶《南唐近事》中有關《風光好》詞的逸事。陶穀也確有其人，《宋史》有傳，其出使南唐也是史實。一條逸聞軼事，寫成一個劇本，份量不是輕了點嗎？不，重要的不是故事的曲折，材料的豐富，而是思想的精深和敏銳，韻致的耐人撫玩無斁。宋齊丘使名妓秦弱蘭去以色相計賺來南唐出使的外交官陶穀，秦弱蘭身在風塵，卻嚮往過正常人的幸福生活，努力要改變自己的命運。她是主動的，也是勝利者。她對士大夫文人的靈魂瞭

〔註 9〕 （俄）別林斯基：《論俄國中篇小說和果戈里君》，見《別林斯基選集》第 104
頁，梁真譯本，新文藝出版社 1958 年版。

如指掌，於是投其所好，賺得《風光好》詞，終於達到從良嫁人的目的。這故事簡單極了，然它的內涵卻那樣豐富。陶穀當然不是一個簡單的偽君子，但戮穿假道學，剝下大人先生們的假面具畢竟是快人快事；秦弱蘭也不是簡單的要嫁漢，可她的成功總然是足慰人心，暢快人意的。

重要的是在這個樸素而又單純的故事表達過程中的無盡情趣，何其漂亮！多麼迷人！它足以媲美莫里哀的《偽君子》，只是它更有中國風味和中國氣派。且看秦弱蘭第一折中所唱曲詞：

兀的般弄月嘲諷留客所，便是俺追歡買笑望夫山。這些時迎新送舊，執盞擎盤，怎倒顫欽欽惹的我心兒憚。怕只怕那羅紈錦舊，鶯老花殘。

——〔混江龍〕

也曾把有魂靈的郎君常放翻，但來的和土鏵，可正是煙波名利大家難。

——〔油葫蘆〕

賣笑生涯，苦不堪言，一旦人老珠黃，命運將更為淒慘。有情義的郎君畢竟是罕見的，且一涉功名利祿，兩相為難。讀了這樣的曲詞，令人酸鼻。既怕明日黃花淒涼景，又處處想著他人，有情有義。她多麼善良！遭際又是多麼令人同情。正因為這樣，她才不只是為官差（喚官身），更為自己的命運前途去計賺陶穀的，這是人物行動的基礎和觸發點。隨著劇情發展，秦弱蘭切實行動了，她看穿了陶學士的一本正經是假相，「那些勢況，苫眼鋪眉盡都是謊」。看得准，才行動得有力，於是她穩紮穩打，一步步走向勝利。當然，也經過一番波折，她才得如願。

你看，這樣素的構想和單純的故事卻容得下如此豐富的思想和無窮盡的趣味，因此可以這樣說：元劇構思樸素單純，唯在尚趣。

此外，像《看錢奴》、《牆頭馬上》、《秋胡戲妻》等優秀作品無不如此，以構思樸素和迷人的韻致勝場。《牆頭馬上》取材於白居易的《井底引銀瓶》詩，白樸寫來妙趣橫生，十分漂亮；《秋胡戲妻》是敷演《列女傳》中的一個著名故事，在石君寶筆下，羅梅英形象已從一個烈女昇華成敢於鬥爭，潑辣果斷，決不任人宰割的勞動婦女形象了。至於《看錢奴》，脫胎於話本小說，故事再簡單不過了。日本學者青木正兒氏稱讚它是「極別致的傑作。結構也緊密，悲喜的調合也做得不錯。第二折周榮祖夫婦為窮所迫，在大風大雪中出賣兒子的

那一場，寫得特別好」。〔註10〕

值得一提的是，青木氏所說的「悲喜的調合」，他看得是很準的。我們上面舉的例子中幾乎每劇都有這樣的場子，那韻味是至醇厚的。嚴格說來，元劇很少純然的悲劇，在喜劇中倒是常常可以看到巧妙的悲喜調合的場面和折子，很值得我們認真研究。

青木正兒還多次指出元劇題材和情節的單純性。他說《西廂記》內容「不過是描寫單純的佳人才子的戀愛」；又說《風光好》「情節是單純的」；還說《薦福碑》材料雖然簡單，但作者善使針線，曲折變化，發展和收束也寫得工巧」；談到《度柳翠》，則說其「情節頗為單純」等等。我們上文論列的作品也都可以說是題材情節很單純，可見，單純乃元劇構製中一大特點。不是嗎，《西廂記》五本二十一折，仍然是單純的，故事框架和複雜的才子佳人故事何異？主要是情致不同。黑格爾說：「情致是藝術的真正中心和適當領域，對於作品和對於觀眾來說，情致的表現都是傚果的真正來源。情致所打動的是一根在每個人心裏都迴響的弦子，每個人都知道一種真正的情致所含的義蘊的價值和理性，而且容易把它認識出來。」「在藝術裏感動的應該只是本身真實的情致。」〔註11〕黑格爾所說的「情致」，就是樸素的藝術真實，差近於我們上文所說的韻致和情趣。樸素和單純並不排斥情致，相反華麗和複雜倒是容易掩埋情致。

元雜劇藝術成就無疑是空前的，嶄新的。但這空前並不在於搜奇剔怪，苦思瞑想什麼新故事，故事往往是舊的、為人們所熟知的，同時也是單純的和簡單的，而情致卻是耐人尋味的，足以感動人的。《西廂記》便是明例。元稹《鶯鶯傳》問世後，歷朝歷代有人改編，至王實甫才有力將其推向高峰。元劇的樸素和單純成為一個傳統，至今還在影響著我們的戲曲藝術。

美國戲劇家喬治·貝克說得妙極了：「求新並不是靠要創造什麼新故事，而是在於思想、劇本的背景對劇本的技術處理，尤其是人物。人物，在經過研究之後，很可能把最初在想像中出現的故事加以改造，因而使故事真正變成了新的。」「觀眾要求的不是新的故事，而是傚果的新鮮，因為對戲劇家們說來

〔註10〕 （日）青木正兒：《元人雜劇概說》第 63 頁，隋樹森譯本，中國戲劇出版社1957 年版。

〔註11〕 （德）黑格爾：《藝術美學，或理想》，見《美學》第一卷第三章第 296 頁，朱光潛譯本，商務印書館 1981 年版。

幾乎是固定的主題的老故事被賦予了處理上的特色。」〔註12〕《西廂記》故事可以說是老而又老了，然到了王實甫筆下，人物卻是完全新的，場面處理也是完全新的，一句話，思想完全是新的。正如狄德羅所說的那樣：「一場美妙的戲所包含的思想比整個劇本所能提供的情節還要多；正是這樣思想使人們回味不已，傾聽忘倦，在任何時代都能感動人心。」〔註13〕狄德羅是一個獨往獨來的人，他對歐洲傳統戲劇的律戒每每隔閡。如果他能看到我國元劇的優秀作品，特別是《西廂記》，這位熱情的智者準會欣喜若狂的。《西廂記》中老夫人「賴婚」之後，又橫生「兩阻」，即「鬧簡」和「賴簡」。這椿「公案」從清代一直吵到今天。究竟為什麼會出現出乎意料之外卻又在人情物理之中的「兩阻」呢？簡單說只有兩個字：性格。是崔、張、紅三人性格發展使然。「董西廂」中沒有這個問題，王實甫是按照人物性格的揭示、發展、變化的邏輯來處理情節和場面的。這兩個異趣迭起的情節是性格發展的自然波瀾，也許王實甫事先構思時沒有想到一定要這樣處理，只是水道渠成，花明柳暗罷了。

我們來看「鬧簡」。紅娘將簡帖兒悄悄放到了妝盒上，當鶯鶯看到了簡帖兒時，她心情十分激動，她急不可待地「亂挽起雲鬟」，拿起簡貼「開拆封皮孜孜看，顛來倒去不害心煩」。關鍵就是這句「顛來倒去不害心煩」。鶯鶯為什麼再再去看這封簡帖兒呢？一則她日思夜想張生，見了簡帖難免激動得血湧心跳，這對初戀的貴族小姐來說是很自然的；二則恰好紅娘此時不在身邊（實在暗處靜觀），縱然失態也不妨。稍一冷靜，又覺得勢頭不對，她猛然想起這簡帖定然是紅娘帶回，而且紅娘很可能就在屋中暗處，於是她「決撒」了，隨著厲聲叫紅娘，再接著便是「厭的搤皺了黛眉」。鶯鶯的無名之火何來？只能從自身性格中來。她的乖巧、矜持、愛面子、使小心眼兒，都在這一剎那間顯露出來。其實她此刻的怒火是明向著紅娘，暗向著張生。但不使紅娘傳書遞簡又何處去尋通魚雁的人呢？這該是怎樣的文心鎮密！這又是何等微妙的情致呵！要不要大發雷霆，鶯鶯自己也是思索再三。「忽的波低垂了粉頸」，那是急劇思考，又礙於紅娘知道了底細——她在轉心眼兒。最後才是「氳的呵改變了朱顏」。湯顯祖看出了個中消息，他評點道：「遞詞其發怒次第也；皺眉將欲決

〔註12〕（美）喬治·貝克：《戲劇技巧》第61～62頁，余上沅譯本，中國戲劇出版社2004年版。

〔註13〕（法）狄德羅：《論戲劇詩·簡單的和複雜的戲劇》，見《狄德羅美學論文選》第142頁，徐繼曾、陸達成譯本，人民文學出版社1984年版。

撒也；垂頸，又躊躇也；變朱顏，則決撒矣。」（轉引自毛大可本《西廂記》）王實甫就是這樣細膩地寫出了鶯鶯心理活動的層次，如抽絲剝繭，含無窮意趣。「鬧簡」也同時表現出紅娘甚至在這場戲中沒出場的張生的性格特徵。先是，紅娘從張生處拿回簡帖兒，因為「恐俺小姐有許多假處哩」，對鶯鶯的「拿班」和「瞞著魚雁」既怪怨，又窩火，私下想，我看這回你如何瞞得過我。於是，裝聾作啞，悄悄將簡帖兒放在妝盒上，自己藏在一邊靜觀。唯因如此，紅娘在鶯鶯想來有點反常甚至神秘。假令紅娘將簡帖大大方方交給鶯鶯，說明情況，鶯鶯知她不識字，也許不會發這一場火。在前一折「前候」中我們知道，張生寫完簡帖曾讀給紅娘聽。鶯鶯工於心計，她完全想到了這一點，否則紅娘為什麼要鬼鬼祟祟暗放簡帖兒呢？一定是張生這個「酸醋」太率直了，至少是將簡帖大意告訴了紅娘，想到此，鶯鶯怎能不發火！王實甫就是這樣，通過一個場面將三個主人公的心理活動細緻地展示給我們看。

威廉·阿契爾說：「一般說，如果一個劇本在很早的階段，就以一種固定的、不可改變的輪廓而出現，恐怕這並不是一種好徵象。結果可能出現一個有利的、邏輯分明而結構緊湊的作品，但卻很少有生命的氣息，必須盡可能長久地留有餘地，以備性格的出乎意外的發展。如果你筆下的性格缺乏意外的發展，那他們就是較差的性格。」〔註14〕可見，「鬧簡」中鶯鶯的大動肝火，乃是性格的出乎意外的發展。「賴簡」亦同，觀眾予測將是一場甜甜美美的幽會，臨了又突起波瀾，這意外之筆卓絕古今，令人歎為觀止。紅娘本是好意，怕鶯鶯悟出自己對崔張二人之事詳知備細，反而惹小姐不快，便拴了角門，並告訴張生：「你休從門裏去，則道我使你來，你跳過這牆去……」跳牆也罷，張生不該又冒冒失失，如此造次，嚇了鶯鶯一跳。這又怪張生心情過於急切，反把事情搞糟了。

值得注意的是王實甫超絕群倫的細微改動。「董西廂」沿《鶯鶯傳》，鶯鶯「待月西廂下」一詩原有標題，曰《明月三五夜》，王實甫抹掉了標題，此其一；「董西廂」原有杏樹一棵，可攀援越牆，王實甫筆下將杏樹「砍」了，此其二；「董西廂」原詩第三句沿襲《鶯鶯傳》為「拂牆花影動」，王實甫易「拂」為「隔」，此其三。如此三端，足以說明鶯鶯不曾賴簡，是張生解錯了詩。抽掉了約會時間（「明月三五夜」暗指十五之夜），砍掉了攀援之物，又不使拂牆，

〔註14〕 （英）威廉·阿契爾：《劇做法》第49頁，吳鈞燮、聶文杞譯本，中國戲劇出版社1964年版。

但告隔牆，這約會豈能成立？原來那是一首寄託普通情愫的情詩，並不含約會的具體時間和地點的。〔註15〕鶯鶯明知紅娘就在附近，同時又憚老夫人威儼，心中七上八下，眼前的張生又那麼笨拙莽撞，她心情煩躁，一團亂麻，如果不發火那才是怪事呢！

我們知道，在《後候》中鶯鶯通過「藥方」用暗語告訴張生：「忌的是『知母』未寢，怕的是『紅娘』撒沁。」實際恰是鶯鶯給了張生一紙解釋性的寬慰，而接下去就是主動而且義無反顧地相約幽會——「後候」了。因此，對所謂「兩阻」，實在不必說得玄而又玄，無非是王實甫「筆到通靈」，「遐想妙得」。正如達吉亞娜的結婚使普希金感到十分詫異，安娜的臥軌又令托爾斯泰大為驚奇一樣，或許「兩阻」是王實甫始料所未及的。兩股波瀾過後，水卻愈清，味亦至濃，人物性格得到了充分展示。而它的真實意義的表達，多麼靈巧！多麼誘人！在這裏，單純和簡單中又凝聚著細微和複雜，是高級的單純，藝術的簡單。幾個迷人的場面，筆勢突然的跳躍，心靈的自然流露，構成了樸素和單純的美。借泰納盛讚莎士比亞的話來讚美王實甫當不會是溢美之詞：「這是怎樣的靈魂！他的活動是何等廣闊無邊！他的才能是何等空前絕後！這是怎樣變化無窮的藝術創造！這是怎樣持久不變的感染力量！」〔註16〕

不僅僅是《西廂記》如此，在《拜月亭》、《牆頭馬上》以及《陳州糶米》等優秀作品中，我們都能夠領略到這種美味。因此，王國維說的：「思想卑陋」，吳瞿安所說的「排場至劣」，大可商榷。王國維講的「思想」，含義和我們今天說的思想是兩回事，細味之，倒是與現代意義上的藝術構思大略相近；而吳瞿安所說的「排場」，大約是指場面、情節安排或是細節處理。明清曲家也有人指責元劇關目乖戾的，如王驥德、李漁等，看來這些說法未必不可動搖。

三

元劇的渾樸自然之美，還表現在結構的嚴整和情節線索的眉目清晰。

不必諱言，元劇形式體例還帶有戲曲藝術繁榮初期的某些局限，四折一楔子，一人主唱，以至嚴整到僵化的程度，終於成了阻礙其發展的東西，使雜劇藝術走向了衰微。然而，其結構之嚴謹，情節線索的清晰和以單線發展為主的

〔註15〕參閱拙文：《鶯鶯不曾賴簡》載《藝潭》1983年第4期。
〔註16〕（法）泰納：《莎士比亞論》第九節，見《戲劇藝術》1978年第2期。

構織方法，它濃縮和凝煉的表達特點，古樸和獷悍的格調風致，都是雜劇藝術獨特美不可忽略的方面。從某種意義上說，洗煉和簡捷，無論如何也是樸素美必不可少的條件。

趙景深先生曾指出，元雜劇的結構形式，「這種一本四幕，倒與歐州近代易卜生之類的戲劇暗合的。我覺得這比南戲動輒三四十齣鬆懈的結構要好得多。結構既緊湊，時間又經濟，真是最理想的。」〔註17〕折未必等於幕，但趙先生所說的結構緊湊、簡練精粹倒是頗有識見的。日人青木正兒多次說到過元劇結構之佳，如他說《薛仁貴》雜劇「結構整潔」，說《梧桐雨》結構上各場都佳妙」，說《趙氏孤兒》「結構亦各緊密不懈」，說《看錢奴》等「結構卻很巧妙」，說《魔合羅》「結構也工致，始終不鬆馳」等等。喬夢符所說的「起要美麗，中要浩蕩，結要響亮」，即所謂「鳳頭、豬肚、豹尾」；〔註18〕大仲馬向小仲馬傳授寫戲秘訣時所說的：「讓你的第一幕清楚，最後一幕簡短，整個戲生動有趣。」〔註19〕若以元劇例之，的確可以說元劇結構得機智、合理、勻稱、經濟，同時也引人入勝、活潑生動。

重要的不是形式體例，而是內在思想和藝術。一般說來，元劇體例是簡單的，但這簡單之中趣味卻至為濃厚。或者說簡單的外殼中有美味的實質，有著靈活巧妙的內容形式。還以《風光好》為例：當官府命秦弱蘭去智賺陶穀時，韓熙載說：‧「陶學士生性威嚴，人莫敢犯，你小心過去。」秦弱蘭身為上廳行首，早已深黯所謂「生性威嚴，人莫敢犯」之輩骨子裏是什麼貨色。她不僅自信，語中甚至含著輕蔑和嘲弄：

　　……則消得我席上歌金縷，管取他尊前倒玉山。（韓熙載云）勸
　　的他盡醉，要他十分歡喜。（正旦唱）要歡喜不為難，則著這星眸略
　　瞬盼，教他和骨頭都軟癱。

　　　　　　　　　　　　　　　　　　──〔後庭花〕

待到第二折，她因席間挑逗未能奏效，開始躊躇，甚至有些懷疑自己的魅力了：

〔註17〕趙景深：《元雜劇結構的成因》，見《讀曲小記》第1頁，中華書局上海編輯所
　　　　1964年版。
〔註18〕（元）陶宗儀：《南村輟耕錄》第95頁，李夢生點校本，上海古籍出版社2012
　　　　年版。
〔註19〕轉引自（英）威廉‧阿契爾：《劇做法》第112頁，吳鈞燮、聶文杞譯本，中
　　　　國戲劇出版社1964年版。

他去那無人處獨步也氣昂昂，這公則會闊論高談，哪裏知淺斟低唱！……原來他望天瞻北斗，卻不肯和月待西廂。

〔賀新郎〕

一直到戳穿陶穀假相，才道出了「想昨日在坐上，那些兒勢況，苫眼鋪眉盡都是謊」！

第三折是當眾以〔風光好〕淫詞兒進一步揭露陶穀，更富情趣。曲詞也更為辛辣恣縱，是全劇高潮。戴善夫就是這樣巧思妙想，十分緊湊完成了人物形象的塑造，將這個一兩句話就可以說清楚故事的劇本創造得天衣無縫，橫生妙趣。波蘭「邁向質樸戲劇」（又譯「窮幹戲劇」）創始人耶日·格洛托夫斯基說：「承認戲劇的質樸，剝去戲劇的非本質的一切東西，給我們不僅揭示出藝術手段的主要力量，而且也揭示出埋藏在藝術形式的特性中深邃的寶藏。」〔註20〕如果說剝離開元劇形式的簡單外殼，我們嘗到了無窮真趣，那麼這簡單形式的外殼也是不可忽視的，借助於這種「鐐銬」，元雜劇藝術家們的舞跳得何其美，何其自由！

在楊梓的《敬德不服老》雜劇中，有一場極妙的戲：功臣尉遲敬德在慶功宴上打了皇叔李道宗，被貶解甲歸田。高麗國聞知大唐貶了尉遲，病了叔寶，就派大將鐵脅金牙大舉侵犯。唐天子要起用尉遲，但聽說他抱恙鄉里，便使徐勣（懋公）前往探虛實。其實敬德根本沒病，不過心有積鬱，託詞不出山罷了。以上是前二折情節。第三折是尉遲與老伴商議，欲仍以有病瞞過徐懋公。因他明知軍師「徐勣是足智多謀之人」，便提醒老伴，在自己與徐交談時，「倘或挑起往年間相持廝殺的事情」，忘了裝風病，千萬叫她在旁邊提醒一句：「老爺，你的拐兒。」交待罷了，才與懋公相見。

（徐）老將軍請了。（尉）軍師少禮也。〔小桃紅〕不知今日甚風吹。（徐）久別尊顏，我這裏有一拜。（尉）軍師，老夫回禮不得了。我如今講、講不得這裏可便權休罪。（徐）老將軍，我和你自別之後，不覺又是三年光景了。（尉）軍師，一自離朝到今日，（徐）老將軍染甚病證？（尉）天有不測風雲，人有旦夕禍福。誰想我臨老也帶著殘疾。軍師，唐家十路總管，都好嗎？（徐）也都沒了。（尉）消磨了往日英雄輩。高士廉，杜如晦如何？（徐）都閑了。

〔註20〕（波蘭）耶日·格洛夫斯基：《邁向質樸戲劇》第 12 頁，魏時譯、劉安慶校本，中國戲劇出版社 1984 年版。

　　（尉）他可都閒身就國。殷開山、程咬金他兩如何？（徐）都已亡
了。〔尉〕他兩個都歸泉世。劉文靜、秦權寶他兩個如何？（徐）都
病了。（尉）軍師，唐家十路總管，閒的閒，病的病，死的死，如今
只有軍師和老漢，俺一班兒白髮故人稀。

　　這一曲白相間的場面寫得細膩有致、情趣盎然。尉遲往事歷歷，感情起伏，
大有「老驥伏櫪，志在千里」之慨。他表面上不動聲色，內心卻感慨萬端。徐
勣呢，則小心翼翼，詳察細辨，又不時吐出幾個字來挑動尉遲的心緒。當徐勣
終於說明來意，尉遲就百般推卻，執意不肯掛帥出征。徐勣畢竟足智多謀，他
假意告辭，略施了一個小小的計謀。他令小校們扮作高麗小軍，破門而入，用
惡言穢語挑起尉遲滿腔怒火。尉遲一時性起扔了拐棍，準備與軍校廝打。這時
徐勣笑著慢慢步出，待尉遲夫人提醒「拐棍」時，已來不及了。

　　這場戲將敘事、抒情以及喜劇性細節融為一爐，使得尉遲和徐勣兩人性格
呼之欲出，活脫脫立在目前。同時也為後邊徐勣激將、尉遲掛帥提供了思想感
情變化的依據。這折戲情節平淡無奇，全劇故事亦不見驚人之處，然卻充滿戲
劇性。一個細節，生出無窮機趣。如同張岱所說的那樣：「布帛菽粟之中，自
有許多滋味。咀嚼不盡。傳之久遠，愈久愈新，愈淡愈遠。」〔註21〕無名氏的
《誶范叔》也有相類的韻致。可見，簡單的戲劇結構並不簡單。尤涅斯庫說「拒
絕去『磨去棱角』，就是要勾勒出明晰的輪廓，提供強有力的形式，而且，運
用簡單的手法創作的戲劇，並不一定是簡單化的戲劇。」尤涅斯庫說他十分討
厭歐州傳統戲劇，酷愛木偶戲，小時候他的母親簡直沒有辦法把他從盧森堡公
園的木偶劇場裏拉出來。他寫道：「這就是人世的戲劇演出，它既是異乎尋常
的，又似是而非；但是比真實還要真實，以一種極度簡化和漫畫式的形式展現
在我面前，好像要竭力突出那種既滑稽可笑而又粗獷的真實。」〔註22〕縱觀元
劇，其總體風格，倒與尤涅斯庫所論木偶戲有相似的韻味，這就是我們常說的
虛實相間，重在寫意吧！《敬德不服老》、《誶范叔》等劇如果能得演出，〔註
23〕那該是何等迷人，就是以文學劇本觀之，那古樸自然的情味已夠醇厚醉人
了。吳梅曰：「曰真、曰趣、作劇者不可不知。真所以補風化，趣所以動觀聽，

〔註21〕　張岱：《答袁籜庵》，見《瑯嬛文集》卷三第 93 頁，劉大杰校點本，上海雜誌
　　　　　公司 1935 年版。
〔註22〕　（法）由涅斯庫：《戲劇經驗談》，朱靜譯、王道乾校，載《外國戲劇》1983 年
　　　　　第 1 期。
〔註23〕　川劇有《贈綈袍》，當是承元雜劇中的《誶范叔》變化而來。

而其要旨，尤在美之一字。」〔註24〕切中元劇做法要領。

　　我們知道，所謂結構，又稱作「布局」，它是指「在時間和空間方面對戲劇行動的組織」，〔註25〕指對情節的安排處理，這是狹義的結構，而廣義的結構是指對全劇總體布置的內在邏輯聯繫，大致又可分為開端，發展、高潮、結局幾個部分，或者再簡為亞里斯多德所說的開端、中部和結尾三個部分。一般說來，元劇的優秀作品都有一個共同特點，開端和結尾十分簡約，中段卻要下大力氣，「充分發揮使透」，特別是高潮，總是那麼細緻生動，令人百看不厭。傳統繪畫、書法中的疏密關係，如所謂「密不通風，疏能走馬」，濃墨重彩和「意到筆不到」之間的錯落穿插等等，即虛實、濃淡、焦濕、繁簡規律，也體現在元劇做法中。關漢卿的《竇娥冤》，集中用力在第三折，前面的過場交待，收束的戛然而止，都非常乾淨利落。紀君祥的《趙氏孤兒》相對說來情節稍顯複雜，人物亦多，但圍繞「搜孤」、「救孤」，戲還是很集中，結構仍可看作是嚴整單純的。不能簡單認為元劇開端「太近老實，不足法也」。〔註26〕也不能一概說第四折「往往強弩之末」。這是表面的現象，要看實質性的東西。實質是什麼？曰真、曰趣、曰美。「每一個時期都要求有一部分是它自己的技巧。」〔註27〕好奇心的確可以利用，危觀和聳人也會帶來一時的興趣，但那只是暫時的，元人不重此道，不尚此風。狄德羅說：「我更重視在劇中逐漸發展，最後展示出全部力量的激情和性格，而不大重視使劇中人物和觀眾全部受折騰的那些劇本中交織著的錯綜複雜的情節。我以為高尚的趣味會蔑視這些東西，巨大的效果也難以與此相容。然而據說這就是情節的曲折。古人的想法卻與此不同，一個簡單的處理，為使一切處於高度緊張狀態而採用的一個面臨最後結局的二個情節，一個即將發生，卻一直因簡單而真實的情勢而往後推遲的悲慘的結局，有力的臺詞，強烈的激情，幾個畫面，一兩個有力地刻畫出的人物：這就是他們的全套裝備了。」〔註28〕又說：「一個劇本不論多麼複雜，不是幾乎

〔註24〕《吳梅戲曲論文集》第49頁，王衛民編，中國戲劇出版社1983年版。

〔註25〕（俄）霍洛道夫：《戲劇結構》第24頁，李明琨、高士彥譯本，華東師範大學出版社1981年版。

〔註26〕（清）李漁《閒情偶寄·詞曲部·格局第六》，見《中國古典論著集成》第七冊第66頁，中國戲劇出版社1982年版。

〔註27〕（美）喬治·貝克：《戲劇技巧》第8頁，余上沅譯本，中國戲劇出版社1985年版。

〔註28〕（法）狄德羅：《論戲劇詩·簡單的和複雜的戲劇》，見《狄德羅美學論文選》第141～142頁，徐繼曾、陸達成譯本，人民文學出版社1984年版。

沒有一個人不是在看了它的首次公演以後就記住它的內容了嗎？人們很容易記住故事，但不容易記住臺詞，而故事一旦給人知道了，複雜的劇本就失掉了它的效果。」〔註29〕籠統言之，中國傳統戲曲，它的劇本有自己完全獨特的戲劇結構原則；就元劇言之，其戲劇結構的原則更有自己的個性，應該說寫意性更強，更注意在淡泊之中寄至味，更為古簡。你把「意到筆不到」看成是漏洞和斷裂，看作是藝術的殘缺，那就糟了。清人惲南田論元代文人畫曰：「元人幽秀之筆，如燕舞花飛，揣摸不得。又如美人橫波微盼，光彩四射，觀者神驚意喪，不知其所以然也。」〔註30〕近人黃賓鴻也說：「元代四家變實為虛。元人筆蒼墨潤。」〔註31〕李澤厚講得更為明確：「從元畫開始，強調筆墨趣味，重視書法趣味，成為一個特色。」〔註32〕搞清楚元人繪畫的美學特徵，對我們理解元劇的總體風格大有幫助。元劇的特殊的結構原則無非是為了突出意趣神情，結構是為尚意藏趣服務的。或者乾脆說劇作家濃厚的主觀情緒正是通過這特殊的結構才得以充分表達的。唯因如此，欣賞者在接受這種藝術時感覺也是特殊的，俄國戲劇家謝·奧布拉茲卓夫說：「就是中國觀眾看了戲所獲得的享受也具有完全獨特的性質。」〔註33〕因此，「大巧若拙，歸樸返真」，正是元人氣象，在畫在劇皆然。王國維說「唯意境為元人所獨擅」，且舉例若干，誠不謬也。茲再以《牆頭馬上》第三折〔豆葉兒〕一曲為例，似乎更能說明問題。當裴尚書在後園中發現了李千金以及千金的兩個孩子端端、重陽時，千金在心慌意亂中唱道：

> 接不著你哥哥，正撞見你爺爺。魄散魂消，腸慌腹熱，手腳獐
> 狂去不迭。相公把柱杖搐詳，院公把掃帚支吾，我兒把衣袂掀者。
>
> ——〔豆葉兒〕

筆觸是誇張的，造型力卻極強；同時又很細微，毛髮可辨。場上一應人等，各個神態生動畢肖。千金的慌亂和手足無措；裴尚書柱杖仔細端詳，心裏想：這女人是誰？這兩個孩子又是誰家的？老院公拿著掃帚遮遮掩掩、搪塞支吾

〔註29〕（法）狄德羅：《論戲劇詩·簡單的和複雜的戲劇》，見《狄德羅美學論文選》第 142 頁，徐繼曾、陸達成譯本，人民文學出版社 1984 年版。

〔註30〕（清）惲南田：《南田畫跋》第 58 頁，毛建波校注本，西泠印社 2008 年版。

〔註31〕轉引自葛路：《中國古代繪畫理論發展史》第 123 頁，上海人民美術出版社 1982 年版。

〔註32〕李澤厚：《美的歷程》第 181 頁，文物出版社 1981 年版。

〔註33〕（俄）謝·奧布拉茲卓夫：《內容與形式》，見《中國的人民戲劇》第 6 頁，林耘譯本，中國戲劇出版社 1961 年版。

之態可見，他惶愧、後悔而又緊張難禁；至於兩個孩子，嚇得圍著母親拽衣襟，扯袖口，一副可憐樣子。一切都來得那樣突兀，一切都是那樣活靈活現。試想，演出時飾千金的演員邊舞邊唱，扮其他角色的演員邊做這些動作，那該是何其生動！接下去的一枝〔掛玉鉤〕亦同，更加細緻生動地措寫了千金的心理活動。假使我們事先知道了這個「突轉」，在話劇和電影中就了無意趣了；在戲曲就不同，尤其在白樸一枝靈氣流轉的筆下，我們仍然會感動，會一而再，再而三地發生興趣。請注意這裏的時空處理，簡直自由極了。後園，若干年後，深宅大院裏發生的一場悲劇，從結構上講它確是一個關鍵性的扣子，解扣以前，就有這樣多的戲劇性可供發掘。威廉・阿契爾說：「一個偉大的劇本就像一首好的樂曲：我們可以一次再次地聽它，而每次都會重新體會到它無法形容的美和它複雜的和聲，同時還必然對每一種不同的演奏處理的優點和缺點感到興趣。」〔註34〕讀《西廂記》，看《牆頭馬上》正有此種感覺。它們的迷人之處並不在保守秘密的「懸念」，而在情趣和意蘊，倘若結構複雜了，情趣和意蘊就有可能被掩埋、被沖淡，或完全失卻。

　　為了服從短製和精粹，元劇的詳略和剪裁也相當巧妙，促則迅疾，細則充分，不僅舞臺上時間是變幻流動的，空間也是「散點透視」，隨處可變的。總之，自由極了。這固然有草創時期條件限制的原因在，但驚人的想像和奇妙的創造天地馳騁開闊，後世戲曲對此長處寧減未增。《秋胡戲妻》第二折開始，李大戶一句「如今秋胡當軍去了，十年不回來」，便交待過去；《東登老》第一折揚州奴出場，一句「日月好疾也，可早十年光景」，就一筆帶過了。同劇第三折，揚州奴開始悔悟，表現他賣菜、賣炭，賣柴的磨煉過程，是採取虛下，又上，再虛下，又再上的簡單而又巧妙的辦法，因而時空便可以按劇情要求而變。這比後世戲曲類似場面處理更為精練。我們再來看《救風塵》第三折中的一段科白：

　　　　　　（小閒云）這裏一個客店，姐姐好住下吧。（正旦云）叫店家來。
　　　（店小二見科）（正旦云）小二哥，你打掃一間乾淨房兒，放下行李。
　　　你與我請將周舍來，說我在這裏久等多時也。（小二云）我知道。（做
　　　行叫科，云）小哥在哪裏？（周舍上，云）店小二，有什麼事？（小
　　　二云）店裏有個好女子請你哩。（周舍云）咱和你就去來。（做見科，

〔註34〕　（英）威廉・阿契爾：《劇做法》第136頁，吳鈞燮、聶文杞譯本，中國戲劇
　　　　　出版社1964年版。

云）是好一個科子也。（正旦云）周舍，你來了也。

這是趙盼兒和張小閒從汴梁來到鄭州的一家小客店，小閒按趙盼兒吩咐使店小二去找周舍，周舍來到店裏見到盼兒的過程。扮趙盼兒的演員始終都是在舞臺上的。一面是趙盼兒坐在小店等候，一面是店小二與周舍在另一個地方對話。兩個場景，同一時間，同時展現在舞臺上，簡直與電影中的疊印或切割畫面相似，且連暗轉也不要用的。後世隨著舞美和燈光的發達，事實上削弱了這種特殊的美。有趣的是，這種古樸的表現手段，對中國觀眾來說，並不覺其假，相反會很自然地接受它。

王朝聞同志曾說：「小說的虛筆，戲劇的暗場，繪畫的意到筆不到，可以說是在真實反映生活和充分表達主題的前提之下，適應欣賞者的興趣，加強藝術魅力的具體措施，而不是藝術形象的殘缺。」〔註35〕又說：「戲劇和說唱的停頓（動作和語言的停頓），好比繪畫裏的空白，不是人物行動的中斷，而是表演的另一種形式的繼續。」〔註36〕說元劇更富寫意性，更具有民族氣派，當不為過之。

四

元劇的渾樸自然之美，還表現為其濃厚的世俗審美趣味和文人趣味有機地融合，所謂「雅俗之間，介在微茫」，既本色當行，又傳之久遠。

十分明顯，元劇與明清傳奇相比較，前者更多地受說唱文學和民間技藝影響，而後者則更多地接受了詩詞歌賦的影響；前者世俗趣味濃些，表現為樸野，後者則較多文人趣味，表現為雅致。我們這樣說，是就總體而言的，並非每個作品都是如此。

鄭振鐸先生曾指出過元代公案戲產生的原因和特質，其中有極為精彩的議論：「平民們去觀聽公案劇，不僅僅是去求得怡悅，實在是去求快意，去舞臺上求法律的公平與清白的！當這最黑暗的少數民族統治的時代，他們聊且快意地過屠門而大嚼。」〔註37〕因此，包拯和張鼎等清官被賦於了平民們的幻

〔註35〕王朝聞：《以一當十》，見《王朝聞學術論著自選集》第 95 頁，北京師範學院出版社 1991 年版。

〔註36〕王朝聞：《以一當十》，見《王朝聞學術論著自選集》第 95 頁，北京師範學院出版社 1991 年版。

〔註37〕鄭振鐸：《元代「公案劇」產生的原因及其特質》，見《中國文學研究》中冊第 516 頁，作家出版社 1957 年版。

想色彩，斷案的方法和結局也被充分理想化了。這是實實在在的世俗趣味。

《陳州糶米》中的包拯形象就基本上是屬於平民們理想化的清官典型。你看他的微服查訪，一身的老農打扮，從心地到外表都簡直是個莊家老兒。他那樣富於情感，有血有肉，同時又詼諧幽默，機敏詭譎。在第二折中，包拯聲稱自己年紀老了，要及早歸山。當「聽的陳州一郡濫官污吏，甚是害民」時，他便暗中打定主意要去「考察官吏，安撫黎民。」有趣的是他表面上仍裝不願去，一定要逼著劉衙內說話。他明知劉衙內是不希望他去的，便發言相譏，幽默中含著揶揄：「既然衙內著老夫去，我看衙內的面皮。」遂令張千備馬，弄得劉衙內瞠目結舌，有苦難言。這個平民味很濃的情節不僅寫出了包拯「我與那陳州百姓們分憂」的同情心和責任感，同時寫出了他機智、詼諧，有膽有識。

當包拯私訪，路上與王粉蓮遭遇時，作者突出了他性格中的另一面：大智若愚，忍辱負重。你看，堂堂龍圖閣大學士，竟為一個私娼牽驢，連包拯自己也覺得好笑：

> （正末背云）普天下誰不知個包待制正授南衙開封府尹之職；
> 今日到這陳州，倒與這婦人牽驢，也可笑哩。（唱）〔牧羊關〕當日
> 離豹尾班多時，今日在狗腿彎行近遠，避甚的馬後驢前！我則怕按
> 察司迎著，御史臺撞見。本是個顯要龍圖職，怎伴著煙月鬼狐纏；
> 可不先犯了風流罪，落的價葫蘆提罷俸錢。

包拯一邊心裏笑著自己，一邊又很認真地假戲真演，終於初步瞭解了案情。這位無名氏戲曲作家以情趣迭起的妙手絕戲贏得了觀眾和讀者暢懷的笑聲。這場絕妙的「戲中戲」，說來一點也不離奇，純是平民口味，一經作者點染串綴，竟是那樣迷人。

在「水滸戲」中，情形也相仿佛。《雙獻功》中的李逵，同樣是一個世俗理想化的英雄。他不僅敢做敢為，有勇有謀，而且工於心計，異常機警。他扮作孫孔目的兄弟，一個進監送飯的莊家後生。他裝成呆頭呆腦，傻裏傻氣，幾次重複著把監牢說成是牢子的「家裏」，使牢子完全解除警惕，把李逵當作十足的·「莊家佬」。李逵還將蒙汗藥神不知鬼不覺地放在羊肉泡飯中，藥倒了牢子，救出了孫孔目。同劇中，他還扮作送酒的祇候人。在《黃花峪》、《仗義疏財》中，李逵還分別扮作貨郎和新娘，充分顯示了他不僅正直豪爽，而且機敏詼諧，愛憎分明，睚眥必報，粗中又極饒嫵媚的可愛性格。如此看來，李逵分明是融鑄了人民意願和幻想的人物形象，所謂「梁山泊東路，開封府南衙」，

在元劇中，是獨具個性的。與宋代和明清兩代相對照，無論包拯還是李逵，其性格內涵和韻味情致，都有很大的差異，這不能不說是和時尚乃至欣賞趣味相關聯。而差異的焦點恐怕就在於幻想色彩的濃厚和淡薄。

鄭振鐸說到公案戲的理想色彩時禁不住發出疑問：「這當然是最痛快的場面，然而，這是可能的事嗎？」事實上，像《魯齋郎》、《灰闌記》等作品的結局，在現實生活中是不可能的，甚或有幾分荒誕不經。戲畢竟是戲，過屠門大嚼終究也是一種樂趣，這類作品的迷人之處正在它們的不可信性。它的「全部效果遠比現實生活中任何可信的連續性事件更為有趣。」「這樣的劇本的整個氣氛總是蘊含著幽默的，……」〔註38〕喬治・貝克說得更是不可動搖：「誰又會因為夏洛克硬要索取一磅肉的事本身未必可能而拒絕看《威尼斯商人》呢？儘管這件事是高度不可能，但是莎士比亞使這個索取來自一個各方面都如此通人性的人物，因而我們也就接受了下來。」〔註39〕

從某種意義上說，元劇作家改變了包拯和李逵等人物形象，這其實是很自然的，「人們總是很容易把我們所熟悉的東西加到古人身上去，改變了古人；……」〔註40〕問題是這種改變代表了哪個階級（階層）的意願和理想，在元代，這種改變是適應了市民階層的口味的。在描寫商人、士子、妓女等不同題材的元劇中，情況差不多。《東堂老》的樸拙自然，老實痛快；《西廂記》的曲折流轉，情真意切，《救風塵》的潑辣恣縱，不假琢飾，都是從不同的審美角度來滿足市俗心理的。

當然，「言之無文，行而不遠」。元代劇作家，特別是前期作家，文人趣味在作品中的滲透下得極巧，把握得恰切，收到了驚人的藝術效果。從渾樸自然角度衡之，《西廂記》、《梧桐雨》、《漢宮秋》乃至《倩女幽魂》也是無可非議的，題材不同，筆調自當變通。趙盼兒不能和崔鶯鶯一個腔調；唐玄宗也不能象李逵那樣出語，我們應視題材和作品的背景、環境來作具體分析。寫出了鶯鶯的矛盾，矜持，拿班作勢，心口不一，就是真實自然了。相反，趙盼兒如果這樣，那倒是「假作」和「矯情」了。因此，從整體上看，上列作品都稱得上本色當行，具有渾樸自然之美。

〔註38〕 （英）威廉・阿契爾：《劇做法》第 230 頁，吳鈞燮、聶文杞譯本，中國戲劇出版社 1964 年版。

〔註39〕 （美）喬治・貝克：《戲劇技巧》第 63 頁，余上沅譯本，中國戲劇出版社 1985 年版。

〔註40〕 （德）黑格爾：《哲學史講演錄》第一卷第 112 頁，商務印書館 1959 年版。

　　關於元劇藝術語言樸素自然之美，論者甚多，也較為顯然，本文不再贅述。末了，想就元劇的本色當行和戲曲語言之間的關係略抒己見，以補證論題，同時就教於專家學者。

　　將元劇作家分成本色和文采兩派，原本是大略言之，細察詳究，又不好一刀切開，陣營森嚴的。王驥德、孟稱舜等人都是主張本色與文采相同的。王曰：「曲之始，止本色一家，觀元劇及《琵琶》、《拜月》二記可見。」〔註41〕孟稱舜也認為「元人之高，在用經典子史而愈韻，無酸腐氣；用方言俗語而愈雅愈古，無打油氣。」〔註42〕凌初成也極力推崇元劇之本色，他指出一些傳奇「使僻事，繪隱語」，「不惟曲家一種本色語抹盡無餘，即人間一種真情話，埋沒不露已。」〔註43〕凌氏還認為「當行者曰『本色』。」可見本色、文采、當行諸說是相對的，同時也不是界限分明、互相排斥的。吳瞿安先生也說元劇從某種意義上講「則止本色一家。無所謂詞藻繽紛纂組縝密也。」〔註44〕那麼，從整體來看，元劇該稱得上是既本色又當行，同時也有文采的吧？是的，也因為如此，才稱得上渾樸自然。正是從這樣的角度，王國維才在評論湯顯祖時說：「湯氏才思，誠一時之雋；然較之元人，顯有人工與自然之別。」〔註45〕即是說仍然有兩種境界，猶如李卓吾所講「畫工」與「化工」之別。「畫工」可望可及，其巧可求；「化工」則法極無跡，全靠揣摩。王驥德說湯顯祖「又視元人別一蹊徑，技出天縱，匪由人造」。又說：「於本色家，亦惟是奉常一人，其才情在淺深、濃淡、雅俗之間，為獨得三昧。」〔註46〕王國維，王驥德視角不同，各強調一個側面。王國維從總體著眼，所論不謬；王驥德從構思和才情觀之，亦自有道理。如以戲曲語言而論，王國維的體會更為切近些。這是由於承襲影響不同，再明顯不過了。王國維舉了「語語明白如話，而言外有無窮之意」〔註47〕

〔註41〕（明）王驥德：《曲律》卷二《論家數第十四》，見《中國古典戲曲論著集成》第四冊第 121 頁，中國戲劇出版社 1982 年版。

〔註42〕孟稱舜：《古今名劇合選》卷十五。

〔註43〕凌濛初：《譚曲雜札》，見《中國古典戲曲論著集成》第四冊第 253 頁，中國戲劇出版社 1982 年版。

〔註44〕《吳梅戲曲論文集》第 133 頁，王衛民編，中國戲劇出版社 1983 年版。

〔註45〕王國維：《宋元戲曲史‧餘論》，見《王國維戲曲論文集》第 109 頁，中國戲劇出版社 1984 年版。

〔註46〕王驥德：《曲律‧雜論》，見《中國古典戲曲論著集成》第四冊第 170 頁，中國戲劇出版社 1982 年版。

〔註47〕王國維：《宋元戲曲史‧元劇之文章》，見《王國維戲曲論文集》第 86 頁，中國戲劇出版社 1984 年版。

的元劇曲詞實例，很能說明問題，就是他認為的有意境（境界），也就是「寫情則沁人心脾，寫景則在人耳目，達事則如其口出者」。一句話，即「自然」。

對於本色、文采、當行的問題，呂天成講得較為清楚，也很精闢：「當行兼論做法，本色只指填詞。當行不在組織餖飣學問，此中有關節局概，一毫增損不得；若組織，正以蠹當行。本色不在摹勒常語言，此中別有機神情趣，一毫妝點不來；若摹勒，正以蝕本色。……殊不知果屬當行，則句調必多本色；果其本色，則境態必是當行。今人竊其似而相敵也，吾則兩收之。」〔註48〕此中理義，正可玩味。就是：不能將元劇的美學特色說得太實，說得太滿，同時，也不能說得太玄虛，不可捉摸。本色、當行也不是涇渭分明，兩相牴觸的。威克納格說：「風格變成了某人為達到某一特定目的去形成、處理、并記錄思想的方法；而寫作方式則純粹被視為表現方面清晰可辨的要素，……」並說「獨特的風格誠是不平凡作家的標誌。那些較低一流的作家無法企及此境，他們的內在個性太細瑣平凡不能具有這種優勢或使其在顯現中佔據重要的位置。」〔註49〕我們處在一個繼往開來的變革時代，應該具有某種優勢。元劇的高度，並非不可企及，它應該為我們今天提供切實有力的啟迪和借鑒。

歌德曾指出：希臘藝術，「它滿足了一個高度的要求，但卻不是最高度的。……因此，一種美的藝術作品走完了一個圈子，又成為一種富有個性的東西，這才能成為我們自己的東西。」〔註50〕由此而想到，我們對古劇技巧方法的研究應該大大加強，本文嘗試性的初步探索，十分膚淺。這項義不容辭的工程，需要更多的有識者。

原載《劇藝百家》1986 年第 2 期

〔註48〕（明）呂天成：《曲品》，見《中國古典論著集成》第七冊第 211 頁，中國戲劇出版社 1982 年版。重點號為引者所加。

〔註49〕（德）威廉·威克納格：《詩學·修辭學·風格論》，見《文學風格論》第 21 頁，王元化譯本，上海譯文出版社 1982 年版。

〔註50〕轉引自（英）鮑桑葵：《美學史》第 405 頁，張今譯本，商務印書館 1985 年版。重點號為引者所加。

焦循及其曲論

　　中國戲曲發展到十八世紀初至十九世紀中葉，出現了一種新的氣象，即作為正宗大戲的崑曲藝術，已不能再繼續保持它統治劇壇的地位，開始趨於衰微，而興起於民間的各種地方戲，所謂「亂彈」諸腔，卻表現出旺盛的生命力。這是戲曲史上一次具有進步意義的歷史變革，它反映了人民群眾和封建士大夫在審美趣味上的迥然不同。這就是戲曲史家們所說的「花雅之爭」。「亂彈」諸腔又稱「花部」，是與「雅部正音」的崑曲相對而言的。

　　在這場大變革過程中，絕大多數的封建士大夫竭力維護崑曲的正統地位，詆毀「花部」戲「鐃鈸喧闐，唱口囂雜，實難供雅人之耳目」。[註1] 但是，也有獨具慧眼的士大夫，他們無視封建統治者的禁絕，對「花部」戲的出現表現出極大的熱情。焦循，就是其中最突出的一位。以經學家聞名的焦循卻酷愛地方戲曲藝術，併持進步的觀點，以為「花部」勝於「雅部」，實在是他的見識卓遠之處，也是他的過人之處。過去人們對他的《花部農譚》多有肯定，而對其《劇說》不過認為「搜求詳盡、徵引浩繁」而已。事實上，「獨好花部」，提倡戲曲藝術通俗化的思想是貫穿於他全部曲論中的。

一

　　焦循，字里堂，又作理堂，江蘇甘泉（今屬揚州）人。他生於乾隆二十八年（1763），卒於嘉慶二十五年（1820）。焦循博學多藝，於經、史、曆、算、天文以及音韻、訓詁之學都很有研究，是一位有名的經學家，又是一位哲學家、

〔註 1〕（清）禮親王昭槤：《嘯亭雜錄》卷八第 236 頁，何英芳點校本，中華書局 1997
　　　　年版。

數學家。當然,更是一位傑出的戲曲理論家。他的著作相當豐富,據他的長子焦廷琥在《先府君事略》中所開列的著作目錄,有四十多種。主要的有:《雕菰樓易學》、《易餘籥錄》、《孟子正義》、《六經補疏》、《里學堂算記》、《足徵錄》、《邪記》、《里堂道聽錄》、《讀書三十二贊》及《雕菰集》等。

焦循治學,主張以經學為主,旁及其他各種學問,這不僅是由於興趣廣泛,更在於他旨在兼容並蓄,並求其貫通。他還反對俗見,以極為了不起的膽識和氣魄,矚目為正統文人士大夫所不齒的戲曲「小道」,特別推崇地方戲曲。在戲曲理論方面,他著有《劇說》六卷,《花部農譚》一卷,此外還有一種《曲考》,今不傳,但可從《揚州畫舫錄》中《曲海目》一條窺其大概。一說《曲考》即是《劇說》,非在《劇說》之外另有一種《曲考》。〔註2〕流傳下來的《劇說》和《花部農譚》二種,都是古代戲曲史上重要的理論著作,至今仍是治戲曲史者案頭必備之書。

焦循從幼年時代起,就非常喜愛傳統戲曲藝術。他八歲的時候,曾與一些戲曲演員有過接觸,聽到過升秀班伶人智官的談話。後來,焦循雖然在家庭薰染中逐漸系統地接受了經史之學,但對戲曲的愛好卻始終未減。焦循的族父熊符先生「工詞曲」,這對焦循影響很大,他曾跟隨族父學習過詞章曲學。焦氏家族世傳《易》學,因此,焦循幼年即好《易》學,並以「穎悟」聞名族裏。進入青年時代,焦循主要從事於經學的學習、探索。他做學問很活,主張兼容並收,反對「執一」。所謂「執一」,就是執其一端,將做學問的路搞得很窄。焦循「以經學為主」,同時又旁及其他各種學問的研究。他認為這樣做可以「相觀而善」,同時也可以把學問做得更為開闊,更為精深。因此,他便在「窮經之暇,旁及九流之書」(焦廷琥:《先府君事略》),以為只有這樣才能「必造其微」。他還進一步認為,那種以為詞曲「不可學,以其妨詩古文,尤非說經所宜」〔註3〕的觀點是荒謬的,從而把詞曲之學亦看作是「造微之學」,這就使得他能博覽群書,不斷豐富自己,經史乃至九流之書,無不貫通。

焦循壯年即名重海內,當時的名士錢大昕、王盛鳴以及程瑤田等人,都非常推崇和知重他。焦循與《揚州畫舫錄》的作者李斗是好朋友,《揚州畫舫錄》一書的題詞中有焦循題贈李斗的一首詩:

〔註2〕劉致中:《〈曲考〉即〈劇說〉考》,載《文學遺產》1981年第4期。
〔註3〕(清)焦循:《雕菰樓詞話》,見《詞話叢編》第五冊第1491頁,唐圭璋編,中華書局1986年版。

太平詩酒見名流，碧水灣頭百個舟。

十二卷成須寄我，挑燈聊作故鄉遊。

——(《將之濟南留別李艾塘題其〈揚州畫舫錄〉》)

　　《揚州畫舫錄》一書輯錄了許多美術、戲曲、曲藝等方面的史料和逸聞軼事，是一部很有價值的史料性著作。焦循博學，所交朋友自然也興趣廣泛。這樣的交遊，對於焦循後來從事戲曲研究無疑是有益處的。

　　壯年時期，焦循還隨其內親阮元在山東、浙江等地作幕賓。當時阮元主要在山東、浙江等地作督學，便招焦循同遊，二人詩文一時齊名。嘉慶六年（1801），三十八歲的焦循中了舉人，有人勸其去應禮部試，他以老母年邁多病為由，力辭而未曾應試。就此，我們可以看出焦循仕途之不如意，或者說他於功名是頗為淡薄的。母親去世之後，焦循閉門讀書，修築一名為「雕菰樓」的書樓，又命其居名為「半九書塾」，幾乎是足不出戶，埋頭於學問。他還託稱自己有腳病，柱杖徐行，竟然十餘年足跡未踏入揚州城。晚年，焦循鄉居在江都北湖黃珏橋（分縣為甘泉）村舍。《清史稿》中說，這個地方「有湖光山色之勝」，焦循「讀書著述其中，嘗歎謂：「家雖貧，幸蔬菜不乏。天之疾我，福我也。吾老於此矣！」焦循讀書之暇，亦常對弈，豆棚柳蔭之下，村社賽神之臺，觀劇說劇也是他主要的娛樂活動。因此，他才對民間地方戲曲那樣著迷，那樣津津樂道。焦循對古代傳統戲曲藝術，尤其是「花部戲」的濃厚興趣，直到晚年都沒有絲毫減退，他的這種熱情，是他從事戲曲藝術研究的推動力。他的兒子焦廷琥在《先府君事略》中說：「湖村二八月間，賽神演劇，鐃鼓喧鬧，府君（指焦循）每攜諸孫觀之，或乘駕小舟，或扶杖徐步，群坐柳陰豆棚之間。」字裏行間，頗有一種恬淡閒適，怡神自得的樂趣。有了學問，再去看戲，自然是手眼不俗，不同凡響了。於是，焦循作為村中有學問的長者，常常為村人們講解戲文故事。焦廷琥又說：「花部演唱，村人每就府君詢問故事，府君略為解說，莫不鼓掌解頤。」這大約就是《花部農譚》產生的原因和基礎。

　　焦循以清中葉樸學大師的身份，酷愛戲曲藝術，尤其是晚年，又潛心治戲曲之學，這實在是一個極為罕見的特例。為什麼作為經學家的焦循會去從事為自己的前輩和同時的學人所鄙薄的戲曲研究呢？首先，是個人興趣愛好在起作用，但僅僅這一點還不夠，更主要的原因恐怕還是環境影響所致。從《揚州畫舫錄》和《花部農譚》中我們得知，當時揚州演劇盛況空前，清統治者也在揚州設局修改曲劇。當時的北京和揚州是北方和南方的兩大戲曲中心。揚州處

於暢子江和運河的交叉點上，「交流便利，漕運頻繁，商業發達，大鹽商集中，具有非常有利的自然條件和社會條件」。又因為皇帝南巡，必經暢州，「兩淮鹽務為著御前承應，「例蓄花雅兩部以備大戲」（《揚州畫舫錄》），把很多各種地方戲的名演員徵聘到這裏，從而使場州成了聚精薈萃的地方」。〔註4〕一時期的風氣使精通詞章音律和曲學的焦循不能無動於衷，再加之民風民俗的薰染，鄉人的詢問，更使他欲罷而不能了。

焦循這個人很是複雜，他治經史，非常正統，稱得上是一位比較典型的經學家。如他在《與王欽萊論文書》中說：「布衣之士，窮經好古，嗣續先儒，闡彰聖道，竭一生之精力，以所獨者聚而成書，使詩書六藝有其傳，後學之思有所啟發，乃百世之文也。」「嗣續先儒，闡彰聖道」，可以說是經學家經學觀的概括，即講究典章、制度、名物、訓詁，語必徵實，言必精微，以考據為主，考據以外無經學，經學之外無文章，經學即文學。所有這些，都被後來詆毀樸學的學者們看作是抱殘守缺、墨守成規的陋習。焦循對這些經學規矩，似並不懷疑。但是，在具體治學中，卻又未必不肯背悖。如對於家傳《易》學，焦循就常常不拘體格，也不囿於漢魏師法，而是以卦爻經文比例為主，舉以反三，時有創獲，有獨到的貢獻。焦循有時又是矛盾的。他一面推崇唐人「一代之文學」的律詩，一面又選訂《唐賦選》、《唐人五絕選》，這說明他一方面獨具慧眼，一方面又未免龐雜瑣屑。焦循的興趣過於廣泛，他甚至對地理、醫學、算學等等也有濃厚興趣，並有著述。更有趣的是，他還不止一次地萌起從事戲曲創作的衝動。他在《劇說》卷三中就說過：「余嘗閱《桯史》中望江二翁事，及《輟耕錄》所載釋怨結婚事，及此，思為三院本付之伶人，以寬鄙而敦薄。錄二事於左，以待暇時獲此願也。」同在卷三，在談到《西廂》等名著每有續作時，焦循又說：「乃余則欲為《續邯鄲夢》以寫宋天寶事。」可惜由於他年老體弱和治學過於博雜等原因，終於未能如願。試想他寫起戲曲來，亦當是一位行家裏手。

嘉慶二十五年（1820），焦循病逝鄉里，年五十八歲。後來焦循的內親阮元為焦循作傳，多是從經學家的角度來稱讚焦氏的。如說焦循「精深博大，名曰通儒」等等，絲毫沒有涉及到焦循在戲曲理論研究方面的貢獻。這是因為當時的文人學者對戲曲小說是持鄙視態度的，就連焦循自己也有點畏難人言壓

〔註4〕張庚、郭漢城主編：《中國戲曲通史》下冊第8頁，中國戲劇出版社1981年版。

力的情緒，他生前甚至不願意承認《劇說》和《花部農譚》是他的著作，或者即使承認了也閃閃爍爍、含糊其詞，說什麼《劇說》乃是「於書肆破書中得一帙」，又「參以舊聞」而成，《花部農譚》則是「村夫子者筆之於冊」，他不過「為芟之，存數則云耳」。這表現了焦循世界觀的複雜和思想上的矛盾。

二

就篇幅而論，《花部農譚》只有薄薄一卷，不過五千言，就價值而論，這部篇幅不大的專著卻是前所未有的，可以說，它是中國戲曲批評和理論史上研究地方戲曲的第一部專門的著作。它觀點的鮮明，膽識之闊大，見解之獨特，都是令人耳目為之一新的。因此，《花部農譚》在我國戲曲理論史上佔有特殊重要的地位。

焦循稱得上是看重並推崇民間地方戲曲的第一個學者。在《序言》中，焦循說：「『花部』者，其曲文俚質，共稱為『亂彈』者也，乃余獨好之。蓋吳音繁縟，其曲雖極諧於律，而聽者使未觀本文，無不茫然不知所謂。……花部原本於元劇，其事多忠、孝、節、義，足以動人；其詞直質，雖婦孺亦能解，其音慷慨，血氣為之動盪。郭外各村，於二、八月間，遞相演唱，農叟、漁父，聚以為歡，由來久矣。……近年漸反於舊，余特喜之，每攜老婦、幼孫，乘駕小舟，沿湖觀閱。天既炎暑，田間餘閒，群坐柳陰豆棚之下，侈譚故事，多不出花部所演，余因略為解說，莫不鼓掌解頤。」「余獨好之」、「余特喜之」，其間躍動著對新生事物喜愛、扶持、讚賞之情。同時，序文開門見山，涇渭分明，指出在花雅對立之中，作者是站在花部一邊的。開宗明義，觀點十分鮮明。過去人們研究《花部農譚》，都非常重視作者的自序，道理正在於此。

焦循的先世，曾有過家道的興旺時期，資產是較為豐厚的。到了他的父親焦蔥時，日漸衰落。焦循二十三歲時，父母相繼去世，加之連年饑荒，其家境更是近於赤貧。這就使得青壯年時代的焦循「恬淡寡欲，不干仕祿，居恒布衣蔬食，不入城市，惟以著書為事，湖山自娛，壯年即名重海內。」〔註5〕同時，這樣僻居鄉里，清淡自樂的生活使這位經學家有可能接觸社會的底層，同田客、漁家保持密切的聯繫，並走出士大夫狹窄的生活圈子。正因為如此，他才能夠突破傳統偏見，在欣賞趣味上更接近於人民群眾。趙景深先生曾經指出，在重視民間戲曲這一點上，焦循同祁彪佳剛好相反。「焦循敢於在乾嘉時期『雅

〔註5〕阮元：《通儒揚州焦君傳》，見《雕菰集》卷首第6頁，商務印書館1937年版。

部』還在士大夫間佔有優勢的時候，說是愛好『花部』，不僅有膽量，並且識別力也是特別強的」。〔註6〕其實，焦循的膽識和魄力不僅僅同祁彪佳相反，也是同所有的文人士大夫曲論家完全不同的，——般文人曲論家總免不了流露出文人趣味，注重於案頭文字曲詞，而焦循則更多人民群眾的趣味，更注重場上演出的效果，一句話，更有獨見，更富於創造精神。

《花部農譚》完成於嘉慶二十四年（1819），差不多要算是焦循的最後一部著作了。早在乾隆年間，民間地方戲就已在全國範圍內蓬勃萌發起來。對於這生長於民間的藝術之花，封建統治者認為是有礙「風化」，嚴加禁止的；一般的文人學士則認為「花部戲是村野妄作，對其鄙夷不屑」。在這樣的形勢下，焦循不因「梨園共尚吳音」的習俗而隨波助流，也不因「花部」戲的「曲文俚質」而予以鄙薄，並且索性名其著作為「農譚」，這在當時社會看來，以焦循的身份而論，實在是了不起的，是要有很大的勇氣的。焦循在序言中明確指出：「此農譚耳，不足以辱大雅之目。」這分明是自己站到了時尚的對立面，即站到了文人士大夫的對立面。焦循的這種精神，從戲曲理論史上看，無疑是對鍾嗣成、徐文長倡北曲雜劇、重民間南戲的大無畏精神的繼承和發揚！

《花部農譚》不是坐在書齋裏一氣呵成的案頭論著，而是逐漸積累，積腋成裘般地成於「柳陰豆棚之下」，在焦循眼中，戲是立於舞臺上的藝術，因此，必須「足以動人」，其詞當質直，聽觀當令人頓解，即「雖婦孺亦能解」。這是在明確地提倡通俗化、大眾化，正是從這樣的意義出發，他才充分肯定「花部」戲，從而指斥「雅部」戲曲詞晦澀，聽者未看劇本則「無不茫然不知所謂」。總之，在序言中，焦循首先從戲曲聲腔方面，將「花」、「雅」二部作了比較，認為昆腔繁縟，而花部音樂更富於慷慨動人的特色；其次，焦循指出昆腔雖諧於音律，但是曲文艱深隱晦，而「花部」語言通俗質樸；第三，從內容上看，崑曲猥褻蹈襲，殊無足觀，而「花部」導源於元劇，「足以動人」。這裏，雖然不無偏頗片面之詞，但焦循明明是在進行強調和矯枉，其精神實質還是可取的。順便應該談到，焦循在《花部農譚》序中有這樣一段話：「其（指昆腔）《琵琶》、《殺狗》、《邯鄲夢》、《一捧雪》十數本外，多男女猥褻，如《西樓》、《紅梨》之類，殊無足觀。」對於愛情描寫，焦循似乎有些道學先生的頭巾氣，或言冬烘氣，細味這段話，卻又頗有道理。昆腔無非生、旦團圓，寫來寫去盡是男女情愛，的確令人生厭膩之感。而焦循崇尚元劇，其中《西廂記》、《牆頭

〔註6〕趙景深：《曲論初探》第57頁，上海文藝出版社1980年版。

馬上》等也是寫愛情的，何以厚此薄彼？可見焦循並不一般地反對戲曲寫愛情，問題是情致，老套子的愛情故事和有真情實感的愛情描寫原是不能同日而語的。

《花部農譚》的正文，對十部「花部」精彩劇目加以考證和品評，並簡單敘述了故事梗概。首先談到的《鐵邱墳》（又叫《打金冠》），涉及到歷史題材的劇本在處理歷史真實和藝術真實關係時的一些問題。焦循認為，乍看上去，《鐵邱墳》似有不嚴密處，甚至不合於情理的地方。甚至認為徐績（又作徐策）以己之子易薛剛之子的行動悖於常理，不如《八義記》那樣易趙氏孤兒合情合理。然而，「及細究其故，則妙味無窮，有非《八義記》所能及者。」焦循何以這樣說呢？那是因為「作此戲者，假《八義記》而謬悠之，以嬉笑怒罵於績耳。彼《八義記》者，直抄襲太史公，不且板拙無聊乎？」十分明顯，焦循肯定了《鐵邱墳》的大膽虛構，否定了《八義記》的直抄《史記》。戲劇必須對歷史進行必要的概括和提煉，必要的虛構是不可少的，否則將戲劇混同於信史，勢必殊無足觀，不足以動人了。焦循關於歷史劇的這個觀點無疑是正確的，即使今天，仍然有啟發和鑒借意義。在談到歷史劇的藝術處理時，焦循還以《兩狼山》為例，指出「花部戲」中一些歷史題材的劇目處理相當高明，根據歷史，楊業無敵與其子延玉並死於陳家谷口，原因很簡單，乃「王侁忌功不救」所至，而「花部」《兩狼山》劇，則將責任完全歸於潘美（「花部」劇中名潘洪，字仁美），直將潘仁美塑造成一個奸相十足的反面人物。說「為此戲者，直並將侁洗去，使罪專歸於美，與史筆相表裏焉。」焦循認為，劇中對人物做如此處理，是有道理的：「時督師者潘美。業本欲待時而動，美不能用其謀；及侁遁，美不能禁，美亦沿河而去，業力戰谷口，見無人，乃大呼：『奸臣誤我』，還戰，遂死。則美之陷業可知，不盡關乎侁也。」焦循認為：「蓋美陷業而委其罪於侁，史如其委者書爾；而特於楊業口中出奸臣二字，美之為奸臣，實以此互見之，有《春秋》之嚴焉。」戲劇必須概括，潘美、王侁，盡不能脫掉責任，而作為戲劇人物，捨去王侁，集中塑造奸臣潘美，這是無可非議的，況且據史實潘美亦當負主要責任，因其官職大於侁，「豈一王侁不能制？」再者說「宋之於遼，自潘而弱，自準而振」，因此以寇準來審潘美，才足快人意，於歷史於藝術，都是無可挑剔的。也只有作這樣的處理，方能顯出「潘之害賢，寇之嫉惡」，也才能使觀者感到「淋漓慷慨，毫髮畢露」。

焦循的這番議論，十分雄辯，又卓有見地，是十分精彩的。在《劇說》卷

二中，焦循又談到這個問題，又舉出元雜劇中與潘美情況相類似的歷史人物張士貴，說「至今婦人、孺子，無不唾罵張士貴、潘美為奸者」。這就是藝術形象典型化的力量，戲曲中的曹操形象，大致也是如此。焦循的這個觀點，是可取的。焦循在《花部農譚》中還談到了關於歷史人物司馬師的戲劇典型化問題，既指出了其違背歷史真實的一面，又肯定了人民群眾的欣賞習慣，態度十分嚴謹，看法也頗有識見，可對讀細味。

在「花部」劇目中，焦循最為推崇的還要數《清風亭》和《賽琵琶》。焦循盛讚和激賞此二劇的藝術獨創性及其震撼人心的藝術感染力。

對於《清風亭》焦循先考其本事，述其故事大略，最讚賞的還是結局對忘恩負義的張繼保以雷殛死的處理，說：「鬱恨而死，淋漓演出，改自縊為雷殛，以悚懼觀者，真巨手也！」並以崑腔中演雷殛事的二劇《雙珠記》、《西樓記》與「花部」《清風亭》進行比較，充分肯定「花部」劇的藝術效果：「余憶幼時隨先子觀村劇，前一日演《雙珠・天打》，觀者視之漠然。明日演《清風亭》，其始無不切齒，既而無不大快。饒鼓既歇，相視肅然，罔有戲色，歸而稱說，浹旬未已。」結論是：「彼謂花部不及崑腔者，鄙夫之見也！」這是何等的膽識和魄力！又是何等一針見血、痛快淋漓的批評！這種要言不繁，毫不吞吞吐吐的批評文字在古代曲論中並不多見。至於說到《賽琵琶》，焦循讚歎之情更是溢於言表。「余最喜之」，「真是古寺晨鐘，發人深省；高氏《琵琶》，未能及也」。評價不能再高了。《賽琵琶》，即後世之《秦香蓮》，「為陳世美棄妻事」。焦循為了強調自己的觀點，不能說不帶偏愛之嫌，他甚至不惜抑《西廂記》而揚《賽琵琶》，說：「《西廂》《拷紅》一齣，紅責老夫人為大快，然未有快於《賽琵琶》《女審》一齣者也。蓋《西廂》男女猥褻，為大雅所不欲觀；此劇自三官堂以上，不啻坐淒風苦雨中，咀荼茹藥，鬱抑而氣不得申，忽聆此快，真久病頓蘇，奇癢得搔，心融意暢，莫可名言。《琵琶記》無此也。」我們不必將焦循抑《西廂》的話推到極端，要領會其旨意，其用意原不在貶《西廂》，而在於揚《賽琵琶》也。焦循一向推崇元劇，何以此處忽對《西廂》發此微詞？分明是一種強調，一種矯枉，不可作一成不變解。關鍵是對《賽琵琶》的讚賞，一方面表現了作者欣賞趣味的接近人民群眾，愛憎也與人民群眾有相通處；另一方面，焦循道出了再興於民間的中國戲曲藝術審美特徵和美學價值的一個值得注意的方面——姑且叫它作「暢快人意說」吧，這與西方人欣賞撕裂人心的悲劇美有所不同。秦香蓮反坐高堂，而棄親殺婦、忘恩負義的陳世美威風掃

地，囚服縲絏，這是怎樣的大快人心啊！一個弱女子，要復仇，要抗爭，要懲治身為駙馬的背親棄義的前夫陳世美，談何容易？劇作者不得不採取浪漫主義的手法，借助於超自然的神奇力量，以三官神來秘傳兵法，使秦香蓮在征西夏戰爭中榮立戰功，改變地位，一下子顯赫起來。這是帶有濃厚理想色彩的，它表現了人民群眾的願望和意志。從這個意義上看，焦循的戲劇觀是進步的，他的審美觀也是獨特的。

除了《鐵邱墳》、《兩狼山》、《清風亭》和《賽琵琶》四種外，焦循還在《花部農譚》中對《龍鳳閣》（即後世的《二進宮》）、《義兒恩》（即《斬浪子》、又名《藥榮記》）、《紫荊樹》（又叫《打皂分家》）、《雙富貴》等六種「花部」戲的本事進行了考索，敘述了故事情節。其中王英說姚剛歸漢故事和司馬師逼宮故事焦循未列劇名，趙景深先生認為前者與京劇《太行山》故事相近，而後者即是京劇中的《紅逼宮》。〔註7〕以上六種焦循雖未詳加評論，但對「花部」戲總體上的肯定和推崇態度是明顯的，這在序言中說得十分清楚。同時，為我們認識和瞭解十八世紀末葉民間地方戲曲的劇目和題材，提供了可靠依據，也在一定程度上透露出當時「花部」戲興盛和發展的消息。

三

《劇說》六卷，完成於嘉慶十年（1805）。這是一部纂輯漢、唐以來近二百部書籍中有關論曲、論劇的雜著。焦循在這部著作中，廣徵博引，詳考細究，用力頗勤，尤見功底。原書卷前開列徵引書目一百六十六部，是指主要的，實不止此數。有些材料來源於罕見的珍本或今天已經亡佚了的書籍，為研究古典戲曲彙集了相當豐富的參考資料。

《劇說》近十萬言，是焦循平時積累而成。作者隨讀隨錄，並增益了個人的一些見聞，間或亦有評論和簡析性文字。其中對流傳於樂府、梨園、教坊、青樓、樂戶中的一些遺聞軼事，多有鉤沉考稽，對戲曲藝術的流變、劇目題材的來源、角色命名以及表演藝術、編劇技巧等問題都有所探索。因此，我們首先要肯定《劇說》的資料價值。有些資料，極不易得，原書也已不傳，因此，《劇說》的資料價值在古典戲曲論著中就顯得特殊的重要。

如說到元雜劇《東堂老》的本事，他書不見記載和考據，《劇說》卷二引明人張志淳《南園漫綠》符、丁二姓相友善事，以為頗似秦簡夫《東堂老》雜

〔註7〕趙景深：《曲論初探》第59頁，上海文藝出版社1980年版。

劇。而符、丁二姓事何時流傳下來，卻不得而知。這條材料為考索《東堂老》本事提供了線索。又如關於《牡丹亭》問世以後在民間所產生的影響，特別是在閨閣中激起的反響，焦循在《劇說》卷二和卷六中引錄了幾條材料，儘管有的是傳聞，卻頗能說明問題，常為人們所引用。

戲曲史家每每談到從諸宮調、院本發展成為雜劇時，多語焉不詳，其間遞變的過渡形式究竟是何面目並不清楚。《劇說》卷一引《西河詞話》的一條材料頗值得我們注意：「古歌舞不相合，歌者不舞，舞者不歌；即舞曲中詞，亦不必與舞者搬演照應。自唐人作《柘枝詞》、《蓮花鈿歌》，則舞者所執，與歌者所措詞，稍稍相應，然無事實也。宋末有安定郡王趙令時者，始作商調鼓子詞，譜《西廂傳奇》，則純以事實譜詞曲間，然猶無演白也。至金章宗朝，董解元──不知何人，實作《西廂搊彈詞》，則有白有曲，專以一人搊彈並念唱之。嗣後金作清樂，仿遼時大樂之制，有所謂『連廂詞』者，則帶唱帶演，以司唱一人、琵琶一人、笙一人、笛一人，列坐唱詞，而復以男名末泥、女名旦兒者，並雜色人等，入勾欄扮演，隨唱詞作舉止，如『參了菩薩』，則末泥祇揖，『只將花笑撚』，則旦兒撚花類。北人至今謂之『連廂』，曰『打連廂』、『唱連廂』，又曰『連廂搬演』。大抵連四廂舞人而演其曲，故云；然猶舞者不唱，唱者不舞，與古人舞法無以異也。至元人造曲，則歌舞合作一人，使勾欄舞者自司歌唱，而第設笙、笛、琵琶以和其曲，每入場以四折為度，謂之『雜劇』。其有連數雜劇而通譜一事，或一劇，或二劇，或三、四、五劇，名為『院本』。《西廂》者，合五劇而譜一事者也，然其時司唱猶屬一人，仿連廂之法，不能遽變。往先司馬從寧庶人處得《連廂詞例》，謂：『司唱一人，代勾欄舞人執唱。』其曰『代唱』，即已逗勾欄舞人自唱之意；但唱止二人，末泥主男唱，旦兒主女唱也。若雜色入場，第有白無唱，謂之『賓白』。……少時觀《西廂記》，見一劇末必有〔絡絲娘〕煞尾一曲，於演扮人下場後復唱，且復念正名四句，此是誰唱，誰念？至劇末扮演人唱〔清江引〕曲齊下場後，復有〔隨煞〕一曲，正名四句，總目四句，俱不能解！唱者、念者之人。及得《連廂詞例》，則司唱者在坐間，不在場上，故雖變雜劇，猶存坐間代唱之意。」

這則材料至少有三點值得我們注意：其一，「連廂詞」這種形式，「帶唱帶演」，「隨唱詞作舉止」，它既區別於諸宮調，亦不同於院本、雜劇，是過渡形式無疑；再一變，則歌者、舞者合為一人，即臺上演員自做動作，自司歌唱，這就是北曲雜劇了，至此，質變完成了。其二，「連四廂舞人以歌其曲」，和元

雜劇四折一楔子的體例也有某種聯繫，音樂組織的一個單元，故事情節的自然段落，又都可以上溯到宋雜劇的「四段」。這不是巧合，當是一種因襲。其三，質變之物，仍有不能遽變之痕，即「唱止一人」。然元雜劇繁盛期短暫，「唱止一人」之例尚未徹底打破，便開始轉向衰微了。劇說所引這條林料似很奇怪，就是把「王西廂」看作是「院本」，「西廂五劇」乃仿「連廂詞」之法，尚不能遽變。這種看法，實質上與院本雜劇初不相分，後釐而二之有相通之處。過去人們多認為在元雜劇中，《西廂記》已開打破四折一楔子先例，因此它問世不會太早。現在？我們可以提出相反的看法：《西廂記》創作時間較早，大約在金末元初，仍然保留著「連廂詞」的影子，雖每本換人司唱，但仍是「唱止一人」。其五本，亦是不尚規矩之舉，對元雜劇嚴整的體例它不是有所打破，而是尚未徹底蛻變。應該說整個元雜劇繁盛時期幾乎沒有人打破慣例，到了後來明人寫《西遊記》雜劇，才真正是對雜劇體例的打破。由此可推知，王實甫當略早於關漢卿，到了關漢卿時，雜劇嚴整的體例已經定型。這樣思索並非無稽，「連廂詞」為諸宮調、院本向雜劇過渡的特殊形態，是亦不容懷疑。這有助於我們追索元雜劇形式體例相對穩定前後的線索，使我們大致看清了雜劇藝術繁盛前後發展、遞變的脈絡。

在關於「連廂詞」一條材料之後，是焦循關於《西廂記》角色行當的考辨，謂其不稱「末」、「旦」等，是「自亂其例」，實則亦是不能「遽變之痕」，正好用來說明我們前面的命題。又，《劇說》卷三引《毛西河先生傳》云：「先生工為詞，取元人無名氏所傳《賣嫁》、《放偷》二劇而反之，曰《不賣嫁》、《不放偷》，作連廂詞，改其事，謂庶幾可正風俗，有裨於名教。」這裏分明將「連廂詞」和元雜劇視為同調了。同在卷三，焦循稱毛西河曾作《擬元兩劇序》云云，可印證。以上這些材料，是研究元劇發展的重要依據，應當引起我們特別的重視。

此外，在《劇說》中，焦循就已經開始注意了「花部」戲，並初步形成為推崇「花部」的一些觀點，可與《花部農譚》對讀。如卷二就提到了《兩狼山》、《清風亭》，卷四又提到了《釣金龜》、《義兒恩》等等。《劇說》因係隨讀隨記，並無嚴格章次序第，一般說來，內容的確是比較龐雜的，有些考據繁瑣累贅，捕風捉影，並不可取。如對《琵琶記》本事和寄託的考據即是。然而，深思細味，有價值的資料，有見地的論述並不少，就中我們還是可以看出焦循的文學主張和戲劇觀的。總其要點，可概括出以下三個方面。

　　（1）關於戲曲與現實生活的關係問題。焦循認為現實生活中實有的事，特別是有教育意義的事，應當作為戲曲故事的題材。用焦循的原話來說，就是「傳奇雖多謬悠，然古忠、孝、節、烈之跡，則宜以信傳之力（《劇說》卷五）。但是，焦循並不否定必要的藝術虛構，相反，他認為在一定的條件下，戲曲作品完全不必要拘泥於現實生活中的實人實事，即是說，藝術家有藝術虛構的權利，所謂傳奇「皆以謬悠其事也」，無奇而不傳，「凡傳奇以戲文為稱也，無往而非戲文也，故其事欲謬悠而無根也，其名欲顛倒而無實也；反是而求其當焉，非戲也」（《劇說》卷一引《莊嶽委談》）。焦循意思是說藝術真實與生活真實並不矛盾，而是高一級的真實。只是對戲曲作品進行虛構，應當合情入理，要按照客觀現實的規律，不能憑主觀臆想生編硬造。這與李漁所說的「有奇事方有奇文」，「出於尋常料想之外，又在人情物理之中」（《笠翁文集・香草亭傳奇序》）的觀點是一脈相承的。焦循在《劇說》卷二通過考據張士貴其人形象地說明了這個問題：「雜劇言仁貴妻柳氏本莊農人，與史合，而士貴之冒功，則謬悠其說也。」焦循反覆說的「謬悠其事」，其實就是我們現在所說的「藝術虛構」。《劇說》卷五，焦循在談到江東勝樂道人的《長命縷》傳奇時，指出春娘在《摭青雜說》中實落娼家，而傳奇作者改動了這個細節。焦循以為「此亦善維持風俗之一端，固不必其事之實耳」。雖說有幾分道學頭巾氣，然說明藝術虛構的道理，還是有說服力的。焦循的觀點很清楚，即提倡戲曲作品應該真實而正確地反映現實生活，塑造典型的人物形象，主張生活真實和藝術真實的統一。這一觀點具有一定的進步性和科學性，是應當加以肯定的。

　　從這樣的觀點出發，焦循還進一步推論：應當提倡藝術獨創性，反對因襲和模擬。因為現實生活豐富多彩，劇作家可以從不同角度真實地反映生活，一味蹈襲，作品勢必缺乏生活氣息。焦循說：「劇之有所原本，名手多不禁也。……惟《夢釵緣》一劇，直襲《西廂》、《西樓》而合之，已為傖父可笑。又有《玉劍緣》者，亦有《彈詞》一齣，夫洪昉思襲元人《貨郎擔》之〔九轉貨郎兒〕，其末云『名喚春郎身姓李』。洪云『名喚龜年身姓李』。至《玉劍緣》又云『名喚珠郎身姓李』，生吞活剝，可稱笑柄。近則有為《富貴神仙》者，竟至襲《玉劍緣》，與《夢釵緣》之襲《西廂》《西樓》同，若此，則何必為之？聊舉一二於此，為之戒。」焦循這一「戒」可謂戒得好！縱觀戲曲史上此類蹈襲之例，的確是個問題，焦循看得很準，議論得亦很精彩！

（2）主張戲曲宣洩情性，寓教於樂。焦循認為戲曲藝術「事可解頤，詞頗醒世」（《劇說》卷五）。他還說過：「詞無性情，既亡之詞也，曲無性情，既亡之曲也。」〔註8〕即是說，戲曲觀眾通過娛樂，接受「教化」，因此，必須重視作品思想與感情作用的統一，無性情，既無動人的藝術感染力，也就失去了戲曲的社會作用。與此同時，焦循強調戲曲的本色當行，強調通俗曉暢，否則觀眾不理解曲詞、劇情，何以能起到教化作用呢！如在《劇說》卷五中，焦循說：「鄭廷玉作《後庭花》雜劇，只是本色處不可及。沈寧庵演為《桃符》，排場、賓白、用意遜鄭遠矣。」又說：「宮大用《范張雞黍》第一折，乃一篇經史道德大論，抵多少宋人語錄。」如此，便將教化作用及本色當行、通俗曉暢之間的關係，說到家了。話雖不多，卻很有說服力。最有說服力的還要說到《劇說》卷五關於《罷宴》一劇的一條評論：「《吟風閣雜劇》中有《寇萊公罷宴》一折，淋漓慷慨，音能感人。阮大中丞巡撫浙江，偶演此劇，中丞痛哭，時亦為之罷宴。蓋中丞幼亦貧，太夫人實教之；阮貴，太夫人久已下世，故觸之生悲耳。」主張寫戲要有性情，講求戲曲藝術的社會功用，這是不錯的。惟焦循不時流露出濃厚的封建禮教意識，宣揚封建統治階級的忠、孝、節、烈教化觀，卻是不可取的。這當然是他的思想局限。須知那是在十八世紀末葉，作者又是一位經學家，因此，我們則不必去苛求的。

（3）充分肯定了戲曲藝術在中國文學發展史上的地位。焦循把宋金以來的曲（包括戲曲和散曲），特別是元曲，與《詩經》、《楚辭》、《漢賦》、魏晉六朝的五言詩、唐之律絕、宋詞相提並論，把關漢卿、馬致遠、喬夢符等人與屈原、李、杜、歐、蘇對舉，這是了不起的卓識遠見！他特別推崇元劇，認為足可作為「一代之文學」的代表。在《劇說》中，崇尚元劇的議論俯拾即是，簡直看作是高不可及的範本。焦循的這個觀點對後世影響極大，王國維就明顯受到了焦氏的影響，特別是對焦循《易餘籥錄》中的有關論述，王國維更是推崇備至，並從中得到了很大的啟發。王國維在其著名的戲曲史科學「開山之作」《宋元戲曲考》中，屢屢申發焦循的觀點。

總之，焦循以經學家的身份而致力於戲曲研究，力贊激賞為文人士大夫所不齒的戲曲小道，又特別推崇產生於民間的「花部」戲，是進步的，有眼光的。在我國古典戲曲理論專著較少，又多不夠系統的情況下，焦循的《花部農譚》

〔註8〕（清）焦循：《綕雅詞跋》，見《雕菰集》卷十八第 296 頁，商務印書館 1935 年版。

「其妙味乃在描繪骨格」
——元雜劇《風光好》新析

　　重讀戴善甫《風光好》雜劇，但覺其巧思妙構，意趣不盡，人物也寫得活脫生動、細膩真切。它不僅是現存元雜劇中數量不多的諷刺喜劇之一，也是我國古典戲曲中一部風格獨特的傑作。我們實在應該重新來認識和評價它。

　　戴善甫（《元曲選》又作戴善夫），真定（今河北正定）人，曾做過江浙行省務官。大約元世祖中統初前後在世，與尚仲賢差不多同時。《錄鬼簿》將他列在「前輩已死名公才人，有所編傳奇行於世者」一欄，當屬元前期雜劇作家。他的作品，《錄鬼簿》著錄五種，今存《風光好》一種，另有《玩江樓》僅存殘曲一套。

　　《風光好》雜劇的故事非常簡單。其本事見於宋鄭文寶《南唐近事》中關於《風光好》詞的逸話，又見於宋人洪遂《侍兒小名錄》及文瑩《玉壺清話》。正史未見載其事，雜劇純以軼事敷衍而成。此外，《宋元戲文輯佚》存《陶學士》殘曲兩支，雜劇或亦受到過早期南戲的影響。劇寫宋初翰林學士陶穀奉使南唐，名以索要圖籍文書，實則充當說客勸降。南唐丞相宋齊丘將陶羈留館驛之中，又與昇州太守韓熙載計謀，欲賺陶穀。初以金陵名妓秦弱蘭陪侍陶穀宴飲，陶擺出一副正人君子、不近女色的面孔。接著韓熙載於驛館粉壁之上發現陶寫的一首藏頭詩，知其不堪旅邸寂寥，便又以秦弱蘭扮作驛吏之妻挑之，遂戳穿陶穀假象，同時賺得他寫在汗巾上的情詞《風光好》。待到陶發現中了圈套，已不能再回大宋，只得往故友杭州錢俶處。宋滅南唐，弱蘭避難杭州，由錢俶出面斡旋，使陶、秦終於結為夫妻。

　　一則逸聞軼事，寫成一個劇本，分量是否輕了點呢？不。對於戲劇創作來說，重要的不是故事情節有多麼複雜曲折，而是思想的精深和敏銳，韻致的耐人回味無窮。根據一則簡單的軼事寫成一部成功的劇作，應該說也是一種化腐朽為神奇。黑格爾說：「情致是藝術的真正中心和適當領域，對於作品和對於觀眾來說，情致的表現都是傚果的真正來源。」（《美學》第一卷第三章）《風光好》的魅人之處，恰在於真實而又生動的情致。元人寫劇唯在尚趣，而不甚追求離奇曲折，表面熱鬧。在這一點上，《風光好》頗為突出。

　　你看，秦弱蘭被「喚官身」，她一上場就是一聲長歎：「我想俺這門戶人家，則管裏迎賓接客，幾時是了也呵！」這一歎非同小可，它關係到整個人物形象的塑造，既是人物行動的出發點，也是人物命運的歸宿點。也就是說，整個作品情節的展開、發展、收束，都圍繞著秦弱蘭脫籍從良這個扣子。秦弱蘭身在風塵，卻不堪忍受這強做歡顏的賣笑生涯，她嚮往著過正常女子的幸福生活，努力要改變自己的命運。她是主動的，也是最終的勝利者。我們不能將她賺陶穀僅僅看作是被「喚官身」，這是理解這個作品所要把握的關鍵。是的，弱蘭確為官府所遣，但這一點也不妨礙她利用機會去做改變命運的努力和爭鬥。她看準時機，靠著自己對士大夫文人的深刻瞭解，終於將陶穀「撥弄的如翻掌」，從而達到從良嫁人的目的。這是一場靈與肉的搏鬥。當然，像關漢卿《救風塵》中的趙盼兒解救宋引章一樣，秦弱蘭要改變命運，別無選擇，只有依靠自己的色相──她對陶穀一類人物是瞭如指掌的。從這個意義上看，這本雜劇的喜劇性背後，還透露出一股悲涼況味。且看第一折中秦弱蘭所唱曲詞：

> 悲歡聚散，二三年經到有百千番。恰東樓飲宴，早西出陽關。
> 兀的般弄月嘲風留客所，便是俺追歡買笑望夫山。這些時迎新送舊，
> 執盞擎盤，怎倒顫欽欽惹的我心兒憚。怕只怕那羅紈錦舊，鶯老花
> 殘。

〔混江龍〕

　　這是何等悲戚！風塵煙花，其苦已不堪言，一旦人老珠黃，命運將更加悲慘。對於這一點，秦弱蘭是十分清楚的。惟因如此，她才要和命運抗爭，才急欲從良。然而，談何容易！再看：

> 也曾把有魂靈的郎君常放翻，但來的合土鑣，可正是煙波名利
> 大家難。……

〔油葫蘆〕

有情有義的郎君遇到的也不算少，然一涉功名利祿，則兩相為難。這樣的曲詞，讀來令人酸鼻。秦弱蘭既怕明日黃花淒涼景況，又處處為別人著想，她是多麼善良啊！枕前發盡千般誓願，待認真說到從良結為夫婦，郎君們則如履薄冰。娶了妓女，功名前程，父命人言，都不堪設想。那麼秦弱蘭為什麼執意要去賺取陶穀呢？一則她有為官府所遣的「合法身份」，再則這次不存在對郎君毀名損利的問題，因為不管她出面不出面，宋齊丘和韓熙載都是要算計陶穀的，弱蘭不受良心的譴責。表面上為官府，實際上為自己，於是她滿有把握地去行動了。事成之後弱蘭的一番表白很能說明問題：「我本不樂作娼，則向那煙花簿上勾抹了我的名兒勝如賞。」可見她的行動目的是非常明確的。

有趣的是，當秦弱蘭陪侍陶穀宴飲時，並不像她原想的那樣順利。這裏出現了一個充滿喜劇氣氛的跌宕。當秦弱蘭聽韓熙載說陶穀「生性威嚴，人莫敢犯」時，她憑經驗認為這不過是假相而已，以為「則消得我席上歌金縷，管取他尊前倒玉山」；「則著這星眸略瞬盼，教他和骨頭都軟癱。」結果卻完全出人意料，陶穀在席間裝得一本正經，使弱蘭「左右沒是處，來往做人難。」作者為了增強喜劇氣氛，讓陶穀連呼「靠後」，說什麼「大丈夫飲酒，焉用婦人為！吾不與婦人同食，教他靠後，休要惱怒小官」。這個「靠後」，竟穿插出現五次，每出現一次都伴隨一番口是心非的高談闊論。作者寫盡了陶穀的虛張聲勢和裝模作樣，讀來叫人忍俊不禁。

當陶穀暗藏「獨眼孤館」四個字的隱語詩被韓熙載發現之後，秦弱蘭便又有了一個再試身手的機會。第二天，她扮作驛吏的妻子，在驛館園中燒香。這下陶穀入彀了，因為夜晚館驛之中，須不比宴席之上，只有兩個人，陶穀本來面目暴露無遺。這時，弱蘭不禁暗自好笑：「想昨日在坐上，那些勢況，苫眼鋪眉全都是謊」（第二折〔隔尾〕）。同時她也為自己戳穿陶穀而自矜：「他兀的錦繡文章，更做著皇家卿相，被我著個小局段兒早打入天羅網」（〔三煞〕）。當她將《風光好》詞拿到手，那位在宴席上連呼「靠後」的道學家的遮羞布就被徹底扯下來了。

陶穀不同於莫里哀筆下的達爾丟夫，他不是一個「準偽君子」。作者也沒有把他寫成一個鼻樑上塗白粉的角色，劇中的陶穀既非丑扮亦非淨扮，而是正末扮。這正是作者的高明之處。這樣諷刺意義更深刻，也更富於揭露性。堂堂使官，翰林學士，陶穀是道貌岸然的；但他又不是一個簡單的惡人。他正是魯

迅先生所說的那種「一邊狎妓一邊又大罵女人是禍水」似的人物。賺得陶穀越是不易，人物的內心世界就越是揭示得徹底，作品的思想意義也就開掘得越深。陶穀如是個草包窩囊廢，秦弱蘭就犯不著以身相託；反之，秦弱蘭若不是三番兩次，陶穀的假面具也絕難扯下。作品正是通過細緻的心理刻畫，揭示了封建時代妓女的苦難生活和內心痛苦，歌頌了她們與命運抗爭的頑強意志，同時對於封建傳統道德觀念也有所批判，戳穿了違背人性的假道學和「片面貞潔」的虛偽性，表達了作者的民主思想和愛情理想。

更值得我們注意的是，作者在第三折中又安排了重開宴對質的戲，公開揭穿陶穀。第三折與第一折對比呼應，其意長，其味永，頗見作者在安排戲劇場面方面的高超手段。其中秦弱蘭的一段唱詞尤為精彩；「妾身謀成不謀敗，學士宜假不宜真，不信不自隱。」（〔倘秀才〕）這可以說是點題之筆。至於第四折戲，寫的是秦弱蘭的最後勝利，不能把它當作才子佳人、夫妻團圓的老套來看，它是全劇有機的組成部分，儘管有作者理想化的東西在其中，但這個結局是必然的。因為秦弱蘭付出了代價和努力，陶穀也還算是一個「有魂靈的郎君」。陶穀這個人物是複雜的，卻又是真實的。作者按照生活本來的面目，誇張而不嫌虛假，典型化卻不臉譜化、概念化，一句話，陶穀就是陶穀。因此，寫秦弱蘭的最後實現願望是無可非議的。

過去人們論到《風光好》，多著眼於它的曲詞美。如朱權《太和正音譜》說「戴善甫詞如荷花映水」。吳瞿安先生說：「戴善甫《風光好》俊語翩翩，不亞實甫也。」（《中國戲曲概論》）的確，《風光好》曲詞本色自然，朗朗可讀。然而曲詞離開人物和戲劇衝突，離開細緻生動的情致，就無所依託，而成為乏曲。再華麗的乏曲也是難以感人的。倒是日本學者青木正兒對《風光好》的評論較為可取：「此劇情節是單純的。陶穀表面假裝頑固，不肯接近女色，而裏面也是風流才子那一流人物。弱蘭一氣逼來，對陶穀取著攻勢，直到末段情形反撥過來，在最後一瞬間，婚姻的成立，迅速的辦好了。全劇的排場一點也不鬆懈，這是作者手段高邁處；其妙味乃在繪描骨格，落筆粗重，不弄小巧。曲詞也清楚，精神爽快」。（《元人雜劇概說》）「其妙味乃在繪描骨格」的說法，很有見地。兩個主要人物的確寫得細緻生動，寫到骨子裏去了。

簡單的故事，思想卻那樣深刻，特別是在這樸素而又單純的故事表達過程中的無限機趣和真實情致，何其漂亮！多麼迷人！如果說陶穀不同於達爾丟夫的話，那麼作者著意刻畫的秦弱蘭形象，倒抵得上桃麗娜加上艾爾密耳。《風

光好》也足以與莫里哀的《偽君子》相媲美，可以說它們是東西方同類題材作品的雙璧，只是《風光好》更具獨特性，更富於中國風味和中國氣派。

原載《文史知識》1987 年第 2 期

元雜劇《東堂老》本事小議

　　元人作劇絕少沒有本事，他們並不看重故事情節的離奇曲折，也不刻意去編造新故事，而重視的是情致和趣味，以思想的敏銳和精深取勝，以尚趣、耐回味擅場。或取材於歷史故事，或拈來軼事生發，甚至街談巷議的傳聞，一經元劇作家潤色點染，則意趣不盡，思想是嶄新的，人物也變成了嶄新的，於是，整個作品也就有了新的生命和勃勃的生機。

　　秦簡夫的《東堂老勸破家子弟》雜劇，人們一向認為它無本事。近年來出版的邵曾祺先生《元明北雜劇考略》云：「劇情來源不詳，可能是秦簡夫所創造⋯⋯」莊一拂先生《古典戲曲存目匯考》中關於《東堂老》的本事，索性避而不談。1976 年臺北順先出版公司出版的羅錦堂先生的《元雜劇本事考》，在談到《東堂老》本事時也說：「本劇當是取民間傳聞寫成，他無可考。」如此看來，《東堂老》雜劇似乎本事難索了。

　　偶翻宋方勺《泊宅編》，卷六有許昌士人張孝基事，覺其事與《東堂老》故事頗為相似，直可視作《東堂老》雜劇的本事。文不長，盡錄於下：

　　　　許昌士人張孝基娶同里富人女，富人只一子，不肖，斥逐之。富人病且死，盡以家財付孝基，與治後事如禮。久之，其子丐於途，孝基見之，惻然謂曰：「汝能灌園乎？」答曰：「如得灌園以就食，何幸！」孝基使灌園，其子稍自力。孝基怪之，復謂曰：「汝能管庫乎？」答曰：「得灌園，已出望外，況管庫，又何幸也！」孝基使管庫，其子頗馴謹，無他過。孝基徐察之，知其能自新，不復有故態，遂以其父所委財產歸之。此似《法華》窮子之事。其子自此治家勵

操，為鄉閭善事。不數年，孝基卒，其友數輩遊嵩山，忽見旌幡騶御滿野，如守土大臣，竊視專車者，乃孝基也。驚喜前揖，詢其所以致（至）此，孝基曰：「吾以還財之事，上帝命主此山。」言訖不見。

這裏的張孝基，乃富人之婿；《東堂老》雜劇中有古君子風的李實（東堂老）與富人趙國器卻是鄰里友朋。此外，秦簡夫增飾頗多，又刪卻了結尾善報的尾巴，然故事框架是一致的。

又，焦循《劇說》卷二引《南園漫錄》之符、丁兩家相善事，以為其事「頗似元人秦簡夫《東堂老》雜劇」。茲亦抄錄之，以備參考：

予郡有符、丁二姓，相友善。丁後病，而有子支漫不事生產，丁乃以白金若干託符，曰：「子支漫不事生產，恐身後即耗，煩為密收，而訓使治生，改則畀之，不可改則君之物矣。」符許諾，日過其子，告以其父命之篤，子稍改悟，曰：「恨無資以營生計。」符許借之。借而叩之，果不費，則勖之焉。逾時，再詢而叩之，曰：「恨少耳。若多假焉，生彌遂矣。」則再借之。如是者三，子曰：「若得若干，業可成矣。」符知其可也，則曰：「汝當具牲醴來，吾為汝轉假。」其子如命往，符則以其牲醴置丁之靈幾前，為文告曰：「君不鄙予，託予以子而委我以財。今君子之克家矣，財凡若干兩，盡以付君之子，君可以無慮矣。」遂歸。時丁頗裕，而符更宴，財不相負而又能忠誨其子，俾可成，可謂難矣。郡人盡能道其事。

《南園漫錄》為明嘉靖間雲南永昌張志淳撰，從時間上看這條材料是不能視為《東堂老》本事的。然而，一郡所傳之事，並不一定就是現實當中的時事，祖輩相傳的佳話，到了張志淳時始載於文字，這不是沒有可能。秦簡夫看到《泊宅編》完全可能，聽到類似《南園漫錄》中張氏所記本郡前代傳聞，亦未完全不可能。因此，一些學者不取《南園漫錄》所記故事作為《東堂老》本事是出於嚴謹，是有道理的。而《泊宅編》中的記載卻是顯然的，既見諸於文字記載，時序又在秦簡夫作劇之前，我們完全有理由將其視作《東堂老》雜劇的本事。

原載南京師範大學《文教資料》1987 年第 4 期

關於元雜劇繁盛原因的再思考

近年來，人們對於元雜劇繁盛原因的探討，有所深入，有所發現，也有所突破。這表現在論者多注意到了從不同的角度去探索研究，觸覺已經伸到了美學、社會學、民俗學、文藝生態學以及文藝思潮、社會思想文化狀況等諸方面，研究方法和研究領域有了較大的變化和拓寬。這是十分可喜的。我們看到，隨著研究的不斷深入，人們的頭腦也隨之變得複雜起來了。

本文擬就元雜劇繁盛原因問題進行一些冷峻的反思，並試圖從藝術規律的角度作一番縱向的求索。疏漏和失誤自是難免，或有偏激之處，懇請方家指謬。

一

已往人們對於元雜劇繁盛原因的研究，談得較多，也比較充分的是：城市的繁榮，商品經濟的發展，市民階層的壯大；民族矛盾和階段矛盾的尖銳，社會政治的黑暗，人民反抗情緒的高漲；知識分子完全沒有出路，因而空前接近人民群眾等等。所有這些，都是有根據、有道理的。但是，何必諱言，這些又都是明顯的、表面的甚至是膚淺的。就是說，僅僅這些還不夠，必須進行實質性的、更深層次的發掘。

於是，人們又探索各民族文化、習俗的交融和滲透，封建傳統觀念的鬆弛，文網的疏密，以及劇作家思想的解放，統治階級對雜劇藝術流佈、發展的態度，民間演出活動的活躍，群眾對文化娛樂的需求等等。凡此種種，也都言之成理，又都是不可忽視的方面。然而，這些原因（條件）並不是起決定作用的方面，說來，它們又都不是元代所特有的。

　　例如各民族文化習俗的交流、融合，怕是要屬唐代為最盛，至少唐代與各少數民族甚至域外的交流融合未必不如元代。向達在《唐代長安與西域文明》中指出：「開元、天寶之際，天下升平，而玄宗以聲色犬馬為羈縻諸王之策，重以蕃將大盛，異族人居長安者多，於是長安胡化盛極一時，此種胡化大率為西域風之好尚：服飾、飲食、宮室、樂舞、繪畫，竟事紛泊，其極社會各方面，隱約皆有所化，好之者蓋不僅帝王及一二貴戚達官已。」〔註1〕或用李澤厚的話說，則是：「南北文化交流融合，……是盛極一時的長安風尚，這是空前的古今中外的大交流大融合。無所畏懼無所顧忌地引進和吸取，無所束縛無所留戀地創造和革新，打破框框，突破傳統，這就是產生文藝上所謂『盛唐之音』的社會氛圍和基礎。」〔註2〕關於唐代與少數民族以至域外的文化交融滲透情況，只要翻翻史書樂志，以及《教坊記》、《樂府雜錄》等書，那是再清楚不過的了。那麼，何以唐代沒有能形成中國戲曲史上的第一個高潮呢？

　　又如說到元代封建傳統思想和道德觀念的鬆馳，亦有再辨別之必要。讓我們仍以唐代為例來作一點比較。眾所周知，處於封建社會鼎盛時期的李唐王朝，正是由於建立在南北朝以來民族大融合基礎上，它的封建傳統思想和道德規範較之歷代王朝都顯得更為鬆弛。就說婚姻觀和貞潔觀吧，唐人就不那麼拘於理法，女子改嫁，再適根本就不是什麼新鮮事。《新唐書·諸帝公主》：「襄城公主（太宗女），下嫁肖銳。性孝睦，幼循矩法，帝敕諸公主視為師式。……銳卒，更嫁姜簡。永徽二年薨，高宗舉哀於命妃朝堂，遣工部侍郎丘行淹馳駟弔祭，陪葬昭陵。喪次故城，帝登城望哭以送柩。」

　　就是這個被奉為諸公主師範的襄城公主，處處遵守規矩禮法，丈夫死後卻更嫁他人，而且被視為合理合法，載入史冊。特別值得注意的是，襄城公主再適之舉非但沒有遭到非議，反而在她死後，皇帝也為之舉哀慟哭且葬禮殊隆。這在宋元以後是難以想像的。據不完全統計，在《新唐書·諸帝公主》中，有文字可稽的改嫁公主竟達二十七、八人之多，有的還是二度、甚至三度再適的。中宗最小的女兒安樂公主的改嫁，則是先私通然後才正式宣布結婚的。更為人們所熟知的是唐玄宗李隆基的政治生活和愛情糾葛，似乎更能說明問題。楊玉環本是壽王李瑁的妻子，李隆基佔有了兒媳，能否認為就是一齣陷於「新臺之惡」的醜劇呢？這是要用歷史的眼光去看待的。

〔註 1〕向達：《唐代長安與西域文明》第 41 頁，三聯書店 1957 年版。
〔註 2〕李澤厚：《美的歷程》第 127 頁，文物出版社 1981 年版。

　　李唐王朝乃關隴豪族，其祖先是曾為鮮卑人統治的西魏、北周大貴族。〔註3〕在宇文氏強制推行漢族鮮卑化的情況下，李氏宗族不能受到鮮卑風俗的影響，他們的倫理道德觀念就會同漢族世家當權的王朝有所不同。眾所周知的女皇武則天，本為太京幼妾，後來卻成了高宗李治的后妃。范文瀾同志曾援引《顏氏家訓‧治家篇》「鄴下風俗」條來說明這種情況正是鮮卑遺風，並指出唐人不拘於夫婦之間的禮節，乃是一種社會風氣，說「大抵北方受鮮卑統治的影響，禮法束縛比較微弱，……」〔註4〕上行而下效，宮廷尚且如此，民間恐怕就更不那麼拘謹了。這在《顏氏家訓‧後娶篇》中也是有消息透露出來的。如此看來，唐代禮法的鬆弛程度亦未必不如元代。

　　應該說，不惟唐代，在我國漫長的封建社會中，唐前封建禮教並不像後期（特別是明清之際）那樣森嚴。一些為後期封建正統觀念所不能容忍的現象，在唐代或唐前並不都被認為是大逆不道的。如《孔雀東南飛》中寫蘭芝被趕回娘家後，媒人絡繹不絕，連太守也來為兒子求婚。過去我們只是注意到了這個作品反封建的一面，卻很少有人論及其婚姻觀和貞潔觀問題。又如著名的歷史人物魏文帝曹丕，其妻甄氏原是袁紹的兒媳。假如像後世那樣十分強調「從一而終」、「片面貞潔」，那麼類似曹丕和甄氏這種並非孤立的婚姻現象，無論在文學作品中還是在上層統治階級的生活實際中都是不會出現的。更有卓文君和司馬相如的結合，蔡文姬的改嫁董祀，因為大家熟知，此不贅述。總之，從上古及中古前期的文字記載來看，封建倫理道德、綱常秩序的禁錮力並不像中古後期那麼強，因此，說元代禮法鬆弛，並將此視為戲曲繁榮原因之一，似說不通。唐前不是更鬆弛嗎？為什麼戲曲藝術在唐前未曾繁盛起來？

二

　　至於說到文網的疏密，或言疏，或言密，持論者都可以找到為己所需的證據。這恰恰說明此非問題關鍵所在，它不能從本質上揭示問題。與此相聯繫的是統治階級上層對雜劇藝術流佈和發展的態度問題，有趣的是，在考察這個問題時，我們覺得唐代亦不比元代禁錮和保守。我們知道，唐代好幾個皇帝都愛

〔註3〕參見范文瀾：《中國通史》第二冊第 616 頁，人民出版社 1978 年版；韓國磐：《隋唐五代史綱》第 112 頁，人民出版社 1977 年版。
〔註4〕范文瀾：《中國通史簡編》第三編第一冊第 108 頁，人民出版社 1965 年版。

好音樂、舞蹈。朱權《太和正音譜》列「古帝王知音者」，以唐代為最多，可以說是絕對多數。而於元代，則未列一人。特別值得一提的是唐玄宗，他是一位修養頗高的音樂、歌舞鑒賞家，也曾染指創作，鼓勵演出活動。他還把演員黃幡綽引為摯友，對小戲（主要是參軍戲和歌舞小戲）也有特殊的嗜好。看來，唐代最高統治者對戲劇藝術的愛好實不亞於元代，對一系列表演藝術的態度也並不禁錮。

臺灣學者唐文標在他的《中國古代戲劇史》第八章《市民文化與民間戲劇》中說：「上之好者」，是「市民文化之第一條線索」，並稱：「事實上，中國皇帝長久以來是民間娛樂之愛好者，也許可以說，民間俗戲藝術能興旺的一個緣故，正由於帝王愛好的刺激和貴族的迷戀」，結論是：「皇帝的提倡，促進『市民文化』。」〔註 5〕我們並不完全否定統治者的愛好對戲曲繁盛或多或少的促進，但也不能同意把它估計得過了頭。應該是市民文化蓬勃發展之勢使帝王及統治階級上層不得不被吸引，遂才是喜歡和著迷。當著這蓬勃發展之勢有不利於王朝統治的苗頭出現時，他們就要惡狠狠地加以禁絕了。這樣看來，唐文標先生的觀點似乎有所倒置，大有商榷之必要。退一步說，果若統治者提倡能促進戲曲藝術興旺，如何唐代戲曲藝術不能興旺起來呢？

余秋雨在他的《中國戲劇文化史述》中關於這個問題有一段精彩的議論：「唐玄宗自己真實的政治、愛情生活中所包含的戲劇性，在唐代，是白居易用詩的形式來表現的。唐代只能用詩來表現複雜的情感，最富有深意的事件。這不是無可奈何，而是得心應手，獨擅其長。《長恨歌》的抒寫方式，充分地體現了唐代人民的審美習慣，這也是這首敘事詩能在當時風靡四處並能流諸後代的原因。唐代的戲劇，發展在自己嚴格的限度上，它還不能承擔起自己時代發生的太重大的戲劇性題材。要讓戲劇與這樣戲劇性題材會合，還有待時日。果然，待到戲劇真正成熟的時代，唐玄宗、楊貴妃的題材就成了戲劇史上不時可見的熟客。」〔註 6〕這段議論之所以精到，首先在於論者從文學藝術自身發展的縱向關係上，看到了唐代仍然是處於史詩的時代，離真正戲劇詩的時代還有一段距離。也就是「唐代的戲劇，發展在自己嚴格的限度上」，這一點，非常重要。其次，論者提出了當時人們的審美習慣問題。習慣有惰性，一時期的風氣又相對保持它的不變性。錢鍾書先生曾說：「一時期的風氣經過長時期而

〔註 5〕唐文標：《中國古代戲劇史》第 117 頁，中國戲劇出版社 1985 年版。
〔註 6〕余秋雨：《中國戲劇文化史述》第 74 頁，湖南人民出版社 1985 年版。

能保持，沒有根本變化，那就是傳統。傳統有惰性，不肯變，而事物的演化又使它不得不以變應變，於是產生了一個相反相成的現象。傳統不肯變，因此惰性形成習慣，習慣升為規律，把常然作為當然和必然。傳統不得不變，因此規律、習慣不斷相機破例，實際上作出種種妥協，來遷就事物的演變。」〔註7〕錢先生把相反相成的漸變過程說得何等清楚！中國古代詩歌的高度發達，本是好事，然亦是壞事。從某種意義上看，正是這詩歌的高度發達，造成了人們欣賞詩歌的審美習慣，不必諱言，這推遲了中國戲劇藝術的成熟和繁榮。所以余秋雨在上文的一番議論之後才說：「而中國戲劇的真正繁榮，則發生在一個詩意不多、詩歌創作很不成樣子的時代。」話雖說得有些不留餘地，卻頗有道理。至於對元代詩歌（包括散曲）創作的總評價，不在本文討論範圍。總之，不能將余秋雨這段話推向極端，其意旨在於強調某一點。從這樣的意義出發，抒情詩和敘事詩的高度繁榮，似乎排斥戲劇詩的興旺發達。因為文學藝術發展階段的大趨形、大規律是不會改變的。〔註8〕所以，儘管唐、元兩代有利於戲曲繁榮的條件相彷彿，由於文學藝術，尤其是中國戲曲藝術自身發展規律所至，戲劇藝術的繁榮只能有待於元代，而不會是在唐代。

　　附帶說到，唐文標先生不承認傳統和歷史繼承在戲劇發展中的作用，恐怕也值得商榷。他在《中國古代戲劇史》的《自序》上篇中說：「繁複瑣碎的、文學的、詩韻兼全的，甚至美文舞蹈的古劇大行其道，歷久不衰，無法取代。歷史的繼承恐怕不是答案。然而這繁複而高度困難的藝術品，不正是它晚出的另一原因嗎？」歷久不衰和晚出的原因其實都與傳統的惰性和歷史的繼承有關，至少在繁雜的原因之中，歷史繼承是原因之一，而且是重要原因之一。繁複的、詩韻兼全的、甚至美文舞蹈的這些現象，本身也是歷史繼承，這一點，我們後文還要論辨。

〔註7〕錢鍾書：《舊文四篇》第 2 頁，上海古籍出版社 1979 年版。
〔註8〕按亞里斯鄉德的說法，詩可分為三大類：即抒情詩、史詩和戲劇詩，這是三個「孿生姐妹」，它們發展在不同的歷史階段。別林斯基認為戲劇詩是「高級的詩」，「是藝術的光輪」。雨果說得更為明確：「戲劇是完備的詩」。「詩有抒情短歌、史詩和戲劇三個時期，每一個時期都和一個相應的社會時期有聯繫。原始時期是抒情性的，古代是史詩性的，而近代則是戲劇性的」。(《克倫威爾序言》)
　　雨果這些話告訴我們：文學藝術發展有它自己的規律，各個民族概莫例外。但這規律是就總體發展而言，各民族的文學藝術發展在每一個具體環節、進程、時序上又有其特殊的情況。中國戲劇藝術的姍姍來遲，主要是由史詩向戲劇詩過渡的過程加長了。

三

有一個問題，須突出加以辨析，這就是知識分子出路問題。

有人會說，在知識分子出路問題上，唐、元兩代完全不同。一向有不少的論者以為，唐代地主階級知識分子有一條平坦的科舉進身之路，建功立業，積極進取，是當時知識分子普遍的追求；而元代，情況則非常特殊，知識分子社會地位之低可稱封建時代歷朝之尤。並進而認為元代八十年廢止科舉（且不說與事實是有出入的），知識分子完全斷絕了進身之階，於是空前（似乎亦有絕後）地與下層人民接近，他們才有可能以雜劇創作為武器，去反映人民群眾的疾苦、要求和願望，這無論如何也應該說是雜劇藝術繁榮的一個重要原因吧？

不錯，這是一個特殊的原因，我們也應該注意研究這個特殊。可是，仔細考究，深入探索，問題又遠不是那麼簡單，至少要作些具體分析，否則就會流於膚泛，甚至似是而非。仍與唐代相較，王績、陳子昂、李白、柳宗元等人，或為官被貶，或遭不逢時，一腔牢騷，滿腹憤懣，道路並不平坦。唐文標先生對這個問題所持的觀點倒頗為可取，他說：「自《青樓集》、《真珠船》、《宋元戲曲考》以還，『不屑仕進』、『志不得伸』、『元廢科舉』乃發之詞曲是一種說法，但在中國傳統歷史中，考試其實亦是一種社會制度（Sociue Lrtiute），科舉既廢，讀書人相對的銳減了。相反地，有科舉考試，失意的人更多，明清二代的發展可見」（《中國古代戲劇史·自序·下篇》）。可以說，與前與後相比，各個歷史時期有各自不同的情況，不能笼統地說元代知識分子是最失意、最無出路的。

說到元代知識分子的具體情況，實在也不是全都沒有出路，所謂廢止科舉的八十年間也不是一成不變的。王季思先生說，元初蒙古統治者「在政治文化上也逐步採納耶律楚材（原屬契丹貴族，當時已完全漢化）、劉秉忠、姚樞等的主張，標榜文治、學習漢法，直至後來恢復科舉制度。」〔註9〕我們知道，蒙古貴族統一全中國時，事實上已在北中國統治了近半個世紀，他們逐漸改變了最初入漢地那種「悉空其人，以為牧地」的野蠻做法，並進而認識到「帝中國當行中國事」〔註10〕，也就是所謂「北方之有中夏者，必行漢

〔註9〕王季思：《元曲的時代精神和我們的時代感受》，載《光明日報》1985 年 4 月9 日《文學遺產》678 期。

〔註10〕見《元史》一百六十《徐世隆傳》。

法，乃可長久」〔註11〕。在選用人材問題上，元世祖忽必烈也幾次昭令推賢薦能，不少文人從吏擢而為官。王惲曾慨然道：「國朝自中統元年以來，鴻儒碩德，濟之為用者多矣！……今則曰：士之貴賤，特係夫國之輕重，用與不用之間耳！」〔註12〕誠然，這是王惲在發牢騷，就是在這不滿之詞中，分明透露出一個消息，那就是元蒙統治者在對待漢儒的問題上，並非始終一種態度，而是有個變的過程。中統初（1260年為中統元年）到至元之前（1294年以前），元蒙上層並不排斥漢儒，相反，漢儒倒是很受重用的。所謂「濟之為用者多矣」，當不是指個別人的被重用。士無智愚，皆視遭逢；貴賤輕重，原在用與不用。那麼，忽必烈是從什麼時候開始排斥和壓制漢族知識分子的呢？

史家以為「李璮之亂」使忽必烈戒心頓生。〔註13〕李璮的親信同黨、叛亂的預謀者王文統竟然深入到忽必烈身邊，並充任中書平章之要職，曾得到忽必烈的高度信任。王文統的參預叛亂，使忽必烈大為震驚。此後，色目人逐漸掌握實權，漢族儒臣逐漸失勢。同時漢族官僚與蒙古貴族集團和色目人集團的矛盾日益尖銳，終於導致了「王著事件」。至元六十九年（1282）三月，王著等人假冒皇太子真金回宮，刺殺了色目集團代表人物阿合馬，於是矛盾更加激化，漢族官僚才受到了強烈的壓制。這兩次事件的確是元蒙統治者改變對漢儒看法的重要原因。當然，我們不能孤立地去看待這個複雜的問題。應該說，民族情緒的蘊積、增長，是實質性原因，兩次「暴亂」不過是導火索罷了。而在異族統治的初期，民族情緒的蘊積、增長常常又是必然的。偶然的事變，必然的趨勢，元蒙統治上層的態度也不能不有所改變。

總之，不能籠統地說整個元代都是「儒人顛倒不如人」的，元初知識分子的地位不是很高嗎！王惲是親身經歷了這段時間的，他生於金末，卒於大德末年，對於他的話我們沒有理由懷疑。要之，即是說，漢儒地位的降低是至元末

〔註11〕見《元史》一百五十八《許衡傳》。
〔註12〕王惲：《儒用篇》，《秋澗先生大全文集》卷四十六，四部叢刊本。
〔註13〕周良霄在《李璮之亂與元初政治》一文中指出：「應該指出：中統初元時，在忽必烈政權中，漢人官僚是不但不受歧視，而且是掌握最高實權的。……和後來的情況相比，這時的政治至少有兩點值得注意：一、民族的界限不那麼強調；二、色目人不占什麼比重。只有在李璮事變之後，情況才發生了明顯的變化。」見《元史論集》123頁，人民出版社1984年版。按：李璮事變詳情可參閱《元史》卷二百○六李璮和王文統傳；王著事變可參閱《元史》卷二百○五阿合馬傳以及《元史紀事本末》卷七《阿合馬桑盧之奸》。

以至元貞、大德時的事，這時雜劇藝術已經進入了全盛時期，而元初雜劇創作已經蔚然成風了。王惲死後（1304 以後）差不多雜劇藝術就趨於衰微了。王惲盛讚王著之「激於義」，以為殺阿合馬是「捐一身為天下除害」，他自己民族情緒也很強烈，但他沒有意識到這與漢儒不受重用之間原是有聯繫的。當然，元代中後期，漢族知識分子地位日低，王惲才在《儒用篇》中進一步歎曰：「儒乎其微，至於茲乎！」在同一篇文章中，這位秋澗先生對漢儒前後地位的改變，說得很清楚。如果我們不看全篇，只斷章取義抽出一句「儒乎其微，至於茲乎」，從而籠統說整個元代漢儒地位都是很低的，顯然就不那麼確切，不那麼符合實際。至於「九儒十丐」的說法，乃戲謔之言，是不能當作信史的。更何況少數民族雜劇和散曲作家中也有不少是出類拔萃的，如李直夫、石君寶、貫雲石等等，他們該不存在社會地位高低的問題吧？那麼他們的成就又該作如何解釋呢？

如此看來，上列通常被認為是元雜劇繁盛的諸原因，未必不可動搖，這正說明這是一些非關實質性的、表象化的東西，或者說是一些外化的條件，要把握其本質性的動因根據，尚須作更深層次的求索。

四

一個非常明顯而又十分尖銳的問題擺在我們面前，簡直令人吃驚：我們為什麼忽略了藝術規律、特別是戲曲藝術自身發展規律及其特點的研究？即是說，為什麼不去作些深入細緻的縱向探索呢？

很長一段時間，我們在考察文學藝術現象時，總是習慣於把它同社會的政治制度和經濟狀況直接聯繫起來，彷彿複雜的文學現象是社會政治經濟的圖解，在元曲研究領域此風大盛。不消說，這種圖解式的考察和研究常常是蹩腳的、失實的，有的甚至是扭曲變形的，這教訓應該說十分深刻。目光只盯住社會原因，一味作橫向分析，結果是避免不了圖解式研究的。你無視藝術規律，規律反轉來是要懲罰人的。從微觀角度視之，如牽扯到具體作家作品的評價，一與元代社會掛起鉤來，附會就多了，表面上看似乎拔高了，實際上易入簡單化和主觀臆斷的淵藪。以《包待制三勘蝴蝶夢》雜劇為例，人們一向以為它是描寫反抗和鬥爭的，是對黑暗的元代社會的控訴，葛彪簡直就是蒙古人的化身。細味之，恐怕有些人為拔高，大有商榷之必要。全劇四折，葛彪打死王老漢以及王家三子復仇打死葛彪的情節只在第一折中草草帶過，且第一折就已

經有公人將王家一家押到官府。其餘三折主要是寫如何斷案，誰去償命，矛盾焦點主要衝突恰恰在於王婆婆作為後妻如何對待前妻之子和親生之子問題上，也就是包拯的夢如何解釋。主要關目既在此，大量筆墨亦在此。《曲海總目提要》卷一引《列女傳》齊宣王時二子與母事，以為當為雜劇的粉本，看得頗準。第二折包拯責備王婆婆說：「想當日孟母教子，居必擇鄰，陶母教子，剪髮待賓；陳母教子，衣紫腰銀。」第三折王婆婆唱〔凌繡球〕曲，也說：「正按著陳婆婆古語常言：他須不求金玉重重貴，卻甚兒孫個個賢。」包拯對案情初步瞭解了之後，心裏想：「為母者大賢，為子者至孝，為母者與陶孟同列，為子者與曾閔無二。……似此三從四德可襃封，貞烈賢達宜請俸。」包拯想到這裏，案情基本大白：「三番繼母棄親兒，正應著午時一枕蝴蝶夢。」這就是全劇的點題之筆，也是主題思想之所在。而在此之後的三、四兩折戲就是包拯如何證實自己的判斷，如何設計解救王婆婆一家的故事了。結尾的一門旌表在這個戲中亦非例行窠臼，而是全劇故事的必然結果，不能說每一個元劇故事結局都是套子，應當具體問題具體分析。

這樣說，是不是貶低了《蝴蝶夢》？不是的。當著異族統治時代，漢民族的倫理道德、綱常秩序受到了衝擊，而其中有些是屬於漢民族的傳統美德，情況相當複雜。彰揚美德，昭贊古風，事實上也是一種對現實社會的曲折批判，《蝴蝶夢》的思想意義正在於此。繼母棄親兒的思想境界不為不高，母賢子孝的思想也不就是統治階級的思想，這是要具體分析的。當然，作者未必然，讀者未必不然。《蝴蝶夢》在一定程度上反映了元代社會的黑暗，王三一大段關於儒書誤人的牢騷也或多或少有元代知識分子的影子，但不能把這些當作最主要的，說得太滿、太主觀，總嫌牽強。恰如其分的評價是將作品放在漫長的封建社會中考察，並且不能離開作品本身，這樣才能避免猜謎也似的主觀臆斷。微觀研究如此，宏觀研究就更是如此。這樣看問題，《陳母教子》、《剪髮待賓》等元雜劇作品，才能得到合理解釋。

我們並不一般地否定橫向研究的意義，事實上橫向研究與縱向探討是不可偏廢的，已經取得橫向研究的大量成果也不能一概無視。問題是，僅僅是橫向的還不夠，都是斷面和短線，管中窺豹，如何能看清事物的通體呢？

假如在金元時代，我國古代的諸種表演伎藝，仍然停留在巫術禮儀和原始歌舞的基礎上，元雜劇無論如何也是繁盛不起來的。倘若至金元時期，曲牌體的演唱形式還杳無頭緒，縱使本文前面涉及到的橫向諸因素都存在，元雜劇的

蓬勃興起也是不能想像的。這難道不是再明顯不過的嗎！要言之，從戲曲藝術
自身發展的趨勢上看，各種表演技藝不斷融匯，積澱，到了宋金時代，恰處於
質變的當口，猶如滴水盈缽，適有一滴水落下，缽中水頓時流溢不止。而這最
關鍵的一滴水，就是曲牌體演唱形式的形成。至此，金末元初，戲曲藝術質變
完成，曲牌體宮調連套形式一經確立，便出現了毫不猶豫的轉變，戲曲的果實
第一次成熟了，而且它是那樣鮮豔，那麼迷人；又是那樣甘甜，那麼醇厚！這
充滿活力的新的藝術形式，由於它的質樸和古拙，不事機巧而又洋溢著智慧，
無所顧忌的穿插與嚴格的體例規範相表裏，縱情任筆與文心縝密相協調，很快
就受到了普遍的歡迎。於是才有文人的染指，才有本文前面所列的那些外部
的，即社會影響的條件，雜劇藝術隨之繁盛起來了。因此，探討元雜劇繁盛原
因，必須重視縱向求索，即對戲曲藝術發生、發展和成熟過程的研究，並將這
種縱向求索同橫向研究（通常意義上的社會原因）結合起來，並找出其交匯點，
這才可能揭櫫出問題的實質，把問題討論得更清楚。

　　在前一時期關於元雜劇繁盛原因的探討中，我們認為李修生同志的意見
值得重視，亦較為可取。他說：「元雜劇之所以繁盛，是在於雜劇形式已趨於
成熟時，出現了關漢卿、白仁甫等一批偉大作家，他們創作出了一批重要作
品，與此同時，還有一批演員把戲曲表演藝術推進到新的階段，從而出現了
一個金聲玉振的新時期。因此，作家的地位，作家如何創作出這樣一些代表
元雜劇繁盛面貌的作品便成了關捩點。」〔註14〕首先是雜劇藝術趨於成熟，
這是關鍵，抽掉了這個關鍵，就無從談繁盛；其次才是作家、作品和演員，
因為戲曲離開了劇本和舞臺，要繁盛起來是不可想像的，中國戲曲在金元以
前曾幾次走到成熟的邊緣，又令人遺憾地止步或繞開了，這與劇本和演員有
直接關係；「關捩點」的說法極有見地，可惜李修生先生討論的仍然是橫向的
關捩點，對於縱向的關捩點雖然有所接觸，卻並未展開論述，閃爍而過，這
不能不說是件憾事。這是因為，有了代表性的作家、作品，這是繁盛的標誌，
並非繁盛的原因。一般說來，文學藝術一定的繁盛時期的出現，其標誌不外
乎是：（一）一種新的藝術形式以其蓬勃旺盛的生命力和炫人耳目的迷人魅
力，呈現在人們面前，它從形式到內容都是嶄新的、獨特的。（二）有一大批
藝術家湧現出來，如群星燦爛，共同創作出大量廣泛而又深刻地反映現實生

〔註14〕李修生：《元雜劇繁盛原因之我見》，載《光明日報》1985 年 12 月 3 日《文學
　　　　遺產》695 期。

活和社會風貌的作品。（三）有幾位藝術巨匠和大師，如群龍之首，似星漢泰斗，創作出一些紀念碑式的不朽傑作。這樣一種繁盛局面的形成，作家作品固然是關鍵，但是，一種新的文藝形式的出現，往往不能依賴與一個或幾個作家。紀念碑表面上是幾個和一些作家創造的，實質上卻凝結著一代乃至幾代作家的心血。即是說，元雜劇的形式不可能是一個人或幾個人冥思苦想出來的，說元雜劇是關漢卿創造的，其悖理是顯而易見的。一種新的文藝樣式的出現，總是依靠傳統，承襲前代文化的影響、滲透，憑空起勢，另起爐灶，是難以設想的。元雜劇比較嚴格的規範和體制何時定型，沒有確鑿的材料和證據，有一點卻是無可置疑，那就是要在一些作家手上，有了相對固定的演出劇本，方能定型。而文學劇本的定型和規範化，既是繁盛初期的標誌之一，又是得以繁盛的起點和促因之一。

五

　　周德清在《中原音韻·序》中說：「樂府之盛，之備，之難，莫如今時。其盛則自搢紳閭閻歌詠者眾。其備，則自關、鄭、白、馬一新制作，韻共守自然之音，字能通天下之語，字暢語俊，韻促音調；觀其所述，曰忠、曰孝，有補於世。其難，則有六字三韻，『忽聽、一聲、猛驚』是也。諸公已矣，後學莫及！」這段話常為研究者們所引用，並不生疏。可是，我們細味這段話，其中倒是透出不少關於元雜劇繁盛的消息：一是周氏講到盛時恰在「今時」，即是說他趕上了鼎盛時期；二是「其備」（即形式體例的定型化）始於「四大家」；三是「韻共守」、「字能通」，進一步說明了元雜劇定型的嚴格規範的細密；第四點最值得我們注意：「諸公已矣，後學莫及」。是說「四大家」之後，衰微之勢已露端倪。

　　按：周氏的《中原音韻》完成於泰定年間，其生年是在元初。這為我們把握元雜劇之繁盛期，提供了可靠的依據。即元雜劇的繁盛期為時並不長，瓜熟而蒂落，雜劇形式的成熟似乎只在轉眼之間，簡直令人不覺。因此，我們不得不上溯之，後索之，以求把握其滴水盈缽或瓜熟蒂落的一瞬。周德清的友人羅宗信為《中原音韻》作序時也說：「國初混一，北方諸俊新聲一作，古未有之。」足見元雜劇定型乃是在元初，一經定型，遂盛況空前。羅與周時代相同，他們的話是親身的感受，無疑是靠得住的。再證之於元初胡紫山的話，就更能說明問題了：「樂音與政通，而伎劇亦隨時尚而變。近代教坊院本之外，再變而為

雜劇。」〔註15〕變與不變的規律我們前文曾引述錢鍾書先生的話說清楚了。胡氏這番話告訴我們：雜劇是由院本遞變而來，這一變成於艱難，是質的變化，也是雜劇繁盛的關鍵。戲曲藝術金末元初走向成熟，乃其自身發展之必然。孕育時間愈長，吸收營養也就愈多；晚出是壞事，亦是好事，它決定了中國戲曲的獨特性。惟其獨特，方適於當時人的口味，它的繁盛才是自然而然的。胡紫山注意到了變的外因條件——與政通，合於時尚，而他也忽略了縱向關係，這大概是將文學藝術納入教化軌道的觀念所決定的吧。不管怎麼說，胡紫山也搞倒置了，好像雜劇形式變來是由於某種社會原因，應該是伎劇自身變得成熟，爾後才是與政通，與時尚合拍。

這條變的線索一經追究，還是較為明晰的。遠的不說，就說宋雜劇的「四段」吧，豔（焰）段、正雜劇兩段、雜扮（班），到金元間的「幺末院本」〔註16〕，直至元雜劇的四折一楔子，再證之以喬夢符「鳳頭、豬肚、豹尾」的說法（「豬肚」當可分成兩個部分），它們的間架體段還是有著相通之處的，而曲牌體的形成也直接承受了宋金賺詞、纏達和諸宮調的影響。胡忌認為院本雖為短製，以笑樂為主，「但運用曲牌卻為整套北曲者」〔註17〕，並以《中山狼》院本證之，頗為可取。

元雜劇的曲牌聯套形式，直接受到諸宮調的影響，這是為人們所普遍承認的。那麼，中間的過渡環節是什麼呢？說來正是前面提到的「幺末」。應該說，這樣的論斷還是有跡可求的。

元明曲論家都認為院本、雜劇實際上是一個東西，最有代表性的說法是元人陶宗儀在《輟耕錄》中所說的：「金有院本、雜劇、諸宮調；院本、雜劇其實一也，國朝院本、雜劇始釐而二之。」是否可以這樣理解，院本中的「幺末」恰是院本的主體，猶如宋雜劇中的正雜劇，因其居於中段，和前段相次，便稱為「幺」了，而「末」字或許正是後來雜劇中的角色名。總之，吸取了諸宮調

〔註15〕（元）胡祗遹：《贈宋氏序》，見《紫山先生大全集》卷八，四部叢刊本。

〔註16〕不少學者認為元雜劇的形式體例是從院本中一種叫做「幺末院本」的直接演化而來，有人甚至認為「幺末」即是北曲雜劇的早期稱謂，至少也是一種過渡的形式，甚或認為它就是元雜劇的別稱。元末明初人賈仲明就不止一次地以「幺末」代指元雜劇作品，弔高文秀詞曰：「比諸公幺末極多」，說石君寶「共吳昌齡幺末相齊」一類的話。胡忌在他的《宋金雜劇考》中也持這樣的見解（248頁）。唯何以稱作「幺末」，似未有人解釋清楚，馮沅君先生在《古劇說匯》中曾以為「院幺」即院本之幺（後段）。

〔註17〕胡忌：《宋金雜劇考》第70頁，上海古典文學出版社1957年版。

和其他院本的營養而成，「幺末」已接近北曲雜劇的面貌，所以人們後來索性把「幺末」和雜劇混稱，於是，原屬院本的「幺末」就與其他形式的院本「釐而二之」了。換言之，廣義院本中已經包括有早期雜劇在內了。

「幺末」院本的早期形式已無從查考，但有一種叫「連廂詞」的演唱形式，頗值得我們注意。因為過去人們很少提及它，也未曾引起人們足夠的重視，我們不妨引述這條材料。這就是焦循在《劇說》卷一中引毛奇齡《西河詞話》中的一段：

> 古歌舞不相合，歌者不舞，舞者不歌；即舞曲中詞，亦不必與舞者搬演照應。自唐人作《柘枝詞》、《蓮花籭歌》，則舞者所執，與歌者所措詞，稍稍照應，然無事實也。宋末有安定郡王趙令畤者，始作商調鼓子詞，譜《西廂》傳奇，則純以事實譜詞曲間，然猶無演白也。至金章宗朝，董解元——不知何人，實作《西廂搊彈詞》，則有白有曲，專以一人搊彈並念唱之。嗣後金作清樂，仿遼時大樂之制，有所謂「連廂詞」者，則帶唱帶演，以司唱一人、琵琶一人、笙一人，笛一人，列坐唱詞，而復以男名末泥，女名旦兒者，並雜色人等，入勾欄扮演，隨唱詞作舉止，如「參了菩薩」，則末泥祗揖，「只將花笑撚」，則旦兒撚花類。北人至今謂之「連廂」，曰「打連廂」，「唱連廂」，又曰「連廂搬演」。大抵連四廂舞人而演其曲，故云；然猶舞者不唱，唱者不舞，與古人舞法無以異也。至元人造曲，則歌舞合作一人，使勾欄舞者自司歌唱，而第設笙、笛、琵琶以和其曲，每入場，以四折為度，謂之「雜劇」。其有連數雜劇而通譜一事，或一劇，或二劇，或三、四、五劇，名為「院本」。《西廂》者，合五劇而譜一事者也，然其時司唱猶屬一人，仿連廂之法，不能遽變。……

毛西河還根據《連廂詞例》，認為《西廂記》末尾〔絡絲娘〕煞尾等曲，「雖變雜劇，猶存坐間代唱之意」。這則材料又見於清人梁廷楠《曲話》卷四：「北人有所謂『打連廂』，『唱連廂』者。蓋連廂作於元曲未作之先。」梁氏還花費了不少筆墨考索了連廂體例和流變情況，與焦循所引大致相同，茲不引述。惟「不能遽變」之說，梁氏表述為「連廂之法未盡變也」，似更耐尋味。梁氏甚至認為，直到元末明初，元雜劇都沒能盡脫連廂詞胎痕。

我們知道，鍾嗣成《錄鬼簿》曾將董解元列諸第一，以為北曲「以其創

始」；朱權《太和正音譜》以為董解元「始創北曲」；嘉靖刻本《古本董解元西廂記》有張羽序文，其中說：「《西廂記》者，金董解元所著也。辭最古雅，為後世北曲之祖，迨關漢卿、王實甫諸名家者莫不宗焉。蓋金元立國，並在幽燕之區，去河洛不遠，布音韻近之，故當此時，北曲大行於世，猶唐之有詩，宋之有詞，各擅一時之聖（盛），其勢使然也。」張羽序文與鍾嗣成、朱權的說法有別，不僅說明了變的趨勢，同時揭示了盛的時期。但是他們都沒有涉及到「連廂詞」。毛西河偶然得到了《連廂詞例》，才有一番獨到的考證。這位精通音律的大家看到了第一手材料，清人又精於考據，因此儘管毛氏時代較晚，我們也不必寧信元、明間人而不信清人。

「連廂詞」的「帶唱帶演」，「隨唱詞作舉止」是關鍵，它既區別於諸宮調，也不同於元雜劇，是過渡形式無疑。「連四廂舞人以歌其曲」，和「四折一楔子」也有聯繫，音樂組織的一個單元，故事情節的一個段落，又都可以追溯到宋雜劇的「四段」。至於說「唱止一人」、「不能邊變」，這毫不足怪。惟因元雜劇繁盛期較短，「唱止一人」之例尚未來得及徹底打破，便開始衰微了。這則材料有一點很奇怪，就是將「王西廂」視為院本，「西廂五劇」乃「仿連廂之法，不能邊變」。可見毛西河也認為院本、雜劇初不相分的。過去人們多認為《西廂記》已打破元雜劇體制先例，它問世不會太早。現在我們根據毛西河的考據，可以提出相反的看法：《西廂記》創作時間可能較早（金末元初），尚保留有「連廂詞」的影子，雖每本換人司唱，但仍是「唱止一人」。對元雜劇嚴格的體例它不是有所打破，而是質變之初，沒有最後定型，整個元雜劇繁盛期幾乎沒有人打破慣例，到了明人寫《西遊記》雜劇，才是稍有破例。由此推知，王實甫當略早於關漢卿，關漢卿著手創作時雜劇嚴整的體例已經定型。這樣思索，並非無稽。「連廂詞」為諸宮調、院本向雜劇藝術過渡的特殊形態，似亦不容懷疑。問題是「連廂詞」和「幺末」之間是什麼關係，目前還沒有材料可證，不敢斷言。但詳察細究，亦非無跡可求。

胡忌在《宋金雜劇考》中說：「我推想從金代以來漸趨複雜的劇本過程中，經過像『院幺』那種作品體例，後來才發展了定型的元雜劇。而元代雜劇的初起很可能有『幺末』的稱謂。也就是說，『幺末』是北曲雜劇的先驅，賈仲明《續錄鬼簿》的『幺末』是使用了較古的名稱。」並指出：「『幺末院本』是發展了的院本，並不是另一種東西。」如果我們把這個有意義的推想和毛西河有價值的考據聯繫起來看，「幺末」和「連廂詞」都是過渡期的東西，即使它們

不是一個東西，相互間的滲透、影響也是顯而易見的。

　　一番縱向求索，大致線索是：經過漫長的孕育、發展，各種表演藝術交融、滲透，在宋金時代，處於質變的當口，一方面吸取了諸宮調、唱賺等說唱藝術曲牌聯套的經驗，一方面承繼和改造了歷史故事，傳奇、話本故事，經過「幺末」和「連四廂搬演」的過渡階段，北曲雜劇成熟了。一種新的藝術形式的成熟，總有它生命孳勒、繁榮昌盛的時期，規律如此。而縱橫交匯點正是新的形式趕上了特殊的時代。特殊的時代，特殊的形式，便促成了特殊的繁榮。

原載《包頭鋼鐵學院學報》1988 年第 1 期

元雜劇《替殺妻》本事考略

關於元雜劇中佚名作品《鯁直張千替殺妻》，莊一拂《古典戲曲存目匯考》及邵曾祺《元明北雜劇總目考略》，均未注明本事及故事的演變過程。

羅錦堂《現存元人雜劇本事考》於《張千替殺妻》條下說：「宋元以來新傳包待制斷案事，至為繁夥，此劇所演情節不見於今本《龍圖公案》和《包公案》諸書，別無可考。」此言也無涉本事考素。

按唐沈亞之《沉下賢文集》、《太平廣記》（卷 195）中均載傳奇小說《馮燕傳》，故事情節絕類此劇，可以視為此劇之本事。文不甚長，悉錄如下：

> 馮燕者，魏豪人，父祖無聞名。燕少以意氣任專，為擊毬鬥雞戲。魏市有爭財鬥者，燕聞之往，搏殺不平，遂沉匿田間。官捕急，遂亡滑，益與滑軍中少年雞毬相得。時相國賈公耽在滑，能燕材，留屬軍中。他日出行里中，見戶旁婦人，騃袖而望者，色甚冶，使人熟其意，遂室之。其夫滑將張嬰者也，嬰聞其故，累毆妻，妻黨皆望嬰。會從其類飲，燕伺得間，復偃寢中，拒寢戶。嬰還，妻開戶納嬰。以裾蔽燕。燕卑踏步就蔽，轉匿戶扇後，而巾墮枕下，與佩刀近。嬰醉且暝。燕指巾令其妻取。妻即刀授燕。燕熟視，斷其妻頸，遂巾而去。明旦嬰起，見妻毀死，愕然，欲出自白。嬰鄰以為真嬰煞，留縛之。趨告妻黨、皆來，曰：「常嫉毆吾女，乃誣以過失，今復賊煞之矣，安得他殺事？即其他殺，安得獨存耶？」共持嬰，且百餘笞，遂不能言。官家收繫煞人罪，莫有辨者，強伏其辜。司法官小吏持樸者數十人，將嬰就市，看者圍面千餘人。有一人排

看者來，呼曰：「且無令不辜死者。吾竊其妻，而又煞之，當係我。」吏執自言人，乃燕也。司法官與俱見賈公，盡以狀對。賈公以狀聞，請歸其印，以贖燕死。上誼之，下詔，凡滑城死罪皆免。贊曰：「余尚太史言，而又好敘誼事。其賓黨耳目之所聞見，而謂余道元和中外郎劉元鼎語余以馮燕事，得傳焉。嗚呼！淫惑之心，有甚水火，可不畏哉！然而燕殺不誼，白不辜，真古豪矣。」

　　汪國垣《唐人小說》考此事曰：「《舊唐書·賈耽傳》耽以貞元二年改檢校右僕射，兼滑州刺史、義成軍節度使。至九年五月，徵為右僕射，同中書門下平章事。《傳》中言賈耽在滑以狀上聞，則馮燕此事，當在貞元二年至九年之間。流傳數十年，沈氏始據元和中外郎劉元鼎之語，而為此《傳》。司空表聖又為作《馮燕歌》，並載本集，則固當時實錄也。」〔註1〕由此可見，馮燕殺張嬰之妻的故事在唐代已廣為流傳。《唐音統籤》卷704載司空圖《馮燕歌》云：

> 魏中義士有馮燕，遊俠幽并最少年。
>
> 避仇偶作滑臺客，嘶風躍馬來翩翩。
>
> 此時恰遇鶯花月，堤上軒車晝不絕。
>
> 兩面高樓語笑聲，指點行人情暗結。
>
> 擲果潘郎誰不慕，朱門別見紅妝露。
>
> 故故推門掩不開，似教歐軋傳言語。
>
> 馮生敲鐙袖籠鞭，半拂垂楊半惹煙。
>
> 樹間春鳥知人意，的的心期暗與傳。
>
> 傳道張嬰偏嗜酒，從此香閨為我有。
>
> 梁間客燕正相欺，屋上鳴鳩空自鬥。
>
> 嬰歸醉臥非仇汝，豈知負過人懷懼。
>
> 燕依戶扇欲潛逃，巾在枕旁指令取。
>
> 誰言狠戾心能忍，待我情深情不隱。
>
> 回身本謂取巾難，倒柄方知授霜刃。
>
> 馮君撫劍即遲疑，自顧平生心不欺。
>
> 爾能負彼必相負，假手他人復在誰。
>
> 窗間紅豔猶可掬，熟視花鈿情不足。
>
> 唯將大義斷胸襟，粉頸初迴如切玉。

〔註1〕汪辟疆：《唐人小說》，第199頁，上海古籍出版社，1978年版。

鳳凰釵碎各分飛，怨魄嬌魂何處追。
凌波如喚遊金谷，羞彼挪揄淚滿衣。
新人藏匿舊人起，白晝喧呼駭鄰里。
誣執張嬰不自明，貴免生前遭考捶。
官將赴市擁紅塵，掉臂人來擗看人。
傳聲莫遣有冤濫，盜殺嬰家即我身。
初聞僚吏翻疑歎，呵叱風狂詞不變。
縲囚解縛猶自疑，疑是夢中方脫免。
未死勸君莫浪言，臨危不顧始知難。
已為不平能割愛，更將身命救深冤。
白馬賢侯賈相公，長懸金帛慕才雄。
拜章請贖馮燕罪，千古三河激義風。
黃河東注無時歇，注盡波瀾名不滅。
為感詞人沈下賢，長歌更與分明說。
此君精爽知猶在，長與人間留炯誡。
鑄作金燕香作堆，焚香酹酒聽歌來。

此詩顯然據沈亞之《馮燕傳》而作，故事情節無甚變動。至宋初，李昉等修《太平廣記》，將沈亞之《馮燕傳》收入 195 卷，刪去了後面一段寓褒貶的贊論。真宗朝，張君房編《麗情集》，又及馮燕事，不過錯以《馮燕歌》為沈亞之作。王明清《玉照新志》卷 2 載：「《馮燕傳》見之《麗情集》，唐賈耽守太原時事也。元祐中，曾文蕭（布）帥并門，感歎其義風，自製《水調歌頭》以亞大曲。然歷失其傳，近閱故書得其本，恐久而湮沒，盡錄於後」：

排遍第一

　　魏豪有馮燕，年少客幽并。擊毬鬥雞為戲，遊俠久知名。因避仇、來東郡。元戎留屬中軍。直氣凌貔虎，須臾叱咤風雲。凜凜坐中生。　　偶乘佳興，輕裘錦帶，東風躍馬，往來尋幽勝。遊冶出東城。堤上鶯花撩亂，香車寶馬縱橫。草軟平沙穩。高樓兩岸春風，笑語隔簾聲。

排遍第二

　　袖籠鞭敲鐙，無語獨閒行。綠楊下，人初靜，煙澹夕陽明。窈窕佳人，獨立瑤階，擲果潘郎，瞥見紅顏橫波盼，不勝嬌軟倚銀屏。

曳紅裳，頻推朱戶，半開還掩，似欲倚，咿啞聲裏，細說深情。因遣林間青鳥，為言彼此心期，的的深相許，竊香解佩，綢繆相顧不勝情。

排遍第三

說良人滑將張嬰。從來嗜酒，還家鎮長酩酊狂醒。屋上鳴鳩空鬥，梁間客燕相驚。誰與花為主，蘭房從此，朝雲夕雨兩牽縈。似游絲飄蕩，隨風無定。　　奈何歲華荏苒，歡計苦難憑。惟見新恩繾綣，蓮枝並翼，香閨日日為郎。誰知松蘿托蔓，一比一毫輕。

排遍第四

一夕還家醉，開戶起相迎。為郎引裾相庇，低首略潛形。情深無隱，欲郎乘間起佳兵。　　授青萍。茫然撫弄，不忍欺心。爾能負心於彼，於我必無情。熟視花鈿不足，剛腸終不能平。假手迎天意，一揮霜刃，窗間粉頸斷瑤瓊。

排遍第五

鳳凰釵，寶玉凋零。慘然悵，嬌魂怨，飲泣吞聲。還被凌波呼喚，相將金谷同遊，想見逢迎處，揶揄羞面，妝臉淚盈盈。醉眠人、醒來晨起，血凝蟎首，但驚喧，白鄰里，駭我卒難明。思敗幽囚推究，覆盆無計哀鳴。丹筆終誣服，圜門驅擁，銜冤垂首欲臨刑。

排遍第六　（帶花遍）

向紅塵裏，有喧呼攘臂，轉聲辟眾，莫遣人冤濫，殺張室，忍偷生。僚吏驚呼呵叱，狂辭不變如初，投身屬吏，慷慨吐丹誠。　　彷彿縲綫，自疑夢中，聞者皆驚歎，為不平。割愛無心，泣對虞姬，手戮傾城寵，翻然起死，不教仇怨負冤聲。

排遍第七　（擷花十八）

義城元靖賢相國，嘉慕英雄士，賜金繒。聞斯事，頻歎賞，封章歸印。清贖馮燕罪，日邊紫泥封詔，闔境赦深刑。　　萬古三河風義在，青簡上，眾知名。河東注，任流水滔滔，水涸名難泯。至今樂府歌詠，流入管絃聲。

　　其詞乃隱括司空圖《馮燕歌》而成，故事情節、人物形象及思想內容均無甚發展，卻以三調極力描寫馮燕與張嬰妻之偷情。曾詞最後寫道：「至今樂府

歌詠，流於管絃聲。」此語和《水調歌頭》本身都可以清楚地說明，北宋時期馮燕的故事已被之管絃，廣泛傳唱，以接近於戲曲的歌唱形式流傳於世了。

又，南宋皇都風月主人《綠窗新話》一書，下卷中亦載《馮燕殺主將之妻》（內容引司空圖《馮燕歌》，茲不贅錄）。羅燁《醉翁譚錄‧小說開闢》條載當時說話人「幼習《太平廣記》，長攻歷代史書。煙粉傳奇，素蘊胸次之間；風月須知，只在唇吻之上。《夷堅志》無有不覽，《繡瑩集》所載皆通。動哨、中哨，莫非《東山笑林》；引倬、底倬，須還《綠窗新話》。」由此可見，《綠窗新話》一書，是當時說話人的重要參考資料。據此推斷，當時馮燕故事很可能也以說話的形式流傳著。

元代出現了無名氏《鯁直張千替殺妻》。此劇見於《元刊雜劇三十種》、《元曲選外編》。觀此劇與前述《馮燕傳》、《馮燕歌》、《水調歌頭》情節基本相合，顯然由此演變而來。其演變處在於：一、人物變動，滑將張嬰變為一普通員外；馮燕由豪俠變為屠夫張千，由偷情郎變為重義君子（因為人物變化較大，且馮燕又非歷史上的著名人物，所以作者將其改名為元雜劇中最常見的張千）；張嬰妻由多情女變為淫蕩的員外妻，由誤解馮燕意變為有意欲殺親夫；滑帥賈耽變為開封府尹包拯。二、情節變動，馮燕主動與張嬰妻偷情演變為員外妻主動勾引張千而張千不從。三、創作意圖變動，克服了原作前後矛盾的弊病，由頌揚偷情而仗義的豪俠馮燕，變為頌揚鯁直重義的平民張千。與此相關，由對張嬰妻的同情變為對淫婦蕩女的無情抨擊。與平民的道德觀念和審美情趣更加接近了。

元代雜制多有本事可尋，《鯁直張千替殺妻》雜劇本事的追溯和演變過程的考察，也可以說明這一帶有規律性的問題。

原載南京師範大學《文教資料》1998 年第 1 期

元雜劇本事考辨[*]

　　關於元劇的本事研究，明清以來不乏其人，然終有大量闕如，不能盡如人意。余留心於此數年，時有所獲。1986 年余為助教進修班講授「古典戲曲研究」時，涉及此題，又得諸同學相協複印或抄錄材料，並將材料加以彙集、編排，擬編為一書，於每劇本事之後都附有簡短識跋，重在追索本事輪廓之發展流變，乃至形成元劇故事時元人的創造和發揮。此文是選自《元雜劇本事輯考》中的部分考辨文字，大部分由我執筆，資料則多為王恒展同志所提供，亦經余過目之後又共同商定。

感天動地竇娥冤

　　此劇或云作者取材於現實，憑空結撰；或云脫胎於《漢書·于定國傳》，據以上徵引數則材料觀之，劉向《說苑·貴德》當為最早出處。劉向公元前 6 年即逝，而班固公元 32 年始生，顯然劉著在前，故當推《說苑·貴德》之事為此劇本事。關漢卿撫時感事，以「東海孝婦」事為粉本，廣收博取，精心創作，藉此以發攄胸臆，鞭撻時弊，揭露現實社會之黑暗，是可以想見的。

包待制三勘蝴蝶夢

　　此劇顯然從《列女傳》化出，唯死者改為皇親葛彪，社會意義更大，迥出劉向輩之上，不止褒後母之賢也。又《列女傳·齊義繼母》二子無姓氏，只言經齊王審斷，有「言之於王，王有仁德」數語，此劇之王姓，抑或由此而來。包公故事寫成小說很晚，而元劇中包公戲頗多，應該說戲曲中的包公故事一般

＊ 此文與王恒展合作完成。

早於小說中的包公故事。又《聖經》所羅門故事中有猶太王所羅門夢中受神的啟示，醒後英明斷案事，而元雜劇中的《灰欄記》故事與所羅門斷子故事相似，這大約是一種「集體無意識」的智慧偶合現象吧。

錢大尹智勘緋衣夢

此劇故事流傳甚廣，秦腔、越劇等其他地方戲中都有演出劇目，或稱《血手印》，或稱《血手拍門》，也有稱《蒼蠅救命》的，大致關目相同。追溯其本，《玉堂閒話》中的劉崇龜故事，乃是見於文字的最早記載，庶幾當視為此劇的本事。南戲中有《林昭得三負心》一目，錢南揚以為「三負心」三字是衍文，其說是。錢先生又引《林昭德孝義歌》說明南戲《林昭德》的內容，劇情與《緋衣夢》頗為相似。

此劇劇名又簡作《四春園》，是從《王閏香夜月四春園》簡化而來。各本題目正名亦不同。趙景深著眼於該劇內容，以為非關作。邵曾祺認為「既然明人題為關作，在沒有確實反證之前，尚不能冒然推翻」（《元明北雜劇總目考略》），甚是。

錢大尹（可）這個人物，在關劇中幾次出現，疑為當時傳聞中的一個清官，如同包拯、張鼎一類人物一樣。宋元話本乃至明擬話本中也有錢大尹這個官吏形象，頗值得注意。

望江亭中秋切鱠旦

此劇故事未見記載。《宋史》有《白士中傳》，知白士中實有其人。然傳中並無與本劇情節有關之事。類似情況在戲曲史上屢見不鮮，如南戲中的蔡伯喈（早期南戲《趙貞女》及高明《琵琶記》）、王十朋（《荊釵記》）等。劇作家往往借歷史上一個有名人物的姓名，又雜糅諸流傳故事，加之個人創造而成，這可以看作是中國戲曲發展史上的一個規律性的東西。

詐妮子調風月

元有南戲《鶯燕爭春詐妮子調風月》，為劉一棒撰，劉生平不詳，只知其為史九敬先之婿（見《寒山堂曲品》），當為敬先書會成員。據《宋元戲文輯佚》八支殘曲，南戲情節與關漢卿雜劇不盡一致，然二者本於同一故事或傳說卻是無異的。《醉翁談錄》著錄有《妮子記》話本名目，或以為與此劇本事有關；或以為「妮」為「泥」之誤，《泥子記》當為另一靈怪類話本的名目（參閱胡

士瑩《話本小說概論》）。

閨怨佳人拜月亭

此劇元刊本只有曲詞和簡單科白，因此情節不很清楚。現存南戲《拜月亭》（又叫《幽閨記》）的各種本子，明顯經過明人潤飾。《永樂大典》、《南詞敘錄》均著錄有早期南戲《王瑞蘭閨怨拜月亭》和《蔣世隆拜月亭》，惜無傳本。此劇或受到早期南戲的影響，與南戲《拜月亭》參看，更能瞭解這個劇作的本來面貌。李卓吾《拜月亭序》曰：「此記關目極好，說得好，曲亦好，真元人手筆也。」一般都認為南戲《拜月亭》是受了關漢卿雜劇的影響，李卓吾所以說南戲《拜月亭》有元人氣象，大約正是與關漢卿此劇影響有關。此劇可能有傳說故事為本，不像是憑空結撰而成。此劇本事不詳，而拜月亭拜月則為古代風習，由來已久。宋金盈之《新編醉翁談錄》有記載，此劇拜月亭拜月事或與此有關。

錢大尹智寵謝天香

宋元戲曲小說中關於柳永和妓女相戀的傳說甚多，妓女姓名和故事多出於虛構。關漢卿此劇當是在許多傳說基礎上，加上自己的創造寫成的。激怒對方，使其發憤，最終一舉及第的關目在元雜劇中屢見不鮮，如王實甫的《破窯記》等。該韻事當出於《杭妓琴操》故事，關漢卿或許是受了它的影響和啟發。

錢可其人，關劇中凡兩見。

杜蕊娘智賞金線池

此劇似以多人多種傳說點化而成。《曲海總目提要》卷一說到《金線池》本事時有云：「《唐詩紀事》云：『杜牧佐宣城，遊湖州。刺史崔君張水戲，使州人畢觀，令牧閒行閱奇麗，得垂髫者十餘歲。』劇中石府尹為韓作合，蓋彷彿崔刺史之意。」《太平廣記》卷273亦有相類似的記載，注出《唐闕史》，且較詳細。

溫太真玉鏡臺

此劇故事出於劉義慶的《世說新語》。溫嶠是歷史人物，然《世說新語》是小說，騙婚事純是傳聞、附會，不能當作實有其事觀。邵曾祺以為溫嶠「隨劉琨北征在307年，回東晉在317年，騙婚當是這一時期事」（《元明北雜劇

考略》)。顯然是將小說當作信史了。《世說新語》劉孝標注根據《溫氏譜》，辨為「虛謬」，余嘉錫亦辨之曰：「嶠之不婚劉氏，亦已明矣。」(《世說新語箋疏》)宋元南戲有《溫太真》，今僅存佚曲兩支，明人朱鼎有《玉鏡臺記》傳奇，范文若又有《花筵賺》傳奇。足見《世說新語》的記載對後世影響之大。

據王季思考證，所謂水墨宴，很可能是宋元間的一種習俗(《翠葉庵讀曲瑣記·玉鏡臺》)，但這樣的結局總是使人感到不舒服。王先生又說：「《玉鏡臺》裏女主角劉倩英本來堅決不願意隨順那騙她成親的老頭子溫太真的，漢卿在劇裏捏造出了一個王府尹，設了個水墨宴，威脅她叫那老頭子作丈夫」。(《關漢卿和他的雜劇》)這其實是關漢卿的局限，《金線池》和《詐妮子》的結尾，也有相類似的情況。

關大王單刀會

此劇是歷史題材的劇本，《三國志》裴注引《吳書》曰：「肅欲與羽會語，諸將疑恐有變，議不可往。肅曰：『今日之事，宜相開譬。劉備負國，是非未決，羽亦何敢重欲干命！』」可見頗有些英雄豪氣的。關劇採取了民間傳說的一些情節，為了突出關羽的英雄氣概，將魯肅寫得謹小慎微、畏畏縮縮。因此，《單刀會》並非嚴格意義上的歷史劇，其「擁劉反曹」，以蜀為正宗的傾向十分明顯。

此劇現存兩種本子，一是元刊本，科白極簡；一是脈望館抄本，曲白俱全。

關張雙赴西蜀夢

此劇僅見於元刊本，且只有曲文，全無科白，因此情節不詳。史書《三國志》、小說《三國志平話》、《三國志演義》等均無此故事，很可能是採自民間傳說。明成化本《全相說唱花關索出身傳》四種之四《全相說唱花關索貶雲南傳》中，有相類似的情節，然話本小說敘述簡約，沒有關劇描寫得細緻。當然，不能排除話本是宋元舊篇，這故事早就在民間流傳了。

鄧夫人苦痛哭存孝

此劇雖取材於五代史，但關漢卿在民間傳說的基礎上，改造了這個歷史故事的情節，把李存孝寫成了一個忠勇的英雄，他為奸人所害，令人痛心，令人同情。這樣寫是否就不真實了，或像有人所說的那樣，「不是關漢卿的好作品」

了呢？未必如此。我們一方面要從關漢卿所處的時代去找原因，特定時代呼喚著忠勇剛正的民族英雄；另一方面，不能輕視民間傳說對劇作家的影響，完全按歷史事實寫，有時群眾是接受不了的。傳為羅貫中的《殘唐五代史演義傳》，很值得我們注意。趙景深指出：「元人所作雜劇，都可以從《五代殘唐》裏找到它的來源，我想，大約是元人雜劇根據《五代殘唐》改作的；從這推測，《五代殘唐》也有為元人作品之可能。」（《小說閒話‧殘唐五代史演義傳》）事實上，仍可以再向前推，北宋時「說五代史」獨張一軍，與「說三分」分庭抗禮，《東京夢華錄》卷6《元宵》條記載著名的「說五代史」藝人尹常賣，便是明例。到了南宋，仍然有專門「說五代史」的藝人，如金國劉敏即是。那麼，《殘唐五代史演義傳》就有可能是從話本小說輾轉變化而來，它的回目不成對偶句式，恰恰說明是蛻變的痕跡。

狀元堂陳母教子

此劇本於《宋史》卷 284《陳堯佐傳》，惟劇中王拱辰時代不符，陳氏兄弟為宋真宗時人，拱辰為宋仁宗時人，顯然是作者信手點綴之筆。歷來有人懷疑此劇是否出自關漢卿之手，其實是不必懷疑的。元廢科舉，關漢卿等滿腹經綸之士志不得伸，對科舉取士制度是懷念的，恰恰前代有劉斧「一門摳相‧陳堯諮兄弟之盛」的記載，正迎合了漢卿內心的牢騷，同時對科舉取士制度不無豔羨，這是很可以理解的。

須賈大夫諢范雎

《史記‧范雎蔡澤列傳》中的范雎與須賈故事，極饒戲劇性，歷代戲曲作家都頗喜愛這個題材。《曲海總目提要》卷 15 著錄有元南戲《綈袍記》，添出范雎妻蘇瓊瓊、妾蘇簡簡，敷演其家庭事，反沖淡了主線。明初戲文又有《范雎綈袍記》（存，古本戲曲叢刊二集影印），清人周枲則有《綈袍贈》傳奇。近代地方戲也有《贈綈袍》，或叫《吃草》。

高文秀此劇基本情節按《史記》，細節卻有不少是創造性的。「吃草」一節，在《史記》中原是范雎至秦，秦王初不信任，「使捨食草具，待命歲餘」，原來寫得很簡單。劇作家在這個地方大肆發揮、鋪排，並將在秦食草之事移了過來，戲劇效果很強烈。須賈入秦相府，范雎懲治須賈一節，《史記》上也較簡，劇作家有意造成了前後環境場景的強烈對比，效果也很好。

黑旋風雙獻功

此劇故事不見於後來的《水滸傳》，當是在元代的民間傳說基礎上，又溶合了作者的創造。劇中李逵很有個性，外粗內秀，機智勇敢，描寫得相當生動。

《水滸》故事，宋以後廣為流傳，民間傳說豐富多彩，《水滸傳》成書，未能全攬所有傳說，因此，元明雜劇中的水滸戲，多與今本《水滸傳》中的故事情節不合。

好酒趙元遇上皇

此劇故事脫胎於宋代話本。馮夢龍《古今小說》中有《趙伯升茶肆遇仁宗》，故事與此劇相類。譚正璧以為「本事出唐尉遲偓《中朝故事》，為趙某遇唐宣宗微服出訪而得官，話本乃以屬之趙旭與宋仁宗」（《話本與古劇》）。胡士瑩謂：「《北夢瑣言》卷八記盧沆遇宣宗私行事，亦此類。雜劇有高文秀《好酒趙元遇上皇》，與此相近。」（《話本小說概論》之第二章《宋代的說話》）胡先生還考據說：「這一篇和《簡帖和尚》的時代應該相差不遠」，「是屬於『發跡變泰』的話本」（同上）。這樣看來《趙伯升茶肆遇仁宗》是所謂「宋元舊篇」了，雜劇取其故事的基本框架，人物、場景都有較大的變更，趙伯升是四川士子，趙元卻是開封府軍士；話本遇皇上是在茶肆，雜劇則是在酒店；至於皇帝，也從仁宗變成太祖了。邵曾祺《元明北雜劇考略》在介紹《遇上皇》劇情時，以為上皇是徽宗，誤。劇中出現的宰相趙光普，實是趙普，皇上該是太祖。

布袋和尚忍字記

布袋和尚故事一般認為出於《釋氏稽古略》，又見於《傳燈錄》，所載事蹟大略相同。元釋念常《佛祖歷代通載》卷 17 也有相類似的記載。宋劉斧《青瑣高議》後集卷 10《袁元·仙翁出神救李生》條的記載當更早些。又，羅錦堂《現存元人雜劇本事考》（臺灣順先出版公司 1976 年版）中又提到《晉書》卷66《陶侃傳》中的一段，亦與《忍字記》雜劇有關，茲錄於下：

相者師圭謂侃曰：「君左中指有豎理當為公，若徹於上，貴不可言。」侃以針決之，見血灑壁而為「公」字，以紙裹手，「公」字愈明。

雜劇中劉鈞佐之名，當由這段文字首二字而來，鄭廷玉或雜糅諸記載，又加上自己創造而成。

宋上皇御斷金鳳釵

此劇是一個公案故事，故事情節曲折生動，很有戲劇性。

張天覺，字商英，宋史有傳；楊戩也實有其人。但趙鶚故事卻無可考，大約來源於民間故事傳說，或是作者的虛構。王季烈十分賞識這個劇本，言此劇「關目至為周密，曲文亦樸茂而兼清新，洵為元曲中之上駟」（《孤本元明雜劇提要》）。

包待制智勘後庭花

此劇本事見於：《朝野僉載》中的《任環妻》和《國史異纂》中的「房玄齡夫人」條，任環《舊唐書》有傳，傳中亦有「妻劉氏妒悍無禮，為世所譏」的記載。劇本從妒婦殺人寫起，波瀾起伏，環環相扣，甚有特色。

以「桃符」鎮邪之事，民間廣為流傳。《風俗通》、《荊楚歲時記》等均有記載。劇中「桃符」關目用得很巧妙。明沈璟以此關目而敷衍，寫成《桃符記》傳奇。呂天成《曲品》載南戲也有類似劇本，惜今不存。

崔府君斷冤家債主

此劇各本不題撰人，唯《也是園書目》題元鄭廷玉撰，王國維據此論定為鄭廷玉作。日人青木正兒在《元人雜劇現存書目》中以為王國維論斷不確。《也是園書目》之誤在於將《看錢奴買冤家債主》和《崔府君斷冤家債主》混淆了。《太和正音譜》鄭廷玉名下有《冤家債主》一目，因只題簡名，遂造成誤會。其實，有一個很明顯的理由可以斷定此劇非鄭作，劇中的盜賊叫趙廷玉，作家一般不會在自己作品中將盜賊的名字寫成和自己的名字一樣。這是從作品的細處看出的一個異點，可供參酌。此劇本事一般認為是憑空結撰，或以為失考。實際上可從唐宋人雜說中的崔府君入手，略加稽考。崔府君為泰山府君，今北方多有崔府君廟，可見崔之能斷陰事在民間是廣泛流傳的。查晉干寶《搜神記》，有《胡母班》一則，不僅提到了泰山府君，且有死子事，依稀可以看到《崔府君斷冤家債主》劇的影子，可以備考。或作者受《搜神記》中《胡母班》之啟發，並吸收了《睽車志》中陸大郎事，又揉合了民間傳說寫成雜劇，亦未可知。

唐明皇秋夜梧桐雨

唐明皇和楊貴妃故事，歷來為作家們所喜愛。事實上，文學作品中的李、

楊形象,已和歷史人物相去很遠了,早在唐代,李、楊事蹟就在民間流傳。白居易寫《長恨歌》主要是同情李、楊愛情,更吸取了民間傳說的營養,不應再同歷史人物混起來討論問題了。王運熙在《略談〈長恨歌〉內容的構成》中說:「在這個傳說中,人民以自己豐富的想像,通過美麗的藝術形象的描繪,表現了對於堅貞不渝的愛情的讚美,對於愛情得不到滿足而形成的刻骨相思的同情。在這個傳說中的楊妃形象,已經超出了歷史事實的範圍,而具有普通男女的不幸的戀愛故事的性質了。」(上海古籍出版社《漢魏六朝唐代文學論叢》)元代有不少人寫過這一題材,如關漢卿、庾天錫、岳伯川等,明清傳奇更多,最著名的是洪昇的《長生殿》。白樸寫《梧桐雨》主要不是寫愛情,而是抒發了一種家國興亡的感慨。因此,《梧桐雨》不是嚴格意義的歷史劇,也不是嚴格意義上的情節型、衝突型戲劇,而是帶著很濃重的主觀抒情色彩的特殊作品。白樸根本不按史實去處理戲劇場面,李林甫來報就不符合史實。劇中賓白不少直接抄自史書,隨意得很,主要原因是其注意力不在情節,也不在歷史事實,他的注意力在第四折,前面都不過是鋪墊。這同《長生殿》是不同的。

裴少俊牆頭馬上

此劇情節很單純,重在揭示人物的個性,與一般纏綿悱惻的愛情戲韻味大不相同。

劇情原本白居易的《井底引銀瓶》詩。戲劇比詩歌容量大,且一經白樸點染,人物更生動細緻,思想內容也更為深刻。宋官本雜劇有《裴少俊伊州》,內容已難以猜測;金院本有《牆頭馬》,又有《鴛鴦簡》,惜均不存。元南戲也有同名作品,今僅存殘曲十三支。

《剪燈餘話》有《秋韆會記》,寫的是元代故事,情節與《牆頭馬上》有相似處,假若這故事是宋元流傳下來,或亦對白樸有所影響。《秋韆會記》又被凌濛初改寫成話本,收入《初刻拍案驚奇》。

破幽夢孤雁漢宮秋

此劇本之於正史中,《漢書·元帝紀》、《漢書·匈奴傳》、《後漢書·南匈奴傳》等,昭君和番事均有記載。後又經民間長期流傳、文人加工創造,藝術上日臻完美動人。馬致遠在此基礎上匠心獨運,遂成名篇。考昭君出塞和番故事演變過程,明顯地可分為歷史事實與民間傳說,文人創造兩個階段,且其間有很大差別。在文人創作和民間傳說方面,先是有早於范曄《後漢書》若干年

的石崇《王明君辭》並序，以及葛洪《西京雜記》卷2《畫工棄市》；繼之而有唐代的《王昭君變文》，宋代王安石等人的《明妃曲》，秦觀的《調笑令》等等。石崇詩序言：「昔公主嫁烏孫，令琵琶馬上作樂，以慰其道路之思。其送明君必爾也。其造新曲，多哀怨之聲，故敘之於紙云爾。」是後世傳說中昭君彈琵琶以訴哀怨的開端。葛洪所記，乃有使畫工圖形，按圖召幸之說；有王嬙不肯行賄，遂不得見之事；然棄市畫工有毛延壽、陳敞、劉白、龔寬等，非毛一人，唯毛「為人形、丑好老少，必得其真」。故後世傳說遂以毛延壽為罪魁。唐之變文，殘缺甚多，視其關目，無甚發展，然可以想見當時流傳情況；而「昔日還錄（承）漢帝恩」、「假使邊庭突厥寵，終歸不及漢帝憐」、「臨時□（請）報漢王知」等語，可以想見昭君與元帝的刻骨相思。至宋，王安石作《明妃曲》，同時歐陽修、司馬光、劉敞等人都有和詩，其中「只有年年鴻雁飛」一句，有可能是此劇元帝聞孤雁哀鳴之先聲。秦觀《調笑令》中「目送征鴻入雲去」、「獨抱琵琶恨更深」等語，對此劇亦有較大影響。昭君故事除此之外，尚有專事考證的《青冢志》，小說《雙鳳奇緣》，戲曲《漢元帝哭昭君》、《月夜走昭君》、《昭君出塞》、《寧胡記》、《和戎記》、《昭君夢》、《弔琵琶》、《青冢記》等等。

江州司馬青衫淚

此劇本之於白居易《琵琶行》及宋以來所傳雙漸蘇小卿故事，然皆信手拈來，以寫己意，毫無羈約，故多與史不同。詳其情節，白居易與裴興奴愛情事，與雙蘇事不無關係。雙蘇事宋元極為流行，據《青泥蓮花記》、《永樂大典》所載，事與本劇極類，胡士瑩《話本小說概論》稱「雙漸與蘇卿故事，產生於北宋，其情節實受白居易《琵琶行》的影響。而馬致遠的《青衫淚》，其關目又似脫胎於雙蘇故事。」極是。宋元戲文有演自裴故事之《琵琶亭》，僅存佚曲二支；又有演雙蘇故事之《蘇小卿月夜販茶船》，存佚曲十支。又，《綠窗新話》載白居易與琵琶女事，《永樂大典》之《蘇小卿》云出《醉翁談錄》，二書一為南宋說話人重要資料，一記南宋末說話人情況，可以想見當時有白居易與琵琶女及雙蘇故事的話本。

半夜雷轟薦福碑

此劇本事出於宋人傳說，宋釋惠洪《冷齋夜話》、彭乘《墨客揮犀》皆有記載。然宋人傳說與此劇又有不同：一是薦福寺碑文，宋人傳說為歐陽詢書，

劇中為顏真卿書；二是宋人傳說書生無姓名，劇中為張鎬；三是宋人傳說拓碑者為范仲淹，劇中為寺僧。這些不同，論者多以為馬氏任意捏造，但事實並非如此。一，薦福寺碑確為顏真卿書，宋無名氏《寶剎類編》卷2《顏真卿碑目》下有「薦福寺碑」一條，下注：「饒州，雷轟破。」而顏真卿曾官饒州刺史，《饒州府志》：「薦福碑為當時紀事而作，魯公手書。」二，張鎬，或云純屬捏造，史無其人；羅錦堂《元雜劇本事考》則認為係唐人；然考《宋會要輯稿》，宋代有二張鎬，一為北宋常州武進人，一為南宋潤州金壇人，此劇中張鎬，可能為前者。（參河南大學齊文榜《馬致遠薦福碑雜劇本事二考》一文）又，劇中之范仲淹、宋公序（即宋庠），皆史有其人，宋晚於范，二人地位相當，故作者信手拈來，湊在一起。

開壇闡教黃粱夢

此劇為典型的神仙度脫劇，本事見道教之《呂祖本傳》，而《呂祖本傳》所記呂岩事，又與南朝宋劉義慶《幽明錄》中的《楊林》、唐沈既濟《枕中記》、《太平廣記》卷281之《櫻桃青衣》等情節相近。尤其是《枕中記》，只不過把呂翁度盧生改為鍾離權度呂岩而已。而宋洪邁《容齋四筆》卷1載「西極化人」事，且云：「予然後知唐人所著《南柯太守》、《黃粱夢》、《櫻桃青衣》之類，皆本乎此也。」可見我國古代此類傳說甚多。

呂洞賓三醉岳陽樓

呂洞賓的傳說自宋以來即廣為流傳。此劇本事見宋葉夢得《巖下放言》松樹精事（宋鄭景望《蒙齋筆談》亦記此事，文字略同）。宋吳曾《能改齋漫錄》卷18《呂洞賓傳神仙之法》則記度郭上灶等事，亦與本劇有關。《道藏》中有關呂洞賓事極多，如《金蓮正宗記》之《純陽呂帝君》、《鍾呂二仙傳》、《呂帝文集》之《自序傳》等。元苗時善輯前人傳說，加工整理，成《純陽帝君神化妙通記》7卷。又，戲曲中宋元戲文有《呂洞賓三醉岳陽樓》，今存殘曲七支。

太華山陳摶高臥

陳摶，五代至宋初人，《宋史》有傳，然傳說又多以之為神仙，能預知未來，尤善睡，自宋以來記載繁多。如《邵氏聞見錄》、《玉壺清話》、《東軒筆錄》、《澠水燕談錄》、《貴耳集》、《朝野雜錄》、《青瑣高議》等皆載其人其事，而尤以《青瑣高議》所載詳密。觀其事蹟，馬致遠即取其中預卜宋太祖之必登大位；

不慕榮華，不羨聲色，隱居太華山二事大加鋪陳，以抒其懷才不遇，山林隱逸
之思。

馬丹陽三度任風子

馬丹陽名馬鈺，史有其人，《元史·丘處機傳》謂「（丘）年十九，為全真
學於寧海之崑崙山。與馬鈺、譚處端、劉處玄、王處一、郝大通、孫不二同師
重陽王真人。」馬為道教全真七子之一。此劇情節本之於《金蓮正宗記·丹陽
馬真人》之馬丹陽度化屠夫劉清事。

崔鶯鶯待月西廂記

此劇故事本於唐元稹《鶯鶯傳》，至宋流傳益廣，秦觀、毛滂有《調笑轉
踏》，以歌其事。趙令畤又作〔商調·蝶戀花〕鼓子調，以民間說唱形式詠之。
《綠窗新話》有《張公子遇崔鶯鶯》。言張生名君瑞，情節雖無甚發展，男主
人公至此有了姓名，《醉翁談錄》有《鶯鶯傳》話本之目，可以想見當時此話
本內容。至金代，出現了董解元的《西廂記諸宮調》。此中張生形象已大為改
觀，遂使崔張故事發生了重大變化，此外宋周密《武林舊事》、元陶宗儀《輟
耕錄》以及《永樂大典》等載有宋官本雜劇《鶯鶯六么》、金院本《紅娘子》、
南戲《崔鶯鶯西廂記》等劇目。直至王實甫此劇，將崔張故事推上了最高峰，
成為一部不朽名著。不少學者以為傳奇《鶯鶯傳》原無鄭恒爭婚的情節，查《太
平廣記》卷342，有《華州參軍》篇，其中有爭婚一節，崔張故事爭婚情節的
插入，當由此附會而來，清人翟灝《通俗編》中言之鑿鑿。

四丞相歌舞麗春堂

此劇本事待考。劇演金代時事，但完顏樂善、李圭之名不見史冊。劇中之
徒單克寧，《金史》有傳。關於蕤賓節射柳事，《金史·禮志》有所記載，蕤賓
節即端午節。唐薛用弱《集異記》卷2有《集翠裘》，敘狄仁傑與張昌宗以雙
陸賭裘袍事，與此劇第2折內容相近，抑或受其影響。

呂蒙正風雪破窰記

呂蒙正乃宋代名臣，《宋史》有傳，然傳中未載此事。宋史本傳及《避暑
錄》、《堯山堂外記》等皆言其父龜圖多內寵，與妻劉氏不睦，遂將劉氏並蒙正
逐出之。劉氏誓不嫁，母子生活窘困。此劇或據此附會而出，劇中改母為妻，

劉氏見逐於夫為見逐於父，又牽出《唐摭言》王播及《北夢瑣言》段文昌飯後鐘詩以豐富之，以寄元人懷才不遇之慨歎。翟灝《通俗編》中已有考辯。又宋吳處厚《青箱雜記》等載寇準碧紗籠詩，亦與此劇有關。

張子房圯橋進履

此劇顯然本之於正史，而關目核心圯橋進履一節，《史記·留侯世家》發其始，《漢書·張良傳》繼而載之，皆言「良嘗閒從容步遊下邳圯上……墮其履圯下……」。唐李冗《獨異志》、《太平廣記》卷 6《張子房》條均有「圯橋」之稱，「圯橋」於是衍為一座橋名，即沂水橋，在今江蘇省邳縣南，相傳即張良進履處，見《嘉慶一統志》卷 101《江蘇徐州府》2。

同樂院燕青博魚

此劇本事不詳。博魚一事，金元好問《續夷堅志》卷 4 有《盜謝王君和》一則，所記博魚情節與此劇頗類。

原載南京師範大學《文教資料》1989 年第 2 期

一時人物出元貞　馳騁曲壇伯仲間
——元雜劇分期問題再探索[*]

　　說來這是一個老問題了，然事實上終未能得到合理的解決，頗有繼續深入探究的必要。元曲史論數百年，遺蹤紛呈，各持一據，時有所惑；考及作家生平、創作每每乖異迭出，殊為困迷。感謝前賢們把許多富於啟發性的問題提了出來，並進行了極有意義的探索；也感謝時賢們在前輩基礎上的再再思考，提出頗具灼見的論點。這使我們能在紛繁的各家論據中，捕捉到若隱若現的曲史行蹤，從而作一些我們以為大致合理的推論，並試圖藉此來解釋文學史上的一些分歧意見。

一

　　以往元雜劇分期，大致是以鍾嗣成《錄鬼簿》為依據的，具體分法不外乎兩類：一是以 1330 年為界限，將《錄鬼簿》所載的「前輩已死名公有樂府傳於世者」和「前輩已死名公才人有所編傳奇行於世者」分為前期，而將這以後的分為後期；二是分為前、中、後三期，這是在第一種分期的基礎上，把「方今已死名公才人，余相知者」和「已死才人不相知者」同「方今才人相知者」，以及「方今才人聞名，而不相知者」分為中、後兩期。並以此作為評論基礎，研討各期各家創作。如此分法雖已基本上成為定論，但不時有人提出異議，這類分法的不合理處亦早有人指出，只是由於資料的缺乏或多臆測之詞而未能立足。最近王毅先生在《湖北大學學報》八五年第二期上撰文重新提出了這個

---

[*] 此文與陸沉西合作完成。

問題，認為元雜劇分期的主要依據，應是「各個不同時期雜劇作家的創作實踐」。這個出發點似乎無可非議，問題是文中的一些觀點不切合元雜劇發展的實際情況，我們不敢苟同。因此想以此文申明我們的看法，與王毅先生商榷，並請王毅先生及前輩方家指教。

我們認為，籠統地談元雜劇的分期是不妥當的，離開了作家作品，不去考索雜劇創作的實際情況，大而化之，是無法把握元雜劇分期這一複雜問題的來龍去脈的。由於史料之不足，第一手材料的不全備，這給我們的研究帶來很大困難。但是，越是這樣，我們的推論就越是應該加倍謹慎。王毅先生的分期斷限所以不合理，就在於延長了醞釀期和繁盛期，過於寬泛和模糊。我們認為如若較為合理地解決這個問題，首先要區分這樣兩個不同的概念，即元雜劇的創作分期和具體作家的分期，不宜籠統地稱什麼「前期作家」和「後期作家」，因為有的作家實際上趕上了前後兩期，甚至不同時期都有有影響的作品，如鄭光祖（詳細辨析我們後文再談）。這樣的例子不惟元代雜劇創作中有，其他時代亦不乏見。如李玉、金聖歎都是跨時代的劇作家和評論家，習慣上我們稱前者為清代戲劇家，後者為明代評論家，這是以其主要創作活動來看的。現代文學史上更多這樣的例子。而元代有所不同，這是因為雜劇繁盛時期很短，不少作家事實上經歷了由盛到衰的過程，必須作細緻的考索和具體的分析，籠而統之只能把問題搞得更加複雜。

雜劇藝術盛興於元，但元人有意論述雜劇作家生平創作的文字卻甚為罕見，所傳惟鍾嗣成的《錄鬼簿》及一些零散資料，因此《錄鬼簿》便顯得特殊的重要。有關戲曲（包括散曲）評論的著作也只有周德清的《中原音韻》等少數幾部，且重在音韻而非關戲曲專論。即使這樣，在資料缺乏的情況下，《中原音韻》也顯得很重要。問題是僅有的這些材料有時也並不十分可靠，各家記載往往多有出入，甚至互相齟齬。就說鍾嗣成吧，他功德無量，手眼別具，這是沒有問題的。但《錄鬼簿》也有局限性。一則古代交通不似今日，私人著述材料來源有限，且多為傳聞之說，恐怕著者本人也很難保證這些材料的準確性；二則多以個人側重愛好為能事，知者詳些，聞者略些，不知不聞便忽略了；三則士人作劇為大雅君子所不屑，來源於正史和專論的材料幾乎完全不可能，全靠個人見識，因此記載零星、散亂，不成系統，這就為後人的研究帶來了許多不便。入明以後，雜劇藝術由於缺乏舞臺實踐的土壤，漸為新的戲劇形式所替代。但由於時代的鄰接，又因為戲曲藝術自身發展密不可分的淵源關係，有

許多的有心人出現了。鍾嗣成之後，賈仲明又補記鍾著。作《錄鬼簿續編》，內容較前者為細。我們不能同意戴不凡先生所說的，賈仲明的挽詞只是「硬湊劇名作曲，毫無史料價值」(《戴不凡戲曲研究論文集》)。賈仲明的挽詞價值高低是另外的問題，採取完全否定的態度總歸是輕率和武斷的。明代與賈仲明比肩的寧獻王朱權、周憲王朱有燉，以及曲論家何良俊等，又不同程度地對元雜劇創作予以重視和肯定，並對作家作品加以評述，為後世研究者提供了有價值的資料。對元明兩代的資料，人們寧肯信元人而不依明人，覺得明人總是隔一層，戴不凡先生對賈仲明的看法實際上代表了這樣一種傾向。其實不必厚此薄彼，後人研究前人較為透徹準確的例子也不是罕見的。研究元雜劇，捨棄明人的成果，把圈子弄得很狹窄，怕不是良策。從這個意義上講，無論元人記載還是明人記載，都是我們綜合分析的有效材料，但必須具體情況具體分析。我們所以要談這個問題，是因為它對我們關於元雜劇分期的辨析關係至為密切。如我們從元明有關資料來看，除了大致上知道一些作家的生活時代外，無法知道作品創作的先後次序；又如從北向南移的作家，鍾氏詳其在南事蹟而不知其在北時的情況。傳統上分為兩期的做法，詳察細究，存在著明顯的不合理處。事實上《錄鬼簿》列作「方今已死名公才人，余相知者」和「已死才人不相知者」的一些作家，與所謂前輩作家都為同一時期的作家，甚至前者中的個別作家比後者更早一些。換言之，我們習慣所稱的中後期作家有些人都應是前期作家。周德清《中原音韻·自序》云：「樂府之盛、之備、之難，莫如今時。其盛，則自搢紳及閭閻歌詠者眾。其備，則自關、鄭、白、馬一新制作，韻共守自然之音，字能通天下之語，字暢語俊，韻促音調；觀其所述，曰忠，曰孝，有補於世。其難，則有六字三韻『忽聽、一聲、猛驚』是也，諸公已矣，後學莫及！」周德清是元初人，他目睹了元代雜劇的興盛歷史，故其所言應是極為可信的。按周氏所言，當時關、鄭、白、馬、王均活躍於劇界，以其對五人的高度讚賞來看，實是一時齊名，在乎伯仲之間，俱是聲滿天下的曲家前輩。元人楊維楨《元宮詞》：「開國遺音樂府傳，白翎飛上十三弦；大金優諫關卿在，《伊尹扶湯》進劇編。」朱有燉也曾提到過這個《伊尹扶湯》，說「初調音律是關卿，《伊尹扶湯》雜劇呈；傳入禁垣宮裏悅，一時咸聽唱新聲。」過去一般都認為《伊尹扶湯》可能是關漢卿的作品，其實楊詞一二句是說雜劇作為新聲是從元一統天下始，音樂上吸收了蒙古族傳統曲調；三四句卻是一明指一暗寓地對舉了兩個劇作家，一為關漢卿，一為鄭光祖。案：《錄鬼簿》關漢卿名下並沒有

著錄《伊尹扶湯》的劇目，而在鄭光祖名下著錄有《放太甲伊尹扶湯》，這裏我們沒有必要去臆想，沒有理由不相信《錄鬼簿》的記載。（詳見嚴敦易先生《元劇斟疑》）倒是朱有燉將楊維楨的詞意理解錯了，將《伊尹扶湯》坐實為關漢卿的作品始作俑者就是他。如果我們把楊詞中提到的《伊尹扶湯》和《錄鬼簿》中鄭光祖名下著錄的《放太甲伊尹扶湯》看作是一個作品的話，那麼楊維楨顯然是把「金之遺民」的關漢卿與正當青壯年的鄭光祖並提類舉了，一起作為雜劇初興時期的代表作家。羅忼烈先生說得好：「漢卿在『前輩才人』中排名在首位，是因為他是當時最著名、作品最多的作家，可以表率群倫，而不是因為他的輩份最早。」（《兩小山齋論文集》）

案：楊維楨與鍾嗣成差不多同時，是元泰定四年（1327）進士，他的話應該是可靠的。而將楊、鍾二人的記載聯繫起來分析，也應該是解開此迷的有效途徑。元自滅宋統一起，享國近九十年（1279～1368），鍾嗣成的《錄鬼簿》成書最遲在1330年，而時關、鄭、白、馬及宮大用、王實甫等諸家俱逝。假使鍾氏比他們晚二十年，那麼諸家的活動期已限死在1279～1330年這樣短短的五十年間，也就是說，作家們都大致享壽七十歲左右，則「天下混一」時皆有能力制曲爭勝了。且舉白樸一例，其1234年方八歲，而「開國」後當已五十餘歲，這已是特例。而金仁傑與鍾父友善，那就長鍾氏二十有餘，開國後，也決不小於二十歲。鄭光祖則更早，鍾氏雖聞其名，卻未得相識，而伶倫輩皆稱「鄭老先生」。按朱建明的考證，元代的「先生」一詞多貫以稱年資較高的師長、權貴及道士、書會中之德高望重者（《論〈琵琶記〉非高明作》）。特別值得注意的是，元初科舉中輟，鄭非科舉出身，而「以儒補杭州路吏」，以「儒補」者，當是其時名聲卓著的人物了。天一閣本《錄鬼簿》楊顯之略傳後賈仲明補挽詞云：「顯之前輩老先生，莫逆之交關漢卿。公未中補缺加新令，皆號為楊補丁。……」楊顯之亦被稱「老先生」，且也是補官，情形與鄭光祖何其相似！可是我們毫不懷疑楊顯之是前期作家，卻偏偏認定鄭德輝為中、後期作家，而根據就只是《錄鬼》的排列，殊不知對鄭光祖鍾氏僅僅是所聞，在鄭寄居杭州之前，早就在北方從事創作活動多年了。由此推知，鄭光祖享年當在七十歲以上。又因其「為人方直，不妄與人交」，鍾氏所知鄭之生平交遊情況甚少，遂列入「方今已亡名公才人」一欄。這樣看來鄭光祖早期在北方寫過《伊尹扶湯》便成為可能的了。又如宮大用也習慣上被劃為中、後期作家，而宮與鍾父又是莫逆交，亦當有年。事實上創作期與鄭光祖、王實甫、金仁傑等當是

同時期的。他如胡正臣，被鍾氏列在「已死才人不相知者」之首，時「辭世已三十年矣，士大夫想其風流蘊藉，尚在目前」，足見其給人留下印象之深刻。即是說胡氏卒於 1300 年左右，如若不是像小漢卿高文秀那樣屬於早夭，其生年一定在 1240 年以前，亦當是前期作家。唯鍾氏稱其為杭州人，大約是「不相知」之故，或由於可能北人南移，鍾氏不能認定亦未可知。

　　與上述列例相反，有些向被認為是前輩的作家，卻又當別論。王實甫為「前輩」中人物似無人懷疑，然於雜劇創作卻未必比鄭光祖早。按顧學頡先生《元明雜劇》所言，王實甫生卒年當為 1260 以前──1335 左右，四十歲就退隱，年六十有〔商調・集賢賓〕《退隱》一套散曲，作劇約為退隱以後的事。這樣看來，他的創作盛期，恰能趕上雜劇創作的高峰期。其實王的年齡不比鄭大，創作盛期亦不必比鄭早。但是，《錄鬼簿》卻將王實甫列入「前輩已死名公才人」，這只能解釋為鍾嗣成偏居一地，而實甫創作不多，晚年隱居匿跡，鍾便以為其早已不在世上。如果從染指雜劇創作來看，實甫是略晚於鄭光祖的，而生卒年也大約與鄭光祖略同。又如馬致遠，他的創作多有寫道教名人王祖師和馬丹陽事，這些人物都是金元時代的人，卒年離宋亡也相去不遠，按一般作劇取材，總是以已亡人的傳聞來寫。如此推測，則馬致遠的創作活動也不會很早。王國維在《宋元戲曲考》中曾指出，馬致遠《漢宮秋》中襲用過兩個劇名：「不說它《伊尹扶湯》，則說那《武王伐紂》」。按我們上文推論，這二劇前者為鄭光祖作，後者為趙文殷作。可見馬致遠不是很早就作劇的。

　　從現有資料推論，除了王仲文、梁進之、石子章、侯正卿等年齡稍長外，而關漢卿、白樸、楊顯之、王實甫、鄭光祖、馬致遠等，卻幾乎生活在相同的時代。而各人的創作旺期又是差足繼武，接踵相行的；優秀作品也是參差交臂，時見雄勝的。這就形成了前所未有的繁榮局面。如此，「一時人物出元貞，擊壤謳歌賀太平」這樣的挽詞才能得到合理解釋。據天一閣本《錄鬼簿》賈仲明的挽詞，類如「一時人物出元貞」這樣的曲詞反覆出現。如弔趙公輔云：「元貞、大德象乾元」；弔狄君厚云：「元貞、大德秀華夷」；弔李時中云：「元貞書會李時中」；弔顧仲清云：「唐虞之世慶元貞」；弔張國賓云：「教坊總管喜時豐，斗米三錢大德中」；弔花李郎云：「樂府詞章性，傳奇么末情，考興在大德、元貞」。足見元貞、大德前後正是所謂曲史上的黃金時代。而周德清的「樂府之盛、之備、之難，莫如今時」，更是可信的論述。周氏是目睹了元代雜劇創作的盛況的。所謂「諸公已矣，後學莫及」，實際上已經為我們分出了作家創作

的先後來，因此列鄭光祖為中、晚期作家，是不妥當的。惟因鄭等許多作家，或因名滿天下，或本為北人而南移，或因某種原因為鍾氏所聞知，於是便與寄居杭州的鍾嗣成有了所謂「相知」的條件。不能認為「相知」即是與鍾氏同時，鄭光祖的創作活動，顯然是補官之前在北方時就業已有了成就的。

從創作期上來看，幾乎所有為《中原音韻》作序的人都異口同聲地承認元雜劇的勃興，是在元一統天下之後：「國初混一，北方諸俊新聲一作，古未有之，實治世之音也；後之不傳其傳，不尊其律，……」（羅宗信）「我朝混一以來，朔南暨聲教，士大夫歌詠，必求正聲，凡新制作，皆足以鳴國家氣化之盛，自是北樂府出，一洗東南習俗之陋」（虞集）。至大德年間，則成為最興盛的時期。瑣非復初作序云：「余勳業相門，貂蟬滿座，列伶女之國色，歌名公之俊詞，備嘗見聞矣。如大德天壽賀詞《普天樂》云：『鳳凰朝，麒麟見，明君天下，大德元年。萬乘尊，諸王宴，四海安然。朝金殿，五雲樓瑞靄祥煙。群臣頓首，山呼萬歲，洪福齊天。』」這是一個作家猥興、佳作如林的時期。值得注意的是，這個黃金時代、繁盛時期，從規律上看也都不會是很長的。盛極而衰，「若無新變，不能代興」（蕭子顯語）。這是普遍的規律。唯元雜劇的繁盛期，似乎尤其短。就裏原因，極為複雜。恐怕與後來統治階級的干涉和禁錮不無關係，當然也還有戲劇藝術自身發展的內在原因等。無論如何，作為一代之文學的元雜劇藝術，畢竟出現了一個繁盛時期。而所謂藝術發展一定的繁盛時期，通常是指一時期湧現出一批文藝家，如群星燦爛，創作出大量廣泛、深刻反映時代社會風貌的紀念碑式的傑作，並有幾個藝術巨匠，如星空泰斗，如群龍之首。元雜劇繁盛期正是這樣，不必因為時間長短而非議。

由於「一時人物出元貞」的空前盛況，作家們爭勝於一時，新老作家亦可能並駕齊驅，若以《錄鬼簿》所列作家次序來劃定雜劇創作分期，顯然是不合理的。這是因為作家的創作並非要到某一高齡才具備條件，有的是大器晚成，有的中年名就，有的則是脫穎新秀。只要社會條件許可，特別是都經歷了大動蕩，大憂患，所得到的思想、道德的衝擊和遭遇是相似的，這就會顯示出相同或相近的創作特色來。這實際上應該成為我們劃分作家期和創作期的出發點。

二

我們不能同意王毅先生的分期意見。這是因為任何一種文學樣式，都有它自身的興衰之路；而一種文學樣式、藝術形式的成型，總是要走過漫長的漸變

之路的。王毅先生認為從 1234 年蒙古滅金起，至 1284 年元世祖時期止，可作為雜劇分期的一個準備階段，名之為「醞釀期」。眾所周知，我國戲劇的產生是走過一條艱難曲折的路途的。猶如滴水盈缽，只有最後的一滴水才能使盈水流瀉。雜劇創作亦然。突破舊格，出現全新面貌，或因一個作品的突破，或因一個或幾個作家的集大成，便完成了演進鏈條上的最後一個環節。這是一段漫長的歷史過程，而金院本只是差近於雜劇，但決不等同於雜劇（「么末院本」除外）。這條線索，是有明跡可求的。如果我們把不成熟的雛形都納入「醞釀期」的話，則決不是 1234 年可作前限的了。至今還沒有資料可以證明從 1234 年滅金起，作家們已創作了成熟的雜劇作品。戴不凡先生的金代已有雜劇說純然是一種臆測。元人明明記載著國初作劇之「新」，陶宗儀清清楚楚地記載了「國朝院本、雜劇，始釐而二之」。可見雜劇脫離舊有模式的時間是元一統天下以後的事。況且，元雜劇的分期是不能把「醞釀期」、「繁盛期」合流並題的，因為這是含混的、無法捉摸的。如按王毅先生的類推法，不是連唐大麯、參軍戲、宋滑稽戲都可以列入「醞釀期」了嗎？其實，這不是王毅先生的創造，王國維早已這樣劃分了，名之曰「蒙古時代」（《宋元戲曲考·元劇之時地》）。王國維的著眼點是「自太祖取中原以後，至至元一統之初」。王國維也是跟著《錄鬼簿》走的，然接著在括弧中就有了疑問，認為馬致遠、尚仲賢等人「皆在至元一統之後」，即是說已經意識到了如此寬泛分法的漏洞。

　　王毅先生所劃分的第二個時期為「繁榮期」，包括了所有能列出的創作名家來。我們認為這樣大包大攬也是不合理的，它抹殺了雜劇創作的變化和進步，缺乏具體分析，缺乏科學性。簡單化地把創作數量眾多的近五十年（1284～1332）間統統劃入「繁榮期」，似乎可以萬事大吉了。殊不知：雜劇創作在這五十年間是起了實質性變化的，情況極為複雜。前一段（1307 以前）趨勢上是蓬蓬勃勃的，這個在文人和民間藝人不斷探求基礎上發展起來的孳勃局面，標誌了雜劇藝術形式上的成熟和內容上的充實，而高峰正在元貞、大德時期。這時的作品風格渾樸、獷悍，氣韻恣縱、奔放，既富強烈的反抗意識，又極饒人情味，在政治、經濟、倫理、道德等各個方面都在進行大膽探索。而關漢卿、白樸等劇壇大匠可能率先作過一些藝術嘗試，真正確立元劇在文學史上的地位，實是在入元以後。這時期率先作劇的是北方作家。這是因為，一則元雜劇是在北方說唱文學基礎上溶合多種伎藝而產生的；二則是這批作家與南方文人相較，被征服者的遺民心理不是那麼濃厚，戰亂的結束，使他們更有平

靜的創作環境。後階段的創作則不然。隨著創作的不斷繁榮，帶動了南方文人的創作。這時的戲劇畢竟是極富魅力的新形式，都市的繁榮，使得人們的娛樂要求更具條件，因此，雜劇創作方興未艾。但無論是創作內容、思想傾向、創作目的，還是藝術成就、作家群素質、形式流變，都與前一階段顯示出極大的不同來，後段的繁榮和前段的繁榮也有著質的區別。在這變化過程中，雜劇創作不斷吸收新的營養，並已形成重心逐漸南移的傾向。如果以創作數量觀之，則 1332 年後創作表面上仍是勃勃生機，只是名作略少罷了；如就藝術形式的成熟而言，顯已由入元後便開始了。王毅先生認為元世祖時期，戰亂方定，天下並未太平；社會逐漸安定，生產逐漸恢復，「人民在痛苦中逐漸習慣於元王朝的統治。在這樣的歷史條件下，元雜劇繁榮的局面是不可能出現的」。因而，他便將 1284 年前統劃入所謂「醞釀期」了。這是不足以服人的。馬克思曾指出，文學藝術「一定的繁盛時期決不是同社會的一般發展成比例的，因而也決不是同彷彿是社會組織的骨骼的物質基礎的一般發展成比例的」（《馬克思〈政治經濟學批判〉導言》）。又說：「在藝術本身的領域內，某些有重大意義的藝術形式只有在藝術發展不發達階段上才是可能的。……一旦它們的特殊性被確定了，它們也就被解釋明白了。」（同上）元雜劇藝術的確是一個特殊，對待特殊而用一般推理去解決恐怕是不能奏效的。1279（或更早一點）至 1284 一段為什麼不能劃入繁盛期？為什麼在這樣的歷史條件下不能出現繁盛局面？王毅先生僅是以一般論一般，忘記了當時北中國和南中國各個方面的不同，也就是說忽視了特殊，所得結論自然也就不準確了。

只有元雜劇的「衰退期」，王文同於李修生先生的「晚期」。然我們亦嗚不遜：這一時期，是南北雜劇作家並驅之日，也是北曲作品由盛到衰的「陡轉」時期。先是北曲雜劇與南曲戲文互相影響，終以南戲演劇實踐佔了上風。但作為案頭劇的寫作卻並未停止，入明後，一度冷落了的雜劇創作又有了抬頭之勢，許多由元入明的雜劇作家繼續創作了一些雜劇作品，形式上依然完全是元劇遺風。內中原因，我們將在後文論及。這一不可忽略的現象提醒我們，決不能以元朝滅亡為界，割掉元雜劇創作的尾巴。文學藝術分期不同於史學斷代，怎能拘於史學界限而忽略文學藝術自身發展規律呢！

為元人雜劇作一個恰如其分、又能為大家所普遍接受的分期界限，確是件不容易的事。惟因元代享國時間之短，雜劇活躍期也短，加之資料疏漏殘缺，零碎散漫，儘管人們已經瞭解一些概貌，但要準確把握創作的分期和細微脈

絡，卻是困難的。有一點倒是十分清楚，那就是到 1330 年前後，關、白等名家謝世了，許多年長的作家至這個時期也寂寞了。也就是說，從 1324 年到 1330 年這樣短短的六年中，創作領域已換過了一代人。而這代人又在南方找到了新的天地，這和前期創作的情形顯示出極大的不同。然而，雜劇創作的風尚既開，又有舞臺實踐為土壤，起而傚仿的人又何止十數！這就是雜劇創做到了 1324 年前後依然有繁榮表象的重要原因。「諸公已矣，後學莫及」，正是講的這種情況。這種情況不僅僅周德清看到了，面對作品量多質劣的問題，很多有識之士是感到危機的，故有人集前輩名家精華翻刻成書，以為膾炙人口。《元刊雜劇三十種》當是這個時期的作品集。值得引以為注意的是，從這部刊本，也可以看到作家活動期的影子：關漢卿、張國賓、鄭光祖、鄭廷玉等都在幾乎是同一時期活動，並被後學者奉為楷模。因其為南方刊本，我們還可以這樣推測：正是南北之聲爭勝並趨於定勢之時，也是北劇為南方接受和吸取的極好說明。而六年後，情況就大不相同了。風靡半世的老作家或亡或隱，劇壇上活躍的乃是與鍾嗣成同期的一些劇作家，他們得窺鳳尾龍鱗，但主要是把作劇作為一種文章追求，盡失自然流利、質樸親切的元雜劇特殊韻味和美感。就同一作家而言，也失去了先前的狂放精神，代之而起的是纖秀溫麗的閨閣脂粉氣的漸濃。即使相同題材的作品，氣象亦大不相同，尤以愛情題材和神仙道化題材的作品更為明顯。

　　由於各期作家年齡上有所差異，所以作家和作品的分期就要根據實際情況而定。鍾嗣成《錄鬼簿》為眾鬼留蹤，絕想不到一書之重，竟至後世引起若多爭端。如鄭光祖、馬致遠、金仁傑、王實甫等，經後人考證，逝年相去無幾，而鍾氏卻分之於兩類中去。關、鄭、白、馬在 1324 年尚被齊名而頌，而到了 1330 年竟被視作兩代人。如此理解實是無稽。王實甫作《西廂記》，鄭光祖作《㑇梅香》，後人幾認定《㑇梅香》在《西廂記》之後，並大加褒貶。所據依然是《錄鬼簿》的分類記載。陳中凡先生在數十年前就提出過這個問題，因為無法解釋一些枝節問題，推出的結論便力度不夠。實際上，通過比較，還是可以論定的。王是北方人，鄭是由北向南移動的作家，《㑇梅香》當是鄭的早期作品。如果等接受王實甫影響再作《㑇梅香》已經太晚。假如不這樣看，就無法解釋鍾嗣成為鄭光祖所寫的弔詞：「……占詞場老將伏輸，翰林風月（按即《㑇梅香》）、梨園樂府，端的是曾下工夫。」可見，《㑇梅香》為鄭早年作品無疑。《㑇梅香》亦曾與關、白等老將並轡爭雄，如係在《西廂記》之後，鍾

氏評價也不會那樣高。

明人王世貞曾列數《伯梅香》、《西廂記》二劇關目相同凡二十處，實際上不如說二劇關目都與董解元《西廂記諸宮調》同。鄭光祖值雜劇興盛之際，仗年輕氣盛，才氣勃發，翻而變說唱藝術的「董西廂」為四折一楔子的雜劇《伯梅香》，這應該說是一大進步。改易劇中人名，濃縮相應情節，這在元人並不罕見，乃為自然之理。王實甫「才情富麗」，進一步深發「董西廂」主題，衍一本為連本，寫就了「天下奪魁」的《西廂記》，於情於理都是可以理解的。更何況，連本形式一般說來當在基本形式爛熟以後才有可能出現，因此，我們認為《伯梅香》或在《西廂記》之先問世。

三

在討論了如何分期相對合理的基礎上，我們可以對作家和創作期進行劃分了。

在作家期的劃分上，我們可以 1330 年為界，將此前作家（即到這一年已亡諸家）劃為前期，而把這時還在活躍著的諸家劃作中期。這是考慮到雜劇創作高峰期出現作家群而提出的。這批作家基本上都在元統一全國前出生，同時在 1279 年滅宋時均已有作劇能力了。而劃為中期的這部分（包括鍾嗣成在內）作家，都基本上在元一統後出生，或戰亂結束時尚無力制曲爭勝，也就是周德清所說的「後學」。由於缺乏某種經歷，作劇的目的、風格都與前期作家有著巨大的差異。

我們把元惠帝至正十年（1350）前後作為斷限，以區別中、晚期作家的劃分。把 1350 年以後及由元入明的一些作家稱之為後期作家。因為這前後的作家現狀和創作情況正是老者無為，而新秀鮮有的時候。實際上自 1336 年伯顏禁戲文雜劇後，文人創作已無大作為，只能孤芳自賞了。傳世作品也很少，倒是明初尚有些創作可觀，但畢竟是強弩之末了。

關於元雜劇創作分期，我們同意把 1279～1324 年劃為前期；把 1324 年～1336 年劃為中期（或稱為轉折期）；而把 1336 年以後直至入明之初劃作後期。理由略述如下：

1279 年，元滅宋，結束了長達四十多年的對峙局面，形成了「海內一統」、「天下混一」。歷代既有開國帝王，就有太平文人。北方的演劇形式本已於元雜劇接近，這時候便開始有一些北方作家率先創作並加以演進。十年辛苦，隨

著社會秩序的安寧，到元成宗鐵木耳元貞年間（1295），元雜劇這種「一新制作」便進入了輝煌時期。一時間，新老作家同唱新聲，擅場稱盛，將元雜劇創作很快推向高潮。這種形勢一直到大德年間（1297～1307），都是銳鋒不減的。

就內容而言，前期的起首，歌功頌德的劇作並不少，這是不必諱言的。《四丞相》、《伊尹扶湯》、《武王伐紂》等等都應是這時候的產物。而前文已提及的大德天壽賀詞〔普天樂〕也同樣展示了那時的太平景象。中原已定，權貴們享樂有加，社會上層的享樂生活，刺激和帶動了民間藝人的創作，那些鬱鬱之氣壓抑在胸中的失意文人亦奮然命筆，寫出了大量具有廣泛社會意義的作品；也有一批作家，飽經離亂，感慨歡唱，則寫出許多表面曠達超脫，實則低沉痛楚的作品。這時期的創作，代表了元雜劇藝術的最高成就。與此同時，一大批新人爭相向前輩學習，各逞才華，然由於閱歷和時代差異，其創作是不能與前輩比肩的。因有資料證明 1324 年左右正是「諸公已矣，後學莫及」之時，故我們以此作為前期和中期的界限。

中期的作家們儘管時代近於元初，但創作期卻與前輩們相距了幾十年。至 1336 年當朝丞相伯顏頒布禁戲文告，統治者用強權來扼殺創作，雜劇創作便逐漸進入低潮。這短短的十二年時間，是個重要的轉折期。

之後，雜劇創作銳勢大減，終於趨向沒落了。直到元滅亡後，由元入明的作家們才又舒眉一搏，一方面從理論上對元雜劇創作作一回顧，一方面繼其尾聲餘緒，寫出了一些有一定質量的作品。然而，演出形式的生命力業已衰竭，漸為具有旺盛生命力的新形式所替代。明人雜劇創作也只能是元雜劇藝術的迴光返照罷了。

原載人民文學出版社古典文學編輯室編

《中國古典文學論叢》第 7 輯 1989 年 10 月

明代戲曲語言理論中的本色論[*]

明代戲曲語言理論核心概念是本色，萬曆年間當行與本色並提，從戲曲的綜合藝術特徵即舞臺演出性上豐富發展了本色論。總結明代的戲曲語言理論，需先瞭解何為本色。

本色一詞，最見於劉勰《文心雕龍·通變》：「夫青生於藍，絳生於蒨，雖逾本色，不能復化。」但本色在此還不是個確定的理論概念。最早作為一個較為自覺的理論概念用之於詩詞評論的，是北宋江西詩派的代表作家之一陳師道。其《後山詩話》云：「退之以文為詩，子瞻以詩為詞，如教坊雷大使舞，雖極天下之工，要非本色。」到南宋嚴羽的《滄浪詩話》，則更多地採用了這一理論概念，來論述詩歌的藝術表現問題。明代的戲曲理論家就是從詩詞理論中借用了這一概念，表達他們對戲曲語言特徵的認識。正如王驥德所說：「當行本色之說，非始於元，亦非始於曲，蓋本宋嚴滄浪說詩。滄浪以禪喻詩，其言禪道妙悟，詩道亦然，惟悟乃為當行，乃為本色。有透徹之悟，有一知半解之悟。……知此說者，可與語詞道矣。」（《曲律·雜論》）

本色者，本來色相之謂也，指某種由事物的本質特徵決定的外部表現形式。故詩有詩之本色，詞有詞之本色，曲有曲之本色，雖字面相同，其概念內涵又各不相類。明代開始使用本色概念表述戲曲語言特徵的時候，大致是指戲曲語言的自然、質樸、淺顯、通俗等，後來這一概念不斷發展、豐富，內涵也發生了許多變化，同是持本色論的理論家，對它的理解、闡釋就存在不小的差異，因此，在本文中，我們將著重注意理論家在使用這一概念時的理解差異，

---

* 此文與張宇聲合作完成。

注意它內涵的發展變化。

一

關於戲曲語言的特徵，明代以前就已有人注意到了。南北宋之間的張邦基說：「優詞樂語，前輩以為文章餘事，然鮮能得體。」「凡樂語不必典雅，惟語時近俳乃妙。」（《墨莊漫錄》卷七）「不必典雅」是對於諧謔滑稽為主的宋雜劇語言特徵的認識，已發後世戲曲本色論之先聲。元代鍾嗣成撰《錄鬼簿》，在對一些作家的評語中強調「自然」，認為好的作品是從「天性中來」，「和順積中，英華自然發外」。也主要是針對戲曲語言講的。元周德清撰《中原音韻》「作詞十法」，其二為「造語」，第一次較全面地論及戲曲語言，頗值得重視。周德清指出：「未造其語，先立其意，語意俱高為上。」他看到了思想內容即「意」的主導作用，強調思想內容與語言形式相統一，達到「語意俱高」，反對脫離內容要求，單純追求語言之美的形式主義創作傾向，這是一條具有普遍意義的創作原則。周德清還提出了雅俗共賞，觀聽咸美的戲曲語言審美標準：「造語必俊，用字必熟，太文則迂，不文則俗；文而不文，俗而不俗，要聳觀，又聳聽。」他反對因襲，主張語言上創新，「還是自立一家言語為上」。主張語言「格調高、音律好」，便於演唱，如他反對濫用「雙聲疊韻」語、「六字三韻語」，認為「樂府貴在音律瀏亮，何乃反入艱難之鄉」？反對運用「書之紙上，詳解方曉，歌則莫知所云」之類的書面語，這說明周德清已注意到了戲曲語言的舞臺性要求，即歌之易曉。然而他又認為「成文章者曰樂府」，主張多用樂府語、經史語、天下通語，反對在戲曲語言中用俗語、諢語、市語等，以及避免「語粗」、「語嫩」，認為「無細膩俊美之言」，「鄙猥小家而無大氣象」，表現了濃重的文人趣味和對來自生活的民間語言的鄙視態度。他儘管提出觀聽咸美，但對戲曲舞臺性並無更深的認識，他的語言理論，不僅指劇曲，同時也包括當時能入樂歌唱的散曲。儘管如此，周德清畢竟是戲曲理論史上重視研究戲曲語言，並較全面地加以論述的第一人，他的理論發前人所未發，一些觀點很有見地，給明代的理論發展奠定了一個較為厚實的基礎，其中一些觀點也給予明人以不小的啟發。

明初一百多年，戲曲創作趨於衰落，戲曲理論更處於寢息狀態。朱權的《太和正音譜》，以史料價值為重，理論價值並不大，而且在語言趣味上更加文人化、貴族化。認為最高境界在於「典雅清麗」，「藻思富贍，爛若春葩」，鼓吹

「造語不凡」，在理論傾向上代表了一種形式主義逆流。直到嘉靖、隆慶年間，戲曲理論的發展才出現轉機，出現了一些有才氣、有見識的理論家。其中首倡本色者，則是一位「胸中有一段不可磨滅之氣」（袁宏道《徐文長傳》）的狂狷才人——徐渭。

徐渭的《南詞敘錄》作於嘉靖三十八年（1559年）。此外他還批註過《西廂記》、《崑崙奴》等劇。《南詞敘錄》是最早的一部專論南戲的概論性著作。徐渭寫作此書的目的意在給當時「士大夫罕有留意」的南戲提高社會地位，擴大其影響。其內容涉及南戲的源流及發展，南戲的聲律，關於南戲方言俗語、戲劇角色的考釋等，其中大部分是關於南戲風格特色的論述和對作家作品的評論，理論價值較高。其中最重要的，即徐渭聯繫南戲創作實際，對戲曲語言所作的論述。

濫觴於「宣和之際」的南戲，在元末已經取得了很高成就，以《琵琶記》和「荊、劉、拜、殺」五大南戲為標誌。明代承其餘風，又有推進，產生了大批南戲劇目。這時的南戲創作表現為兩種傾向，一種是民間創作的劇本或有些本來就是民間劇團的演出本，生活氣息濃厚，重視舞臺效果，而語言上則不免淺顯直露，即被文人視為有「許多鄙下」者；另一種則出自文人手筆，如《玉玦》、《香囊》等，雕章琢句、極意修飾，麗詞藻語，綺繡滿眼，由此形成了明傳奇中與本色對立的駢儷一派。徐渭對這兩類作品都不滿意。特別是對南戲中開始出現的駢儷傾向，更是深惡痛絕，大加撻伐：

> 以時文為南曲，元末國初未有也，其弊起於《香囊記》。《香囊》乃宜興老生員邵文明作，習《詩經》，專學杜詩，遂以二書語句勻入曲中，賓白亦是文語，又好用故事作對子，最為害事。
>
> 《香囊》如教坊雷大使舞，終非本色。……至於效顰《香囊》而作者，一味孜孜汲汲，無一句非前場語，無一處無故事，無復毛髮宋元之舊。三吳俗子，以為文雅，翕然以教其奴婢，遂至盛行。南戲之厄，莫甚於今」。（《南詞敘錄》，以下引徐渭語除特別注出者外均見該書）

「《香囊記》實為南戲由質樸走入典雅的開端」，（周貽白語，見《中國戲劇史長編》）這是一個惡劣的開端，引導傳奇這種戲曲形式脫離民間傳統，以適應有閒文人的美學趣味。徐渭敏感地覺察到這種創作傾向的危害，把它視為南戲創作的厄運，言詞峻烈地加以批評。他認為以《香囊》為首的駢儷派，以

古奧文雅的詩句作曲，好用典故，脫離了戲曲語言的舞臺要求（無一句無前場語），使宋元戲曲的創作傳統蕩然無存（無復毛髮宋元之舊），「最為害事」、「終非本色」。這樣，徐渭為了扭轉時弊，推動南戲創作，正面提出了戲曲語言必須本色的理論主張。應該說，徐渭對那些來自民間的南戲作品也是有所不滿的，他認為這種「徒取其畸農市女順口可歌而已」的戲曲作品「語多鄙下」，在南北曲的比較中，他認為「南易制，罕妙曲；北難制，乃有佳者」，原因在於北曲有名人題詠，而南曲則名家尚未留心，「是以南不逮北」，多俚俗語。在民間創作和俚俗語之外，他最推崇的是高明的《琵琶記》。認為《琵琶》「用清麗之筆，一洗作者之陋。」可見，徐渭的本色論與民間創作的所謂「俚俗」語是不同的。

總起來看，徐渭本色論的中心內容是提倡家常自然，淺顯易懂。他雖然認為南不如北，可看到南戲有一高處，有如《琵琶記》那樣，即「句句是本色語，無今人時文氣」。他正是想用本色語來力矯儷派創作的時文風氣。在文人紛紛讚賞《琵琶記》中正屬典雅一流的「慶壽」、「成婚」、「彈琴」、「賞月」諸大套時，他獨具慧眼地指出：「惟食糠、嘗藥、築墳、寫真諸作，從人心流出。嚴滄浪言，『水中之月，空中之影』，最不可到。如〔十八答〕，句句是家常俗語，扭作曲子，點鐵成金，信是妙手。」《琵琶記》中寫趙五娘悲慘境遇的這幾場戲，真情實感，悽悽動人。這種從人心流出的語言，不可能是矯情藻飾的，必然最樸素、最本色。正如萊辛所說：「感情絕對不能與一種精心選擇的、高貴的、雍容造作的語言同時產生，……然而感情卻是同最樸素、最通俗、最淺顯明白的詞彙和語言風格相一致的。」（《漢堡劇評》）在這裏徐渭已朦朧地意識到了感情與語言風格的聯繫。但作為語言本色論，他推崇的還是「家常俗語，扭作曲子」。他在評論梅鼎祚的雜劇《崑崙奴》時也說過：「語入緊要處，不可著一毫脂粉，越俗越家常越驚醒，此才是好水碓，不雜一毫糠衣，真本色。」（轉引自《古今名劇合選・酹江集》）

徐渭還從戲劇的社會功能和舞臺要求兩方面，闡述了他的本色理論。在批評《香囊記》之後，他接著說，「夫曲本於感發人心，歌之使奴童婦女皆喻，乃為得體。經子之談，以之為詩且不可，況此等耶？」徐渭還明確提出：「而鄙之易曉也。」他更從文學發展的角度說明其通俗淺顯的語言本色觀。他說：「晚唐五代填詞最高，宋人不及，何也？詞須淺近，晚唐詩文最淺，鄰於詞調，故臻上品。宋人開口便學杜詩，格高氣粗，出語便自生硬，終是不合格。……

元人學唐詩，亦淺近婉媚，去詞不甚遠，故曲子絕妙。」這種單純以語言淺近與否來論定文學作品的方法，當然是極不科學的，但徐渭意在強調語言須「淺近婉媚」，方能「曲子絕妙」，從戲曲語言的特定性來講，還是有其合理性的。

從戲曲的社會功能和舞臺演出來看，語言確應通俗淺顯，令人易懂，家常自然之語可以成為很好的戲曲語言，但是不是語言越家常越好、越俗越好呢？顯然不是。「俗而鄙之易曉」的語言是相對於「文而晦」、「麗而晦」的語言講的，並非指「俗而卑」的語言是戲曲語言的最高境界，不然，徐渭何以要對「宋元之舊」的南戲作品的「語多鄙下」表示不滿呢？徐渭顯然看出了這一差別，因此他提出了一個戲曲語言的審美標準：「填詞如作唐詩，文既不可，俗又不可，自有一種妙處，要在人領解妙悟，未可言傳。」這顯然繼承了周德清文而不文，俗而不俗的雅俗共賞的語言標準，儘管對這種妙處還有種只可意會，不可言傳的玄秘味，但對避免理論論述的片面性，畢竟是大有裨益的。

徐渭是明代第一位對本色作出明確論述的理論家，是他把詩詞理論中的本色概念改造成一個具有特定內涵的戲曲理論概念。徐渭以後，本色成了許多理論家評價戲曲作品的一個重要美學標準。同時，以本色為核心的戲曲語言理論也在發展著，本色內涵也在變化著。

二

繼徐渭之後，對戲曲語言理論作出較多論述的是何良俊。何良俊字元朗，嘉靖中貢生。其《四友齋叢說》載有他論曲之語卷，後人單獨摘出，題為《曲論》。《四友齋叢說》初刻於隆慶三年（1569年），比徐渭的《南詞敘錄》整晚十年。

何元朗明確提出：「填詞須用本色語，方是作家」（引自《曲論》，以下引何元朗語均出此書）視本色為戲曲創作的基本條件，但他的「本色」概念和徐渭相比已有了明顯的變化，他首先對《西廂》、《琵琶》提出批評——而《琵琶》正是徐渭心目中的典範之作。他說「《西廂》全帶脂粉，《琵琶》專弄學問，其本色語少。」二家都不符合他心目中的本色的標準。何元朗在元劇作家中極力推崇的是鄭德輝，對鄭的推崇可以說達到了無以復加的地步，因為鄭德輝的戲曲語言正體現他的本色理念。在評價元曲關、馬、白、鄭四大家時，他認為「馬之詞老健而乏姿媚，關之詞激厲而少蘊藉，白頗簡淡，所欠者俊語，當以鄭為第一。」認為《㑳梅香》的曲詞，「情意獨至，真得詞家三昧者也」。評《倩女

離魂》中〔越調‧聖藥王〕內「近蓼花，纜釣槎，有折蒲衰柳老蒹葭；過水窪，傍淺沙，遙望見煙籠寒水月籠沙，我只見茅舍三兩家」諸語時說：「如此等語，清麗流便，語入本色，然殊不濃鬱。」這都可看出他對鄭劇的傾心。鄭德輝確是元劇中出色的作家，《錄鬼簿》稱他為「乾坤膏馥潤肌膚，錦繡文章滿肺腑。」《太和正音譜》評他的語言風格為「九天珠玉」，「其詞出語不凡，若咳唾落乎九天，臨風而生珠玉，誠傑作也」。與王實甫之詞如「花間美人」，「若玉環之出浴華清，綠珠之採蓮洛浦」實有相近之處，與《西廂》應該同屬文采一派，綺麗之流。不難看出，何元朗的本色論已更多地側重於清麗、姿媚、敷施文采一邊了。他批評《西廂》本色語少，但指責《西廂》的卻是「魂靈兒飛在半天」，「少可有一萬聲長籲短歎，五千遍搗枕捶床」之類語言，認為「語言淺露」，「殊無蘊藉」，而極力稱讚第二折〔混江龍〕內「蝶粉輕沾柳絮雪，燕泥香惹落花塵，係春心情短柳絲長，隔花陰人遠天涯近，香消了六朝金粉，清減了三楚精神」等過施文采的語言，認為「其妙處則何可掩」？「如此數語，雖李供奉覆生，亦豈能有以加之哉」？可謂推崇備至，這豈不看出何元朗的本色概念趨向於清麗、文采的傾向嗎！

　　何元朗還提倡語言的簡淡、蘊藉。他讚揚王實甫《絲竹芙蓉亭》雜劇〔仙呂〕一套「通篇皆本色，詞殊簡淡可喜」，並指出這一折的好處在於描寫閨情之態，而不著色相，語言簡淨。他總結道：「夫語關閨閤，已是穠豔，須以冷言剩句出之，雜以訕笑，方才有趣。若即著相，辭復濃豔，則豈畫家所謂『濃鹽赤醬』者乎？畫家以重設色為『濃鹽赤醬』。若女子施朱傅粉，刻畫太過，豈如靚妝素服，天然妙麗者之為勝耶？」與簡淡相聯繫，他還提倡蘊藉，認為「康對山詞跌宕，然不及王（九思）蘊藉」。鄭德輝所作情詞「何等蘊藉有趣」等。何元朗反對語言的「蕪淺不足觀」。蕪的反面即簡淡，淺的反面是蘊藉。簡淡與蘊藉是不能執偏的，否則簡淡會流於淺露，蘊藉也會失之隱晦。簡淡側重語辭的表達，蘊藉側重語意的含孕，二者的聯繫結合才是辯證統一的語言審美觀。持這樣的美學見解，何元朗對《西廂》提出了批評：「《西廂》首尾五卷，二十套，始終不出一情字，亦何怪其意之重複、語之蕪類耶？」批評《西廂》中有些劇詞「語言淺露，殊無蘊藉」，並在與鄭德輝的比較中得出了「鄭詞簡而淨，王詞濃而蕪」的結論。何元朗提出語言簡淨、蘊藉的見解，是對他的戲曲語言本色觀的重要補充，一定程度上糾正了他的本色論中偏重文采、藻飾的傾向，使他的本色觀基本上屬於「清麗」的範疇，而非「纖麗」、「濃豔」。

　　另外值得一提的是，何元朗在明代曲論家中首提「當行」。如他評《虎頭牌》雜劇：「情真語切，正當行家也。」他對《拜月亭》的讚賞可以看出他對當行有較好的理解。他認為《拜月亭》的作者才氣雖不如高明，「然終是當行」，「如走雨、錯認、上路、館驛中相逢數折，皆不須賓白，而敘說情事，宛轉詳盡，全不費詞，可謂妙絕」。但他始終未給予當行概念一個確定的內涵，顯得空洞。到萬曆年間，曲論家才重視「當行」概念，把它與戲曲的舞臺演出特性相聯繫，亦與「本色」概念相滲透。此是後話。

　　嘉靖年間，還有一位重要的曲論家，即名重一時的文壇領袖，明「後七子」之一的王世貞。他的《藝苑巵言》中論曲的部分，被單獨摘出，題為《曲藻》行世。《曲藻》中有一些較精闢的論曲文字，如他不存偏見地論南北曲之特點，推崇《琵琶記》的藝術動人力量，認為其佳處「不惟琢句之工，使事之美而已，其體貼人情，委曲必盡；描寫物態，彷彿如生，問答之際，了不見扭造，所以佳耳。」（見《曲藻》，下同）這些都表現出王世貞的識見之高。但他在關於戲曲語言的論述上卻不免駁雜，可議之處甚多。他認為「北曲故當以《西廂》壓卷」，但津津欣賞的卻是所謂「駢儷中景語」、「駢儷中情語」、「駢儷中諢語」等，認為「只此數條，他傳奇便不能及」。嘖嘖讚歎的是元人曲中所謂景中雅語、壯語、意中爽語、情中冶語、緊語、誚語等，零亂破碎，難以尋繹其系統的品評標準。而品評的曲詞，則玉石並陳，蕪菁不分，至於進而欣賞元人無聊的詠指甲詞，認為「豔爽之極，不在關、馬之下」，堪稱識見鄙下，且暴露出其語言情趣中的庸俗氣味了。

　　在本色論上，王世貞與何元朗可謂針鋒相對。王世貞以「本色過多」為不然，把何元朗極其推崇的鄭德輝貶得幾乎一錢不值。他挑起的與何元朗爭辯《琵琶》、《拜月》孰高孰低的爭論，是戲曲理論史上有意義的一樁公案，參加爭論的曲論家都能由此反映出自己關於戲曲的某些觀點。王世貞總結《拜月》的「三短」，正從反面概括了他基本的戲曲觀，即主張戲曲要有裨風教，重視戲曲的藝術動人力量和在語言上提倡「要有詞家大學問」。他在論曲中一再強調「學問才情」，語言風格上欣賞「放逸宏麗」、「秀麗雄爽」。王世貞與何元朗的分歧似乎很大，但他不滿的只是何元朗本色論中簡淡樸素的一面，認為何元朗在趨向清麗、藻飾的道路上走得還不遠，因而要更加推到講究學問、發揮才情上去，那種傳統的以自然淺顯、通俗易懂為基本內涵的本色概念幾乎被摒棄不顧。因此，他的理論遭到了後來持本色論的曲論家的尖銳批評。

三

　　明代萬曆年間，傳奇創作達到鼎盛時期，戲曲理論更趨活躍，這時出現的雙峰對峙般的以湯顯祖為首的臨川派和以沈璟為首的吳江派之間的爭論，愈益增加了戲曲界研討、爭辯的生動氣氛，對當時及以後的戲曲創作和理論發展都產生了深刻影響。

　　湯沈之爭的首要問題自然是才情與格律的問題，這一問題，論者已有很多，此不贅。在這裏主要談談湯、沈之爭的另一問題即文采與本色之爭。湯顯祖在理論上主張發揮爛漫陸離之才情，追求「麗詞俊音」，不復顧及傳統的本色之說，在創作中更是才情煥發，文采斐然。而沈璟則是本色論的積極提倡者，他自稱「鄙意僻好本色」（《詞隱先生手札二通》之一），極推崇《臥冰記》、《江流記》等宋元南戲，認為它們「質古之極，大有元人遺意」，不禁擊節讚賞，連稱可愛，他在自己的創作中也努力實踐其本色主張。沈璟對本色基本上是持淺顯樸質、不重藻飾的理解。關於文采、本色之爭，湯、沈二人並未直接交鋒，但二人的理論主張和創作實踐中卻確實顯露出了這種分歧。對於湯、沈之爭，在此不能全面評價，本文要涉及的是這場意義深遠的爭論給戲曲語言理論帶來的影響。我們認為，這種影響集中體現在王驥德的本色理論上。就王驥德的《曲律》所表現出的總的理論觀點看，他毫無疑問是語言本色論的積極倡導者，但我們應該注意他的本色概念的基本內涵。

　　王驥德在《曲律》「論家數」一節中，對戲曲創作中「本色」與「駢儷」兩派作了較為辯證的分析：「曲之始只本色一家，觀元曲及《琵琶》、《拜月》二記可見。自《香囊》以儒門手腳為之，遂濫觴為詞家一體，近鄭若庸《玉玦記》之作，而益工修詞，質幾盡掩。夫曲以模寫物情，體貼人理，所取委曲宛轉，以代說詞，一涉藻繪，便蔽本來。然文人學士，積習難忘，不勝其靡，此體遂不能廢，猶古文六朝之於秦漢也。大抵純用本色，易覺寂寥；純用文調，復傷雕鏤。」在這段重要的論述中，王驥德頗中肯綮地指出本色、文辭二家的短處。他特別從戲曲藝術「模寫物情，體貼人理」的特點來批評《香囊》、《玉玦》之類的駢儷派，認為「一涉藻繪，便蔽本來」，藻豔綺繡的文辭必然妨礙自然「本來」的「物情人理」的表達，這已包含著戲曲語言要求本色的理論見解了。但王驥德又辯證地看到本色易流於寂寥，即文詞的俚俗、乏味枯槁。而「文詞」則失之雕鏤，刻意工詞、雕章琢句，其末流則至於賣弄學問，堆垛陳腐，使聽者憒憒了。王驥德又說：「至本色之弊，易流俚腐，文詞之病，每苦

太文，雅俗深淺之辨，介在微茫，又在善用才者酌之而已。」「雅俗深淺」的說法，確實籠統「微茫」得很，「善用才者」雖然可以斟酌而用，但作為理論卻幾乎空洞無物。作為傑出的戲曲理論家的王驥德自然不能滿足於此，他只是從這種對「本色」、「文詞」的辯證分析出發，開始了他對戲曲語言本色的探索。

我們所以認為王驥德的戲曲語言理論受到了湯、沈之爭的影響，並從兩家的理論主張和藝術實踐中受到了很大的啟發，理由如下：王驥德是第一個對戲曲史上這一重要論爭作出理論總結的人，對論爭雙方有比較客觀的分析。就沈璟方面來說，他推崇的是沈璟「其與曲學，法律甚精，泛瀾極博，斤斤返古，力障狂瀾，中興之功，良不可沒」，即肯定「吳江守法」的一面，但同時他又對沈璟的語言本色觀大不以為然。他認為沈璟所激賞的所謂本色語句是「庸拙俚俗之曲」。沈璟讚美南戲《臥冰記》中〔皂羅袍〕曲是「質古之極，可愛，可愛」；評《王煥》傳奇〔黃薔薇〕「三十哥央你不來」為「大有元人遺意，可愛」。王驥德認為「此皆張打油之最者，而極口讚美，其認路頭一差，所以己作諸曲，略墮此一劫。」沈璟早期作品《紅蕖記》，「頗多藻語」，晚年悔之，曾對王驥德言及，而王反而認為：「詞隱傳奇，要當以《紅蕖》稱首，其餘諸作，出之頗易，未免庸率。」由此可見，王驥德心目中的戲曲語言「本色」與沈璟所謂「質古之極」的本色觀是不能相侔的。相反，對湯顯祖，王驥德批評的是其違犯聲律的一面，而對湯顯祖作品的藝術性則極其傾倒，對他獨特的語言藝術魅力感到震驚：「臨川尚趣，直是橫行，組織之工，幾與天孫爭巧。」他對湯顯祖的《紫釵》、《紫簫》二記有所批評，對《牡丹亭》的語言既歡賞其「奇麗動人」，又指出其「腐木敗草，時時纏繞筆端」。對《南柯》、《邯鄲》二記王驥德則認為「漸削蕪類，俛就矩度，布格既新，遣詞復俊，其掇拾本色，參錯麗語，境往神來，巧湊妙合，又視元人別一蹊徑，技出天縱，匪有人造」。可謂推崇備至，無以復加。王驥德從湯顯祖的作品中看到了一個語言藝術的新境界，替他所要尋找的戲曲語言本色論找到了一個範例：

> 問體孰近：於文辭家得一人，曰宣城梅禹金，擒華掞藻，斐亹有致；於本色一家，亦唯是奉常一人，其才情在淺深、濃淡、雅俗之間，為獨得三昧。

視梅鼎祚為文辭派代表，此不具論。把在創作中主張發揮才情，追求麗詞俊音的湯顯祖視為本色一家，是頗耐人尋味的。不難看出王驥德是把本色概念基本上建立在發揮才情，追求文采上了。持這樣的觀點來評價作品，自然除了

欣賞湯顯祖的「婉麗妖冶，語動刺骨」之外，還稱讚徐渭的「高華俊爽，濃麗奇偉」和王磐的「俊豔工練，字字精琢」。持這樣的觀點再來看《西廂》、《琵琶》，自然與何元朗的見解不同了：「《西廂》組豔，《琵琶》修質，其體固然。何元朗並訾之，以為《西廂》全帶脂粉，《琵琶》專弄學問，殊寡本色，夫本色尚有勝二氏者哉？過矣！」王驥德還在《新校注古本〈西廂記〉》的序裏高度評價《西廂記》的語言藝術：「實甫斟酌才情，緣飾藻豔，極其致於淺深濃淡雅俗之間，令前無作者，後掩來哲，遂擅千古絕調。」王驥德不僅在批評作品時堅持這樣的美學標準，而且還以此為基礎構成了對曲體特點的基本認識：「曲以婉麗俏俊為上。」「詞曲不尚雄勁險峻，只一味嫵媚閒豔，便稱合作。」「作曲如美人，須自眉目齒髮，以至十筍、雙鉤，色色妍麗，又自笄黛衣履，以至語笑行動，事事襯副，始可言曲。」王驥德甚至極端地將此視作戲曲藝術的最高標準：「是故以是繩曲，而世遂無曲也。」這種對戲曲特點的認識自然是不準確，不科學的，但也正可看出王驥德語言本色論的基本傾向。

王驥德在戲曲語言上揚臨川而詘吳江，把本色視為發揮才情，追求文采，這是否意味著肯定了自《香囊》、《玉玦》以來的駢儷派文風？駢儷派在明傳奇創作中可謂一脈不絕，梁伯龍、張風翼都帶有較多的駢儷成分，到屠隆、梅鼎祚的作品已經登峰造極，所謂「濫觴於虛舟，決堤於禹金」。（徐復祚語，見《曲論》）這些精心雕琢的作品連當時的著名文人徐復祚都說「余讀之不解也」（同前）。王驥德在《曲律》中對駢儷派的作家作品有所迴護（如奉梅鼎祚為文辭一家，與湯顯祖並提），但在理論上並未墮此惡道。他曾指出駢儷派的「賣弄學問，堆垛陳腐，以嚇三家村人，又是種種惡道」。批評鄭若庸的《玉玦記》「填垛學問，則第令聽者憒憒」。批評一些作品「讀去而煙雲花鳥，金碧丹翠，橫垛直堆，如攤賣古董，補綴百家衣，使人種種可厭，此小家生活，大雅之士所深鄙也」。然而文采與駢儷的區別在哪裏呢？如何避免文辭流於雕繪滿眼的駢儷呢？為了劃清界限，糾正偏向，王驥德在他的本色論中提出了一個至關重要的理論問題：即戲曲作品的可上演性問題。

戲曲作品能否上演，關鍵在兩方面。一是文詞要符合聲律。對此，王驥德吸取了沈璟的一些合理觀點，他的《曲律》一書在聲律上考索精詳，馮夢龍認為「法尤密，論尤苛——釐韻則德清蒙譏，評辭則東嘉領罰」。（《曲律》序）他嘔心瀝血撰作《曲律》欲為世界補一缺陷，很重要的目的是要為戲曲創作立一法度，使之能歌能演。他對湯顯祖的作品違犯聲律的現象批評起來也絕不寬

容，因為它「屈曲聲牙，多令歌者咋舌」不能演之場上。戲曲能否上演的另一關鍵，是戲曲語言的「可解」與否。王驥德看到了駢儷派作品如《玉玦記》的致命弱點是「則第令讀者憒憒」，因而在倡導才情、文采的同時，一再強調語言的可解：「世有不可解之詩，而不可令有不可解之曲」。「作劇戲亦可令老嫗解得，方入眾耳，此即本色之說也」。認為凡戲劇「須奏之場上，不論士人閨婦以及村童野老，無不通曉，始稱通方。」他批評戲劇創作中一種好奇尚異的風氣，其表現之一即有人喜歡用經史隱晦字作「劇戲標目」，王驥德指出：「夫列標目，欲令人開卷一覽，便見傳中大義，亦且便翻閱，卻用隱晦字樣，彼庸眾人何以見解！此等奇字，何不用作古文，而施之劇戲，可付一笑也。」王驥德在戲劇演出實踐的考察中，看到了一種令文人深思的現象：「劇戲之行與不行，良有其故，庸下優人遇文人之作不惟不曉，亦不易入口。村俗劇本，正與其見識不相上下，又鄙猥之曲，可令不識字人口授而得，故爭相演習，其適從其便。」王驥德對「村俗劇本」的鄙視，表現了他作為封建文人審美趣味的嚴重偏見，但他卻看到了「村俗劇本」容易行於場上的長處，即通俗易懂，婦孺咸解，這正是那些精研細琢、講究藻飾的文人作品所缺失的。因此，王驥德深有感慨地說：「是以知過施文采，以供案頭之極，亦非計也。」從舞臺演出的角度規定戲曲語言，王驥德繼承了乃師徐渭的見解，並加以發展，青出而勝，論述得更合理，貫徹得更徹底。

王驥德受到湯顯祖劇作的影響，在本色論中注重發揮才情，追求文采，這對於提高戲曲作品的文學價值，顯然是有益的。但這一理論卻正適應了明代文人戲曲創作日益趨向於文采、藻飾的傾向，對戲曲創作的愈加文人化，勢必起到推波助瀾的作用，而卓有見識的王驥德在此基礎上強調戲曲的可上演性，又在一定程度上糾正了上述理論的偏頗，這一點王驥德是接受沈璟戲曲理論中的某些合理主張的，這兩方面的結合，才是王驥德完整的戲曲語言審美觀。他自己就曾明確指出：「大雅與當行參間，可演可傳，上之上也；詞藻工，句意妙，如不諧里耳，為案頭之書，已落第二義；既非雅調，又非本色，掇拾陳言，湊插俚語，為學究，為張打油，勿作可也。」這裏說得再清楚不過了。但歷來論述王驥德語言理論的文章，只看到王驥德強調語言易懂易解的一面，認為這即是王之語言本色的基本含義，既看不到王驥德是從戲曲上演的角度倡導語言易解，又忽略了他的本色論的基本內涵是奠定在發揮才情、追求文采之上，論述是極不全面的。儘管以現代劇論的觀點看來，王之易解易曉的觀點或許更

明代曲論中「本色」與
「當行」相結合的理論*

　　明代曲論中的本色理論發展到明萬曆年間，出現一種新的特點，即許多理論家推重當行，並與本色理論互相結合，融匯滲透，構成這一時期語言理論的基本面貌。

　　當行概念，與本色概念一樣，亦來自古老的詩論，所謂當行，是指精通某種業務的行家裏手，即內行。作為文藝理論概念，是指作家要按照獨特的藝術規律進行創作，所創作的作品符合某種藝術形式的特定要求。當行與本色，雖然角度有所不同，但用於評論文藝作品時，含義常常是相同的，比如嚴羽論作詩說：「惟悟乃為當行，乃為本色。」宋趙令畤《侯鯖錄》卷八云：「黃魯直間作小詞，因高妙，然不是當行家語，是著腔子唱好詩。」這與陳師道評蘇軾詞「終非本色」是一個意思。可見在詩論，詞論中本色當行並沒有嚴格的區分。但明人把當行概念改造為曲論概念之後，卻注意到了與本色的區別，大致說來，本色專指戲曲語言，而當行不限於此，與音律、表演、排場、結構等都有關係，它的基本內涵是從戲曲的舞臺演出特性來規定戲曲，編劇符合舞臺演出的要求，可演可傳的，即屬當行，這樣，當行自然也與戲曲語言有關，因而明人常常把當行與本色並提。

　　明代曲論家最早使用當行概念的是何元朗，但他的當行概念缺少確定的內涵，未免顯得浮泛。直到萬曆年間，在許多曲論家的共同闡述下，當行才成為一個重要的有著豐富內涵的戲曲理論概念。但應該指出：這一時期的曲論家

---

* 此文與張宇聲合作完成。

對當行的理解是不一致的，他們從各自不同的角度對當行進行解釋，對當行與本色的界限與聯繫所作的闡述也有著明顯不同。

最早從戲曲表演的角度比較精湛地論述當行問題的是臧懋循。臧是《元曲選》的編纂者，未聞其有戲曲創作，也不曾寫過曲論專著，但他的兩篇《〈元曲選〉序》，卻是戲曲理論史上的重要資料，其序二說：

> 曲有名家，有行家。名家者，出入樂府，文采爛然，在淹通宏博之士，皆優為之。行家者，隨所裝演，無不模擬曲盡，宛若身當其處，而幾忘其事之烏有。能使人快者掀髯，憤者扼腕，悲者掩泣，羨者色飛，是惟優孟衣冠，然後可與於此。故稱曲上乘首曰當行。

所謂「名家」，指那些只能創作案頭讀物的作家，他們把戲曲作為一種只供讀者欣賞的文學作品，而「行家」者則不同，他們考慮舞臺表演的要求，為表演而寫戲，隨所裝演，把各種情境模擬曲盡。作家在創作過程中，「宛若身當其處，而幾忘其事之烏有」；表演者在演出過程中也會深入情境，體驗角色；而觀眾在欣賞過程中，自然會深深受到劇情的感染。這樣戲曲作品才能產生使人「快者掀髯，憤者扼腕，悲者掩泣，羨者色飛」的強烈藝術效果。臧懋循從舞臺表演的角度論述了名家、行家之分，亦即論述了案頭之曲和場上之曲的區別，確立場上之曲才屬當行，並得出了「稱曲上乘首曰當行」的結論。按這樣的標準，臧懋循對明代的劇作多有批評，認為汪道昆雜劇「非不藻麗矣，然純作綺語，其失也靡」。徐渭的《四聲猿》「非不伉爽矣，然雜出鄉語，其失也鄙」，而湯顯祖「所下字句，往往乖謬」，其他人之作品雖「窮極才情，而面目愈離」。一言以蔽之，即這些作品不能完全符合戲曲舞臺演出的要求，不能完美地播之場上。他認為明代的戲曲創作已遠離了元人創作的傳統，他所謂的當行之作的典範正是元人雜劇，他編纂《元曲選》的目的也正是要示人以楷模，以元人的當行力矯明代愈益脫離舞臺的駢儷傾向。臧懋循總結說：「大抵元曲妙在不工而工，其精者採之樂府，而粗者雜以方言，至鄭若庸《玉玦》始用類書為之，而張伯起之徒，而轉相祖述為《紅拂》等記，則濫觴極矣。」「屠長卿《曇花》白終折無一曲。梁伯龍《浣紗》、梅禹金《玉合》白終本無一散語，其謬彌甚。」在推崇元人的同時，對明代泛濫曲壇的駢儷派作了批評，在理論上表現出以當行來規範戲曲語言的傾向。

王驥德對當行的理解在精神上與臧懋循是相通的，他把戲曲可上演性作為當行的標準。他的戲曲理想是「大雅與當行相間，可演可傳」。「大雅」指文

辭的修飾，當行即舞臺的可上演性要求，當行的作品應該是「可演可傳」的，這就表現出一定的從當行角度來規範戲曲語言的傾向。他的本色觀一方面主張發揮才情，講究文采，另一方面又重視戲曲語言的可解易懂。他認為文采與當行並不矛盾。

曲論家呂天成對當行的見解與上兩家不同，他試圖從戲曲編劇的角度來劃分本色與當行；並進而尋找使二者統一起來的基礎，呂天成在《曲品》中認為，當時傳奇雖盛，但當行之作不多，原因是本色之義未講明，即未能在理論上把當行與本色的各自含義與相互聯繫講清楚，他的論述是：「當行兼論做法，本色只指填詞，當行不在組織餖飣學問，此中自有關節局概，一毫增損不得，若組織，正以蠹當行。本色不在摹勒家常言語，此中自有機神情趣，一毫裝點不來，若摹勒，正以蝕本色，今人不能融會此旨，傳奇之派，遂判而為二：一則工藻繪少擬當行，一則襲樸澹以充本色，甲鄙乙為寡文，此嗤彼為喪質。殊不知果屬當行，則句調必多本色，果其本色，則境態必是當行。」這樣，當行與本色的區別就在於本色是單純的語言理論概念，而當行則涉及戲曲創作的其他方面，如關目、排場、結構等，即戲曲的「關節局概」。當行含義廣而本色含義狹，但二者卻有密切的聯繫，當行的劇作必然要求語言的本色，在優秀的劇作中二者應是有機統一的，割裂二者的結果就造成了單純從語言上劃分駢儷與本色二派的片面性。呂天成的觀點對於糾正脫離戲曲創作的總體性，單純就語言論語言的理論偏向是有積極意義的，這表明了戲曲編劇理論在這一時期的豐富發展。但他的論述還比較含混，特別是他的當行論中拋棄了臧、王二家從舞臺表演角度規定戲曲的合理內涵，這對探討作為舞臺藝術的戲曲創作的獨特規律是不利的。

總之，當行成為萬曆年間戲曲理論的一個重要概念，這是一個更能反映戲曲藝術特徵的富有積極意義的概念。明代萬曆年間的戲曲理論已不限於以前的專論音律和文辭兩方面，而擴大到表演、排場、關目、結構等，很重要的理論突破表現在王驥德對戲曲結構的論述，並在當行概念中有所反映。換言之，當行概念作為自覺的理論概念的提出，對促進這些理論現象的產生和發展具有重要意義，這是我國古典戲曲理論日趨成熟、日漸豐富的一個標誌。從上面三人的論述中可以看出，當行概念的提出不僅不排斥本色概念，而恰恰補充豐富了本色說，二者在對戲曲語言的要求上是統一的。有些曲論家以當行規範本色，使本色依附於當行，實際上是把語言問題納入戲曲藝術的整體性當中來認

識，這在理論上是一個進步。

萬曆年間的戲曲理論，在當行與本色概念的結合下，大致分為兩種傾向。一種是以王驥德為代表，受到湯顯祖理論與創作的影響，倡導爛漫陸離之才情，讚美麗詞俊語之類的文采，意在提高戲曲創作的文學性，而相應地在理論上對駢儷派的作品不免有所迴護，前人稱之為文辭派。但這派理論在論述上尚有節制，這種節制即來自對戲曲當行的認識。呂天成的語言觀也可劃歸此派。他與王驥德交往密切，理論上相互影響。呂天成亦極力讚美湯顯祖的語言藝術：「麗藻憑巧腸而溶發，幽情逐彩筆以紛飛。」「熟拈元劇，故琢調之妍媚賞心；妙選生題，致賦景之新奇悅目。」在迴護駢儷派方面，呂天成比王驥德愈益明顯，幾乎是在有意識抬高駢儷派的地位。如評鄭若庸的《玉玦記》為「典雅工麗，可詠可歌」，甚至在對戲曲史上一直未曾有過好聲譽，曾受到徐渭猛烈攻擊的《香囊記》，在呂天成看來也是「詞白工整，盡填學問，是前輩最佳傳奇也」。這就未免走得太遠了。

與文辭派相對，另一理論傾向是力主本色，反對駢儷派創作，即本色派，代表人物是沈德符、徐復祚，凌濛初等人，他們對本色的理解接近徐渭，即主張淺顯易懂，使聞者即解，創作中不避家常俗語。沈德符說：「《拜月亭》外，余最愛《繡襦記》中「鵝毛雪」一折，皆乞兒家常語，鎔鑄渾成，不見斧鑿痕跡，可與古詩《孔雀東南飛》、《唧唧復唧唧》並驅。」（見其《顧曲雜言》，下同）徐復祚稱讚《琵琶記》中〔四朝元〕、〔雁魚錦〕、〔二郎神〕諸曲「委婉篤至，信口說出，略無扭捏」。（見其《曲論》，下同）凌濛初指出：「曲始於胡元，大略貴當行不貴藻麗，其當行者曰本色，蓋自有此一番材料，其修飾辭章，填塞學問，了無干涉也。」（見其《譚曲雜札》，下同）一個很有趣的例子即可說明此三人的語言理論與王驥德、呂天成觀點的不同。自何元朗提出《拜月》勝於《琵琶》後，王世貞首先反對，揭出《拜月》三短，形成了一次富有意義的爭論，而萬曆年間的曲論家幾乎都對這次《琵琶》、《拜月》的軒輊表示了看法，其中可看出他們的一些曲學觀點，特別是語言理論觀點。日人青木正兒總結這次爭論時說過：「要之，取《拜月》者，稱其聲調之入絃索與其辭之質而餘味豐富，取《琵琶》者，稱其辭之文雅，是即本色派與文辭派之論爭也……然則《拜月》為本色派之尤者，《琵琶》為文辭派之魁首也。」（《中國近世戲曲史》上冊）王驥德、呂天成都反對何元朗以《拜月》為上的觀點。王驥德說：「《拜月》語似草草，然時露機趣，以望《琵琶》，尚隔兩塵，元朗以為勝之，亦非

公論。」他們偏重於欣賞《琵琶》語言的精工華美。與此相反，沈、徐、凌三家則一致擁護何元朗的說法，推崇《拜月》的語言的天然本色，並逐條駁斥王世貞的所謂「三短」。沈德符稱讚《拜月》的「走雨」、「錯認」、「拜月」諸折：「俱問答往來，不用賓白；固為高手。即旦兒〔髻雲堆〕小曲，模擬閨秀嬌憨情態，活潑逼真，《琵琶》「咽糠」、「描真」亦佳，終不及也。」徐復祚說：「《拜月亭》宮調極明，平仄極協，自始至終，無一板一折非當行本色語，非深於是道者不能解也。」凌濛初駁斥王世貞謂《拜月》「無詞家大學問」的說法，認為這正是《拜月》的長處。從這種爭論中，正可看出力主本色和倡導文采二家不同的語言觀。

本色派諸家除了正面論述他們的語言本色主張以外，還集中攻勢抨擊當時泛濫曲壇的駢儷派創作，對駢儷派的批評言辭凌厲，不留餘地，意在捍衛宋元以來戲曲創作的本色傳統，糾正明傳奇中琢句修辭甚至填塞堆垛的藻麗之風。這可以說是徐渭的理論觀點在萬曆年間戲曲創作背景上的一種繼承。沈德符批評《玉合記》說：「梅禹金《玉合記》最為時所尚，然賓白盡用駢語，餖飣太繁，其曲半使故事及成語，正如設色骷髏，粉捏化生，欲博人寵愛，難矣！」徐復祚與呂天成針鋒相對，激烈攻擊《香囊記》：「《香囊》以詩語作曲，處處如煙花風柳，如「花邊柳邊」，「黃昏古驛」，「殘星破暝」，「紅人仙桃」等大套，麗語藻句，刺眼奪魄，然愈麗，愈遠本色。《龍泉記》、《五倫記》純是措大書袋子語，陳腐臭爛，令人嘔穢，一蟹不如一蟹矣。」徐復祚把藻麗與本色置於不可調和的矛盾境地，因此倡本色就必須斥藻麗、而凌濛初則高標元曲的傳統，號召明代作家向元曲家學習，追求語言的本色。他指出：「元曲源流古樂府之體，故方言常語，沓而成章，著不得一毫故實。」曲貴傳情，這是自何元朗以來明代曲論家的共同認識，在凌濛初看來，唯有本色語才能傳達人間真情，而駢儷派的創作只能將人間真情埋沒，從而把駢儷派視為傳奇創作的劫難。在當時戲曲創作愈益走向形式主義道路，崇尚華靡之風的情況下，這些作家不為時尚所趨，高倡本色，力挽頹風，無論就其積極精神還是理論價值，都是應該充分肯定的。

徐復祚在《曲論》中，注意到了從戲曲審美主體即觀眾的角度論述語言的通俗易解，也進而從戲曲欣賞的特殊規律來要求語言。梅鼎祚《玉合記》寫成後，士林爭購，一時聲譽鵲起。梅鼎祚把《玉合記》寄給徐復祚，徐稱不解，並指出：「傳奇之體，要在使田畯紅女聞之而躍然喜，悚然懼，若徒逞其博洽，

使聞者不解為何物，何異對驢而彈琴乎？」這與徐渭從戲曲社會功能的角度要求戲曲是一致的。戲曲藝術要面對最廣大的平民百姓，這就必須慮及他們的接受能力、欣賞水平，否則，曲高和寡，也就喪失了戲曲應有的功能。徐復祚還進一步指出：「若歌《玉合》於筵前臺畔，無論田畯紅女，即學士大夫，能解作何語者幾人哉！……文章且不可澀，況樂府出於優伶之口，分於當筵之耳，不遑使反，何暇思維，而可澀乎哉？」這確實道出了戲曲欣賞中的一個重要特點，戲曲的曲白在表演中都屬一次性過渡，觀眾需一聽就曉，並進而思索其意義，領會其精神，進入戲曲的規定情境，達到「宛若身當其處，而幾忘其事之烏有」的審美境界。戲曲表演中是不能中斷演出，讓欣賞者對某一段反覆推敲、斟酌的，因此唱詞必須通俗易曉，流暢明白，這是戲曲藝術的特殊欣賞規律決定的，徐復祚看到戲曲欣賞中這種「不遑使反，何暇思維」的特點，並進而對戲曲語言提出要求，是很有見地的。

凌濛初的本色觀表現出了較為辯證的看法，他一方面激烈地批評駢儷派創作，把它看作曲運之劫，另一方面也看到了一些所謂「本色」作家易流於俚俗粗淺的偏頗。他批評沈景，謂其「審於律而短於才，亦知用故實、用套詞之非宜，欲作當家本色俊語卻又不能，直以淺言俚語，捆拽牽湊，自謂獨得其宗，號為『詞隱』」。至於後來效法沈璟者，更是「以鄙俚可笑為不施脂粉，以生硬稚率為出之天然，較之套詞、故實一派，反覺雅俗懸殊，使伯龍、禹金輩見之，益當千金自享家帚矣」。認為這類創作甚至還比不上駢儷派的堆砌。應該說，他的論述較同時的沈德符、徐復祚要全面些。

萬曆年間是戲曲創作繁榮的時期，也是戲曲理論達到成熟、收穫繁富的季節。許多曲論家悉心探討，熱烈爭辨，曲壇呈現一派生動氣氛，這時的許多理論家幾乎都是劇作家，作家作評，往往切實不空泛，而且理論涉及面也較廣。如果沒有這一時期的理論積累，到清初產生李漁這樣的理論大家就幾乎是難以理解的了。

明代的曲論在萬曆年間已達高潮，至明末的天啟、崇禎二十多年間，已成餘音繚繞的尾聲了，但其間也有兩個頗值一提的理論家，即孟稱舜與祁彪佳。他們同萬曆時期曲論家一樣也是兼劇作家和曲論家於一身，孟稱舜的劇作成就在明人中要屬佼佼者，祁彪佳則主要以他的批評著作《遠山堂曲品》和《劇品》名世。

孟稱舜的主要理論建樹見於他的《〈古今名劇合選〉》和他在該書中作的大

量評語。《古今名劇合選》是孟稱舜編選的一部元明雜劇選集,按藝術風格分為《柳枝》、《酹江》二集,選評了六十種雜劇(其中包括孟稱舜自己的雜劇四種),前有崇禎癸酉年(1633)序。這篇序文可以說是古典戲曲理論史上一篇精彩文獻,其獨到價值首先在於他對戲曲創作「當行尤難」的論述。

臧懋循在《〈元曲選〉序》中提出了戲曲創作的「三難」:一曰情詞穩稱之難,一曰關目緊湊之難,一曰音律諧叶之難,涉及到戲曲創作中一些較為關鍵的問題。孟稱舜也認為在詩、詞、曲的文學演變中,「其變愈下,其工益難」,但他認為臧氏概括的「三難」,「未若所稱當行家之為尤難也」。為何「當行尤難」?主要因為孟稱舜在萬曆諸家之外,從戲曲反映生活的基本特徵和戲曲創作中藝術構思來看待當行問題的。他說:「蓋詩詞之妙,歸之於傳情寫景,顧其所為情景者,不過煙雲花月之變態,悲喜憤樂之異致而已。境盡於目前,而感觸於偶而,工辭者皆能道之。迨夫曲之為妙,極古今好醜貴賤,離合死生,因事以造形,隨物以賦象,時而莊言,時而諧諢,狐末靚狙,合傀儡於一場,而徵事類於千載,笑則有聲,啼則有淚,喜則有神,歡則有氣,非作者身處於百物云為之際,而心通於七情生動之竅,曲則惡能工哉?」他雖然把詩詞創作看得過分容易,但在這種比較中,卻準確地把握住了戲劇藝術反映生活的基本特徵:「因事以造形,隨物以賦象。」反映現實生活的戲劇舞臺藝術和單純抒情言志的詩詞歌賦是不可比擬的。完成這樣的藝術作品,又怎能不是「當行尤難」呢?

孟稱舜把握住了戲曲利用舞臺藝術,反映社會生活,刻畫眾多形象,表現強烈情感的特點,這就比臧懋循單純從技巧的觀點看待戲曲創作,認識上要深刻得多,他以前的理論家還沒有一個達到這樣的認識深度,但孟稱舜的理論尚不止於此,他從對戲曲本質的特徵的把握,進而論述戲曲創作中藝術構思的特點,顯示出更為透徹的理論見解。他說:「吾嘗為詩為詞矣,率吾意之所至而言之,言之盡吾意而止矣。至於曲則忽為男女焉,忽為之苦樂焉,忽為之君主、僕妾、僉夫、端士焉,其說如畫馬者之畫馬也,當其畫馬者,所見無非馬者,人視其學為馬之狀,筋骸骨節宛然馬也,而後所畫為馬者,乃真馬也。學戲者,不置身場上則不能為戲,而撰曲者,不化其身為曲中之人則不能為曲,此曲之所以難於詩與詞也。」

這是絕妙的戲曲創作中的「神思論」,是精當的關於戲曲創作中形象思維特點的論述。也是對臧懋循「宛若身當其處」和王驥德「我設以身處其地,模

「寫其似」的朦朧認識的具體發揮。關於藝術構思，陸機的《文賦》和劉勰的《文心雕龍‧神思篇》都已有很好的論述，畫論中的「畫馬說」也是闡述繪畫藝術構思的名言，孟稱舜繼承這些理論遺產，結合自己的創作實踐，觸類旁通地揭示了戲劇藝術構思與其他藝術構思既相通又不同的構思特點，藝術構思中「精鶩八極，心遊萬仞」（《文賦》），「規矩虛位，刻鏤無形」（《文心雕龍》），在浮想聯翩，自由跳蕩的藝術想像中刻畫形象，抒發情感，這在各類藝術是相通的。但戲劇是利用舞臺、借助表演刻畫人物形象的藝術，完全依靠各類人物作代言體的「現身說法」，不容作者以第三者的身份介入，因此作者在構思中就必須化身為各種各樣的人物，以期在語言上行動上完全符合各類人物的性格。舞臺上表現的形形色色的人物，都要經過作者化身其人的藝術構思得以真實體現，戲劇情境的苦樂變遷也要作者化入其中的思維來創造完成，這樣「撰曲者，不化其身為曲中之人則不能為曲」。孟稱舜只有對戲劇藝術特點有準確的把握，才有可能對藝術構思作出如此具體精當的論述。這是明末一個戲曲理論家作出的非同凡響的貢獻。

孟稱舜對「當行」的理解，決定了他在戲曲語言的論述上有超過前人之處。從他上述的理論必然符合邏輯地引申出人物語言性格化的結論，「因事以造形，隨物而賦象」，這一唯物主義命題，一方面固然說明了藝術是反映自然和社會現實的，但另一方面也說明了藝術要憑藉、顧從自然和社會生活中的各類事物的特點來創作不同的藝術形象，即劉勰所說的「寫氣圖貌，即隨物以宛轉。」在戲劇構思中，作者要設身處地地化身為各類人物，自然要準確把握各類人物的性格特徵，也是劉勰所說的「獨照之匠，窺意象而運斤」，這樣創造出來的人物的行動、語言無不是性格化的，孟稱舜對此是有明確認識的。且看他對李文蔚《燕青博魚》所作的評語：「文章之妙在因物賦形，矧此曲尤為其人寫照者。男語似女，是為雌樣；女語似男，是為雄聲，他如此類，不可勝數。……若此劇作燕青語，又粗莽，又精細，似是潑兒上人口氣，固非名手不辦也。」（見《古今名劇合選》，下同）孟稱舜顯然清楚他意識到了這種理論邏輯，這就使他的語言性格化的理論切實有力，超過王驥德諸人。明代戲曲語言性格化理論，以及到孟稱舜所達到的高度，標誌著自覺的戲曲觀的日漸成熟。

在傳統的語言本色與文采之爭上，孟稱舜在理論和實踐上都表現出了兼收並蓄、融匯二家之長的傾向。他認為「元人之高，在用經典子史而愈韻愈妙，無酸腐氣；用方言俗語而愈雅愈古，而無打油氣。」可見他試圖在雅俗之間尋

找一種本色境界，在創作上，他受湯顯祖的影響，也可謂掇拾本色，參錯麗語，語言華美雅練，以至後人把他列為玉茗堂派。

明末的祁彪佳，撰有戲曲批評著作《遠山堂曲品》和《劇品》，二書是仿照呂天成《曲品》而成，但呂氏《曲品》所及者不滿二百種，祁氏則見聞廣博，著錄繁夥，其《曲品》雖屬殘稿，所評已達四百六十六種傳奇，《劇品》評述了二百四十二種明人雜劇，觀此可以看出明代戲劇創作的極盛狀況。在具體的評語中，祁彪佳評騭優劣，不同於呂氏的一味讚揚，理論見解亦較呂天成高出一籌。在戲曲語言觀上，祁彪佳實際是從萬曆年間王驥德、呂天成等文辭派發展而來，這突出表現在繼呂天成之後，又一次有意識地為駢儷的語言風格辨護，他評陳與郊的《鸚鵡洲》云：「此記逸藻翩飛，香色滿楮，襯以紅牙、檀板，則繞梁之音，正恐化彩雲飛去耳。」評駢儷派代表作家梅鼎祚的《崑崙奴》雜劇云：「有一種嫵媚之致」。評《玉合記》說：「駢儷之派，本於《玉玦》，而組織漸近自然，故香色出於俊逸，詞場中正少此一種豔手不得。」他在推重文采、駢儷的同時提出「組織漸進自然」的主張，從許多評語中不難看出，他主張「組織藻繪，而不見雕鏤之痕」。（《曲品》評韋宷《箜篌》）「以駢美而歸自然」。（評陳汝元《金蓮》）他不滿戴應鼇《鈿盒》一劇中「字雕句縷，微少天然之趣」。讚揚馮惟敏的《僧尼共犯》為「刻畫之極，漸進自然」，認為「詞近自然，若無意為詞，而詞愈佳」。（《劇品》評《淮陰侯》）在評論葉憲祖《渭南夢》雜劇時他指出：「桐柏（葉憲祖）之詞，以自然取勝，不肯雕琢，如此劇，及其鑴琢處漸近自然，則造語煉妙，別有大冶矣。」這種崇尚自然的美學見解，對糾正駢儷派創作以及刻意至堆砌餖飣是有益處的，但應指出，祁彪佳是在推重駢儷、文采的基礎上倡導「自然」，主張由駢儷進而達到自然之境。他在總結沈璟的創作經驗時得出了「惟能極豔者方能極膽」的結論，就體現了他「以駢美而歸自然」的認識，這與一些曲論家提倡來自生活的天然本色之語有相當距離。總體來說，他對本色的重視遠不及萬曆年間的徐、沈、凌諸家，我們完全有理由把他劃為文辭派的理論家。

祁彪佳在戲劇語言問題上，還有一些獨到的見解。如他重視格、境、詞的關係，格是作者的人品氣格，境是戲曲作品表現的情境，詞即劇詞，這三者有密切關係，而格則起主導作用，作者人格卑下，趣味庸俗，就不可能寫出好的境界。他評《鸚哥》一劇云：「立格已墮惡境，即實甫再生，亦無如之何矣。」評吳鵬的《金魚》一劇為：「氣格未高，轉入庸境。」同樣格不高，境不好，

也不可能寫出優美的文詞。他評《劍俠完貞》一劇說：「作者氣格卑下，焉得有佳詞乎？」祁彪佳在具體的戲劇批評中，也注意到人物語言的性格化問題，他評朱有燉《八仙慶壽》一劇，認為「仙人各有口角，從口角中各自現神情，以此見詞氣之融透。……」評《豫讓吞炭》一劇云：「忠臣義士之曲，不難於激烈，難於宛轉，蓋有心人決不作鹵莽語，此劇極肖口吻，遂使神情逼現。」總之，祁彪佳是一個有見地的批評家。

明代是我國古典戲曲理論進入自覺和成熟的時期，明代的戲曲論著中包含有較豐富的戲劇美學思想，但與我國大多數古典文藝論著一樣，多以評點、隨筆、散論的形式出現，隻言片語並不系統，且偏重於個人鑒賞之類的審美經驗的表達，缺乏嚴謹周密的概念邏輯和高度抽象的理論形態。因此要繼承這份理論遺產，就需要今人站在新的理論高度上進行總結發展，而歸納前說，悉其流變，則是重要的基本性工作。

原載《南京師範大學學報》1990 年第 2 期

元雜劇《老生兒》新論
——兼談元雜劇中的宗法觀念和人倫思想

一

　　武漢臣的《老生兒》雜劇，在現存元雜劇作品中獨標異格，值得引起我們的特殊重視與深入研究。

　　首先，它以「曲白相生」而著稱，尤以賓白的饒有機趣而為後世人們所讚賞。王國維在談到元雜劇中賓白是劇作家所作還是伶人自為的問題時，曾論及《老生兒》，謂「苟不兼作白，則曲亦無從作」，並稱讚《老生兒》說：「然其傑作如《老生兒》等，其妙處全在於白，苟去其白，則其曲全無意味。欲強分為二人之作，安可得也。」〔註1〕王國維不僅將《老生兒》視為「曲白相生」之典範，同時認為它又是元雜劇中有代表性的傑作。劉大杰先生也看到了《老生兒》的獨特之處，以為此劇「有揭露黑暗現實，諷刺世俗醜惡的一面」，在重曲而輕白的元劇作品中，「武漢臣則反是」，「《老生兒》一劇，對白是主，曲辭是賓，這種形式，在元雜劇裏，是極少見的」。〔註2〕

　　第二，《老生兒》又是元雜劇作品中最早被翻譯成歐洲文字的作品之一。王國維在《宋元戲曲史》的「餘論」中，談及元劇之譯為外國文字者，說「英人 Davis 之譯《老生兒》在千八百十七年」。〔註3〕此後在 1819 年，又有德索

〔註1〕王國維：《宋元戲曲史·元劇之文章》，見《王國維戲曲論文集》第82頁，中國戲劇出版社1984年版。

〔註2〕劉大杰：《中國文學發展史》下冊第862～863頁，上海古籍出版社1982年版。

〔註3〕王國維：《宋元戲曲史·餘論》，見《王國維戲曲論文集》第112頁，中國戲劇出版社1984年版。

爾桑的法譯本，再後又有德文選譯本和宮原平民的日文全譯本。如此看來，《老生兒》雜劇又是最早產生世界影響的元劇作品之一了。有的學者認為：「此劇因圍繞財產繼承權問題，展開幾組矛盾，又寫得很工巧，故深為西方友人所喜愛。」〔註4〕這個說法固然有一定道理，但《老生兒》以精彩的對白為主，較為適合於歐洲人的欣賞習慣，未始不是原因之一。早期外國人翻譯中國元雜劇，往往從西方的話劇意識出發，棄曲而存白，如普萊馬赫神父在翻譯《趙氏孤兒》時，「竟省略了作為該劇靈魂的 43 首曲詞」，〔註5〕這與我國元刊雜劇略白而存曲的情況恰恰相反。施叔青女士也曾提到最早的《趙氏孤兒》法文譯本，「略去唱詞不譯」。〔註6〕王國維在《譯本琵琶記序》中說《老生兒》譯本亦如此。這說明，不同的文化背景，決定了人們審美意識以及情趣上的差異。實際上，「工巧」也好，重白輕曲也罷，都不是西方人偏愛《老生兒》的主要原因，該劇深厚的文化意蘊以及西方人對不同文化模式、不同價值取向的新奇感，才是西方人注意這本雜劇的根本原因所在。或者說西方人注意到了《老生兒》雜劇的文化意義和思想價值。這一點非常重要。

第三，《老生兒》雜劇的關目設置和結構安排看似平淡，實則奇警。武漢臣將一個極其平常的故事，寫得有滋有味，於古樸渾厚中見出靈巧與機敏來。還是王國維所說：「如武漢臣之《老生兒》、關漢卿之《救風塵》，其布置結構亦極意匠慘淡之致，寧較後世之傳奇，有優無劣也。」〔註7〕王國維將《老生兒》與關漢卿的喜劇代表作《救風塵》齊觀並論，以為其結構關目勝於明清傳奇。看來，王氏對《老生兒》真是情有獨鍾，近乎於偏愛了。那麼，何以對於這樣一本元雜劇傑作，長期以來卻很少有人對它進行深入細緻的研究與探討呢？「世人治元雜劇者，多不注意它」，〔註8〕究其原因，或以為「它竭力宣揚封建宗法觀念」，〔註9〕其思想傾向必然是消極的；或以為「此劇主題無非是行善得子和宗族的血緣觀念，劇情較複雜，不夠精練，文辭也缺乏光采」。〔註10〕

〔註 4〕劉蔭柏：《元代雜劇史》第 162 頁，山花文藝出版社 1988 年版。

〔註 5〕參閱（美）時鍾雯：《中國戲劇的黃金時代——元雜劇》第 2 頁；西萊爾·波奇之《前言》，蕭善因譯本，山西人民出版社 1991 年版。

〔註 6〕施叔青：《西方人看中國戲劇》第 4 頁，人民文學出版社 1988 年版。

〔註 7〕王國維：《元劇之文章》，見《王國維戲曲論文集》第 85 頁，中國戲劇出版社 1984 年版。

〔註 8〕劉大杰：《中國文學發展史》下冊第 862～863 頁，上海古籍出版社 1982 年版。

〔註 9〕游國恩等主編：《中國文學史》第三冊第 226 頁，人民文學出版社 1979 年版。

〔註 10〕邵曾祺：《元明北雜劇考略》第 145 頁，中州古籍出版社 1985 年版。

前者好在並未涉及作品的藝術技巧問題，立論之時在六十年代；後者成於八十年代中期，竟連《老生兒》的藝術成就也否定了，顯然是未作深入研究即急於下斷語，是大可商榷的。如果說王國維對《老生兒》是帶有一定的偏愛傾向，那麼徹底否定《老生兒》則明顯是一種偏見了。已往的戲曲史、文學史著作，有的對《老生兒》雜劇索性避而不談，即或是談，也只是閃爍其辭，語焉不詳。〔註11〕便是如王國維、劉大杰那樣，雖充分肯定了《老生兒》，卻未能展開來做深入細緻的分析研究。這大約是由於寫史體例上的局限所致吧。因此，對這本雜劇做進一步的研究探討，深入分析，以便重新去認識和評價它，對元雜劇研究，乃至對總體戲曲史和文學史的研究，都將是很有意義的。

二

為了論述分析的方便，我們先來按《元曲選》本搞清楚《老生兒》雜劇的基本情節和人物關係。好在此劇的情節很單純，現存的「元刊本」和兩種明刊本之間，除卻人物的名字的差異之外，其他方面異處不多，特別是明刊孟稱舜的《酹江集》本，因刊於臧晉叔的《元曲選》本之後，故多從之。

東平府人氏劉從善（「元刊本」作劉禹，字天錫），從年輕時就開始做生意，慘淡經營，積攢下萬貫家財。可惜他到了花甲之年，尚無子嗣，因此常自歎息。其妻李氏，已五十八歲，只生一女，名引章（「元刊本」作引璋）。劉家招贅張郎為婿，李氏偏袒女兒、女婿，百般虐待從善的侄兒引孫（「元刊本」作劉瑞），竟將他逐出家門。從善有一個二十歲的貼身侍女小梅，已懷有三個月身孕。從善因小梅懷孕，反省自己一生為錢財所累，意欲行善，將放債的文書取來燒毀，遂往別莊去會友、休養（楔子）。張郎為圖謀家財，欲加害小梅，引章便與丈夫定計，趕走小梅，又謊稱是無故私逃而去。從善聞訊，愧悔交加，決定到開元寺去散錢濟貧，以贖罪向善（第一折）。引孫也來到開元寺乞錢，李氏竟指使張郎，惡狠狠地將引孫趕走。從善再三叮囑引孫，莫忘了勤於祭掃祖墳，日後定叫他「做一個大大的財主」（第二折）。清明時節，家家祭掃墳墓，從善令張郎、引章去祭掃劉家祖墳，而張郎卻攜了引章先去祭掃張家祖墳。引孫以僅有的一點酒食，來到自家祖墳祭奠。從善在劉家祖墳前苦勸李氏，說自己無後嗣，死後老夫婦一定景況淒涼。李氏看到引孫在自家祖墳祭掃，又經從

〔註11〕如張庚、郭漢城主編的《中國戲曲通史》也只是說：「《老生兒》的賓白很出色，在元雜劇中是有代表性的。」見中國戲劇出版社1980年版上冊第132頁。

善一番規勸，幡然悔悟，當下表示令引孫歸家，並讓其掌管家財（第三折）。三年之後，從善過生日，引章竟領小梅及其新生兒前來賀壽。原來都是引章所安排，將小梅藏在自己的姑母家產子，瞞過了張郎，也瞞過了大家。從善大喜，便將家財分作三份，使親子、侄兒和女兒各得其一（第四折）。

　　劇寫家庭內部的糾紛與和解，近乎於瑣碎——在看似鬆散與隨機性之中確立了奇妙的獨創性——這正是它的迷人之處。它只是淡淡寫來，一如生活中的本來面目。圍繞著一個封建家庭在財產的再分配問題上，展示出幾個人物的不同態度，揭示出宗法社會人與人之間複雜而又微妙的關係。從善盼子心切，最怕人罵「絕戶的劉員外」，他得知小梅懷孕後，「頻頻的加額，落可便暗暗的傷懷」。劇作家刻畫其內心活動，細膩真實，生動傳神。李氏的始而刻薄，終而善柔，也被描繪得神情畢肖，真切自然，很有層次感。他如引孫之誠樸惇厚，張郎之乖覺張狂，引章之不動聲色，雖著墨不多，卻俱各活脫脫而得其神髓。特別是引章將小梅藏過的描寫，是不寫之寫，直到第四折才揭開小梅出走之謎。這就使得劇情有波瀾、有懸念，迤邐騰挪，曲折盤旋，為全劇平添了無窮情趣。後世據此劇改編的擬話本小說，正面描寫了引章（引姐）安排小梅去處的情節，反倒失去了原劇中那種美妙的韻致（擬話本小說見明人凌濛初的《拍案驚奇》卷三十八）。劇作的主要矛盾衝突是家庭內部的財產繼承權問題，這是沒有問題的。值得注意的是這個衝突的解決，矛盾的化解，明顯帶有濃重的理想色彩，但同時它又是完全可能的和令人信服的。由於結局的皆大歡喜，使全劇在形態上表現成不失為傷感的悲喜劇。深入思考，如此結局不能簡單地看作是一種調和與折衷，它恰恰透露出中國傳統文化中的人倫思想和宗法觀念，有著極靈活的彈性或言迴旋餘地。它有時可能構成敵視與仇恨，成為悲劇的起因；有時它又可以轉化為協調與親和的凝聚力。這一點很值得我們深入思考。而在宋元之際，這種親和力和凝聚力往往又被賦予了更為深刻的內蘊，成為寄寓了民族意識和家園情懷象徵之載體。中國人家與國常是交互而稱，又經常是以天下觀來代替國家觀，再以家族觀去實踐國家觀，即是所謂「修身齊家治國平天下」，把個人命運與家庭、民族利益融為一體，從而使「故園」與「故國」具有互文甚至難以區別的意義。這正為歷史上的愛國主義奠定了堅實的基礎。明乎此，我們才有可能對文學史上一些傾向複雜的作品，進行比較深入的分析。《老生兒》的確宣揚了宗族血緣的人倫思想，但它是在一個特定的歷史背景下產生的作品，情況相當複雜。況且，它的傾向並非單一的。

　　我們說，宗族意識和人倫觀念是一個歷史的存在，它的形成和發展又有著漫長的歷史文化背景。它並非一味的好，也未曾壞到一無是處的地步。況且，在不同的歷史時期，它的含義與表現形態也有很大的不同；或者說不同的時代背景下，人們對它的認識和理解有所不同。那種將中國傳統文化中的宗族意識和人倫觀念視為萬惡之源的觀點，顯然是民族虛無主義和非歷史唯物主義的觀點。梁漱溟先生認為中國文化的長處，一在倫理情誼，一在以是非觀代替利害觀。他還認為：「倫理秩序初非一朝而誕生。它是一種禮俗，它是一種脫離宗教與封建，而自然形成於社會的禮俗。……即此禮俗，便是後二千年中國文化的骨幹，它規定了中國社會的組織結構，大體上一直沒有變。」〔註12〕當然，中國文化自有其缺欠，諸如保守性與封閉性等等，這與本文論旨相去也遠，茲不贅述。縱觀中國的歷史與文化，事實上宗族意識與人倫觀念既是封建統治者專制壓迫的核心思想，又是中華民族得以凝聚和綿延的精神支柱；既是統治階級的思想，又是一種世俗化了的禮俗。它在正負背反以及超越性和局限性的兩重性中，呈現出錯綜複雜的情況。總之，一言罵倒與唯我獨尊都是片面的和極端化的，也都完全不符合歷史實際。

　　《老生兒》雜劇在特定的歷史背景下，將宗族觀念和人倫觀念渲染得那樣深沉有力，親切動人，絕非無端；在元代前期宣揚漢民族的傳統文化和倫理思想，也不能斷言就是消極的。究竟這本雜劇是否有隱幽而又曲折的寄託，這似乎不宜遽斷，我們還是來看作品。

　　在《楔子》中，引孫從伯父家中被趕出來時，他指著張郎自語道：「他強殺者波姓張，我便歹殺者波我姓劉，是劉家的子孫阿（呵）！」第三折中，劉從善在自家祖墳再三對妻子李氏強調「則俺這墳所屬劉，我怎肯著家緣姓張？」（〔鬼三臺〕）又說：「姓劉的家私著姓劉的當，女兒也不索怨爹娘。」這裏一次次強調姓氏宗支，不能不引起我們的注意和深思。我們知道，中國的宗族意識和人倫思想，可以一直追溯到禮的觀念的形成。通過禮器和禮儀去祭祀祖先，是強化血親關係和宗族意識的必要活動，正是在禮儀的基礎上，逐漸形成了以姓氏血親為紐帶，以倫常等級秩序為核心的宗法思想體系。《老生兒》的強調姓氏和祭祀祖墳，實際上正是藉以曲折地呼喚漢民族傳統文化。第三折中集中描寫了宗族社會的這一重要的禮儀活動，分明藏著更深的內蘊和寄託。

〔註12〕梁漱溟：《中國文化要義》，見《梁漱溟學術精華錄》第 296 頁，北京師範學院
　　　　出版社 1992 年版。

古代之祭奠活動本指祭后土，子孫祭父祖之義是後世衍變出來的。如《周禮·冢人》中有「凡祭墓為尸」之說，孔穎達疏曰：「言父母形體所託，故禮其地神以安之也。」孫治讓《周禮正義》卷四十一則謂「子孫祭父母之墓，禮經無文。」華夏民族依戀土地，故園情結十分牢固，因而祭后土地神與祭祖活動自中古以後就難分難解了。《老生兒》竭力渲染祭祖墳，實際上隱含著祭后土地神之意，隱含著社稷江山之憂，亦即深沉地故園之情故國之思。此外，《殺狗勸夫》第一折也寫到孫氏兄弟到祖墳祭祀，用意指歸俱與《老生兒》有相通之處。宋、金、元之交，呼喚重振漢族人倫思想和宗族意識，可以說是一股潮流——漢民族禮俗與文化免於淪喪的一種心理上的掙扎與努力。這在當時無論是文人士子，還是黎民百姓，亦無論出仕還是隱居，幾乎成為一種共識。

姚樞於德安獲儒服之趙復，力勸其同赴燕地一道弘揚儒業，謂「上承千百年之祀，下垂千百年之緒者將不在是身耶？」〔註13〕意思是說正是靠你我這樣的人來復興漢民族的文化傳統。這位江漢先生趙復隨姚樞北上，果使北方儒學得以昌明。過去我們的元雜劇研究，過多地強調了「儒人顛倒不如人」的一面，而忽略了元前期儒人「承祀垂緒」的一面，故而對《老生兒》這一類作品就無法深入探討。在禮崩樂壞，「綱常鬆弛」的元代，提倡漢民族的人倫精神乃至宗族觀念，既有其特殊含義，又有其特定背景，未可與其他時代同日而語。可以說，終元一代的儒學與文章，貫穿著一條使儒業不墜的精神，這是非常明顯的。「紐結三綱重接續，灰寒萬劫獨光明」。〔註14〕官至南臺御史的李思衍，分明在這兩句詩中透露出了「身在曹營心在漢」的心志。而以宋之遺民身份於至元間隱居的魯仕能，則吟出了「萬劫灰中藏世界，千層浪裏惜儒珍」〔註15〕以訴衷腸。這樣的例子還可以舉出許多來。可見，對元雜劇中的所謂宣揚封建禮教的作品，未可一概斥之，當結合特定的歷史背景，多做些深入細緻地具體分析。在這方面，《老生兒》雜劇可以說有一定的代表性。

武漢臣筆下的主人公姓劉，張口閉口都是劉家如何如何，究竟有無特殊用意和寄託？如果說，《趙氏孤兒》是以「趙」氏隱指趙宋王朝，那麼，《老生兒》中的劉家晚年得子，會不會是以劉姓隱指漢家天下，而以幼子象徵著恢復之希

〔註13〕（元）姚燧：《序江漢先生事實》，《牧庵集》卷四，四部叢刊本。
〔註14〕（宋）李思衍：《弔李肯齋》，見《元詩紀事》卷五第 77 頁，上海古籍出版社1987 年版。
〔註15〕魯仕能殘句詩，見《元詩紀事》卷七第 147 頁，上海古籍出版社 1987 年版。

望呢？有人說馬致遠的《漢宮秋》「口口聲聲不離『漢家』、『漢朝』」，是有所寄託的。「馬致遠故意利用這個字的雙重含義，極盡皮裏陽秋之能事，重重地烘托出民族意義上的『漢』字，連題目《漢宮秋》也埋藏著這個意思。」〔註16〕《老生兒》中的「劉家」，何嘗不是轉著彎子以扣緊「漢家」呢？按「元刊本」，劉家主翁名「禹」，扣的是華夏始祖帝王之名；其字「天錫」，乃是扣題目「天賜」。天賜新生兒，豈不是天賜「劉家」（「漢家」）以新生希望？雖然這樣的推論多少有點臆想之嫌，卻也不是全然不著邊際的無根之語。若以為不過是偶然的巧合，又如何能得此絲絲入扣？在無名氏的《賺蒯通》和金仁傑的《追韓信》中都有這樣的情況。《賺蒯通》中張良唱道：「不甫能平定了劉家天下，才得做大漢司徒。」（第一折〔混江龍〕）「劉家」與「大漢」原本是互文的。這大約也是元劇中多寫漢代故事的原因吧。

徐朔方先生曾在談《趙氏孤兒》時引陶宗儀《輟耕錄》卷四中「發宋陵寢」事，以說明雜劇的深層寄託，說「至少是當時某些具有強烈故國之思的志士對趙氏孤兒傳說的聯想」。〔註17〕在陶宗儀看來，唐玉潛冒險去收拾南宋陵寢中的骨殖，與程嬰、公孫杵臼保護趙氏孤兒之舉同樣壯烈，是「兩雄義當，無能優劣」。《老生兒》中有許多地方都能喚起人們的聯想。引章保護劉氏新生兒的情節雖是作為伏線來寫的，其隱喻意義仍然曲折透露出來，它與祭祖的情節合起來構成了完整的象徵意義。可知早期傳入歐洲的三個元雜劇作品，《趙氏孤兒》、《老生兒》及《漢宮秋》都曲折寄寓著故國情懷和民族意識，在揭示主題的方法上，它們的精神是相通的。包括後來譯成歐洲文字的《灰闌記》，也是圍繞著財產繼承權問題展開矛盾衝突的家庭倫理劇。西方人對這類題材的劇作似乎有著特別的興趣，這足以引起我們文化上的思考。

三

第三折劉從善在自家祖墳苦勸妻子李氏的戲，無疑是全劇中的重場戲，它

〔註16〕余秋雨：《中國戲劇文化史述》第 211～212 頁，湖南人民出版社 1985 年版。此外，阿英先生在評論《趙氏孤兒》時也說：「這裏所說的『趙家』，雖指的是趙盾，實際上還是影射宋朝。」（《元人雜劇史》，見《劇本》1995 年第 6 期第 126 頁）謝柏梁則謂紀君祥「以趙氏孤兒的復仇段子，來為三百多年的趙宋王朝唱一曲悲壯的輓歌，織一齣絢麗的『恢復』之夢……」（《中國悲劇史綱》第 110 頁，學苑出版社 1993 年版）

〔註17〕徐朔方：《金元雜劇讀後》，見《徐朔方集》第一冊第 179 頁，浙江古籍出版社 1993 年版。

是作者的著意之處，也是全劇的主題思想之所在。我們來看下面的兩支曲子：

> 你看這祭臺和這墳臺，磚牆也那土牆，長著些個棘科和這荊科，
> 那裏有那白楊也那綠楊。

——〔越調·鬥鵪鶉〕

從善是一個「大大的財主」，又有家人興兒，更有侄兒及女兒、女婿，如何使自家墳墓荒涼到此種程度？這樣去渲染，正是一種劇作家的主觀意緒，就中隱含著的分明是河山之感，黍離之悲。再看：

> 兀那上墳的瀟灑，和俺這祭祖的也淒涼。參詳，多管是雨下的
> 多人來的稀和這草長的荒。我可甚麼子孫興旺，每日放群馬和這群
> 牛，那裏有石虎也那石羊？

——〔紫花兒序〕

這裏的「瀟灑」與「淒涼」對舉，乃是蕭索荒涼之意。此曲令我們油然想起趙孟頫的《岳鄂王墓》詩，「草離離」與「石獸危」，滿目瘡痍，山河滴淚；煙雨荒墳，牛羊遍踏，石獸杳然，一片淒寂。其相通之處，不難窺到。寄託之遙深，感歎之痛楚，都喚起了人們無限的聯想。武漢臣是元前期作家，《錄鬼簿》將他列為「前輩已死名公才人，有所編傳奇行於世者」一類，與關漢卿、白樸、馬致遠以及王實甫等是同輩作家。因此，這裏的「每日放群馬和這群牛」，不是又令我們聯想到「悉空其人，以為牧地」〔註18〕的記載嗎？甚至我們從中味出了後世《桃花扇·餘韻》中〔哀江南〕套的韻致來。一句話，感傷與哀痛背後潛藏著的是強烈的民族意識與濃厚的故國之思。只是，與《趙氏孤兒》與《漢宮秋》相較，《老生兒》的曲意似藏得更深，傾向顯得更隱蔽罷了，唯因如此，長期以來治元曲者，才多不注意它。然而，表面上的平淡與瑣屑渲染得愈是充分，劇作的情趣就愈是美妙；芒角隱蔽得愈深，其藝術魅力也就更加獨特。這正是《老生兒》鮮明的藝術個性。內斂而厚藏，含蘊而不露，才是武漢臣的風格。《太和正音譜》謂其曲詞「如遠山疊翠」，庶幾捫觸到了痛癢之處。

劇中的所謂「外姓人」，只有劉家的女婿張郎，這個人物在全劇中的戲並不多，但卻不能說不重要。他可以被看作一個符號化了的「侵入者」的角色。說來張姓本是漢族大姓，作者或許是取了「施弓弦也」（《說文解字》）的字之本意吧，甚或又取了擴張和侵入之引申義亦未可知。中國古代家族重血統，講

〔註18〕見《元史》卷一百四十六《耶律楚材傳》。

嫡庶，財產繼承權正是建立在此基點上的。元雜劇中的「自報家門」，往往說「嫡親的×口人」云云，這是很有意味也值得注意的。是不是可以說，一個血統，一個道統，差不多是元雜劇家庭倫理劇的兩根支柱。不錯，元雜劇中有些作品的確嶄露出與禮教相抗衡的圭角與芒刺，但另一方面，尊禮教、重道統的傾向也是明顯的。這毫不奇怪，須知宋儒之道學浸淫百姓日用，深入市井人心，實肇端於元代。「朱學」正是在元代被確立為官方哲學的。綱常倫理秩序的強化，發端於南宋，而付諸於世俗化的實施與推行，卻始於元代。這是特定歷史背景下綜合作用的結果，情況極為複雜，未可以好與壞、利與害一言論定。施叔青女士曾引用其老師俞大綱先生的話，來說明元雜劇《合汗衫》的意外之意：「如《合汗衫》，把一個陌生人引了進來，卻造成了一家人妻離子散的悲劇。……中國人極端保守，從建築的結構就可以看出是十分防禦性的，農業社會十分封閉，對於外來的闖入者在恐懼之餘，多半不受歡迎，認為外來的力量具有侵略性，甚至足以造成摧毀一個村子、一個宗族的導火線，元雜劇的《合汗衫》正是反映了中國人疑懼外來者的心態。」〔註19〕類似的例子還有《貨郎擔》、《酷寒亭》等。有宋一代，邊患不斷，南宋就更不消說。兩宋王朝的始終處於防禦狀態，終於半壁亦不能保，被金、元「闖入者」所摧毀，於是民族的心理，時代的脈搏，都在防禦中悸動，驚恐中顫抖。表現在雜劇創作中，便構成了一些劇作家的潛在意識，在他們的筆下自覺不自覺地流露出防禦性心態和固守家園的情結。將張郎看作是「外來的闖入者」，是從「角色論」的意義上而言的，至少是在家族財產再分配的問題上，他充當了「侵入者」的「角色」。因為人不止是某一個個體的人，還在人與人的關係中，或言在社會中充當著某種「角色」。不過，相對說來，《合汗衫》中的陳虎，帶著血腥和掠奪，具有更為兇殘的「侵略性」，而《老生兒》中的張郎則僅僅表現為對財產的巧取暗奪。一個是武力上的，是強盜型的；一個是經濟上的，是圖謀型的。然他們在本質上並無很大差異（張郎的欲除掉小梅，亦近於兇殘）。元雜劇作家的這種潛在意識，強烈而突出，連《殊砂擔》、《生金閣》、以及《魔合羅》、《殺狗勸夫》等也算上，都透出相彷彿的氣息。

　　《老生兒》中的一個細節，也大有文章，這就是象徵劉家財產的十三把鑰匙。劉從善在李氏的慫恿下，曾將掌管家私的十三把鑰匙交付張郎，後又由李

―――――――――――――――――
〔註19〕施叔青：《哭俞老師》，見《西方人看中國戲劇》第 276 頁，人民文學出版社
　　　　1988 年版。

氏出面，索回鑰匙，交由引孫。鑰匙是權力和財產的象徵，更是江山社稷的隱指。十三這個數恐非劇作家隨意為之，漢代中國的行政區域正是劃分為十三部的，「凡十三部置刺史」（《漢書‧地理志》）。又古代中國有九州之稱，九州而加四方，數亦為十三：陰陽八卦加五行恰也是十三之數。倘若武漢臣能想到以劉姓隱指「漢家」天下，他就不會不知道漢代分為十三部區劃之制。可知十三把鑰匙之細節描寫，很有可能是影射執掌天下社稷之意。明人謝肇淛《五雜組》卷六有這樣一則記載：

> 相傳太祖高皇帝已定天下，慕有與己同祿命者，得江陰一人，召至，欲殺之。既見，一野叟耳，問：「何以為生？」曰：「惟養蜂十三籠，取其稅以自給。」大祖笑曰：「朕以十三布政司為籠蜂乎？」遂厚賜遣還。

此亦可為十三影射江山社稷之注腳。

結局之三分財產，卻並不意味著三分天下。引孫及從善幼子均為劉家子孫，實為一也，幼子更是宗子血脈，自當領財產大宗。因為劇中只說將財產分作三份，卻未曾言是三等份。至於引章，不隔代固是劉家血親，且用心保護劉家宗嗣有功，論功而賞，亦在情理之中。只有張郎，與劉家財產全無干係。這樣的結局既不越宗族法規，又有一定的變通，使全劇有了一個圓滿的喜劇性收束。本文前面所說的中國宗族人倫思想的「彈性」，正表現在「情誼」與「善報」等人情味十足的地方。宗法之「法」與西方法律意義上的「法」是有著微妙的區別的。或以為引章的分得財產反映了宋元時代「女子對財產繼承權的要求」，？〔註20〕亦有一定的道理，這與宋元時商品經濟的發展有關，劉從善是農民出身的商人，必然帶著新的階層新觀念的某種烙印。他對選擇讀書還是經商的看法與三分財產的舉措，都是明例。

中國文化模式，既基於宗法人倫思想，古代中國人的行為規範和價值觀念，自然也就圍繞著宗族意識和倫理情感方得以體現，作為觀念形態的文學藝術作品反映這種體現和體現的滿足感就是自然而然的事了。不唯元雜劇作品，表現在中國戲曲中的宗族意識與倫理情感，可以說是無所不在，只是《老生兒》、《合汗衫》等元劇作品更為突出和明顯罷了。將凌濛初據《老生兒》改編的擬話本「占家財狠婿妒侄，延親脈孝女藏兒」（《拍案驚奇》卷三十八）與武

〔註20〕徐沁君：《新校元刊雜劇三十種》第 238 頁《老生兒》劇情說明，中華書局 1980年版。

漢臣原作對讀，我們不難發現，凌氏丟掉了不少東西，擬話本不復再有那種渾樸與自然之美，顯得平庸而乏味。擬話本的旨意與傾向在「入話」中說得很清楚：「女兒嫁得個女婿，分明是個異姓，無關宗支的……豈知女兒外向，雖係吾所生，到底是別家的人。至於女婿，當時就有二心，轉得背便另搭架子了。自然親一支，熱一支，女婿不如侄兒，侄兒又不如兒子。縱是前妻晚後，偏生庶養，歸根結果，的（嫡）親瓜葛，終久是一派，好似別人多哩！」一番絮聒，如老嫗囓牙，了無意味，《老生兒》中那種含蓄深藏的韻味蕩然無存了。在敘述中（此擬話本只是敘述，很少描寫），凌氏突出的是「狠婿」與「孝女」，特別是正面敘述了引姐（即雜劇中的引章）的「孝」，這樣一來，明代社會的社會——文化背景的烙印就明顯呈露了出來。儘管凌氏除了將引章改為引姐之外，幾乎是原封不動地復述了《老生兒》的故事，然而兩個作品的氣息卻有很大的不同，擬話本的意蘊遠沒有雜劇作品那麼豐厚了。高下優劣，實不難判別。此外，明人據元劇《合汗衫》改編的《白羅衫》、《羅衫記》傳奇，與元人筆調相去亦遠，連同《警世通言》中的《蘇知縣羅衫再合》也算在內，都無法企及元人風貌。究其原因，最主要的恐怕是社會——文化心理上的差異，明人的作品缺少那種磊落之氣，亦缺乏那種深沉的、甚至是傷感的故園情結。雖然明人在情節結構方面針線更密，而元人彷彿只是聊寫胸中意氣，在明人是人巧未能奪天公之妙，元人則自有未可揣摩之處。未知歐洲人是否感受到了這一點，但他們的確偏愛元雜劇中家族倫理題材的劇作。思想文化方面的新鮮感，藝術形式上的獨特韻味，都使他們著迷。當著十九世紀的初葉，在中國傳統文化已經出現了深深的危機之時，西方的天才思想家如伏爾泰、萊布尼茨等，包括歌德在內，都熱衷於將中國文化——特別是作為骨幹的人倫思想引入西方，是發人深省的。新鮮與好奇只是問題的表面，說西方哲人看到了中國文化的長處，引起了他們的思考，倒是問題的關鍵。本來各民族的文化從根本上說並無好壞優劣之分，只有所長所短。關鍵是在於錘鍊與重鑄，在於如何使古老的文化煥發出勃勃的生機。《老生兒》雜劇在藝術上的獨步與卓異之處，在於賓白的樸拙之趣，這一點早已為前輩學者所指出。事實上它的曲詞也寫得少而精，極盡本色自然、當行出色之妙。只是它為賓白的渾樸之美所掩，未曾引起人們的注意。且看第二折之〔滾繡球〕曲：

> 我道那讀書的志氣豪，為商的度量小，則這是各人的所好。你便苦志爭似那勤學。為商的小錢番做大錢，讀書的把白衣換做紫袍，

則這的將來量較，可不做官的比那做客的妝麼。有一日功名成就人
爭美，抵多少買賣歸來汗未消。便見的個低高。

這是引孫向伯父母借本錢要做生意時，劉從善所唱。此曲明白如話，樸茂
老到，與賓白渾然一休，互為發明，相得益彰，在元曲中堪稱別一家法。從內
容上來看，亦見出宋元之際人們在價值觀念和行為規範方面新的意識。儘管從
善一生以經商致富，細繹曲文，他對讀書與經商似並無偏見，主張各從其所好，
按性情去選擇。或許劇作家正是站在元代文人自身價值失落的立場上來說話
吧，他對科舉制度又留戀又嚮往，隱約流露出元代文人對傳統文化承傳的深深
憂慮。與此相聯繫的是劇作家對世風的激憤之情，於曲白中時有流露。如第三
折中一開始張郎的上場詩云：「人生雖是命安排，也要機謀會使乖；假饒不做
欺心事，誰把錢財送我來？」憤世嫉俗之情脫口而出。元代文人失意無奈中的
複雜心態，借劇中人物之口宣洩出來，是諷世，亦是牢騷，更是一種對現實社
會的揶揄與譏誚。

說到於平淡瑣屑中見出巧思的筆觸，我們以第一折中李氏到別莊告知從
善，說小梅出走之描寫為例。從善盼子心切，他無論如何也不願接受這個近於
殘酷的消息。他自言自語般地反覆說這是老伴在與自己開玩笑——實為一種
絕望之中的自我安慰之詞。武漢臣在這裏大做文章，將人物的心理活動寫得細
微真切，從而清楚而又準確地揭示出兩個人物對同一事件完全不同的心理反
映。從善一次又一次地說：「我知道這是我婆婆的見識」（指有意戲弄與開玩
笑）。「這個是婆婆的見識」。其情境與聲吻，活脫畢肖，人物神態，生動有趣。
李氏這時則為自己脫干係，說未曾打也未曾罵，小梅自家無故走了。於絮絮叨
叨中，揭示出她既慶幸又怕丈夫怪罪的微妙心理。第三折從善苦勸李氏，劇作
家不厭其煩，在祖墳與姓氏上兜圈子，寫得滿臺是戲，美妙極了。幾個人物來
來往往，忽悲忽喜，純是白描手法，生發出無限機趣來。說起來，鬧熱的戲不
難寫，愁苦之言也易於巧，唯家常細事，公長婆短，卻難於寫出滋味來。視此
折戲，武漢臣的獨特追求殆可領略得到。倘若在舞臺上演出，其魅力將會展現
得更為充分。

《老生兒》的圓滿結局，固然有理想化的一面，然卻未始不是劇情發展的
必然趨勢。它與一般意義上的大團圓結局有許多的不同。新生兒既有特殊意義
上的象徵，宗族意識和人倫思想又寄託著劇作家潛在的含意，結局就是注定
的，似未可厚非。從欣賞者的角度而言，處在元代的特定環境中，人們亦須從

中捕捉到某種朦朧的希望——哪怕是幻想。何況，中國觀眾的娛樂圓滿型欣賞習慣由來已久。從某種意義上說，武漢臣既迎合了觀眾，也迎合了時代。同時，這又不違背其藝術構思的完整性和藝術追求的個性發揮。

退一步說，迎合觀眾與時代，也是一個時代審美心理趨勢之必然。不止在我國古代，便是西方的劇作家，也不是時時亦步亦趨追隨著亞里斯多德跑的，連莎士比亞也未免時不時地去迎合觀眾與時代，他的一些劇作的結局並不乏幻想，特別是在悲喜劇中。即是說這位「幻想之子」（彌爾頓論莎士比亞語）並不一般地排斥大團圓結局。意大利文藝復興時期的劇作家和文藝批評家欽提奧（Giraldi Cinthio，1504～1573）說：「我雖曾寫過一些快樂收場的悲劇，例如《阿爾蒂萊》、《日神塞勒涅》和《安蒂瓦洛梅尼》等等，這不過是對觀眾的讓步，為了使這齣戲更動人，為了我可以和時代的風尚相合。因為，雖然亞里士多德說這是迎合觀眾的無知，而且有人維護過前一種說法，但是我仍然認為，戲是為觀眾的娛樂上演的，與其以更壯麗的戲使觀眾不快，不如以稍差一些的戲使觀眾滿足（即使應該認為亞里士多德的意見更高明些），因為，創作一齣可欽佩但在上演時令人生厭的戲劇，其用處就甚微了。因結局悲慘而顯得恐怖的情節（如果它似乎引起觀眾的反感），可以用書齋劇；快樂收場的情節卻適合於舞臺。」〔註21〕欽提奧重視舞臺演出的效果，重視時代的風尚，他的所謂「對觀眾的讓步」，當然不是無視戲劇創作規律的一味媚俗，而是他沒有忘記劇本的最終目的是要在舞臺上演出。他的所謂「書齋劇」與「適合於舞臺」，相當於我國古代劇論家所說的「案頭」與「場上」。武漢臣的《老生兒》無疑是一部適於演出的作品，故其圓滿結局（快樂收場）或多或少含有「對觀眾讓步」的意味。但通觀全劇，劇作家處理得還是水到渠成，毫不勉強的。

《老生兒》中的科諢穿插，也恰到好處，其風致頗類關漢卿。所幸《元曲選》本保留了此劇較為完整的科白，使我們得以全面把握武漢臣的語言風格和科諢設置技巧。第二折中，張郎將劉家的十三把鑰匙拿在手中，說要將一把與引孫，令他「吃不了」。當引孫問是哪兒的鑰匙時，張郎戲弄引孫說：「是東廁門上的。」到了第三折末尾，從善夫婦令引孫把持鑰匙掌管家財時，引孫也說要將一把給張郎，令其「一世吃不了」，及待張郎問時，引孫亦說「這是開茅廁門的」。此種手法，我們姑且稱之謂「戲弄之報復」吧，元劇中常見之，唯

〔註21〕　（意大利）欽提奧：《論喜劇與悲劇的創作》，引自《繆靈珠美學譯文集》第一卷第 415 頁，中國人民出版社 1987 年版。

武漢臣使得極自然，又下得極巧，同時又不游離曲白，可謂手筆絕老。第一折中從善說妻子李氏「不曾與俺劉家立下嗣來」，李氏則對曰：「休道立下寺，我連三門都與你蓋了。」利用「嗣」與「寺」，「三門」與「山門」之諧音，發科為謔，於嚴肅中透出活潑。類似穿插，偶見鶻突，掉臂而出，如彈丸脫手，全不費躊躇，不失為大匠風範。德國浪漫主義文學家威廉・席勒格（1767～1845）在稱讚莎士比亞將喜劇性穿插與劇情的嚴肅性相結合時說：「散見各處的喜劇穿插可以防止娛樂變為一本正經，它讓心靈保持寧靜，並避免了那些枯燥乏味的嚴肅性，這是非常容易浸入感傷的而非悲劇的戲劇裏面去的。」〔註22〕《老生兒》實為一部帶有濃重感傷情調的悲喜劇，其科諢穿插很有特點，與關漢卿的善為科諢一樣，在元雜劇中有一定的典範性。至於武漢臣對於俗語俚言的自如運用，亦見出其駕馭語言的能力極強，為劇作平添了不少意趣。這是構成其戲曲語言風格的一個側面。在賓白中，如「山核桃差著一隔兒哩」（謂非嫡親血脈）；在曲詞中如第一折中〔油葫蘆〕曲的結句：「但得他不罵我絕戶的劉員外，則我也情願濕肉拌乾柴。」（指挨打受笞）戲曲語言的風格，從根本上說是與劇作的整體藝術構思以及情節安排密切相關的。《老生兒》的語言藝術正是臧晉叔所說的那種「雅俗兼收，串合無痕，乃悅人耳」之境界，即所謂「人習其方言，事肖其本色，境無旁溢，語無外假，此則關目緊湊之難」。〔註23〕《老生兒》的關目與語言之間的諧調與相輔相成，在元劇中是有代表性的，故它是現存元雜劇作品中真正的出類拔萃之作。王國維稱其為傑作，絕非溢美之詞。

原載上海戲劇學院《戲劇藝術》1996 年第 2 期

〔註22〕 （德）威廉・席勒格：《莎士比亞研究》下篇，引自張可譯《莎士比亞研究》
　　　　 第 61 頁，上海譯文出版社 1982 年版。
〔註23〕 （明）臧晉叔：《元曲選・序二》第 4 頁，中華書局 1958 年版。

元人悲劇辨識

　　悲、喜劇以及正劇、悲喜劇的概念是外來的，但這並不等於說中國古代無這些戲劇樣式，稱謂不同，審美情趣亦有異，但戲劇藝術是全人類的，它顯然既具有內在的一致性，又有著異中有同、同中有異的差別。引入西方戲劇的概念、體系與邏輯分析中國古典戲曲，自有其合理性和可能性，前輩與時賢的研究、探討實踐已經證明和正在證明這一點。

　　元人的悲劇創作，在中國戲曲史上佔有極其重要的地位。其中的傑作如《竇娥冤》、《趙氏孤兒》等，更是中國古典悲劇中的典範性作品，對後世的影響廣泛而又深刻。對於元人悲劇中所蘊含的突出的中國氣派與獨特的民族風格，以及其中所表現出來的中國悲劇與西方悲劇迥異的審美意趣與藝術價值，自王國維以來，經過治元劇學者們的不斷努力，已經取得了一些可喜的研究成果，亦時有突破性的進展。然而，對現存元雜劇中悲劇作品的辨識與認定，人們卻又往往見仁見智，各說各話，持有不同的甚至完全相對立的見解，實有進一步深入辨析之必要。

一、辨識的可能性與約定俗成

　　辨析與認定元人悲劇作品，是元人悲劇研究中首先要碰到的問題。說來這似乎是一項很困難的工作，並非輕易即可指出。這是因為，悲劇的概念是「舶來」的，而中國戲曲則是在完全自足獨立的文化背景中形成和發展的。因此，既不能生搬硬套西方美學理論的概念和體系，又不能無視全人類文學藝術發展的共同規律。毫無疑問，這項工作需要較長時間地不斷認識與再認識的反覆過程。這既是個理論問題，又是一個具體的實際認識問題，通過不斷地探討分

析而取得共識，約定俗成而又為各方面所能認可，恐怕是解決這個問題的必由
之路和切合實際的做法。

王國維是最早以西方美學理論中的悲劇學說來評論元人悲劇的學者。他
在《宋元戲曲考·元劇之文章》中說：

> 明以後，傳奇無非喜劇，而元劇則有悲劇在其中。就其存者言
> 之：如《漢宮秋》、《梧桐雨》、《西蜀夢》、《火燒介子推》、《張千替
> 殺妻》等，初無所謂先離後合，始困終亨之事也。其最有悲劇之性
> 質者，則如關漢卿之《竇娥冤》、紀君祥之《趙氏孤兒》。劇中雖有
> 惡人交構其間，而其蹈火赴湯者，仍出於主人公之意志，即列之於
> 世界大悲劇中，亦無愧色也。

對於這段話，一向有不少的誤解。細繹之，王國維這番議論至少有三層意
思：其一，是就宏觀上的總體印象而言，即是說元劇中多悲劇，明清傳奇則多
喜劇。那種明以後全無悲劇，元劇中亦少有嚴格意義上的悲劇的理解，顯然是
偏頗的。其中依稀還隱含著從社會——文化心理意義上來分析問題的意味，是
說元代是悲劇的時代，故其戲曲作品多慘痛悲苦之情狀，便是在非悲劇甚至在
喜劇作品之中，亦潛藏著哀怨與辛酸。不是悲劇，未必劇中就無悲劇性。所謂
「百年之風會成焉，三朝之人文繫焉」。〔註1〕這裏的「百年」，乃指有元一代；
而「三朝」，分明是指宋、金、元之際。其二，王國維列出五種現存元雜劇中
的悲劇作品，認為《漢宮秋》等五種劇作是結局的不圓滿者，符合西方悲劇學
學說的一般性要求。其三，又特別突出了二種所謂「最有悲劇之性質者」，此
則著眼於主人公意志與命運之間的激烈衝突，更符合西方悲劇學說的本質特
徵。兩種情況，總為七種悲劇，又有總體上的把握。可以說，王國維在辯識與
認定元人悲劇時是相當嚴謹與審慎的。前五種以「等」字來總束，後二種又冠
以「最」字，言外之意是元人悲劇非止這麼七種，這裏不過是舉例言之而已。
但是，王國維對此七種之外的元人悲劇，不僅在《宋元戲曲考》中一例也不曾
再明確指出，在其他著作中亦未曾提及。總之，王國維這段話的意義在於：面
對不同地域與民族之文化，其中必有共性的東西。五方異域，殊途同歸。中國
古典悲劇雖未曾受到西方悲劇的影響，其中還是有精神上的相通之處。而且。
中國吉典悲劇與西方著名悲劇相較之下，毫不遜色。這當然是一種卓識遠見，

〔註1〕王國維：《曲錄自序》，見《王國維戲曲論文集》第 252 頁，中國戲劇出版社
1984 年版。

無疑也是元人悲劇研究的一個良好的開端。

可是，王國維的局限也是很明顯的。

我們知道，王國維在寫《紅樓夢評論》之時（1905），還完全是站在叔本華悲劇觀的立場上來說話的，明確地提出了中國古代多喜劇而少悲劇：

> 吾國人之精神，世間的也，樂天的也，故代表其精神之戲曲小
> 說，無往不著此樂天之色彩。始於悲者終於歡，始於離者終於合，
> 始於困者終於亨。非是而欲饜閱者之心難矣。若《牡丹亭》之《返
> 魂》，《長生殿》之《重圓》，其最著之一例也。《西廂記》之以《驚
> 夢》終也，未成之作也，此書若成，吾烏知其不為續西廂之淺陋也。

因此，他力贊《紅樓夢》體現主人公自由意志之精神，激賞其貫穿始終的悲劇意識。我們說，本世紀初，文化與學術界以西學為武器，對中國傳統戲曲小說進行批判與反省，原本是有特殊用意與特定內涵的，那就是明顯的針對藏在優美的唱腔和大團圓背後的儒家思想的批判鋒芒。梁啟超、柳亞子、陳去病、蔣觀雲等人此呼彼應，旨在喚醒當時中國國民的民主精神與革命熱情，從而推翻腐朽黑暗的滿清統治，即是說其中含有特定背影下的政治因素，這自然是未可厚非的。王國維則有所不同，他以叔本華的悲劇觀審視中國戲曲小說，則純然是著眼於學術上的。問題是在 1905 年之後，王國維已然擺脫了叔本華哲學的束縛，何以他在 1912 年完成的《宋元戲曲考》中，仍然堅持說中國古代多喜劇而少悲劇呢？這顯然是他的局限之處了。王國維在這個問題上可以說始終未能跳出西方悲劇學說的樊籬，因而也就很難對中國古典戲曲中的悲劇作品，從不同民族風格與審美特性等方面作出深入細緻、實事求是的分析與判斷，也未能從古代中國美學與西方美學的同異中，在批評的實踐意義上，充分發掘元人悲劇的獨特性，進而確立起系統的中國古典悲劇的藝術風範。這其實是無法苛求的。葉嘉瑩在談到王國維文學批評之不足時說：「可是在批評的實踐上，他自己卻也並不是一個完全成功的人物。這當然主要乃是因為他寫作的時代過早，在當時中國的學術界還未曾達到能夠把西方思想理論完全融入中國傳統的成熟的時機，所以他也便只能以他的敏銳的覺醒，做為這一條途徑上的一位先驅者而已。」〔註2〕所言是符合實際情況的。作為戲曲史科學的奠基者，王國維的貢獻與局限，從某種意義上說都可以成為後世研究者的起點，在他的貢獻基礎上繼續攀登，或者從他的局限處深入開闢新的研究領域，幾乎有

〔註2〕葉嘉瑩：《王國維及其文學批評》第 144 頁，中華書局香港分局 1982 年版。

著同等重要的意義。

二、試作再甄別

　　王國維之後，在元人悲劇的辨析與研究方面，鄭振鐸、嚴敦易等先生都做了一些工作，也取得了一些進展，卻並沒有大幅度的突破性的開拓。很長一段時間裏，很少有人沿著前輩學者所開闢的領域。繼續深入去探討這個問題。一直到八十年代初，由於王季思先生主編《中國十大古典悲劇集》的出版，關於中國古典悲劇的界定、分類及其結構形式、審美特徵的研究，才又激起了治古典戲曲的學者們普遍的關注與濃厚的興趣。因為元雜劇是中國戲曲史上第一個黃金時代的作品，故對元人悲劇的辨析認定尤為引人注目。人們從不同的角度去審視元劇中的悲劇作品，取得了一些新的成果。但由於著眼點的不同和悲劇觀的差異各家見解仍有許多的不同，對具體作品的認定，也更是多有歧異。楊建文《試論元人悲劇「苦境」的創造》一文，初步判定十五種元劇作品為悲劇，[註3]並說明：「這十五種也不一定就是元雜劇悲劇的全部。」一九八七年出版的寧宗一等編著的《元雜劇研究概述》，「綜合各家之說」，認為「現存元雜劇中的悲劇作品，數量大致有二十餘種」。[註4]這個數量約占現存元劇的八分之一。謝柏梁在他的《中國悲劇史綱》（1993）第五章中，在楊建文說基礎上，又綜合前人諸家見解，有所斟別與增加，以表格形式列出元人悲劇二十五種，並稱這個數量「將近現存元雜劇總數的六分之一」。[註5]其中除卻《魯齋郎》與《馮玉蘭》二種，尚須進一步討論之外（理由詳後文），其餘皆經得起推敲。作者還就元人悲劇的鑒別原則、呈現方式以及多重分類，以及元人悲劇的時代精神與藝術特色等問題展開了論述，在總結前人成果的基礎上，不乏新見與創獲，特別是將元人悲劇作品與其所由產生的時代與整個民族文化聯

〔註3〕楊文載：《研究生論文選》第237頁，江蘇人民出版社1983年版。作者「據見業已出版的幾種有關論著的意見」，於前人論定的十七種元人悲劇中，否定了其中的《緋衣夢》、《五侯宴》和《陳州糶米》等三種，又增入《東窗事犯》一種，共十五種：《竇娥冤》、《魯齋郎》、《蝴蝶夢》、《雙赴夢》、《哭存孝》、《漢宮秋》、《梧桐雨》、《趙氏孤兒》、《疏者下船》、《火燒介子推》、《東窗事犯》、《張千替殺妻》、《朱砂擔》、《生金閣》、《魔合羅》。

〔註4〕寧宗一等編：《元雜劇研究概述》第242頁，天津教育出版社1987年版。

〔註5〕謝柏梁：《中國悲劇史綱》第97～99頁，學林出版社1993年版。所列二十五種元人悲劇，是在楊建文十五種基礎上，又增十種：《薦福碑》、《青衫淚》、《瀟湘夜雨》、《貶黃州》、《灰闌記》、《霍光鬼諫》、《豫讓吞炭》、《孟良盜骨》、《盆兒鬼》、《馮玉蘭》。

繫起來進行考察分析，更是富於啟發性的。但是，謝柏梁的一些見解失之嚴密，有些問題還值得進一步商榷。

如謝柏梁強調「悲劇的根本特徵在『悲』字上」，又說「大部分元雜劇都具備一定悲的因素，然而卻不一定都是悲劇」。因而「從總體上把握悲劇精神在全劇中滲透的程度，這便是鑒別元雜劇悲劇的最高原則」。〔註6〕說起來這條原則並無大錯，但它既不嚴密，亦嫌模棱，在鑒別與認定時難以把握。而且，悲劇精神絕不是一個由外向內的「滲透」過程，而應該也必然是由內向外的透露與釋放的結果。即一個真正的悲劇作品，它應該自始至終貫穿著悲劇精神，從劇作家的藝術構思到主人公的行動，都充溢著內在的悲劇性衝突。舉個例子來說明，就更清楚了。如李壽卿的《伍員吹簫》雜劇，諸家均未提及。或許是因為作品有一個復仇報恩的結局吧，使得人們忽略了它。從全劇始終貫穿的悲劇精神和主人公的復仇意志來看，以及楚公子羋（音 mǐ，楚國的祖姓）建、浣紗女、漁父閭丘亮和鱄諸妻相繼為正義獻出生命的意義上看，它無疑是一部真正意義上的悲劇作品。

有關伍子胥的歷史記載和民間傳說，原本就充滿了悲劇性。簫，又是長於吹奏哀曲的樂器。劇作家寫此劇立足於「悲」字上，是顯而易見的。雜劇的前三折，悲劇情勢不斷強化，有那麼多人犧牲了，無非以死明志，為正義殉節。奸臣費無忌是多行不義的惡勢力與陰謀家的象徵，而楚平公則是昏君的典型。奸臣用讒，人君昏昏，竟使伍子胥一門忠勇功臣，三百口家族無端慘遭屠戮。這正是孟子所說的「君視臣如土芥，則臣視君如寇讎」（《孟子·離婁下》）。連楚公子羋建也站在正義一邊，與子胥一道棄楚奔鄭，結果死於亂軍之中。也是孟夫子所說：「吾今而知殺人親之重也：殺人之父，人亦殺其父；殺人之兄，人亦殺其兄。然則非自殺之也？一間也。」（《孟子·盡心下》）道理很樸素，卻也很深刻。至於《伍員吹篇》結局，「圓滿」中仍潛伏著悲戚，伍員傷心地憶起浣女、漁父，「回首東風，尚忍不住淚點雙拋」（第四折〔折桂令〕）。結局的順逆，固然是一個很重要的衡量悲劇的標準，然卻不是一成不變的唯一的標準。以中國悲劇而言，《竇娥冤》與《趙氏孤兒》都以「冤」洗「仇」報結束，然此二劇卻是「最具悲劇之性質者」。從外國悲劇的實際情況來看，結局之順逆亦非判定悲劇、喜劇的絕對化尺度。圓滿結局有時也只是一種「細薄的外衣」而已。某些作品突出了自由意志與必然性（命運）的抗爭，其結果卻是偶然性

〔註6〕謝柏梁：《中國悲劇史綱》第 100～101 頁。

的，即主人公的行動並未走向毀滅。但全劇通體都透出嚴肅的悲劇性氣息，它的核心仍是一顆悲哀的種子。莎士比亞晚期悲劇（如《暴風雨》等）就是這樣的情形，《伍員吹簫》的情韻庶幾近之。

再如王仲文的《救孝子》雜劇，突出的是李氏形象的剛強不屈和堅韌不拔，這是元雜劇不多的幾個勞動婦女形象中，值得我們特別加以注意的一個形象。李氏早年守寡，帶著兒子、兒媳婦「緝麻織布，養蠶抽絲，辛苦的做下人家」。當楊家必出一子去服兵役時，李氏毫不猶豫地令己出的長子興祖前往，而對庶出的次子謝祖則百般呵護，使得大興府尹王翛然十分感動，大為敬重，慨然道：「方寸地上生芳草，三家店裏有賢人。」當謝祖被逼打屈招殺死嫂子春香，關入死囚牢時，李氏為救謝祖，一口咬定屍身面目不清，再再不肯認屍。她據理相爭，義正詞嚴：「人命關天關地，不曾驗屍怎成的獄？」她拼死也不肯畫押，使草菅人命的官吏們無法結案。第三折的曲詞情激調亢，頗類《竇娥冤》「詞調悲悼」的風格。〔滿庭芳〕曲揭露官吏昏聵，衙門黑暗，近於破口大罵：

> 似這等含冤負屈，拼著個割捨了三文錢的潑命，和這半百歲的
> 微軀。你要我訴說你大小諸官府，一剗的木笏司糊塗，並無聰明正
> 直的心腹，盡都是那繃扒弔拷的招伏，把囚人百般拴住，打的來登
> 時命卒。哎喲，這便是你做下的死工夫。

她不惜拼卻性命，為的是保護兒子謝祖，更為著正義與清白。對吏制的腐敗與世道的渾濁，她滿腔怒火，無限憤怨。她發誓冤不得伸，就一直要告到中書省：

> 你休道俺潑婆婆無告處；也須有清耿耿的賽龍圖。大踏步直走
> 到中書路，你看我磕頭寫狀呈都省，灑著淚銜著冤摑怨鼓。單告著
> 你這開封府，令史每偏向，官長每模糊。

〔三煞〕

毫無疑問，《救孝子》雜劇的用意不在於清官斷獄，亦不在於塑造孝子賢婦，劇作突出的是李氏這個「鄉里村婦」的不畏強暴，為著人格的清白與正義不屈不撓的鬥爭精神。李氏形象與關漢卿《蝴蝶夢》中的王婆婆形象有著本質上的相似之處，但其鬥爭精神則更為強烈。《救孝子》表面上看，寫的是金代故事，實則隱喻的是元代社會。全劇的情節幾經迭宕，終以興祖得官金牌上千戶，他還鄉途中，又緝得真凶賽盧醫，使謝祖冤獄得以昭雪。細細想來，這個結局總嫌偶然，一如竇天章若不得官為肅政廉訪使，竇娥之冤就不能伸一樣，

悲劇運勢在這裏為偶然性所阻斷。倘若興祖不得官，或得了官而抓不到真正的殺人者，謝祖的冤案也就鑄成了，李氏難免一直告到中書省，灑淚訴狀，銜冤撾鼓。可見元人悲劇的結局有時只是一種外在的形式。一個近乎飄渺的理想的夢；甚或又是劇作家向觀眾的一種讓步——這在中外戲劇創作中都並不罕見——連大家如莎士比亞、關漢卿輩也不能免。判別是否悲劇理所當然地要著眼於悲劇衝突以及悲劇性運勢的大趨向，即從本質上而不是從形式上去透析。如此看來，《救孝子》雜劇是悲劇了？回答是肯定的。它與《蝴蝶夢》雜劇都是不折不扣的元人悲劇。雖然，楊謝祖和王三都絕處逢生，結局不曾出現殺人流血、引起悲哀，二劇卻不失為嚴肅的悲劇。羅念生先生曾指出過：「『悲劇』這個詞應用到古希臘戲劇上，可能引人誤解，因為古希臘悲劇著意在『嚴肅』，而不著意在『悲』。亞里斯多德在《詩學》第六章給悲劇下的定義是：『悲劇是對於一個嚴肅、完整有一定長度的行動的摹仿。』有些悲劇例如歐里庇得斯的《伊菲革涅亞的陶洛人》裏，圓滿收場，並未殺人流血，引起悲哀，但劇中情節是嚴肅的，故仍然是『悲劇』。」〔註7〕殺人流血和引起悲哀，倒恰恰是古羅馬悲劇的突出特點，它與古希臘悲劇的精神並不一致。「嚴肅」的含義，有時包括崇高、壯麗乃至慷慨、激憤，也包括克服重重艱難險阻，百折而不撓的追求，從這個意義上看，古希臘悲劇中的這一特點與中國古典悲劇的格調不無相通之處。判斷與辨識元人悲劇固不能從西方悲劇學說之定義出發，而兩者之間可溝通之處，卻也不能輕易放過，視而不見。

三、辨識之困難性與爭議性

一向有這樣一種誤解，即將中國古典戲曲中的公案戲與悲劇相類比甚至對立起來。如論到《陳州糶米》雜劇是否悲劇時，有的論者認為「這齣戲的主要矛盾衝突是圍繞著包拯斷案展開的，這就決定了這齣戲的主要傾向是一齣歌頌包拯斷案、為民除害的公案劇，而不是一齣悲劇」。〔註8〕也有的論者說「該劇可以當成推理公案戲來看，包公可以視成是中國古代的超級福爾摩斯，但全劇很難當成悲劇來吟誦品味」。〔註9〕且不說福爾摩斯之喻和將戲曲作品

〔註7〕羅念生：《論古希臘戲劇》第3頁，中國戲劇出版社1984年版。並參見羅念生譯《詩學》譯後記第124頁，人民文學出版社1982年版。

〔註8〕宋常立：《試論元雜劇悲劇的鑒別標準》，見《中國古典悲劇喜劇論集》第94頁，上海文藝出版社1983年版。

〔註9〕謝柏梁：《中國悲劇史綱》第102頁，學林出版社1993年版。

當作詩文吟誦之不恰當，這裏也出現了邏輯上的混亂。公案，乃是就題材而言；悲劇，則是戲劇的種類，徑視為體裁勉強也是可以的，題材與體裁如何可以類比呢？為什麼公案戲就不能同時也是一齣悲劇？《竇娥冤》、《灰闌記》以及《魔合羅》、《盆兒鬼》等不都是公案劇嗎？但它們又同時都是悲劇作品。此種混亂猶如說某劇是歷史題材的作品，因而它就不可能是悲劇。這顯然是荒唐的，也是說不通的。有些戲如《趙氏孤兒》等，我們不是也稱之為「歷史悲劇」嗎？何以不能有「公案悲劇」呢？事實上，公案題材的悲劇在元人悲劇中占的比例最大，以謝柏梁所列二十五種元人悲劇而言，其中就有至少九種是公案戲，〔註10〕占三分之一以上。我們說元人公案戲中多悲劇，這恰恰是一個很突出的特點，顯然，這與元代社會現實的嚴酷息息相通，也與當時官場的黑暗、吏治的窳敗密切相關。如無名氏的《神奴兒》雜劇，是典型的公案戲，但同時也是一齣悲劇。因各家均未提及此劇，我們不妨略作分析，以說明認定其為悲劇之理由。

《神奴兒》雜劇圍繞家族內部財產繼承權問題展開矛盾衝突，集中塑造了神奴兒和老院公為報仇伸冤而執著堅韌的形象。神奴兒的性格主要是通過他被害之後的鬼魂來體現的，而老院公的忠厚與正義，則是通過他為了尋找失蹤了的神奴兒，以及他深情思念神奴兒的生動描寫來展示的。第三折寫老院公苦苦思念神奴兒，冥冥之中老人感覺到神奴兒靈魂歸家，他們在夢中相見，曲詞細微生動，尤為感人。與其說劇中神奴兒報仇伸冤是包拯斷案有什麼神機妙算，倒不如說是神奴兒鬼魂意志的勝利。他一靈咬住，化作巨風到包拯馬前攔路告狀，又百折不撓地走上公堂指證，終於使勒死他的叔、嬸認罪伏法。劇作家在劇中突出的顯然是神奴兒冤魂糾纏，不報仇誓不罷休的意志和精神，此劇與《盆兒鬼》雜劇在精神上是相通的。美中不足的是，它的第一折由正末扮李德仁唱，第二、三折由正末扮院公唱，第四折又由正末扮包拯唱，用筆既不集中，則難以突出主人公形象，因而使得院公與神奴兒形象缺乏光彩與厚度。《盆兒鬼》雜劇也存在著類似的缺憾。儘管如此，從總體上看，從矛盾衝突的大趨勢上來把握，這兩個公案戲無疑都是悲劇。

說到《魯齋郎》與《馮玉蘭》雜劇，顯然都可以視為公案戲。至於這兩種是否悲劇，似尚須辨析。雖說《魯齋郎》的悲劇性因素較為強烈，但從總

〔註10〕九種公案戲為《竇娥冤》、《魯齋郎》、《魔合羅》、《灰闌記》、《生金閣》、《貨郎擔》、《朱砂擔》、《盆兒鬼》、《馮玉蘭》。

體上看，很難將其認定為悲劇，至少它不是嚴格意義上的悲劇。六案都孔目張珪本不是什麼良善之輩，第一折他連唱數曲，將自己瞞心昧己、坑害無辜的罪狀一一數落，他擔心「提刑司刷出三宗卷，恁時節帶鐵鎖納贓錢」。正因為他是一個刁鑽而又貪婪的胥吏，在魯齋郎奪其妻子時，他則是敢怒而不敢言，不要說反抗，竟連大氣也不敢喘一聲，故這個形象既有令人同情的一面，又有咎由自取、自作自受的一面——他的劣跡惡行沖淡了人們對他的同情。充其量是官與吏之間大魚吃小魚之爭罷了。說到主人公之意志，張珪逆來順受，全無血性男兒的激憤，也談不上人格尊嚴與意志不泯；若著眼於戲劇衝突，魯齋郎以強凌弱，張珪唯唯諾諾，並未構成強有力的抗衡，相反，張珪卻避開對方的鋒芒，欲遁入空門一了百了。值得注意的是，張珪與銀匠李二都沒有出首告狀，包拯是因偶遇張、李二家的孩子，「才得知魯齋郎作惡多端之罪行的。如此，戲劇衝突激蕩不起大的波瀾，全劇缺乏那種震撼人心的衝擊力，只要將其與《蝴蝶夢》雜劇作一比較，是不難獲得我們以上印象的。結局的以文字錯訛「智斬」魯齋郎，也充滿了偶然性與巧合性，純然是喜劇手法。中國喜劇的語言典中、模具庫裏是不乏此種詞彙和構件的。因此，《魯齋郎》不是一齣悲劇。

《馮玉蘭》雜劇的悲劇性彷彿比《魯齋郎》還要強烈些。屠世雄殺人奪妻，殘忍兇惡；馮家一門飛來橫禍，頃刻間慘遭屠戮，只有玉蘭僥倖逃生，劇情不可謂不悲慘。問題在於無論眾無頭鬼還是玉蘭，訴冤於都御使金圭，都純屬偶然（金船也在原馮船處避風），主人公在復仇過程中幾乎未遇到任何阻力，案子又極為清楚（有物證兇器在），可以說結案是易如反掌的事。主人公的復仇意志既未受阻，全劇自然也就少迭宕，悲劇衝突的力度隨之而減弱。倘若將其視為情節劇似更為合適。與此劇相類似的尚有《後庭花》。這個戲頭緒紛亂，以悲劇的嚴肅與完整（整一）性去衡量，它顯得鬆散而不集中，王慶、店家兩兇亦無內在的必然聯繫，添出一個劉天義來，且與翠鸞鬼魂相戀，更嫌支離旁出。雖說悲劇並不排斥偶然性，但過多的偶然與巧合，就滑向了情節劇甚至喜劇的機制了。因此，《後庭花》亦屬公案題材之情節劇。

在公案題材的作品中，《陳州糶米》這部傑作是爭議較大的，它究竟是悲劇，抑或喜劇，的確難以辨識。有的論者以正副結構來說明此劇不是悲劇，謂張憋古一線的戲是副結構，而包拯斷案才是全劇的正結構，後者又「佔據了全

部戲劇情節長度的大部分」，〔註11〕故它是悲劇。實際上此劇結構很難斷然切開，那象徵著特權的紫金錘的陰影籠罩全劇，儘管最終包拯以紫金錘為小憋古報了仇。包拯斷詞云：「紫金錘屈打良善，聲怨處地慘天愁。」既是「地慘天愁」，包拯的巧妙利用赦書事就不能不是一種幻想。第一折中的張憋古形象，在貪官污吏的淫威面前，挺直腰身，寧死而不屈服，表現出一個普通貧苦農民的凜然正氣。這折戲一以當十，具有震撼人心的感染力，張憋古形象在古典戲曲小說中亦幾乎是罕見的，劇作家塑造出了這一立體感的具有雕塑美的人物形象，給人以極為深刻的印象。後面三折戲雖是以包拯形象為主（此劇中包拯形象也與他劇大異其趣），且喜劇性穿插增多，然紫金錘陰影揮之不去，直到曲終劇散，大幕合攏，猶令人震顫不已。這正是此劇悲劇性深藏而內斂的高明之處。它是以紫金錘為貫穿全劇線索的，紫金錘是道具（砌末），也是象徵物，更是牽動主題的掣鈴，以正副結構來肢解此劇，以判斷其是否悲劇，恐未必能解釋得通。不過，後三折戲中的大量喜劇性穿插的確使劇作的形態複雜起來了，以至李健吾先生徑將此劇視作喜劇，說第三折中的「兩場絕戲，可以比美任何一齣喜劇」；結論是：「這樣看來《陳州糴米》該是喜劇了吧？是的，可以這樣說。」〔註12〕深人思考，反覆辨識，我們覺得《陳州糴米》這個劇作，是一種完全獨特的形態，它既不是悲劇，也不是喜劇，而是外表不乏輕鬆愉快，骨子裏至為沉痛的「嚴肅劇」。狄德羅曾將突破古典主義束縛的、兼有悲喜因素之戲劇類型稱之為「嚴肅的喜劇」，博馬舍繼而將此類型定名為「嚴肅戲劇」。這是人類戲劇詩發展到高級階段的產物，而我國戲劇在它形成初期就出現了此等傑作，是值得深人探究的。這大約與古代中國人的美意識有關，也與中國戲劇之晚出，故能綜合各門類藝術之精華，一經形成即趨於成熟有關。法國啟蒙活動時期思想家、戲劇家伏爾泰曾稱讚莎士比亞的一些悲喜互溶互滲的劇作說：「卑賤與偉大相交，滑稽與恐怖共處，這是悲劇的混沌世界，其中卻有萬道金光。」〔註13〕以這段話來評論《陳州糴米》雜劇，不是也不謀而合、十分恰切嗎！

〔註11〕 宋常立：《試論元雜劇悲劇的鑒別標準》，見《中國古典悲劇喜劇論集》第93頁，上海文藝出版社 1983 年版。

〔註12〕 李健吾：《戲劇新天》第 191 頁，上海文藝出版社 1980 年版。

〔註13〕 （法）伏爾泰：《給賀拉斯·洪爾波爾的信》（1768）見中國社會科學院外國文學研究所外國文學研究資料叢刊編輯委員會編《莎士比亞評論彙編》上冊第358 頁，中國社會科學出版社 1979 年版。

四、可以認定之元人悲劇

看來，對於元人悲劇的辨識與認定，應當允許有不同的看法，也必然會在一些具體作品上產生爭議。對於像《陳州糶米》這樣的作品，甚至可以存疑，有待進一步探討與反覆認識。一人遽斷並一錘定音，就目前來說還是很困難的。對於鑒別的原則、標準，認定的依據，要獲得統一的認識，似亦須深入探討。

王季思先生說：「我們需要西方悲、喜劇理論作為參照，但不能用西方的觀念硬套中國戲曲，更要避免只在理論上兜圈子，而應該從具體作品出發，通過深入的理解、闡釋，再提高到理論上來概括，來評價。」〔註14〕這顯然是一條辨析與認定中國古典悲劇正確而可行的途徑。不要西方美學理論的參照不行，因為悲、喜劇理論是全人類戲劇詩分類的規律與共識；生搬硬套西方美學理論的概念、範疇更不行，只緣中國戲曲有著自己生成與發展的特定土壤。退一步說，即使是在西方，戲劇理論的構成與創作實踐的探索也是在不斷的發展與變化之中，連西方人自己衡量具體作品是悲劇還是喜劇，也並沒有一個嚴格意義上的不二法門。美國當代戲劇家阿瑟‧米勒說得好：「關於悲劇的特性的書籍浩翰如海。千百年來，這個題目使如此眾多的作家感興趣，正是可以部分地證明悲劇的概念是在不斷變化著的，而且更重要的是，對它的性質是永遠也不可能作出最後的定義的。」〔註15〕通常人們都認為亞里斯多德在《詩學》中為悲劇下過一個完整的定義，但那只是針對古希臘悲劇而言，不要說與後世悲劇很難吻合，便是對羅馬悲劇也每多齟齬、枘鑿不入。縱觀西方戲劇發展史，也從來不曾有一個凝固不變的悲劇標準模式。從創作的實際情況來看，即便是在大致的同一時期，悲劇作家的作品也是姿態各異的。索福克勒斯的作品尚技巧且具浪漫色彩，較之悲劇之父埃斯庫羅斯的神秘與樸素則顯示出很大的不同；而歐里庇得斯更以近於寫實的筆觸見長，主人公的精神面貌與劇作的旨趣都與另兩位悲劇詩人的作品有著明顯差異，演進之跡甚明。從「酒神頌」的祭祀活動發展到黑格爾所說原始悲劇中的神性（即本質上人世現實的倫理因素），〔註16〕已然發生了質的變化，進而使這種神性漸趨於世俗化，變化則更

〔註14〕 王季思：《悲喜相乘──中國古典悲喜劇的藝術特征和審美意蘊》，見《玉輪軒戲曲新論》第 90 頁，花城出版社 1993 年版。

〔註15〕 （美）阿瑟‧米勒：《悲劇的特性》，見《阿瑟‧米勒論劇散文》，羅伯特‧阿‧馬丁編第 45 頁，陳瑞蘭等選譯本，三聯書店 1987 年版。

〔註16〕 正如黑格爾所指出的那樣：「原始悲劇的真正題旨是神性的東西，這裏指的不

加清晰。在西方的悲劇學說史上，從亞里斯多德到布萊希特，人們既遵循悲劇的一般原則，又在許多具體問題上有著屬於那個特定時期的流行看法，無論是文藝復興時期，還是古典主義時期、啟蒙運動時期，直到批判現實主義及五光十色的現代派，人們對悲劇所謂定義的理解都不盡相同，甚至有很大的分歧與異議。英國當代戲劇評論家馬丁·艾思林說：「無論悲劇還是喜劇，都沒有一種普遍接受的或可能接受的定義。」〔註17〕萊辛甚至從根本上懷疑亞里斯多德是否有意給悲劇下一個定義：「無疑，亞里斯多德根本未想給悲劇下一個嚴格的、準確的定義。」〔註18〕更何況，藝術創作從來都不是按定義而行的。各個民族的不同風格與流派的劇作家，創作出不同情調與韻味的悲劇作品，一方面與不同地域（民族）的社會——文化背景和相對的審美定勢有關，同時也與個別的劇作家的不同藝術追求相聯繫，這恰恰是悲劇藝術的個性化和豐富性的根據。我們之所以簡單回顧一下西方悲劇學說史，也是為了能抓住這個根據，進而在比較中確立中國古典悲劇——特別是元人悲劇的辨識與認定原則，為建立起中國悲劇的美學體系提供一個參照系。

譬如，對於中國古典悲劇中的「悲喜相乘」、「苦樂交錯」，常常於悲劇中溶人喜劇性因素，或者說時有喜劇情境的穿插，這乍看起來是與西方悲劇傳統相左的，或者說不那麼純粹。殊不知，正是在這種「不純粹」之中，體現出了中國古典美學中的一些基本特點。曲論中的所謂「苦樂相錯，俱見體裁」（呂天成《曲品》評《琵琶記》語），與詩論中的「雄不以色，悲不以淚，乃可謂之悲壯雄渾」（王夫之《明詩選評》卷六評高啟詩語），原是相通的。又王夫之論《詩·小雅·采薇》時說：「以樂景寫哀，以哀景寫樂，一倍增其哀樂。」（《薑齋詩話》卷上》）這種審美特性在戲曲中用例很多，如在被王國維稱之為「最具悲劇之性質者」、諸家均無異議的悲劇傑作《趙氏孤兒》第三折中，當屠岸賈挾迫程嬰一道往太平莊「搜孤」時，屠處心積慮地令程執杖拷打公孫杵臼，為解除屠的狐疑，程嬰只得咬緊牙關著實去打，年邁的公孫難以支持，在昏迷中對程產生了誤會：

是單純宗教意識中那種神性的東西，……在這種形式裏意志及其所實現的精神實體就是倫理性的因素。這種倫理性的因素就是處在人世現實中的神性的因素。」（《美學》第三卷下冊第 285 頁，朱光潛譯本，商務印書館 1979 年版。）

〔註17〕（英）馬丁·艾思林：《戲劇剖析》第七章第 62 頁，中國戲劇出版社 1981 年版。

〔註18〕（德）萊辛：《漢堡劇評》第七十七篇第 392 頁，上海譯文出版社 1981 年版。

打的我無縫可能逃，有口屈成招，莫不是那孤兒事他知道，故
言的把咱家指定了。

〔得勝令〕

　　他甚至在神志不清之時，險些露了底——將二人共同計議保護趙氏孤兒
的事和盤托出：「俺二人商議要救這小兒曹。」結果是：「一向話來到舌上卻咽
了」。這就使劇場氣氛異常緊張，觀眾的心提到了喉嚨口。這場「戲中戲」分
明在悲劇情境中插入了喜劇性因素，因為觀眾知道得比劇中人物多，幾乎要驚
叫起來：千萬別露餡，程嬰是不得已的呵！這種「突然的震動和意外的重新調
整是樂趣和洞察力的源泉」。〔註19〕亦即深刻的喜劇性的根源。《抱妝盒》雜劇
中也有相類似的喜劇性穿插：李美人不意之中拾得宋真宗從御園中打出的彈
丸，天子遂臨幸其宮。第一折中通過天子與殿頭官之口，反覆渲染李美人之「好
有福」。〔賺煞〕一曲末尾，預示了「好姻緣扭作惡姻緣」的悲劇性。果然，李
美人懷孕，劉皇后千方百計要置新生太子於死地。寇承御欲救太子而遇陳琳，
情急之中，懇請陳與她一同計議救太子對策。陳琳這時做「背躬」科，要試探
寇承御的決心。他佯裝不想救太子，勸承御按劉娘娘旨意辦，將小太子殺死後
棄之金水橋河內。承御誓死要救太子，陳琳慨歎道：「誰想寇承御是個三絡梳
頭兩截穿衣之輩，倒有這片忠心。」這就在緊張而又觸目驚心的氣氛之中，溶
入了些許喜劇性，既使劇情迭宕有致，又豐富了人物個性。陳琳於千鈞一髮之
際，竟從容若定，甚至還有暇開玩笑、賣關子，亦使戲劇情境平添無限機趣。
《抱妝盒》無疑也是一齣悲劇。謝柏梁在甄別元人悲劇時排除了此劇，理由是：
「劉皇后的陰謀行動缺乏強度，也沒有為虎作倀的羽翼。……悲劇情勢不夠充
分，悲劇衝突缺乏強度。」〔註20〕的確，作為同題材作品相比較而言，《抱妝
盒》寫得不如《趙氏孤兒》，但卻不能不將它認作悲劇，事實上「悲劇情勢不
夠充分，悲劇衝突缺乏強度」云云，正是在將此劇視為悲劇的意義上說的。說
來《抱妝盒》自有其寫法上的獨到之處。如第四折是在二十年過去，宋仁宗令
陳琳講述自己身世的情境下展開的，在劇作的藝術構思與結構布局上，正是所
謂在危機上開幕，決定了動作中的一部分必然是回憶的這樣一種特殊的結構
形態。此外，此劇有兩楔子，在元雜劇中亦屬特例。李美人的遭受迫害，中宮

〔註19〕（英）馬丁·艾思林：《戲劇剖析》第 71 頁，羅婉華譯本，中國戲劇出版社
　　　　1981 年版。
〔註20〕謝柏梁：《中國悲劇史綱》第 102 頁，學林出版社 1993 年版。

侍女寇承御的觸階而死，穿宮內使陳琳的忠義智信，連同八大王趙德芳的養育太子，共同構成了正義行動的波瀾起伏。明人據此劇改編的《金丸記》傳奇曾「感動宮幃」（呂天成《曲品》），也說明雜劇原著情節動人，為改編提供了一個很好的基礎。

從戲劇發生學的角度來看問題，戲劇藝術的最初分為悲劇、喜劇，與一時期的風氣與劇作的最初作品樣式有關。一時期風氣的相對穩定不變，即成了傳統。古希臘悲劇與古希臘奴隸制民主運動的興起關係密切，而其「具有自身的性質」，又與三大悲劇詩人的創作實踐是分不開的。然而，戲劇藝術總是在不斷地豐富與發展。古希臘悲劇畢竟是人類童年時期的產物，黑格爾索性稱之為「原始悲劇」。它的「不可企及」，有如成年人學畫天真稚拙、情趣盎然的兒童畫。從中外戲劇發展史上看，愈是戲劇發展的高潮期，悲、喜劇的分類情況就愈是複雜。晚於莎士比亞二百多年的約翰孫博士說：「莎士比亞的劇本，按照嚴格的意義和文學批評的範疇來說，既不是悲劇，也不是喜劇，而是一種特殊類型的創新。」〔註21〕鮑桑葵在《美學史》中也有相類似的看法，〔註22〕並認為這正是戲劇發展高級階段才有的現象：「當喜劇中開始出現了嚴肅地正視現實苦難的故事的時候，喜劇和悲劇之間的絕對差別就消失了。」〔註23〕中國古典悲劇、喜劇從它形成之初就是一種「特殊的類型」。《陳州糶米》自不必說，他如《救風塵》、《秋胡戲妻》等這樣的喜劇（從約定俗成之看法），其背後不是潛藏著深刻而又令人戰慄的悲劇性嗎？想想看，當解救自己苦難的姊妹，除了以色相為誘餌，別無他計時，趙盼兒只能「強打入迷魂陣」，我們豈不同主人公的內心一樣悲涼、酸楚？勞動婦女羅梅英含辛茹苦，企盼丈夫歸來，然而她盼回來的卻是一個沐猴衣冠般的偽君子，她的那份傷心和絕望該是何等強烈。結局的圓滿實在是牽強而又萬般無奈，羅梅英的悲劇幾乎是注定了的。這類作品可以說既非喜劇又非悲劇，而是一種獨特的、戲劇類型牢籠不住的樣

〔註21〕 中國社會科學院外國文學研究所外國文學研究資料叢書編輯委員會編：《莎士比亞評論彙編》上冊第43頁，中國社會科學出版社1979年版。

〔註22〕 （英）鮑桑葵《美學史》第九章第303頁：「歌德把莫里哀的《慳吝人》，叫做悲劇，但是第一位戲劇理論家萊辛卻在一七四〇年左右把這個劇本看作是真正的喜劇在近代的最早的例子。我們大家也全知道莎士比亞的喜劇在最嚴肅的場合究竟是怎樣一種戲劇。我們很難說《一報還一報》和《無事生非》究竟是真正的喜劇，還是具有愉快結局的真正悲劇。」商務印書館1985年版。

〔註23〕 （英）鮑桑葵：《美學史》第114頁，張今譯本，商務印書館1985年。

式，稱之為中國氣派、民族風格的代表作品，未嘗不可。因此我們不必為中國古典戲曲中有無嚴格意義上的悲劇或喜劇而感到自矜或自卑，除卻明顯可以指認和經過探討可以約定俗成的悲劇或喜劇之外，有些自可以特殊類型甚或存疑目之，不必強為判斷。喬伊斯（Joyce）在《英雄斯蒂芬》中的一段話很是耐人尋味，同時對我們辨識中國古典悲劇和喜劇，亦富於啟發性：

> 靠傳統的燈籠照路的美學理論……是沒有價值的。我們用黑色象徵的東西，中國人可能用黃色來象徵；每一個民族都有自己的傳統。希臘美人嘲笑古埃及人，而美洲印第安人則對兩者都嗤之以鼻。各種傳統之間幾乎是無法通融的。〔註24〕

若說完全無法溝通，顯然是過於絕對化了，但這段話中不主張強為攀比，避免削足適履的精神，還是值得我們再三玩味的。

本文辨識元人悲劇，主張既依一般規律，又須變通。在前賢與時賢認定的基礎上，有所增刪，識得元人悲劇二十八種，〔註25〕未敢自專，尚祈專家同好指正。

原載《藝術百家》1997 年第 1 期

〔註24〕張隆溪編：《比較文學譯文集》第 62 頁，北京大學出版社 1982 年版。鮑桑葵在他的《美學史》「前言」中，也認為東方藝術（主要是指中國和日本的藝術）「是另外一種東西，完全不能把它放到歐洲的美感自相連貫的歷史中來。如果有哪二位高手能按照美學理論對這種藝術加以研究，那對近代的思辨一定會有可喜的幫助」。

〔註25〕參閱謝柏梁《中國悲劇史綱》第五章所列之表格，在其認定之 25 種基礎上剔除《魯齋郎》、《馮玉蘭》二種，餘 23 種為：《竇娥冤》、《雙赴夢》、《哭存孝》、《五侯宴》、《梧桐雨》、《漢宮秋》、《薦福碑》、《青衫淚》、《生金閣》、《瀟湘夜雨》、《趙氏孤兒》、《貶黃州》、《魔合羅》、《灰闌記》、《火燒介子推》、《東窗事犯》、《霍光鬼諫》、《豫讓吞炭》、《孟良盜骨》、《張千替殺妻》、《貨郎擔》、《朱砂擔》、《盆兒鬼》。增加《救孝子》、《蝴蝶夢》、《神奴兒》、《伍員吹簫》、《抱妝盒》五種。總為 28 種。

善美生於所尚
——古代戲曲選本問題斷想

  在 1998 年 10 月於徐州召開的古代戲曲專題研討會上，與會的學者們針對古代戲曲選本問題展開了熱烈的討論。這的確是古代戲曲研究中一個新的角度、新的思路。古人選編戲曲作品，因出發點與目的各不相同，手眼亦自不同。這就為我們的戲曲史研究提供了思考的線索。一個選家的好尚取捨，其實就是一種傾向，一種見解，甚至是一種並非直接訴諸文字的評論；或者換一種說法，它分明是亦藏亦露的「溫柔一刀」。一句話，選家取彼捨此，本質上乃是一種觀念，一種話語形式。這不僅是將個人褒貶自覺不自覺地涵蘊其中了，而且也悄然透露出一個時期的社會文化心理和文藝思潮乃至一個時代審美趨勢的變遷與形成。故研究選本問題，可見微而知著，對整個古代戲曲研究的深入與推進，具有重要的意義。

  戲曲藝術的文學劇本與舞臺排場差不多具備同等重要的意義，合起來考察，方能透視其活潑的生命力，並有可能進一步追究其人文精神與文化意義。王國維在其《曲錄》的《又序》中說得再清楚不過了：「然而明昌一編，盡金源之文獻；吳興《百種》，抗皇元之風雅，百年之風會成焉，三朝之人文繫焉。」〔註1〕選本之意義，特別是久傳不廢的優秀選本之重大意義，豈可忽視？

  選家遴擇劇目，往往與其戲劇觀息息相通。臧晉叔編的《元曲選》，標準十分清楚，目的也非常明確。他認為詩詞曲的遞嬗流變，是「益變益難，至曲而極矣」（《元曲選序二》）。他在「三難」說基礎上，提山了「曲上乘首曰當行」

〔註1〕《王國維戲曲論文集》第 252 頁，中國戲劇出版社 1984 年版。

的觀點。標舉本色當行以為幟，這就是他的標準。他同時指出：「予故選雜劇百種，以盡元曲之妙，且使今之為南者，知有所取則云爾。」（《元曲選序二》）這就是他的目的。原來臧氏崇尚元人雜劇，不過是為其時的傳奇創作提供借鑒，以扼制當時的駢麗典雅之風。大約正是從這樣的意義上，王國維才說：「嗚呼，晉叔之功大矣！」

細味深究孟稱舜編《古今名劇合選》，其良苦之用心也不難體察得到。「雄爽」者入於「酹江」，「婉麗」者名以「柳枝」。他自謂「予此選去取頗嚴，然以辭足達情者為最，而協律者次之。可演之臺上，亦可置之案頭，賞觀者其以作《文選》諸書讀可矣」（《古今名劇合選序》）。可以說，「兼善」二字正是孟氏的去取標準。此標準又分二層，一是風格上的兼容並取，一是案頭場上的兩擅其美。孟氏在湯、沈二家之間而似乎偏於湯，所謂「以辭足達情者為最」。其在創作上亦相彷彿，是被吳瞿安先生稱之謂「以臨川之筆協吳江之律」（《中國戲曲概論》）的典型作家。可見孟氏選取劇目，風格意識和流派觀念極為強烈，這與他在創作上博採眾長而偏重文采的取向，精神上是一致的。

與臧晉叔一樣，孟稱舜也推崇元劇，這從他元曲取其七，明曲取其三的格局中可以看出。他說：「善美生於所尚，元設十二科取士，其所習尚在此，故百年中作者雲湧，至與唐詩宋詞比類同工。」（《古今名劇合選序》）好一個「善美生於所尚」！且不論元代是否以曲取士問題，孟稱舜的卓見對後世影響可以說是深刻而又久遠的。這種一時風氣相尚，造就了「一代之文學」的觀點，一直影響到王國維。由是使我們聯想到選本去捨問題，情況無論多麼複雜，透過選本問題可以揣摩出時尚與風氣，卻是毋庸置疑的。戲曲選本問題中其實也有個「善美生於所尚」的問題。好的戲曲選本必出行家之手。如同孟稱舜編選《古今名劇合選》那樣，「能知曲之難」，「窺夫曲之奧」，並有所尚，始能揭善擇美。總之，觀其所尚，知其所美，庶幾可把握一個優秀的選本。有了這樣一個認識，我們就有可能就不同時期的不同選本，去探討戲曲史上各個時期的許多問題。事實上這方面的工作早有人做過，只是未能引起同行專家的足夠重視罷了。吳新雷先生對《綴白裘》形成的來龍去脈留意了 30 餘載，終於廓清了通行本流變過程之脈絡，從而解決了一系列問題，特別是探求到了花部諸腔從最初發軔至蓬勃發展的一些消息。足見從選本入手探尋戲曲文學創作以及演出活動的方法是大有可為的。

　　選本的序跋以及評點往往能反映出選家的基本思路和取捨原則，無疑是
交互研究、相對發明的重要材料，不消說其在選本研究中是不可或缺的。

原載 1999 年 1 月 2 日《中國文化報》，後收入吳敢、

楊勝生主編《古代戲曲論壇》，江蘇古籍出版社 2001 年版

努力開創古代戲曲研究新局面[*]

　　近年來，治中國古代戲曲史的前輩學人和同行們差不多一致感覺到，我們的研究似乎走進了困惑，走進了尷尬。這不僅表現在就數量而言，其論文與專著數量不能與古代詩詞文相比，就是與傳統意義上同為說部的古代小說研究相較，也彷彿疲軟難當，局面之寂寥與冷落，顯而易見。但這並不是問題的關鍵。因為有時數量並不能說明一切。相反，只有數量的無益疊加，而無質的突破，就只能是一種學術上的「重複建設」，從深層意義上看反倒是一種累贅與破壞。米蘭·昆德拉曾憂心忡忡地指出：「一個社會富裕了，人們就不必雙手勞作，可以投身精神活動。我們有越來越多的大學和越來越多的學生。學生們要拿學位，就得寫學術論文。既然論文能寫天下萬物，論文題目便是無限。那些寫滿字的稿紙車載斗量，堆在比墓地更可悲的檔案庫裏。即使在萬靈節，也沒有人去光顧它們。文化正在死去，死於過剩的生產中，文字的浩瀚堆積中，數量的瘋狂增長中。」（《生命中不能承受之輕》）話雖近於刻薄，有些危言聳聽的意味，卻不無道理。不是嗎，我們的研究生為了取得學位，變著法兒去尋找論文題目，往往未免重複勞作。學者們呢，情況也好不了多少。因追逐數量而不得不炒冷飯以謀取某種有形的實際利益者有之；獲得了「小巧玲瓏的舒適的聲譽」，而不斷重複製作者有之；抄襲別人甚至抄襲自己，以博虛名的不甘寂寞者有之；有意把大製作和傑作混同起來，以貪多務博的物質主義以及工本雖多實為虛張聲勢者更有之。總之，種種以非學術手段去操作甚或炒作的泡沫學術，正在污染著我們的學術環境，這只能是學術的悲哀，學人的悲哀。本來

＊ 本文係《文學評論》編輯部組稿的一組筆談文章之一。

嘛，抽掉了對人性和人類文明史以至生命意義的終極關懷，藝術創作必然蒼白，研究亦勢必乏味。正是在這樣的意義上，我以為數量少些未必就是壞事，真正有思想有智慧的創造性研究成果來之不易，故不可能批量製作。古代戲曲研究的一時沈寂，誰能說得清一準就是好事或者壞事呢？冷清與寂寥，有時恰是鬧熱與繁盛的徵兆，它促使人們去作冷靜精深的思考與反省，或許這種局面正是一種蓄勢，潛藏著一種蘊積待發的力量，醞釀著真正有價值的論著與成果。故數量之多寡不是問題的實質，志在突破，更上一個臺階，才是擺在治古代戲曲史學者們面前最重要的課題。

有人說，我們的戲曲史研究至今走不出王國維的影子，小說史研究也未能超越魯迅先生。這個說法基本上反映了這兩個研究領域的現狀。這不是自卑，也不是虛無，因為無論就歷史觀還是方法論，乃至手眼與器識，我們這代人都缺乏突破性的建樹。不錯，我們能夠看到的東西可能比兩位先生多，如資料的新發掘，還有出土文物及劇本的新發現等等。此外我們在技術上的進步也使研究條件大大改善了。然而我們相對缺乏的卻是智慧性與創造力，這裏同樣有一個數量疊加不等於質的突破的問題。舉例來說吧，王國維輯《優語錄》，乃是筆路藍縷，洞幽燭微，且目的在於與先生其他有關戲曲史著作互相發明：「益優人俳語，大都出於演劇之際，故戲劇之源，與其遷變之跡，可以考焉。」〔註1〕毫無疑問，古代文獻典籍中的所謂「優語」，絕不止先生所錄的那 50 則。先生其實說得很清楚：「是錄之輯，豈徒足以考古，亦以存唐宋之戲曲也。若其囿於聞見，不偏不眩，則視他日補之。」〔註2〕即是說，有了此 50 則，已足說明問題，倘求全求備，擇善取精，日後當然可以補輯與篩遴。後人多有增廣，所補綴者意義愈益寬泛，雖不無一定意義，總是落於未節，蛇足之譏恐不能免。因其思理方法一仍王氏之舊，更談不上從質的意義上超越之。

《蒙田隨筆》上卷第 54 章，是一篇十分有趣而又發人深省的文字，題目是《無用的技巧》。蒙田將那種沒有思想，缺少智慧，只有數量疊加而毫無意味的純噱頭式的東西，斥之為「一文不值的技巧」。他舉例說：「我覺得有位仁兄的見解很高明：有人把一個人介紹給他，此人有種本事，會用手巧妙地投擲小米粒，投出去百發百中，總能把米粒投進一個針眼；人家要他給點什麼禮物，作為對這種罕見本領的獎勵。為此他非常風趣——我看也非常正確——地下

〔註 1〕《王國維戲曲論文集》第 203 頁，中國戲劇出版社 1984 年版。
〔註 2〕《王國維戲曲論文集》第 203 頁。

令讓人送給這位藝人三米諾（約合 39 升）的小米，免得這麼高超的技藝得不到練習。」蒙田分明是在說，沒有智慧之光的照射，只有技術技巧的單調重複，就只能是匠人的把戲，只能是雜耍而已。王國維先生的研究理念是創造性的，充滿了智慧，而我們則長時間地停留在他的研究理念中。雖不能說是總體和全部，但我們的研究多半是一直在重復著一種理念，甚至有時也在一遍又一遍地投擲小米粒。

相對說來，古代戲曲史的研究是分外困難的，而長期以來卻未曾引起對它的足夠重視。我們的研究又往往顧此而失彼，甚至有誤區。我個人覺得戲曲史研究的困難主要有三個方面。其一，戲曲本身是一種綜合藝術，它幾乎涉及到藝術和人文學科的諸方諸面，研究者亦必其有綜合的素質與頭腦。董每戡先生曾說過：「因為戲劇這個文體和其他文學作品不同，它最基本的東西是『行動』——或者稱之為『戲劇行為』，只有『行動』才是形象化的，語言只占次要的輔助地位。」「所以讀、看評論劇本的人萬萬不可忽視『舞臺指示』——『科介』。」（《說劇·說科介》），要深入研究中國古代戲曲史，除了對古代戲曲文學自身規律和文本的研討之外，還必須兼及這一綜合藝術的其他諸方面，如表演、曲譜、唱腔、格律以及舞臺排場、角色行當等等。戲曲史原本應該是立體的，生動活潑的，我們應該力求克服單一化或平面化研究。因此，從事藝術研究與從事文學研究的學者須通力合作，共同重視對古代戲曲藝術總體性、全方位的考察探究。

其二，與第一點相關聯，古代戲曲研究不能只著眼於表層的東西，如傳世的文本和有關的文獻資料的探討分析，還必須廣泛而深入地開掘。時至今日的戲曲史研究，實際上不過是一種殘缺研究，或言我們的戲曲史只是半部甚至不足半部，是「冰山之一角」，大部還深藏著，有待鑽探與發掘。不少的戲曲史著作嚴格說來只能稱作戲曲文學史，或戲曲文本史，若稱其為文人劇作史或已發現的古代戲曲劇本作家作品史，似更合適。浮在水面的冰山大家都看得到，遂蜂擁而上去考察探究，這正是不斷出現重複研究的根本原因。而下工夫去考察海底的大頭，就困難得多。可喜的是，近年來一些戲曲史學者自覺不自覺地已然認識到了這個問題。有的在致力於中國古代戲曲與民俗學的交叉研究，有的在探索古代儺戲史，有的在鈎沉考稽古代社戲史，其他如演出史、露臺史以及由戲曲文物而推考民間演出活動等方面的工作，也都相繼有人做起來。如此，到下一個世紀 20 年代，有望靠眾多學者的成果，集合貫通而為真正意義

上的戲曲史。

其三，古代戲曲校勘整理及出版難。仍與古代小說相較，據說小說整理出版有賣點，因而連一些很偏僻、影響並不大的作品也出了整理本。相形之下，古代戲曲作品中一些有影響的作品也無整理本，如《古本戲曲叢刊》本中的作品。這樣一來，基礎性工作地就成了問題，顯然不利於吸引更多的人來從事研究工作。

除了以上三點困難之外，古代戲曲研究領域近年來幾乎提不出新問題，遂使原本問題成堆的戲曲史舊問題懸置，新思維之舟擱淺。法國實證主義文學批評的代表人物、著名文學史家居斯塔夫‧朗松在談及文學史方法時曾指出：「任何一種方法都不推崇機械的勞動，任何一種方法的價值都是由創造者的聰明才智的大小來決定……沒有一種萬能鑰匙式的方法……問題是要人提出來的：提出問題時常需要跟解決何題同樣多的才智。」（見（美）：昂利拜爾編《方法、批評及文學史──朗松文論選‧編者導言》）無論在方法論方面還是在發揮聰明才智、提出新問題方面，深刻反思，走出困惑，銳意開闢古代戲曲研究的新局面，都是治戲曲史的學者們所面臨的絕大的、也是緊迫的課題。

原載《文學評論》1999 年第 4 期

「驚夢」三札

一、牡丹殘夢杜鵑魂

　　一看到杜鵑花，便自然而然地想起湯氏的傑作《牡丹亭》，想起「如花美眷，似水流年」的杜麗娘。在湯顯祖筆下，的確有一種深刻而巧妙的隱喻。俞平伯先生說得好：

> 杜麗娘者，杜鵑也。於花則映山紅，於鳥則子規也，其第一搭連自然是杜鵑姓杜，杜麗娘也姓杜，其第二搭連則似不甚的確。《驚夢》「遍青山啼紅了杜鵑，荼蘼外煙絲醉軟」，此隱約自況也。……《冥判》淨唱〔後庭花滾〕「劃地裏牡丹亭，又把他杜鵑花魂魄灑」，是判官以杜鵑喻杜女也。《旁疑》言將去杜小姐墳上，末唱〔尾〕「瑣春寒這幾點杜鵑花下雨」，是陳師父以杜鵑喻杜小姐也。《硬拷》生唱〔沽美酒〕「纏提破了牡丹亭杜鵑殘夢」，是柳郎以杜鵑喻其閨人也。《圓駕》旦唱〔四門子〕「便作你杜鵑花，也叫不轉你紅淚灑」，是麗娘借花鳥以自喻也。(《論詩詞曲雜著·〈牡丹亭〉讚》)

　　不唯如此，湯顯祖的隱喻還是雙重甚至多重的。亦花亦鳥，都是杜鵑；還有荼蘼，取其潔白晶瑩；更有牡丹，乃喻麗娘出身名門。後有麗娘唱「牡丹雖好，他春歸怎占的先」可證。原來杜麗娘並不稀罕所謂「名門」與「神仙眷」的門第出身，反而企慕青山杜鵑，這豈不是悄然透出了臨川先生的平民意識。此外，《尋夢》中名曲〔江水兒〕，也頗能說明問題。「花花草草由人戀，生生死死隨人願，酸酸楚楚無人怨」，顯然是指自然界的陵替興衰，而非指人工侍弄的盆栽盎養物事。在晚明人道主義思潮中，湯顯祖原本就是站在最前沿的。

　　說來杜鵑花別稱山石榴，又叫映山紅，並非名貴珍稀之花木。洪邁《容齋隨筆》中言其「在江東彌山亘野，殆與榛莽相似」。《花草譜》中也說：「映山紅若生滿山頂，其年豐稔，人競採之。」不知何時，文人墨客稱其為「紅躑躅」，將山花束雅起來了。歷代文人吟詠杜鵑花的詩篇不知凡幾，其中白居易似寫得最多。余欣賞白氏的說法：「本是山頭物，今為砌下芳。」（《山石榴花》）這就道出了杜鵑花的身世由來，頗耐人尋味。孟郊的《酬鄭毗躑躅》中有幾句也寫得氣勢非凡：「進火燒閒地，紅星墮遠天。忽驚物表物，嘉客為留連。」但總起來看，寫杜鵑寫得最充分、最絕美、也最為動情的，還得要屬湯顯祖。牡丹殘夢杜鵑魂，夢魂纏繞到如今。說是「殘夢」，並非無端。花神是拋花驚醒牡丹亭畔好夢的：「秀才纔到的半夢兒，夢畢之時，好送杜小姐仍歸香閣，吾神去也。」因是「半夢兒」，故曰「驚夢」。此正為後面的「尋夢」留下伏筆。傑作《牡丹亭》歷久而不衰，名曲〔皂羅袍〕笛韻悠揚，仍使今之學子們為之動容。

二、「搖漾春如線」

　　當秦淮河長堤上的迎春花舒展綠色的枝條，驀然間綻開金黃色的花蕊之時，遠處抹抹柳煙也在悄悄變幻著色彩，正如陸放翁詩句所云：「看得淺黃成嫩綠，始知造物有全功。」（《柳》）差不多與迎春花同時，垂柳亦是報春的使者。你看它嫋嫋婷婷，在薰風中搖曳，稱得上是真正意義上的舞者。一位從事舞蹈藝術的朋友曾長時間反覆觀賞駘蕩春風中的柳絲，傾心要創作一個題作《柳韻》的作品，他著意領會著造化神功之奇崛，品味那原始自然之舞的神韻。他對我說，回黃轉綠時的柳絲，很像五線譜。那金晴柳花轉變為碧眼柳葉之初，便是「帶露含煙處處垂，綻黃搖綠嫩參差」（唐‧顧云：《柳》）之時，就更加酷似五線譜上的符點了。這個奇妙的聯想，令人油然想到大文豪湯顯祖那神來之筆的曲詞。

　　在《牡丹亭‧驚夢》的名曲〔步步嬌〕的開頭，有兩句道：

　　　　嫋晴絲吹來閒庭院，搖漾春如線。

　　這「嫋晴絲」似乎容易懂，諸家注釋無大歧異。如徐朔方先生注云：

　　　　晴絲——游絲、飛絲，也即後文所說的煙絲，蟲類所吐的絲縷，
　　常在空中飄遊。在春天晴朗的日子最易看見。

　　這裏顯然是以「晴絲」諧「情思」，這在古典詩詞中屢見不鮮。而「晴絲」

不必就是「蟲類所吐的絲縷」。不錯，冬眠類動物如蟾蜍、蛇等驚蟄前後復蘇，口中會吐出蜉蝣似的絲縷。但曲中分明寫的是柳絮，二句連起來扣的是柳夢梅之「柳」。相對說來，「搖漾春如線」，殊難索解。什麼東西在搖漾？線又是指的何物？較起真來，還真不容易說得清楚。故，各家在「搖漾春如線」一句，均不下注。其實，「蕩漾」著的正是柳絲，「線」之所指，則是春來變柔的柳條。亦即賀知章筆下的「萬條垂下綠絲條」（《詠柳》）。以下諸用例可為注腳：

> 如線如絲正牽恨，王孫歸路一何遙。
>
> ——唐・李商隱《柳》

> 一籠金線拂彎橋，幾被兒童損細腰。
>
> ——唐・韓《詠柳》

> 應須喚作風流線，係得東西南北人。
>
> ——唐・崔道融《楊柳枝詞》

> 線亂柔風嫋，氈鋪落絮平。
>
> ——元・許有孚《柳巷》

類似的例句還可以舉出許多。如唐徐夤的「漠漠金條引線微，年年光翠報春歸」（《柳》）；溫庭筠的「蘇小門前柳萬條，毿毿金線拂平橋」；元好問的「楊柳無風綠線齊」（《佚句》）等。看來，「搖漾春如線」一句，必須下注。「金線」當指綻出鵝黃嫩芽的柳條，「綠線」則顯然是指柳葉初成的「綠絲條」了。

古人詠柳，頗為習見，各自感受，卻每每不同。然他們是無論如何也聯想不到舶來很遲的五線譜的。可是，將柳之舞與音樂聯繫起來的卻不乏其人。溫庭筠的《題柳》即是明例：

> 楊柳千條拂面絲，綠煙金穗不勝吹。
>
> 香隨靜婉歌塵起，影伴嬌燒舞袖垂。
>
> 羌管一聲何處曲，流鶯百轉最高枝。
>
> 千門九陌花如雪，飛過宮牆兩不知。

這裏的柳分明是載歌載舞的，不可不謂妙構巧思！宋人徐鉉所詠就更加奇絕了：「長愛龍池二月時，毿毿『金錢』異新姿（又是「金線」）。假饒葉落枝空後，更有梨園笛裏吹」（《柳枝詞應制》）。「葉落枝空」便可製成柳笛，即簡陋的羌管，因而白居易才說「剝條盤作銀環樣，卷葉吹為玉笛聲」（《楊柳枝詞八首》之四）。

想來柳絲端的是原舞蹈、原音樂、原詩、甚至是原畫圖，明人高啟的兩句

詩，就將柳絲寫成了「煙雨春色圖」(《謔柳》)：

> 亂葉斜斜雨，狂風裊裊塵。

三、完美融合及詩意呈現

湯顯祖不僅是一位古典主義的戲劇大師，更是一位近古以來人道主義思潮啟蒙的先驅者。如果說我國古典浪漫主義大體上是以感情為主的，那麼，晚明人道主義思潮則表現為一種浪漫主義的激情澎湃，其崢嶸的芒角，直刺現實社會專制主義的頑劣弊端。卓吾子厲聲喝道：

> 發乎性情，由乎自然，是可以牽合矯強而至乎？故自然發乎性情，則自然止乎禮義，非性情之外復有禮義可止也。惟矯強乃失之，故以自然為美耳，又非性情之外復有所謂自然而然也。——《焚書》卷三《雜述‧讀律膚說》

此雖是就詩歌創作而言，然則在各種文體概莫例外。張揚性情，是李贄標舉的一面旗幟。在這一點上，湯顯祖與李氏可以說是同氣相求的。

在《驚夢》中，麗娘入夢之前，末扮花神唱了一曲〔鮑老催〕，其中有「單則是混陽蒸變，看他似蟲兒般蠢動把風情搧」句，徐朔方模糊注云：「形容幽會。」不能說注得不對，但過於含混。「混陽蒸變」，乃言春天陽氣蒸騰，逗惹人的春情。「蟲兒般」句，則有莊子「齊物我」意識，謂物（蟲兒）與我（人）同爾，皆天賦性情，不必諱言，人有自然情慾。下文的「景上緣，想內成，因中見」，徐注：「景，影；與下文的想、因都是佛家的說法。景上緣，想內成，喻姻緣短暫，是不真實的夢幻。因中見（現），佛家認為一切事物都是由因緣造合而成。」所注甚是。湯顯祖這裏將道、釋思想揉合起來，詩意化地傳達出其對人的自然情慾之本真認知，他不僅肯定了人的正常自然情慾，甚至美化了它，提高並擴充了它的存在意義和審美價值。其膽識和胸襟足令頭巾氣十足的腐儒倒吸一口冷氣，搖頭擺首！俞平伯先生說得好極了：

> 何謂自然之本然？「蟲兒般蠢動」是也。此物之性，即人之性也。此人道也（讀如未通人道之人道），即人之道也。謂為穢褻非也。謂為神聖亦非也。此自然之本然，「直」觀之而已矣。（《論詩詞曲雜著‧〈牡丹亭〉讚》）

按李卓吾的說法，自然而然即性情，可知湯濕祖乃性情中人，《牡丹亭》非「矯強」之作。「直觀」，就是真觀，本心本然，故俞先生才說「《牡丹亭》

非他，蓋直接《詩》三百之法乳也，『思無邪』之一化身也，是聖賢之必腸也，是豪傑之血氣也，是才子之才、佳人之佳，兼此二者之無奈之情也，是能將閨門風雅，性情之本原，宛轉曲折而書之，纏綿低回而度之，明目張膽地扮演之者也」。（同上）

余嘗謂俞平伯先生一生為文，寫得最有激情、最精彩的一篇文章便是《〈牡丹亭〉贊》。一則先生性耽昆曲，通音律，為昆劇名票；二則學問淵源有自，詩詞曲融會貫通，這與那些搖頭晃腦、附庸風雅瞎叫好，壓根兒就不懂昆曲，儼然在推重昆曲者，是不可同日而語的。可見，不限文體，為文者毫無激情，強扭作文，總然是尷尬營生。《〈牡丹亭〉贊》好就好在為文者激情充沛，不拘一格，灑灑洋洋，盪氣迴腸，令人彷彿行於山陰路上，目不暇接，不能不擊節讚歎。若以「標準」的論文衡之，老實說，《〈牡丹亭〉贊》並不太像論文，它太多感性的東西，但它淋漓痛快，時出獨見，一瀉無餘，頗多精警之語。如：「《還魂》主峰則曰《驚夢》，《驚夢》之警策只有八個字：『如花美眷，似水流年。』竟被他脫口說出，又立即被他說完了，使後之來者無以措辭，文心之美至於此乎！天下之才應非過獎矣。」諸如此等，文中觸目即是。可見批評拒絕感性，缺乏感性的批評終究是乏味的。行文至此，筆者想起了墨西哥大詩人諾貝爾文學獎獲得者帕斯一段精彩的高論：

> 批評的理性使天堂和地獄變得人煙稀少，靈魂因此又回到了大地，回到了空氣、火和水中；他們回到了男人和女人的身體上。這種回歸就叫浪漫主義。感性和激情是棲息在岩石、雲彩、河流以及身體中眾多靈魂的名字。對感性和激情的崇拜是一種帶有論戰色彩的崇拜，這裏出現了一個雙重的主題；讚美自然就像肯定史前某個時代一樣，是從道德與政治上批評文明。激情與感性代表自然的一面；這是真實面對虛假，簡單面對複雜，真正的獨特面對虛假的新穎。（《批評的激情》）

這番議論對我們閱讀《牡丹亭》以及俞平伯先生的《〈牡丹亭〉贊》，均有息息相通的意會之處。浪漫主義、論戰色彩、真實而簡單、獨特與新穎，統統需要感性與激情的支撐，明乎此，庶幾可讀《牡丹亭》，否則泛泛而讀，人云亦云，就只能是「啾啾唧唧作村婦口氣」，說些不關痛的累贅話了。

原載《昆劇藝譚》2010 年第 6 期

從張養浩的散曲創作看其人格美

一

　　張養浩（1269～1329），字希孟，別號雲莊，山東濟南人，為元代名臣，又是著名散曲作家。一般來說，元代的知識分子多受困頓，而張養浩的官卻做得不小。元成宗時，養浩被山東按察史焦遂薦為東平學正。後遊京師，為平章不忽木所賞識，闢為禮部令史，薦入御史臺，又為丞相掾，選授堂邑縣尹。武宗至大間，養浩為監察御史，仁宗時遷禮部尚書，英宗即位後，命參議中書省事。就在這期間，英宗欲於內庭張燈為鰲山，養浩力諫止之。疏略云：「今燈山之構，臣以為所玩者小，所繫者大；所樂者淺，所患者深。伏願以崇儉慮遠為法，以喜奢樂近為戒。」〔註1〕結果是惹得龍顏震怒，英宗雖然表面上賜養浩尚服金織和幣帛，「以旌其直」，骨子裏卻恨透了養浩的掣肘礙臂、擅言多事。養浩亦深明此中幽微，故此後不久，便以父老為名，棄官歸鄉，雖朝廷再三徵召，皆力辭不赴。直到養浩60歲那年，即元文宗天曆二年（1329），關中大旱，災情嚴重，朝廷拜養浩為陝西行臺中丞，出賑災民。這次養浩不顧年老體弱，毅然出山，他盡心竭力，安撫災區百姓，終因操勞過度而卒於任所。

　　一位封建時代的官吏，有如此高尚的情操，不能不令人肅然而生敬意。觀其詩文和散曲創作，聯繫養浩為政言行，其人格美的光采熠熠生輝，光華四射。縱觀歷代文學家的生平和創作，人格美與詩文詞曲中折射出的思想光輝，往往是融為一體的。宗白華先生說得好：「深於情者，不僅對宇宙人生體會到至深

〔註1〕《元史・張養浩傳》。

的無名的哀感，擴而充之，可以成為耶穌、釋迦的悲天憫人；就是快樂的體驗也是深入肺腑，驚心動魄；淺俗薄情的人，不僅不能深哀，且不知所謂真樂」。同時稱讚陶潛的人格美說：「陶淵明的純厚、天真與俠情，也是後人不能到處。」〔註2〕張養浩確可稱得上「深於情者」。他在陝西賑災時所寫的一組〔山坡羊〕懷古曲，還有至哀至痛的《哀流民操》，確見其能深哀，《潼關懷古》中的警語「興，百姓苦！亡，百姓苦」自不必說，再看：

> 只見草蕭疏，水縈紆。至今遺恨迷煙樹。列國周齊秦漢楚。贏，都變做了土；輸，都變做了土。

《驪山懷古》

> 悲風成陣，荒煙埋恨，碑銘殘缺應難認。知他是漢朝君，晉朝臣？把風雲慶會消磨盡，都做北邙山下塵。便是君，也喚不應；便是臣，也喚不應！

《北邙山懷古》

這種感興亡、哀蒼生的歷史沉思，寄託遙深，慨歎痛楚，非一般懷古類作品所能比擬。梁乙真《元明散曲小史》評雲莊〔山坡羊〕《潼關懷古》曾云：「此曲以透闢沉著勝，擬之涵虛子評林，宜為孫仲章之『秋風鐵笛』，或李致遠的『玉匣昆吾』差為似之，何以涵虛獨謂雲莊之詞如『玉樹臨風』耶？」案朱權《太和正音譜》謂雲莊之曲格調如「玉樹臨風」，這與雲莊隱居時的放曠曲作較為切合，而與雲莊懷古類作品則不侔。〔註3〕其懷古類作品高屋建瓴；視野闊大，氣勢蒼莽雄渾，用筆以質樸厚重為主，出語則透徹而精警，一定要以四字語來概括其風貌，無疑是件十分困難的事。養浩懷古曲所以能不落前人窠臼，別開生面，主要是因為他真正深入到了水深火熱的災民之中，目睹耳聞，傷心慘目，發而為詞曲，能不動魄驚心？即如艾俊所言，一組懷古曲，「凡所接於目而得於心者」。（同上）若讀養浩隱居時的作品，韻味正自不同。你看他的那份天真與靈性，怕是簡單的「避世——玩世」哲學所無法囊括的：

> 中年才過便休官，合共神仙一樣看，出門來山水相留戀，倒大來耳根清眼界寬，細尋思這的是真歡。

——〔雙調·水仙子〕

〔註2〕宗白華：《藝境·論〈世說新語〉和晉人的美》第 131 頁，北京大學出版社 1987 年版。

〔註3〕艾俊：《雲莊休居自適小樂府序》。

好田園，佳山水，閒中真樂，幾個人知。自在身，從吟醉，一
片閒雲無拘繫。

——〔中呂·普天樂〕

養浩在仕途上備嘗艱辛，對官場的黑暗和吏制的窳敗，洞悉得十分透徹，
因此他辭官後閒居雲莊之真歡真樂，乃發自肺腑，流於心曲，絕非故作清高、
佯為隱士、自以為已得林泉之趣者所能企及，其純厚天真與俠情義骨亦與陶淵
明有相通之處。

二

《四庫全書總目提要》評張養浩《歸田類稿》說：「養浩為元代名臣，不
以詞翰工拙為重輕，然讀其集如陳時政諸疏，風采凜然，而《哀流民操》、《長
安孝子賈海詩》諸篇，又忠厚悱惻，藹乎仁人之言。即以文論，亦未嘗不卓然
而傳矣。」《歸田類稿原序》亦稱：「公質厚剛毅，正大明白，仁於家，忠於
上……千載而下，凜有生氣，不可磨滅。」的確，張養浩人格的風範，不可磨
滅，然「忠於上」的說法，未免含糊，上若指皇上和朝廷，就很難解釋「屈指
歸來後，山中八九年，七見徵書下日邊」這類曲子了。其實，養浩所忠於的是
「以天下為己任」的人格完善。

養浩作詩，講究「為詩寫幽尚，刊落華與豪」[註4]，說得直露一些，即
是以樸素淳厚見長和表達真情實感為歸宗，其散曲創作亦然。這大約就是《四
庫提要》所說的「不以詞翰工拙為重輕」吧。我們來看他的〔中呂·山坡羊〕
組曲中的一首：

人生於世，休行非義，謾過人也謾不過天公意。便攢些東西，
得些衣食，他時終作兒孫累。本分世間為第一，休使見識，乾圖甚
的？

它衝口而出，有如臨兒孫面而作家訓，既饒平易親切之感，又飽含滄桑之
歎。

〔山坡羊〕組曲中又有云：

於人誠信，於官清正，居於鄉里宜和順。（之五）
與人方便，救人危患，休趨富漢欺窮漢。（之七）
金銀盈溢，於身無益，爭如長把人周濟。（之九）

〔註 4〕張養浩：《雲莊類稿·擬四季歸田樂》。

凡如此等，句句明心跡，字字含真意，不事雕琢，不尚藻飾，往往心到口出，說盡說透，表現出元曲中本色一路的順情遂意，與詩詞的含蓄婉曲自是韻味迥然有別。

探究一個人的人格美與不美，應該深入到其生活的各個方面。人格是在一定的社會——文化背景上形成的，故它必然要受到一定的社會——文化的制約。張養浩一生，處在異族統治的特殊歷史時期，而他從幼年起所受的教育和讀書範圍，主要是儒學經典，這就構成了現實與理想的矛盾。一方面，他對「禮崩樂壞」「綱常鬆馳」、漢民族文化傳統趨於斷裂的現實社會感到失望；另一方面，救世濟民、匡復漢族文化傳統的志向在他心中終未泯滅。養浩曾在一篇贈序中說：「士未嘗不志乎天下也，亦非有志而無其才也，志與才兩有，其所以不獲施者，時不與焉。」〔註5〕這與孔子所說「道之將行也與？命也；道之將廢也與？命也〔註6〕」意義相埒，便是所謂君子「居易以俟命」。孔子言「命」，養浩言「時」，實為一端。可知養浩的思想，本於儒學。可是，唐宋以來，儒學不那麼純粹了，道釋思想的滲透和浸入是很明顯的，特別是宋元新儒家，從禪宗的武庫裏遴取了不少東西。我們從養浩身上，不難看出這種遞嬗和流變的痕跡。其中最主要的，是對儒家經典的消化吸收，兼之佛家的悲憫與修行，所有這些，都對養浩的人格構成起著作用。讀他的《為政忠告》，就能體會到他的公心勤政、仁人愛民，以及正己濟人、即知即行的品格。《為政忠告》，又稱《三事忠告》，是養浩議論政事、闡發為官心得體會的政書。他對進退顯晦發表了自己的看法：「士所貴夫學者，安於內不搖乎外而已，用則經綸天下不以為誇，否則著述山林不以為歉，蓋經綸所以行道，著述所以傳道。其升沉顯晦雖若不同，揆諸事業則垺也。故士之處世，進不欣，退不戚，一意義命，囂囂然無入，而不自得者灼於此而已矣。」〔註7〕這個思想，顯然受到了宋以來新儒家思想的深刻影響，帶著明顯的時代烙印。朱熹說過：「惟動時能順理，則無事時能靜；靜時能存，則動時得力。……動、靜，如船之在水，潮至則動，潮退則止；有事則動，無事則靜。」〔註8〕元代士人身處特殊環境，困惑之中，在抉擇出入的態度上便更傾向於居靜而俟命了。張養浩生於元初，又性喜讀書

〔註5〕張養浩：《送王克誠序》，見《歸田類稿》第三卷。

〔註6〕《論語・憲問》。

〔註7〕張養浩：《送元復初序》，見《歸田類稿》第三卷。

〔註8〕見《朱子語類》第十二卷《學六・持守》。

著述，以傳道行道為終生事業，則不能不受到當時作為官學的朱學的薰陶。眾所周知，朱學而成為官學，實肇端於元代，而元初理學碩儒許衡的推波助瀾無疑又至關重要。許氏對理學的特殊貢獻在於他的「治生」說，即將民生日用、鹽米細事視作大道至理，這就使長期以來空談心性的理學有了新的生意。我們說養浩思想帶有明顯的時代烙印，正是從這個意義上說的。或者換一個角度，說元代的理學更為致用，更貼近民生國計。因此，養浩的關心民間疾苦、薄己厚民、約己奉人的操行，正是繼承了傳統儒學和新儒家思想的精華，又積極致用的結果。

古人品評人物，特重人格。宋元時期，士人對自身人格價值的深刻自覺尤為值得注意。察養浩一生政績、節操和行藏，說他是元代士人中第一品人，不為過譽。他時時以古代賢士為楷模，說古人「所以從仕者，宜假此以行道也」〔註9〕。可知養浩是將行道與傳道當作一生的事業來追求的，其人格操守當然必須符合這種追求的大目標。儘管這位封建時代官員的為政思想，並沒有也不可能超出儒家仁政思想的範疇，然而他有一顆誠摯的愛心，勤於政事，不濟己私，重品行節操而輕功名利祿，立言則身體力行，行則進退皆求有所作為，覽其政著雜言，讀其詩文散曲，蓋見其風骨凜然，正氣軒昂。養浩一向注重自律和修養，這在他的《為政忠告》中時有闡發。如《風憲忠告·自律第一》有云，「自律不嚴，何以服眾？」又云：「跬步有違，則人人得而訾之。」在《廟堂忠告·修身第一》中有云：「所謂善自修者何？廉以律身，忠以事上，正以處身，恭謹以率百僚，如是則令名隨焉，輿論歸焉，鬼神福焉，雖欲辭其榮，不可得也。所謂不善自修者何？徇私忘公，貪無紀極，不戒覆車，靡思報國。如是則惡名隨焉，眾毀歸焉，神鬼過焉，雖欲避其辱，亦不可得也。」

考諸《元史》本傳，養浩為堂邑縣尹時，常居官舍，不顧「人言官舍不利」的傳言，又給因飢寒所迫而為盜的人以自新之路，毀除淫詞，懲處擾民的暴戾之徒，「民甚快之」。「去官十年，猶為立碑頌德」。養浩以其至誠的愛民之心，贏得了百姓的崇敬和愛戴。

三

《元史》本傳中關於張養浩赴陝西救災並以身殉職的記載，可以說是感人至深的，這的確是應該大書一筆，名垂後世之舉。時養浩已年屆花甲，並早已

〔註 9〕張養浩：《牧民忠告》卷下《求進於己》。

痛下決心不再為官。當他得知是賑濟災民，救拔塗炭之生靈，便不顧個人安危，毅然出山。「既聞命，即散其家之所有與鄉里貧乏者，登車就道，遇餓者則賑之，死者則葬之。……聞民間有殺子以奉母者，為之大慟，出私錢以濟之。」所謂「關中大旱，饑民相食」，顯然非誇張之詞。這裏所說的殺子以奉母者，指的正是鄠縣民賈海屠子孝母事，《歸田類稿》卷十六五言古詩中有一首《長安孝子賈海詩》，寫得令人傷心慘目，不忍卒讀。此詩之意恐怕意不在宣示孝道，其深意分明在「怒詰官失治，使民至如此」二句。

　　我們再來看《元史‧張養浩傳》中其在陝西賑災的記載：「到官四月，未嘗家居，止宿公署。夜則禱於天，晝則出賑饑民，終日無少怠。每一念至，即撫膺痛哭，遂得病不起，卒年六十。關中之人，哀之如失父母。」這分明是為道義而獻身的精神，否則如何能不顧個人身家性命，視死如歸呢？其實，養浩聞命離開歷下之時，決心已定，義無反顧，縱犧牲自己的性命亦在所不辭，這從他散盡家財、濟貧救困的行動即可看出。作為一個封建官吏，能得如此，實在是難能可貴的。養浩所做所為，比起那些搜刮民脂民膏以飽私囊，不惜以塗炭生靈的鮮血染紅自家門樓的貪官污吏來，無疑是一座高山，是巍然聳立在污泥濁水之旁的峰巔。即使在今天，我們透過歷史與文化的層層積澱，張養浩的高風亮節和懿行美德仍掩抑不住，明晰可見。

　　《元史》本傳中還記載了養浩赴任途中祈雨華山的事蹟：「禱雨於岳祠，拜泣不能起。天忽陰翳，一雨二日。及到官，復禱於社壇，大雨如注，水三尺乃止。禾黍自生，秦人大喜。」這或許是養浩之精誠感動了上蒼吧！祈雨乃民俗古風，不消說其與迷信愚昧自當別論。觀《歸田類稿》卷八《西華嶽廟祈雨文》及《催雨文》，還有早年養浩在堂邑時的《堂邑祈雨文》、《謝雨文》，可概見養浩與民同憂愁、共歡樂的思想感情。在養浩的《雲莊樂府》中，有兩篇作品與華山祈雨有關，一是套曲〔南呂‧一枝花〕《詠喜雨》，一是小令〔雙調‧得勝令〕《四月一日喜雨》。先看小令：

　　　　萬象欲焦枯，一雨足霑濡。天地回生意，風雲起壯圖。農夫，
　　舞破蓑衣綠；和余，歡喜的無是處！

　　在幾千年的封建社會裏，真正為民請命、與民同苦共樂的官吏畢竟是少數，像養浩這樣與農夫同命運、共呼吸，休戚與共、苦樂同係的「父母官」，洵屬難得。養浩有言：「民之有訟，如己有訟；民之流亡，如己流亡；民在縲絏，如己在縲絏，民陷水火，如己陷水火。凡民疾苦，皆如己疾苦也，雖欲因

仍，可得乎？」〔註10〕這種解民於倒懸，「歡息腸內熱」的情感，在上面的小令中表現得非常突出。在靠天吃飯的古代，雨順風調無異是一種福祚。養浩看到萬象枯焦，與農夫一樣，內心也是焦灼不安的。一旦甘霖降下，其歡欣雀躍自不待言。看到農夫們歡樂的手舞足蹈，彷彿破舊的蓑衣也獲得了新的生命而返青泛綠，作者與農夫們都高興得不得了。曲中「綠」字，用得極巧，非有真切感受、實際體驗，難為此句。這裏作者未曾著筆去寫田裏的禾苗，卻以意到筆不到之法去寫蓑衣的彷彿變綠，使我們依稀看到了久旱逢雨的遍野禾黍，開始有了生機，甚至吸足雨汁，變得孳勃、蔥綠。尾句似更妙，「無是處」，即不知如何表達喜悅才好，純用口語，平樸中見深情，味厚而韻至。它與杜甫的《春夜喜雨》詩，調不同而意相通，惟與農夫同歡共樂之情，似更深入一層。

再看〔南呂·一枝花〕套曲：

> 用盡我為民為國心，祈下些值玉值金雨。數年空盼望，一旦遂霑濡。喚省焦枯，喜萬象春如故。恨流民尚在途，留不住都棄業拋家，當不的也離鄉背土。

> 〔梁州〕恨不的把野草翻騰做菽粟，澄河沙都變化做金珠，直使千門萬戶家豪富，我也不杆了受天祿。眼覷著災傷教我沒是處，只落的雪滿頭顱。

> 〔尾聲〕青天多謝相扶助，赤子從今罷歎吁。只願的三日霖霪不停住，便下當街上似五湖，都淹了九衢，猶自洗不盡從前受過的苦。

曲的前半部，作者「直使千門萬戶家豪富」的理想，與杜甫的《茅屋為秋風所破歌》、白居易的《新制布裘》和《新制綾襖成感而有詠》等作品，思想感情上是一致的。詩「安得廣廈千萬間，大庇天下寒士盡歡顏」，是人們所熟悉的。白詩「安得萬里裘，蓋裏四野垠；溫暖皆如我，天下無寒人」及「爭得大裘長萬丈，與君都蓋洛陽城」。養浩則明顯受到了杜詩和白詩的啟發。相較之下，養浩身在災民之中，盼、喜、哀、恨皆落在實處，似更親切感人。從「數年空盼望」句可知，關中大旱非止一年兩年，故人們盼雨可以說是積年累月，年復一年，翹首祈求，望眼欲穿。唯因盼得苦，才愈顯出盼來後的喜。你看作者高興得簡直成了個天真的孩童，恨不得站到雨水巾淋個痛快，赤子之心，溢於言表。養浩以為「心誠愛民」乃為官本分，他說：「誠生愛，愛生智。惟其

〔註10〕張養浩：《牧民忠告》卷上《民病如己病》。

誠，故愛無不周；惟其愛，故智無不及。吏之於民，與是奚異哉？誠有子民之心，則不患其才智之不及矣。」〔註11〕正因為有這種誠愛之心，他才既能深哀，又能真歡，敢於為民請命，以至不惜生命而殉道義。歌德有句格言說得好：「品格換來品格。」〔註12〕大約是說高尚的言行與深厚的自我修養之間是互為表裏的，一般說來一個人的內在品格與別人對他的人格評價應該是一致的。如果我們不是採取以今人的思維和觀念去度古人，從而對古人進行價值判斷的話，我們就應該正視張養浩的人格美，並發掘和彰揚這種人格美。那種以為古代清官和貪官從本質上看毫無二致的說法，乍看上去好像很深刻，實際上抽掉了人的個性和人格差異，乃是以決定論去抹煞超越性。簡單類比和抽象歸納有時是有用的，但大多數情況下卻是無力的，這是因為歷史現象和個人的人格特點都是紛繁複雜的。我們既不能無視古代的士作為人類的社會屬性，更不能忽略對他們個性和人格的研究，即所謂「個案」研究。

四

說到養浩歸隱後的散曲，或以為他反反覆覆只唱一個調子，那就是對往日仕途險惡的揭露與追悔，對眼前田園生活的津津樂道，無非奉行「避世——玩世」哲學，甚或頗有些消極和感傷情調。如果僅就其散曲而論，泛泛讀過，差不多只能得出這樣的結論；如透過其散曲和詩文創作的表面，直追其人格特徵，並聯繫其所處歷史環境、社會思潮以及個人的經歷，怕就不那麼簡單了。

養浩一生，凡三次出仕，兩度隱退。初遊京師，為不忽木所薦為禮部令史，直至監察御史，這是他第一次出仕。武宗時，因反對置尚書省，對當國者和權貴所不能容，「恐及禍，乃變姓名遁去。」這是養浩第一次棄官。元代尚書省的廢立問題，一直是統治階級上層鬥爭的焦點〔註13〕，養浩捲入了漩渦，不得不急流勇退。兩年之後，武宗死，罷尚書省，養浩又被召為右司都事，這便是他第二次出仕。元英宗至治元年（1321），又因諫罷張燈為鰲山事而棄官，時52歲，此為其第二次退隱。直到他60歲時往陝西救災，才第三次復出。這種坎坷顛躓的特殊經歷，磨礪了他的性格。他的信念是：「不蕩於富貴，不懾於

〔註11〕 張養浩：《牧民忠告》卷上。

〔註12〕 《歌德的格言和感想集》第8頁，程代熙等譯本，中國社會科學出版社1982年版。

〔註13〕 可參閱（明）陳邦瞻：《元史紀事本末·尚書省之復》第125～128頁，中華書局1979年版。

貧賤，不搖於威武，道之所在，死生以之。」他的生死觀是「非其義則不死，所謂『重於泰山』者。」〔註14〕此等節操，顯然與「避世——玩世」哲學是不可同日而語的。何況，養浩即使人隱雲莊，心卻從來未曾隱呢！

養浩之隱居，有著複雜的背景和難言的苦衷。他生性忠厚，為人正直，那種噤若寒蟬、如履薄冰的為官生涯，與他性情實相違拗。如同陶淵明將官場比作「塵網」、「樊籠」，養浩不止一次在散曲中把官場比作「羅網」、「火坑」，所謂「辭卻鳳凰池，跳出醯雞甕」；「掛冠、棄官，偷走下連雲棧」；「翻騰禍患千鍾祿，搬載憂愁四馬車」；「黃金帶纏著憂患，紫羅襴裏著禍端」等，這是養浩與陶潛情愫相通之處。而「折腰慚，迎塵拜，槐根夢覺」；「五斗折腰慚作縣，一生開口愛談山」等〔註15〕，亦與陶潛所見亦略同。個中沉鬱與委曲，與一般隱居樂道者亦不能相提並論。

養浩性愛山水林泉，對家鄉有著深厚的依戀之情，初時便不願外出求仕，只是遵從父母意願，才邁向仕途的。「向非親命須官為，定買煙霞事耕劚」；「曩時塵奔為悅親，而今雲臥復天真」。看來養浩差不多僅是為了使父母高興才躍身宦海之中。或者說，假官亦可行道，儒家傳統思想中的「兼濟天下」說在養浩心底湧動，故他十分矛盾。他曾流露出兩難的心理體驗：「自言微親老，亦欲謝紛糾。從仕非不佳，其奈多掣肘。」不是他不想做官，而是官場過於兇險，如欲強支力撐，則苦不堪言，不如順性情，「遂初志」，便是「行藏在我」。這就是養浩兩次退隱微妙而又複雜的心態。在佳山幽林的自適中，他也會想到為官時的生活，那畢竟可以實現「以天下為己任」的自身生命價值——他是何等矛盾與痛苦呵！「在官時只說閒，得閒也又思官」；「豈是無心作大官，君試看，蕭蕭雙鬢斑」〔註16〕。此等心曲，坦率赤誠。一方面，我們可以看到他身在山林，心懷魏闕，為空有滿腹經綸、一腔抱負而感到苦悶、憤激，這是一種憂國憂民的感傷，或言沉痛的憂患意識；同時，我們也能夠依稀感受到元代社會的黑暗和窒息，連這樣一位忠厚剛直、政績昭昭的人也容不下，那官場的昏暗與險惡便是可想而知了。不幸至此，更何以堪！

養浩的「平生原自喜山林」，與陶淵明的「性本愛丘山」也是相通的。熱

〔註14〕張養浩《風憲忠告》全節第十。

〔註15〕以上所引見張養浩〔雙調‧慶東原〕、〔中呂‧朝天南〕、〔中呂‧喜春來〕、〔雙調‧水仙子〕、〔中呂‧普天樂〕、《雲莊遺興自和二首》。

〔註16〕以上所引見張養浩《西岩醉筆》、《寄省參議王繼學諸友自和四首》、《郊居許敬臣廉史見過》、〔雙調‧沽美酒兼太平令〕、〔南呂‧西番經〕。

愛自然，的確有個性情問題。有的人對自然景觀愛得強烈，而有的人則淡漠一些，這是客觀的存在。按喬治‧桑塔耶納的說法，「愛好風景就得賦以德性」。自然風光是一種美，既是美，它自然也就是一種價值。它同時又是一種感情，是欣賞者「意志力和欣賞力的一種感動」〔註17〕。並非人人都有這種感動，或者說感動也是有深淺的。其實，我國古代也有類似說法。南朝劉宋時的雷次宗說：「山水之好，悟言之歡，實足以通理輔性」〔註18〕。蕭統則說：「核校仁義，源本山川。」〔註19〕張養浩的山水之好，林泉之樂本乎情性，發於心底。且看他的〔雙調‧雁兒落兼得勝令〕：

> 雲來山更佳，雲去山如畫。山因雲晦明，雲共山高下。倚杖立雲沙，回首見山家。野鹿眠山草，山猿戲野花。雲霞，我愛山無價。
> 看時行踏，雲山也愛咱。

這首帶過曲在《雲莊樂府》中可以看作是別調異趣之作，它寫山、寫雲、寫山間野趣，視角獨特，物我融為一體，且將雲山景致看作是一種價值；德性與審美修養透過獨特的體驗自然流出，體現了作者對家鄉山水景物的摯愛和深情。與此相類的作品，還有〔雙調‧折桂令〕《過金山寺》以及〔雙調‧水仙子〕《詠江南》，所不同的是〔折桂令〕和〔水仙子〕曲似寫於作者宦遊時期，但那種對山水形勝的陶醉與感動卻是一致的。「詩句成風煙動色，酒杯傾天地忘懷」。人與自然景觀融成一片的審美體驗亦相彷彿。用他自己的話說，是「只為愛山的別」（〔中呂‧普天樂〕）。有如此的德性和氣質，仕途上一旦道之不能行，再回到家鄉懷抱，對養浩來說，未始不是一件令人欣慰的事。「弱冠出仕，知命而歸」〔註20〕。他的吟詠田園之樂，實可看作一種解脫後的輕鬆。他的確感到太累了：「抗俗支塵力不任，故園歸臥遂初心。」〔註21〕他幾乎是精疲力竭：「蹇余亦本山野民，仕路強趨終躓踣。」〔註22〕於是，他毅然決然地回到了家山懷抱。家鄉山水給了他無限慰藉，在身心靜和自怡之中，回首仕途，心尚餘悸未盡：「往事回頭皆噩夢，故園投足總陽春。」〔註23〕不是因為畏懼，

〔註17〕（西班牙）喬治‧桑塔耶納：《美感》第33頁，繆靈珠譯本，中國社會科學出版社1982年版。

〔註18〕《宋書》第九十三卷，《雷次宗傳》。

〔註19〕蕭統：《答湘東王求文集及詩苑英華書》。

〔註20〕張養浩：《〈有田〉詩小序》。

〔註21〕張養浩：《翠陰亭獨坐寄莫俊德經歷》。

〔註22〕張養浩：《西岩醉筆》。

〔註23〕張養浩：《寄省參議王繼學諸友自和四首》。

他必要時連性命也在所不顧的；亦不是怕丟了個人的利益和面子，他不是甘作布衣，傾家私而濟人了嘛！主要是道之不行，只能乘桴浮於海。他歸隱了，卻從未忘記人間世。他根本不想作神仙，只是要進入一種靜觀的境界：「休指望作神仙上九霄，只落得無是非清閒到老。」〔註24〕他站在雲端一邊閱世一邊思考著：「由他傀儡棚頭鬧，且向崑崙頂上看。」〔註25〕這種曠世超脫的輕鬆感也只能是一種短暫的憩息，只有與水光山色擁抱之時，或是放懷詩酒之際，方能物我齊忘，其中苦澀自不待言。養浩在「六載丘園凡六召」的情況下，也曾動搖過，他畢竟是身隱心未隱。他曾在「將行懼違孝，欲行還戾忠」〔註26〕的兩難中徘徊過；也曾赴召行至通州，又逡巡折回歷下。〔越調‧寨兒令〕記的就是將欲赴詹事丞職，「才到燕京，便要回程」事。說是「感疾還家」，實際上憂慮的是「出處人所難」。他想起了陶淵明的晚節，便返身又回到他「三徑菊四圍書」的天地中去了。

總之，養浩之歌詠山水林泉，樂道隱居生活，與「避世」、「逃世」無涉，的的確確是發乎內心的真樂，如他自己所說：「田園無限樂，夫豈為逃名。」〔註27〕但這絕不是說他消極出世，而是追求品格完美、氣節崇高（不是清高）。「雖非鹿門龐，或庶彭澤陶」〔註28〕。他似非不羨慕東漢龐公深隱鹿門、採藥修煉的神仙般生活，而對陶淵明結廬人境的氣格卻無限神往——他進入了一種「人生佳處無何國，鍾鼎山林恐未然」〔註29〕的境界，這是孜孜於功名利祿或僅僅因為時不我遇，退歸林泉卻又怨天尤人者所無法達到的境界。實質上這是一種人格境界，它包孕著既屬於時代的社會——文化背景，又潛藏著執著個性追求的超越性。這就是我們綜合考察分析了張養浩其人其作後所得出的結論。

養浩現存散曲，小令161首，套數僅兩套，作者原自命題為《雲莊休居自適小樂府》，顯然不是他散曲創作的全部。因為既名「休居自適」，當指他退隱後的作品。那麼，他為官近30年間是否就不寫散曲了呢？隋樹森先生《全元散曲》從《雍熙樂府》和《彩筆情辭》中輯得養浩小令8首，作為「補遺」，

〔註24〕 張養浩：〔雙調‧沉醉東風〕《寄閱世道人侯和卿》。
〔註25〕 張養浩：〔雙調‧雁兒落兼得勝令〕。
〔註26〕 張養浩：《制中辭吏部尚書》。
〔註27〕 張養浩：《歸田類稿‧晚霽》。
〔註28〕 張養浩：《雲莊類稿‧擬四季歸田樂》。
〔註29〕 張養浩：《歸田類稿‧同元復初飲許仲文別墅》。

都是「贈妓」、「詠美」的篇什，流露出文人士夫人生如蜉蝣暫寄的放浪情懷，趣味的確不高。然這些作品是否出於養浩之手，大可懷疑，隋樹森先生亦認為「未必可信」。並箋云「案雲莊寄傲林泉，縱情詩酒，其散曲多歎世悟世之作，風情之什，集中無一。《彩筆情辭》所收諸曲，是否果為雲莊作，不無可疑，茲姑輯之。」養浩為散曲大家，傳世作品在元散曲作家中是較多的一位，在當時和後世均有很大影響。《彩筆情辭》選元人作品必欲託名雲莊，所選又都是「情辭」，遂蒙西子以不潔，亦未可知。退一步說，那 8 首所謂情辭果若為養浩所作，是不是其人格就不美了呢？答曰：未必。元人散曲中部分作品寫「鳳帳鴛衾，極男女昵褻之致」，是一時期的一種風氣，「其情似曠達，實亦至可哀痛矣」〔註30〕，因為它是苦悶所派生出來的情緒變異。我們不能苛求於古人，說張養浩人格是美的，並不是說他的人格是絕對完美的，完美而無一瑕疵的人格幾乎是不存在的。何況，只要將 8 首「情辭」與養浩大部分散曲加以對照，不難看出，其十之八九是出於偽託。或許，養浩為官期間有詩文留存，而散曲則大部分散佚了；亦或許他退隱之後才寫散曲，因體裁本身更適於表達閒居生活，這是可以再進一步思考和探索的。

原載《首屆元曲國際研討會論文集》河北教育出版社 1994 年版

〔註30〕劉永濟：《元人散曲選·序論》第 10 頁，上海古籍出版社 1981 年版。

散曲文學的文體意義

　　所謂文體（Style），看起來彷彿是純形式的外在層面，實質上它卻是內在的嬗變機制中最根本、最活躍的層面。

　　人們讀散曲作品，首先有一個突出的感覺，這就是散曲語言的構成與詩、詞大異其趣，因了這種語言體式的變化，整個韻味、情致乃至神采都不同了，即意、趣、神、色皆變易了。一句話，我們讀散曲時所獲得的審美感受與詩詞相較，有著極大的差異。這是很值得深入探究的一個饒有興味的問題。

　　一般認為，審視文體演變的角度（或言探究文體演變的途徑）有四個方面：一是語言學的角度，二是心理學的角度，三是闡釋學和接受美學的角度，四是社會文化背景的角度〔註1〕。其中最主要的又顯然是語言學的角度。所謂心理學角度，主要指作家的個性心理特徵及其主觀上的文體意識，亦即作家的「心境」和個人氣質、好尚等；闡釋學與接受美學的角度，是從讀者一方而言的，因為真正意義上的藝術活動，必須考慮到優秀讀者的感受力，甚至包括他們的審美期待以及價值取向；至於社會文化背景的剖析，一體文學的繁盛與社會文化背景之間的關係，則屬宏觀研究的範疇，自然也不可或缺。然而，結合散曲創作的實際情況，從語言學角度探討散曲文學的文體演變意義，似尤為富有意味。

　　先看兩首元人令曲：

〔註 1〕參閱陶東風：《文體演變及其文化意味》「導言」第 11 頁，雲南人民出版社 1995
　　　　年版。

－235－

〔雙調·折桂令〕題情　劉庭信

　　心兒疼勝似刀剜，朝也般般，暮也般般。愁在眉端，左也攢攢，右也攢攢。夢兒成良宵短短，影兒孤長夜漫漫。人兒遠地闊天寬，信兒稀雨澀雲慳，病兒沉月苦風酸。

〔南呂·四塊玉〕風情　藍楚芳

　　我事事村，他般般醜。醜則醜村則村意相投。則為他醜心兒真博得我村情兒厚，似這般醜眷屬，村配偶，只除天上有。

　　這兩位曲家生於十四世紀初，未及趕上散曲文學的峰巔期。我們這裏注意的是他們曲子的語言構成特色。前一曲，寫的是老而又老的閨怨題材，我們讀起來卻又有一種說不出的新鮮感。究其就裏，無非是語言的生新活潑，如信口呼出，無一絲兒扭捏造作，亦不見半點兒雕鏤琢磨。「心兒疼勝似刀剜」這類句子，在詩詞中是絕對忌諱的，便是所謂曲語的急切透闢，說盡道透。劉氏的另一首同調牌同題小令更有名氣，似亦更能說明問題：

　　　　想人生最苦離別，唱到陽關，休唱三疊。意遲遲抹淚揩眸。急煎煎揉腮抓耳，呆答孩閉口藏舌。情兒分兒你心裏記者，病兒痛兒我身上添些。家兒活兒既是拋撇，書兒信兒是必休絕。花兒草兒打聽得風聲，車兒馬兒我親自來也。

　　口語化語言的魅力在這裏得到了充分的發揮，人物也就由如聞其聲而活生生地凸現在我們面前了。

　　藍楚芳與劉庭信是同時期曲家，《錄鬼簿》中有二人在武昌「賡和樂章，人多以元、白擬之」的記載。更為有趣的是，藍氏曲中的所謂「般般醜」，確有其人。夏庭芝《青樓集》中有般般醜的小傳：

　　　　時有劉庭信者，南臺御史劉廷翰之族弟，俗呼「黑老五」。落魄不羈，工於笑談，天性聰慧，至於詞章，信口成句。而街市俚近之談，變用新奇，能道人所不能道者。與馬氏（按即般般醜，湖湘名妓）相聞而未識。一日相遇於道，偕行者曰：「二人請相見。」曰：「此劉五舍也，此即馬般般醜也。」見畢，劉熟視之，曰：「名不虛傳！」馬氏含笑而去。自是往來甚密，所賦樂章極多，至今為人傳頌。

　　這則記載中至少有三點值得注意：其一，是「至於詞章，信口成句」。這大約是曲與詩詞的諸般差異中最根本的一條，即是說曲是脫口而出的，當然要以口語甚至俗語俚言為主，這與詩詞的反覆琢磨，以書面語言為主是大相逕庭

的。其二，是「街市俚近之談，變用新奇，能道人所不能道者」。這就從語言構造的本質意義上劃開了散曲文學與傳統詩詞的界限，「變用新奇」的說法，尤當注意，即以「街市俚近之談」作尖新茜意的曲子，其意義正在「變」字上。這裏的「變」，自然是針對傳統詩詞而言的，而「用」，則指運用俚語方言，「新奇」，便是指所謂的審美期待之滿足感了。其三，是劉、馬二人所賦所歌「樂章」，廣為流傳，「至今為人傳頌」。夏伯和是元代中後期人，很可能卒於入明之後。也就是說，劉庭信的散曲在元末明初是很有影響的。此外，藍楚芳既是劉庭信的好友，當有可能得識馬般般醜，或有可能藍氏曲中的般般醜就是馬氏，甚至二人真的意趣相投，感情深厚。從藍曲來看，口口聲聲說自己村（蠢），也與元前期曲家如出一轍。全曲明白如話，斬釘截鐵，文人與歌妓之間相愛得如此誠篤，也只有元代才較為普遍，這也是難能可貴的。

　　語言是符號表達最重要的形式，也是文化精神內容的核心形式。綜合文化的各個方面，從某種意義上來說，文化的突出表現形式就是語言。美國著名的文化人類學家萊斯利·懷特（LeslieA.white.1900～1975）說：「全部文化或文明都依賴於符號。正是使用符號的能力使文明得以產生，也正是對符號的運用使文化延續成為可能。」〔註2〕而在人類的符號活動之中，語言又是最重要的。「音節清晰的語言是符號表達之最重要的形式。把語言從文化中抽掉，還會剩下什麼東西呢」？因此，「符號表達的最重要的形式是語言表達能力，語言表達意味著思想的交流；交流意味著保存，即傳統；而保存意味著積累和進步」〔註3〕。在中國古代詩歌史上，《詩經》以前的古歌謠，或經後人改動，或索性雜入後人偽託之作，可靠程度不高。我們依稀可以感受到的是音節短促急切，內容樸素單純，形式上二言、三言、四言、雜言皆有。顯然反映的是語言文字形成的早期先民們的符號表達水平。漢語是單音組合，一個音節就是一個字，表達一個意義，因而古代詩歌的組織結構，多是字句排列整齊的。古歌謠中的二言詩，如《周易》卦詞中的「屯如，邅如；乘馬，班如；匪寇，婚媾」（《屯》六二）。或以為是寫古代搶婚風俗，〔註4〕字雖少，卻很生動。《周易》中此等

〔註2〕（美）L.A.懷特：《文化的科學》第33頁，沈原等譯本，山東人民出版社1988年版。

〔註3〕（美）L.A.懷特：《文化的科學》第39頁。

〔註4〕高亨《周易古經今注》卷一云：「今人謂此寫古代掠婚之事，殆是歟。」唯高先生以每四字一逗，據文意，以二字斷開意更顯豁，將其視為二言詩是沒有問題的。

類於二言詩的卦詞尚有不少，與古《彈歌》合起來看，二言詩的時代無疑是存在過的。至於三言詩，《周易》中有，《詩經》中也有，《周南》中《樛木》三章即是明例。其第一章云：「螽斯羽，詵詵兮；宜爾子孫，振振兮。」第三句雖是四言，三章合起來看，還是以三言為主的。《周南·麟之趾》三章，亦復如此。《詩經》中還有些看起來是四言的作品，若去掉兮字格，直可視為三言。當然，《詩經》中的四言詩，是最為普遍的，這是真正的四言詩的時代。陳中凡先生曾談及三、四言詩盛行的原因，說「大概是與音樂有關係」，以為「古代初民最早用的是『自然樂器』，就是用他們的手拍，足蹈，及口中的叫號。進一步才用『模仿樂器』，即模仿自然樂器而製的『打擊樂器』，如石器中的磬，陶器中的塤缶，銅器革器中的鍾鼓之類。」〔註5〕這是三言詩保存於《詩經》中的依據。及待周人音樂進步了，有了琴瑟及笙簧，四言詩的時代就開始了。琴的音調很低，節拍也很緩，「卻成為四分之四的調子，與四言詩適相配合」〔註6〕。簡單的樂器，必配合簡單的歌辭。手拍足蹈與二言、三言歌詞是相適應的，而稍複雜的樂器，如琴瑟之屬，自然就要配合稍進一步的四言歌辭了。

到了漢代，五言歌辭先由民間發生。郭茂倩《樂府詩集》卷二十六《相和歌辭》一引《宋書·樂志》：「相和，漢舊曲也，絲竹更相和，執節者歌。」又引《晉書·樂志》：「凡樂章古辭存者，並漢世街陌謳謠，《江南可採蓮》、《烏生十五子》、《白頭吟》之屬。」到了東漢末，文人起而模仿，五言詩遂普遍流行。七言詩當祖於楚辭，張衡作《四愁詩》，顯然是模仿楚調，一直到魏文帝曹丕，始汰去「兮」字，開啟了七言詩的時代。漢代的民歌，如「相和歌辭」中的《白頭吟》、《梁甫吟》、《怨歌行》、《長門怨》等，皆出於楚調。屈原等所作詩篇，形式上多取於楚地民歌。如《山鬼》多六言句，便是取諸於湘沅民歌。楚辭實際上是雜言詩，如《天問》以四言為基礎，間雜長句；《九歌》則以五言為主，雜以四言等等。明人胡應麟曰：「四言變而《離騷》，《離騷》變而五言，五言變而七言，七言變而律詩，律詩變而絕句，詩之體以代變也。《三百篇》降而《騷》，《騷》降而漢，漢降而魏，魏降而六朝，六朝降而三唐，詩之格以代降也。上下千年，雖氣運推移，文質迭尚，而異曲同工，咸臻厥美。」（《詩藪》內編卷一「古體」上「雜言」）胡氏從「體」與「格」兩個方面把握

〔註5〕《陳中凡論文集》第 286 頁，上海古籍出版社 1993 年版。
〔註6〕《陳中凡論文集》第 287 頁。

詩歌發展史上的流變規律，稱得上是古代詩論家中注重宏觀研究的卓有成就者，《詩藪》也是一部在宏觀研究與微觀透視方面結合得較好的詩學著作。體，在這裏就是體裁；格，庶幾相當於我們今天所說的格調、風格。「體格」二字，倒真的與 Style 暗合了。

胡應麟又專論樂府詩云：

> 世以樂府為詩之一體，余歷考漢、魏、六朝、唐人詩，有三言、四言、五言、六言、七言、雜言、近體、排律、絕句，樂府皆備有之。（《詩藪》內編卷一「古體」上「雜言」）

在討論了樂府諸體皆備的基礎上，胡應麟注意到了樂府之變：「樂府之體，古今凡三變：漢魏古詞，一變也；唐人絕句，一變也；宋元詞曲，一變也。六朝聲偶，變唐之漸乎！五季詩餘，變宋之漸乎！」（同上）胡氏對古詩與樂府之流變，看得很清楚，而對於如何變卻語焉不詳。即是說，他未曾揭示出代變的內在規律性和深層運作機制的複雜性。但這不等於說他完全沒有注意到這個問題。如他說「古詩窘於格調，近體束於聲律，惟歌行大小長短，錯綜闔闢，素無定體，故極能發人才思」（《詩藪》內編卷三「古體」下「七言」）。這是說雜言相對於齊言而言，無疑是體格上的一種解放，或者說是一種進步。而這種解放與進步，實質上是一種文化的進步，它首先與音樂傳統的變化有關，而更主要的是與語言的進步與變化，是相輔相成的。

宋郭茂倩《樂府詩集》卷二十一《橫吹曲辭》一有云：「北狄諸國，皆馬上作樂，故自漢已來，北狄樂總歸鼓吹署……橫吹有雙角，即胡樂也。漢博望侯張騫入西域，傳其法於西京，唯得《摩訶兜勒》一曲。李延年因胡曲更造新聲二十八解，乘輿以為武樂……」這說的是胡樂番曲入中土之始的情況，它與「漢魏古詞，一變也」之間的關係，是至為明顯的。雖然，外族音樂入於中夏，《竹書紀年》上就有記載，所謂「諸夷獻舞」在夏之帝發時就有記載了〔註7〕，但漢以來無疑規模更大。隋唐燕樂，更是廣泛汲取胡樂的時代。施議對先生曾下結論說：「燕樂歌辭，其所合之樂，無論是胡樂，或者是清樂，或者清胡合奏，其所合歌辭，都漸以長短句為主體；長短句合樂歌詞是燕樂歌辭中的一個主要形式。」〔註8〕這是說的晚唐五代詞的產生與音樂之間的關係。至於曲的產生與音樂之間的關係，明清曲論家已說了很多，所謂「大江以北，漸染胡語」

〔註7〕丘瓊蓀：《燕樂探微》第5頁，上海古籍出版社1989年版。
〔註8〕施議對：《詞與音樂關係研究》第42頁，中國社會科學出版社1985年版。

（王世貞《藝苑卮言》附錄），於是，樂音、語言皆隨時尚而變。懷特曾指出：各個民族的音樂行為是各式各樣的，「由於中國人具有某種生物學特性，而使中國音樂具有它的形式和風格」；而音樂行為又是一種人類所特有的行為，故它又是可變的。「人類行為是人類有機體對於我們稱之為文化的一類外部的、超有機體的符號刺激的反應。人類行為變量是文化變量的函數，而非生物常量的函數」。因此，「由於音樂文化傳統變了，音樂行為也將隨之改變，這一行為只是有機體對一系列特定文化刺激的反應」。〔註9〕前已談及音樂的配合歌詞是由簡向繁發展的。李開先說：「音多字少為南詞，音字相半為北詞，字多音少為院本；詩餘簡於院本，唐詩簡於詩餘，漢樂府視詩餘則又簡而質矣，《三百篇》皆中聲（案「中聲」乃指和諧而已之意）而無文，可被管絃者。」〔註10〕這個規律雖顯然，卻透露出樂府詩發展的許多消息。主要的是三個方面：

第一，是語言的從質樸到細膩，再到新的層次的質樸。即《三百篇》的簡而質，進而楚辭的細而文，再到六朝的麗而晦。隋唐詩是對傳統的集大成與開拓創新相結合的時代，而宋、金、元、詩、詞、曲則有二端：一是文人詩詞的捉襟見肘，「風雅樂謠，二百年間幾於中絕，今詩家往往訾宋近體，不知源流既乏，何所自來」（胡應麟《詩藪》內編卷三「古體」下「七言」）？一是返諸向民間歌謠汲取，逐流溯源，以曲的形式，再造輝煌。即「文章起於歌謠，至變口耳，往往感人，出於不覺。是以古今作者，前後相詔，體雖屢變，其歸則一」（姚華《曲海一勺·述旨》）。宋元之際，語言較前變化殊為明顯。其原因很多，主要的是社會的發展變化和名物制度的創新，加之城市的繁榮，市民階層的壯大，人事交際的頻繁，更兼北方女真、蒙古語言的廣為流傳，所有這些，都使得宋元俗語方言與六朝、隋唐人的語言差異很大。有人甚至認為「宋元時代的語言則是近代漢語中承古啟今的重要環節」，「好些宋元語言直到現在仍然流行或保留在某些方言之中」〔註11〕。且舉個簡單的例子：

在張可久的散曲中，至少有兩處用到「錦胡洞」（錦湖同），一是〔雙調·折桂令〕《酒邊分得卿字韻》云：「客留情春更多情，月下金觥，膝上瑤箏。口口聲聲，風風韻韻，嫋嫋亭亭，錦胡洞。」又〔越調·小桃紅〕《寄春谷王千

〔註9〕施議對：《詞與音樂關係研究》第 136 頁。
〔註10〕（明）李開先：《西野〈春遊詞〉序》，見《李開先全集》上冊《閒居集》卷六第 597 頁，卜鍵箋校本，上海古籍出版社 2014 年版。
〔註11〕龍潛庵：《宋元語言詞典·序言》第 2 頁，上海辭書出版社 1985 年版。

戶》云：「紫簫聲冷彩雲空，十載揚州夢，一點紅香錦湖洞。」這二曲中的「錦胡洞」是什麼意思？據上下文推斷，可知是青樓北里之意。盧前注云：「抄本作胡洞，何校本作衚衕。」原來胡洞就是胡同，即小巷。而胡同這個詞，正是從蒙語譯音轉借而來，hudag 在蒙語是「井」的意思。用於漢語則由「有水井處」轉而為「街巷」之意。考諸北京和東北三省語言，胡同多是因水井而得名〔註12〕。海水蠡測，舉一而反三。僅就「胡同」一詞，即可見出宋元之際語言變化之消息。此後，不僅是在散曲文學中，就是在戲曲小說中，「胡同」一詞也屢見而不鮮了。如明朱有燉〔北南呂・一枝花〕《風情》套有「正你那花胡同行休再，錦排場少去挨」句，其用法與元雜劇和元散曲中用法相同，以「胡同」前加一「花」字（或「錦」字）以喻青樓、勾欄。而在小說中，《西遊記》、《金瓶梅》等都不乏用例。此外，像「首思」（飲食、給養）、「答納」（珍珠、引伸訓為首飾）、「罟罟」（本為蒙古貴族婦女一種冠飾，又訓為高髻）等蒙古語，也都屢屢出現在元明散曲中。

　　第二，南詞的音多字少，尚餘單音字齊言詩之痕，即少字多腔，故表現為徐紆婉轉；北詞音與字相稱，已露雜言消息，繁絃急調，緊湊有力；由院本（此指早期北曲雜劇）向上追溯，越古老則越簡質，由齊言向雜言漸進乃是一種大的趨勢。《三百篇》的和諧而已，音樂古簡，字句質樸，更是不爭之結論。

　　第三，文體的代興陵替，乃是一種極為複雜的綜合作用，是立體的、交叉的，大趨勢雖明，而內在運作規律卻並非容易把握。清人王奕清說：「周東遷，《三百篇》音節始廢。自漢而樂府出，樂府不能代民風而歌謠出。六朝至唐，樂府又不勝詰屈而近體出。五代至宋，近體又不勝方板而詩餘出。唐之詩，宋之詞，甫脫穎而已遍傳歌工之口，元世猶然，今則盡廢矣。觀唐以後，詩之腐澀，反不如詞之清新，使人怡然適性。是不獨天資之高下，學力之淺深各殊，要亦氣運人心，有日新而不能已者。」（《御選歷代詩餘》卷一百二十《詞話》第15頁，見《詞話叢編》第八冊）所謂「氣運人心」，說到底還是文化機制，而文化不外是「包括知識、信仰、藝術、道德、法律習俗以及人作為社會成員而獲得的任何能力與習慣在內的全體」〔註13〕。文化的最直接最集中的載體既是語言，則由語言便可透視社會風習，「氣運人心」。且看兩首無名氏令曲：

〔註12〕　可參閱方齡貴：《元明戲曲中的蒙古語》第 322 頁，漢語大詞典出版社 1991 年版。

〔註13〕　（英）泰勒：《原始文化》，轉引自懷特：《文化的科學》第 87 頁，沈原等譯本，山東人民出版社 1988 年版。

〔越調・柳營曲〕題章宗出獵

　　紅錦衣，皂雕旗，銀盤也似臉兒打著練槌。鷹犬相隨，鞍馬如飛，排列的雁行齊。圍子首鳳翅金盔，御林軍箭插金鈚。別溜禿魯說體例，亦溜兀剌笑微微，呀剌剌齊和凱歌回。

〔雙調・水仙子〕

　　打著面皂雕旗招颭，忽地轉過山坡，見一火番官唱凱歌，呀來呀來呀來呀來齊聲和。虎皮包馬上馳，當先里亞子哥哥。番鼓兒劈颩撲桶擂，火不思必留不剌撲，簇捧著個帶酒沙陀。

　　以上二曲不僅在內容上別開生面，描寫的是少數民族軍旅生活的一個側面，在形式上也筆調粗豪，格調渾樸，展示出濃鬱的塞外風情，彷彿是活潑潑的大漠風俗畫。前一首寫的是金章宗完顏璟（1190～1208 在位）圍獵的場面，後一首則描寫的是唐末沙陀部首領（曾因幫助唐王朝鎮壓黃巢起義，被封為晉王）李克用出獵時的氣象。曲中的「亞子哥哥」，就是後來的後唐莊宗李存勗（885～926）。元人寫這兩位少數民族軍事首領的軍事生活，顯然是因為蒙古民族入主中原，他們對塞外部族的生活和風俗有著某種新鮮感，並且相對說來，較為熟悉這種生活。值得注意的是曲子的語言與步節。齊言詩一般說來是雙字為一步節，如四言詩是二二步節，往往是兩句合起來才能構成一個完整的語意單位。如「關關雎鳩，在河之洲」；「昔我往矣，楊柳依依」。五言詩是二二一或二一二步節，其節奏較四言詩來說，雖只增加一個步節（一個字），卻是詩歌史上的一個根本性的變化，不啻是一次深刻的大進步。它由三個音節組成一個誦讀單位，一句構成一個完整的語義單位，無論是步節節奏還是語義表達，都是二、三、四言詩所無法比擬的。七言詩只不過是五言詩基礎上再增加一個步節，即二二二一和二二一二節奏，其他意義上並無根本上的改變。詞的步節則較五言詩要複雜得多。乃是在四言、五言以及七言詩的基礎上，雜以三言與六言，錯落有致，變化多端，這就使得表情達意更靈活、更細微，它的節奏也更其複雜，讀起來頓宕流轉，疾徐交雜，較齊言詩動聽得多。便是在音樂的意義上，想亦更趨複雜多變了。

　　對於曲的步節節奏，區劃起來就要困難得多。如上舉兩首無名氏令曲，按曲譜，〔柳營曲〕又叫〔寨兒令〕，第三句須是七字句仄平仄平平仄平，「圍子首」兩句須對，末三句可作扇面對。而這首無名氏令曲第三句並非七字，若劃步節，當作：銀盤／也似／臉兒／打著／練槌。這就不再是二二二一句式了。

由於字的加入，步節變得模糊起來了。結三句多用象聲疊字語，步節就更其模糊。《欽定曲譜》卷四此牌正格舉的是鮮于去矜的一首小令。與《章宗出獵》對照而讀，每有不合處，可知，曲有活法。它除了對詞的步節節奏有所突破（更多的是保留，即精神上的長短句雜錯）之外，又向詩的步節節奏去汲取了許多東西（對句的保留與創新）。多字一步節的形式則是曲所特有的。如「剔溜禿魯」、「亦溜兀刺」等象聲詞組即可看作是多字一步節。這顯然與北方語言的變化有關。朱有燉《誠齋樂府》中有〔北正宮‧醉太平〕《老病初痊戲作》，多用北方方言俗語，亦不乏多字一步節的用例：

> 戰篤速手腳，軟兀刺軀勞。強支吾扶不起沈郎腰。乜斜著瞧老。
>
> 熱不熱冷不冷空懶憜。眠不成睡不穩乾黑悷。頭不梳臉不洗忒鏖糟。
>
> 把老先生病倒。

此曲中的「軀勞」（身體）、「瞧老」（眼睛）、「鏖糟」（窩囊）、乾黑（便秘）等皆北方土語方言，而「戰篤速」、「軟兀刺」等則是多字步節。類似的多字步節又可以組合起來構成多步節句，即一句中有許多個步節。如鄭光祖〔雙調‧蟾宮曲〕中的「皎皎潔潔／照／櫓篷／剔留團欒／月明，正／瀟瀟颯颯／和／銀箏／失留疏刺／秋聲」。兩個分句合起來有十個以上的步節。在關漢卿的《不伏老》中一個分句的步節就有八個之多，甚至有的在十個以上：「恁／子弟每／誰教你／鑽入／他／鋤不斷／斫不下／解不開／頓不脫／慢騰騰／千層／錦套頭。」這是曲所特有的、詩詞中無論如何也不可能出現的句格。上句中「誰教你鑽入他」的步節劃分又很難（因不知其音樂組織結構），姑可稱其為口語化的「模糊步節」，李昌集《中國古代散曲史》便是如此稱謂的。李昌集又指出曲文學對古代散文句法的吸收與再創造，並舉張養浩的〔中呂‧山坡羊〕為例，這是很有見地的。曲向散文的汲取營養，不止是在句法上，精神上、意趣上以至功用上都是顯而易見的。馮沅君先生曾談到散曲作品中各體皆備，說「甚至於以散曲代說帖（如劉致的《上高監司》〔端正好〕二套），代賀表（如吳仁卿的〔鬥鵪鶉〕套）……〔註14〕」這就在功用上也旁及於散文了。總而言之，從文體意義上看，散曲是完全獨特的，但又是廣泛汲取其他文學樣式營養以滋補自己的；從語言構成及格律的角度視之，散曲文學也是一種集大成的形式，它不排斥任何豐富自己的語言材料和聲律手段，此前的詩、詞、歌、賦，韻文、散文，白話、文言，所有的文學語言形態，都可以在散曲文學中窺見其

〔註14〕馮沅君、陸侃如：《中國詩史》下冊第718頁，人民文學出版社1983年版。

原型與變種，說散曲文學語言形態的涵量「已達到飽和點」，「是古代韻文體中最為靈活而開放的形式」〔註15〕，是沒有問題的。

　　然而，令人遺憾的是，散曲在元代結束之後，甚至可以說在元代的中後期，並沒有在文體和語言意義上取得更大的發展，更不必說發生文體和語言意義上的蛻變了。它離白話詩（新詩）的距離只有一步之差，卻徘徊再三，終於繞了一個圈子，定格下來。新詩的產生，則要到二十世紀初。一步之遙，卻跨了六百多年！

原載《中國典籍與文化》1998 年第 1 期

〔註15〕李昌集：《中國古代散曲史》第 217 頁，華東師範大學出版社 2007 年版。